帽子収集狂事件

ジョン・ディクスン・カー
三　角　和　代　訳

創元推理文庫

THE MAD HATTER MYSTERY

by

John Dickson Carr

1933

帽子収集狂事件

ジョン・ディクスン・カー

霧深いロンドンで話題を呼んでいた“いかれ帽子屋”による異常な連続帽子盗難事件。ポオの未発表原稿を盗まれた古書収集家もまた，“いかれ帽子屋”の被害に遭っていた。原稿盗難事件の件で名探偵フェル博士と古書収集家が面会していると，古書収集家の甥の死体がロンドン塔の逆賊門で発見される。ゴルフウエア姿の死体の頭には，古書収集家の盗まれたシルクハットがかぶせられていた……。魅力あふれる舞台設定と驚天動地の大トリックで，世界のミステリファンをうならせてきた，巨匠カーを代表する傑作！

登場人物

サー・ウィリアム・ビットン……引退した政治家。古書収集家
シーラ・ビットン……ウィリアムの娘
レスター・ビットン……ウィリアムの弟
ローラ・ビットン……レスターの妻
フィリップ・C・ドリスコル……ウィリアムの甥。フリーランス記者
メイスン将軍……ロンドン塔副長官
ロバート・ダルライ……メイスンの秘書官。シーラの婚約者
パーカー……メイスンの従卒
ジュリアス・アーバー……アメリカの古書収集家
アマンダ・ジョージェット・ラーキン……未亡人
セオフィラス・マークス……ビットン家の従者
デイヴィッド・F・ハドリー……スコットランド・ヤード犯罪捜査部《CID》首席警部
タッド・ランポール……アメリカ人青年
ギディオン・フェル博士……探偵

目次

帽子収集狂事件

左の図は、物語の舞台となるテムズ河岸に接するロンドン塔南側の平面図である。

読者諸氏には、本文中でしばしば言及されるブラッディ・タワーがこの平面図の③と記されたアーチの「上」に建てられていることにご留意願いたい。ここに直接ブラッディ・タワーへ通じる入り口はなく、このアーチはウェイクフィールド・タワー前の道などに通り抜ける門として機能している。ブラッディ・タワー入り口はタワー・グリーンに面しており、通路の⑧と記された階段から入ることができる。

① 逆賊門
② 死体が発見された階段
③ ブラッディ・タワー下のアーチ
④ パーカーが、ドリスコルと未知の人物を目撃した窓
⑤ バイウォード・タワー北側の衛士詰め所（小）。事情聴取がおこなわれた場所
⑥ バイウォード・タワー南側の衛士詰め所（大）。見学者たちが足止めされた場所
⑦ ラーキン夫人が立っていた場所

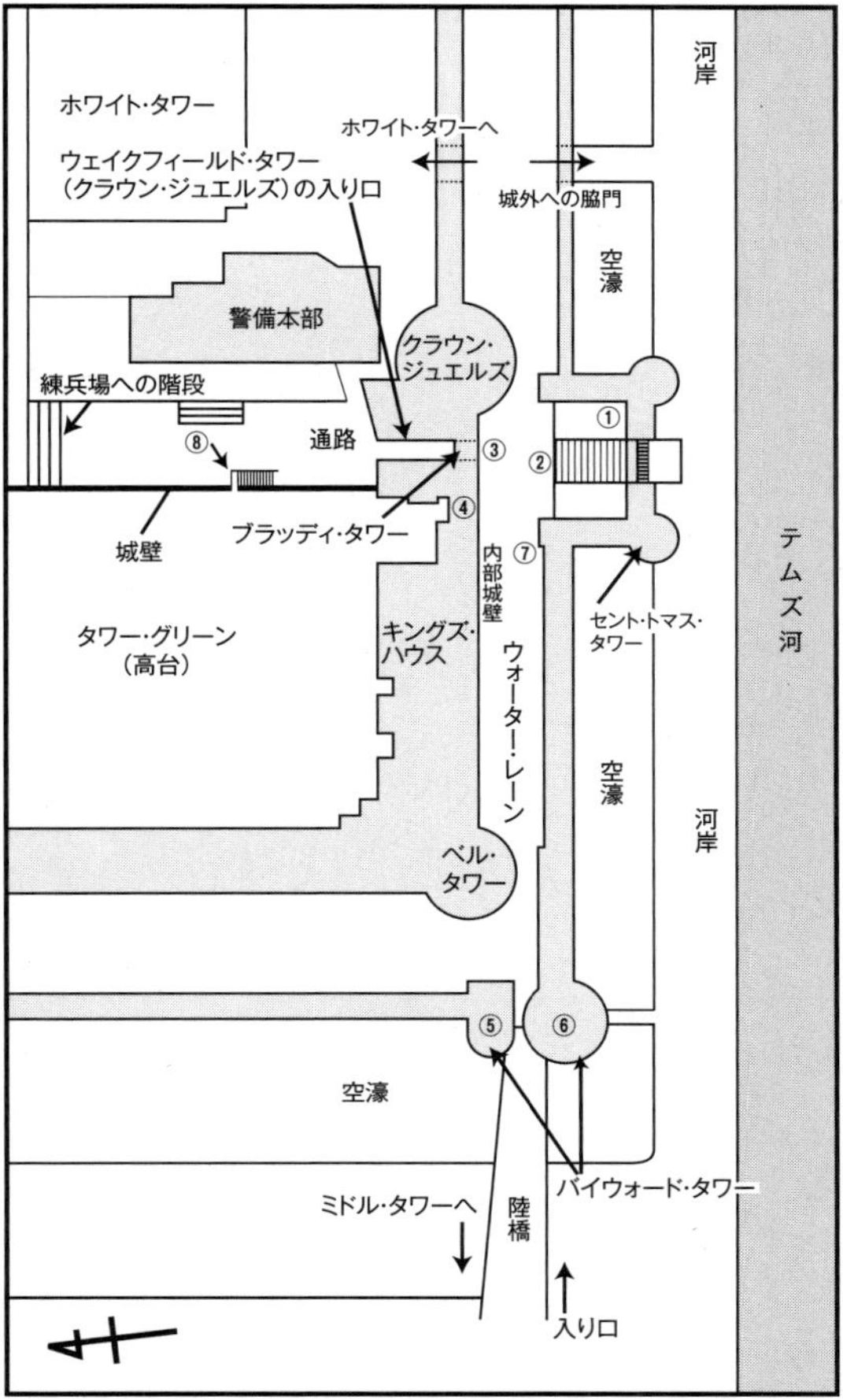
ホワイト・タワー
ウェイクフィールド・タワー
（クラウン・ジュエルズ）の入り口
ホワイト・タワーへ
城外への脇門
河岸
空濠
警備本部
クラウン・
ジュエルズ
練兵場への階段
通路
①
②
③
④
⑧
ブラッディ・タワー
城壁
内部城壁
⑦
セント・トマス・
タワー
テムズ河
タワー・グリーン
（高台）
キングズ・
ハウス
ウォーター・レーン
空濠
河岸
ベル・
タワー
⑤
⑥
空濠
バイウォード・タワー
ミドル・タワーへ
陸橋
入り口

1　法廷弁護士のかつらをかぶる馬

物語はフェル博士の冒険がたいていそうであるように、酒場で幕を開ける。この事件はロンドン塔の逆賊門の階段で男が死体となって発見された真相にまつわるもので、男はゴルフウエアを身につけていたが、頭には一風変わったかぶり物が載っていた。それがこの事件でもっとも奇怪な謎だった。おかげで一時は事件全体が帽子の悪夢と化すおそれがあったのである。

物としてとらえた場合、帽子に怖いところはちっともない。人は帽子がずらりと並べられたショーウィンドウの前を、少しも不安にならずに素通りする。さらには、たとえ街灯のてっぺんを飾る巡査のヘルメットを見かけても、トラファルガー・スクエアのライオンの頭にパールグレイのシルクハットがかぶせてあっても、調子にのった者が子どもっぽいユーモアのセンスを披露しているという印象しかもたないものである。新聞記事を読んだときランポール青年もまさに悪ふざけと考え、にやりとしそうになった。

しかしハドリー首席警部は笑っていいものかどうか確信がもてないようだった。

ふたりは、ピカデリー・サーカスの中心にある《スコッツ》でフェル博士を待っていた。グレート・ウィンドミル・ストリートから階段を降りたところに、紳士クラブを思わせる高級な作りのこのバーはある。茶色の板張り壁と赤革張りの安楽椅子。カウンターの奥には真鍮《しんちゅう》で補強された酒樽、石造りのマントルピースの棚には帆船模型。アルコーブに落ち着いてビールを飲みながら、ランポールは首席警部を観察していた。狐につままれたような気がしていたのだ。その朝アメリカから到着したばかりの彼には、事の成り行きがいささか唐突に思えてならなかった。

ランポールは話しかけた。「首席警部、ぼくはフェル博士についてどうも不思議なことがあるんですよ。その、博士の立場についてなんですが。どこにでも顔を出しているようですよね」

ハドリーがうなずき、ほほえんだ。だからこのスコットランド・ヤード犯罪捜査部《CID》の首席警部はみんなに好感をもたれるんだと、ランポールは思った。小柄だが大きく見えるタイプだ。背は高くないし、恰幅もよくないのだが、そんな印象を与える。こざっぱりした服装に、軍人ふうの口髭、くすんだ鉄色の整えられた髪。彼に一目で見てとれる性質があるとしたら、それは落ち着きであり、物静かにすべてを観察しているという点だった。物腰も思慮深さを窺わせる。灰色から黒へと変化するように見える瞳さえも同様で、声を荒らげることもめったになかった。

「博士とは以前からの知りあいなのかね?」ハドリーがグラスを見つめながら訊ねた。

「それがですね、去年の七月に知りあったばかりで」ランポールは思いだして自分でも驚いていた。「ああ！　もう何年も前のことになるようですよ！　博士は妻に引きあわせてくれた、いわば縁結びの神でして」

ハドリーがうなずいた。「そうらしいね。スタバースの事件でだろう。博士がリンカーンシャーから電報を打ってきたので、要請どおりに部下を送ったんだよ」

遡《さかのぼ》ること八カ月と少々になる。ランポールは《魔女の隠れ家》の恐怖の場面の数々を、そしてフェル博士が鉄道駅でマーティン・スタバース殺害犯の腕をつかんだあの黄昏《たそがれ》時を思い返した。いまではドロシーがそばにいてくれる幸せな日々を過ごしている。あれ以来、この肌寒く霧の多い三月のロンドンにもどってきたのは初めてだった。

ふたたび、首席警部がうっすらと笑みを浮かべた。「そしてきみは」ゆったりした口調で先を続ける。「あの若いご婦人を手に入れたんだね。きみの噂は博士からかねがね聞かされているよ。ときに、先だっての事件で博士の推理は見事だったね」ハドリーはふいにつけ足した。「とはいえ——」

「博士がほかの事件も解決できるかとお思いですか？」

ハドリーはとまどいの表情を浮かべると、顔をそむけた。「そんなに先を急がないでくれたまえ。どうもきみはまた犯罪の匂いをかぎつけているようだが」

「だって、首席警部。博士からここであなたに会おうという手紙をもらったんですよ」

「そうだな」ハドリーが言った。「きみの勘はたぶんあたっている。わたしもどうもそんな予感がしていてね」そしてポケットのなかの折りたたんだ新聞に触れ、ためらって顔を曇らせた。「だが、この件はわたしより博士の方が適任ではないかと思ったんだよ。ビットンが友人として個人的に訴えてきたんだが、とうていスコットランド・ヤードが扱うような仕事ではなくてね。だが、むげに断りたくもない」

同席者から、話の内容を理解していると思われているのかどうか、ランポールは思案した。首席警部はためらいながら思いにふけっているようで、その手はポケットの新聞を探りつづけている。

首席警部は続けた。「サー・ウィリアム・ビットンの名は耳にしたことがあるだろうね?」

「収集家のですか?」

「やっぱりな」ハドリーが言った。「きみなら聞き及んでいると思っていたよ。博士の話によると、きみもその筋の人だそうだからね。そう、書物の収集家だ。もっとも、わたしがよく知っているのは政界から引退する以前の彼だが」そこで時計を一瞥《いちべつ》して続ける。「ビットンは二時にはやってくるはずだ。それに博士も。一時半にキングズ・クロス駅に着くリンカーンからの列車があるんだよ」

雷鳴のような声が響き渡った。「ハハア!」ふたりは店のむこう側から杖で自分たちを指している人物に気づいた。表へ通じる階段の幅いっぱいをふさぐその巨体。バーはいままで静まり返っていたので、だしぬけの登場は白いジャケットのバーテンダーをびっくりさせた。店にはほかに、片隅に座って低い声で会話をしているビジネスマンふたりしかいなかったが、彼らもさっと顔をあげ、にこやかな表情のギディオン・フェルを見つめることになった。

フェル博士を前にしたランポールの脳裏には、ビールを飲みテーブルを拳《こぶし》で叩き、熱のこもった会話を繰りひろげた日々、懐かしいあのにぎやかな日々がまざまざと甦《よみがえ》った。ランポールは酒のおかわりを頼んで無上の歓喜の歌を歌いあげたい気分になった。まさしくあの博士だ。ますます肉づきがよくなり、息を切らしていた。赤ら顔はてかり、小さな目は幅広の黒いリボンに結んだ眼鏡の奥できらめいている。山賊ふうの口髭の下で口元が笑っていて、笑い声が漏れると幾重にもなったあごの肉がぶるぶると震えた。頭には当然のことながら黒いシャベル帽（聖職者のかぶるつば広のフェルト帽）。たっぷりした黒いマントからは太鼓腹が突きでている。強烈な風貌で階段いっぱいを占めて、片手にもったトネリコの杖に体重を預け、もう一本の杖でこちらを指していた。サンタクロースか陽気なコール老王（イギリス童謡の音楽好きの王）にでも出会った気分になる。実際、フェル博士は園遊会の仮装で頻繁にコール老王に扮していて、この役割をたいそう楽しんだものだった。

「ハッハ」博士は大笑いした。「ハハハハハ」転がるようにしてアルコーブへやってくると、ランポールの手を握りしめ大きく振った。「きみ、よく来てくれたな。うれしいぞ！　ハッハ。どうやら元気そうだな。ドロシーは？　おおすばらしい。そう聞けてうれしいよ。ドロシーによろしくと家内が言っとったよ。ハドリーからなんの用事か聞いたらすぐに、きみたち夫妻をチャターハムに連れていくからの。どんな用件なんだ、ハドリー？　いや、まずはみんなで一杯やろう」

会ったとたんに相手の緊張を解いてしまえる人がいる。フェル博士はまさにそういう人だった。博士の前では気兼ねなどあり得ない。それはもう、あっさりと緊張を吹き飛ばしてしまうし、気取ろうと思っていてもすぐさまそんなことは忘れてしまう。さしものハドリーもにやにやして、給仕に合図した。

「お気に召すと思いますよ」首席警部はそうほのめかしてフェル博士に酒のメニューを差しだした。なんでもない無邪気な様子を装《よそお》っている。「カクテルがお薦めです。《天使のくちづけ》なんていうのはどうですか」

「なんと言ったね？」フェル博士は椅子から腰を浮かせた。

「《愛のよろこび》なんていうのもありますが」

「ハッ！」フェル博士は悪態をつくと、メニューを見つめた。「そこのお若いの、こんな酒を客に飲ませておるのかね？」

「はい、さようですが」給仕が思わず飛びあがるようにして答えた。

「《天使のくちづけ》に《愛のよろこび》――うっ――それからこの目がたしかなら、《しあわせな初体験》やらまで？　お若いの」博士は眼鏡を拭きながら太い声で続けた。「不屈のイギリス人にアメリカがどれほどの影響を与えたか、考えてみたことはないのかね？　まっとうな感覚はどこへやりおった？　こんな名の酒を見たら、たしなみある飲んだくれは震えあがってしまうわ。〝ビター〟や〝スコッチのソーダ割り〟などと学者や紳士らしく注文するかわりに、こんななよなよした名の酒を注文するものと思われとるとは――やっとられん！」博士はここで言葉を切ると、もの凄い形相を見せた。「バッファロー・ビル（アメリカ西部開拓史上の伝説的な人物。本名ウィリアム・フレデリック・コディー）がアメリカの西部の酒場にゆうゆうと入ってきて、《天使のくちづけ》と大声で注文するところが想像できるかね？　ディケンズの描いたトニー・ウェラーがホットのラム・パンチを注文して《愛のよろこび》を受けとったらなんと言うか考えられるかね？」

「いえ、無理です」給仕が答えた。

「とにかくなにか注文をしないと」ハドリーがあいだに入った。

「ビールを。大きなグラスでな」博士は言った。「ラガーだ」

　鼻を鳴らして葉巻入れを取りだしてふたりに勧めるあいだに、給仕は空きグラスを下げていった。だが、葉巻を一服して気持ちがなごむと博士はおとなしくアルコーブにもたれた。

「野次馬を集めるつもりはなかったんだよ、きみたち」フェル博士は太い声で言い、大げさに葉巻を振った。併設のレストランの戸口から突きだされていたいくつもの顔はそっと引き揚げていった。例のビジネスマンのひとりは酒に添えられたスティック刺しのチェリーを危うく丸飲みするところだったが、ふたたび落ち着いて会話を続けた。「だがな、ここにいる若い友人が語ってくれるよ、ハドリー。わしが著書の『イギリスにおける古代以降の飲酒の風習』を七年かけて執筆しておること、そして情けなくもこのような顕著な影響も取りあげねばならんことをな。いくら補遺といってもだな、ソフトドリンクなどというやつと変わらんぐらいぞっとするわ。わしは……」

　博士が口をつぐむと、眼鏡の奥で小さな目がまたたいた。どうやら支配人らしき、一分《いちぶ》の隙もない服装の物静かな感じの男が、ためらいがちにアルコーブの近くに来たのだ。きまりの悪そうな顔つきで少々出すぎたまねをしていると感じているようである。それでも、男の視線は椅子に置かれたマントの上に存在感たっぷりに鎮座する、フェル博士の非常に目を引くシャベル帽に注がれている。給仕がビールを三杯運んできたところで、この男もアルコーブに入ってきた。

「さしでがましいようですが、お客様」男は言った。「一言よろしいでしょうか？　わたくしならば、こちらの帽子から目を離しません」

博士は男を一瞬見つめ、ビール・グラスを口元へ運ぶ手を途中で止めた。快活で楽しげな表情が赤ら顔を彩ってきた。

「ぜひとも握手を」博士は熱心に頼んだ。「していただけるかね。健全な分別と判断力を備えた人とお見受けする。うちの家内にも、そのあたりを言い含めてほしいものだよ。なるほど、これは上等の帽子だ。けれども、普段より注意を払うべき理由などあるのかな？」

男の顔は紅潮してきて、硬い態度でこう言った。「おじゃまをするつもりはございませんでした。ご存じかと思っておりまして。なんと申しますか、この近辺では不埒《ふらち》なおこないが続いておりますから、うちの常連様にご迷惑が及ぶことはなんとしてでも避けたかったのです。そちらの帽子は――ええい！」支配人は感情を爆発させ、率直になって一気にしゃべり始めた。

「それは目立ちすぎます。奴が見逃すはずがない。帽子屋がきっと盗もうとします」

「誰と言ったね？」

「帽子屋ですよ、お客様。いかれ帽子屋《マッド・ハッター》です」

ハドリーがくちびるをぐっと結んだ表情は、いまにも笑いだすか、あるいは急いでテーブルを離れたいかのようだった。だが、フェル博士はそれに気づかず、大きなハンカチを取りだすと額を拭いた。

「こりゃまた斬新な展開だな。確認させてくれるかね。つまり、この近辺には精神のバランスを崩したことで悪名高い帽子屋がおって、わしがなにも知らずにそいつの店の前を差しかかると、表に駆けだしてきて帽子を盗む。そう理解してよろしいのかな。たしかにこの帽子には類《たぐい》希《まれ》なる美しさがあるが、そりゃ願い下げだ」フェル博士は生き生きと言った。「熱烈な帽子屋に追われてピカデリーを逃げまわるには、わしは歳をとりすぎておるんだよ、きみ。それに太りすぎておる。もっと言ってほしければ言うが、きみは仲間うちでは同じ『不思議の国のアリス』に出てくる《三月うさぎ》なんて愉快な愛称で呼ばれておるんじゃないかの」

低く緊張した声色の支配人とは対照的に、博士は部屋中に響く声を張りあげていた。カクテルを飲んでいたビジネスマンはかすかなうめき声を漏らし、コートを身につけ急いでドアへむかった。連れの男は険しい表情でテーブルに残っている。

さすがの首席警部も、彼なりの静かな反応ではあるが、まごついていた。鋭い口調で支配人に声をかける。「忠告をどうも。こちらの紳士はロンドンに到着したばかりでね。だからその件はなにも知らない。わたしから説明するよ」

赤面した支配人がそそくさとレストランへ消えると、フェル博士はため息をついた。

「追っ払ってしまいおって」博士は不満げに抗議した。「やっと楽しくなってきたところだったのに。ロンドンの帽子屋に、目新しい鬼ごっこに興じる騒々しい者がおるとはな。もっとも、この街にいかれ仕立屋はおらんよう祈っとるよ。店を飛びだしてきて、たまたま通りかかった者のズボンを引きずり下ろすような仕立屋には、ちっとばかり警戒せんといかん」博士はビールをあおると、大きな頭とたてがみのように長い髪を振り、同席者たちにいたずらっぽく笑いかけた。

「仕方のない人だ」首席警部はそう言って威厳を保とうとしたが、うまくいかなかった。「やれやれ。まったく、わたしは騒ぎが嫌いなのに、あなたは楽しんでしまうようなんですから。とは言え、あの男の話はおかしくなかったんですよ」

「なんとな?」

「あの男の話はおかしくなかったんですよ」首席警部は若干いらいらしながら繰り返した。刈りこんだ灰色の口髭をいじっている。「もちろん、子どもっぽいいたずらですがね。だが、そのいたずらが続いている。帽子をひとつかふたつ盗んだ時点でやめていれば、あの忌まわしい新聞の冷やかしが起きることもなく、なんの害もなかったはずなんです。ところが、この一件のためにわたしたち警察は無能だと思われている。そんなことはやめさせないと」

博士は眼鏡をいじった。

「こう言いたいのかね」博士は迫った。「本物の帽子屋がロンドンで盗みを働いていると」

「《いかれ帽子屋》と新聞は呼んでいます。若い駆け出し記者のドリスコルの命名です。彼はフリーランスで、ビットンの甥です。だから、黙らせるのは至難の業《わざ》だろうし、そうしようとしたところで結局は警察が無能に見えるだけです。害をまきちらしているのは帽子屋じゃなくて、この若者なんですよ。しかも、その害がお笑いごとじゃすまない！」ハドリーが冷ややかに訴えた。

　フェル博士は上目遣いになった。その目の輝きがいっそう増している。

「そしてスコットランド・ヤードは」博士は慇懃《いんぎん》さのなかに疑問をにじませた声で訊ねた。

「不埒な犯人を逮捕することができんとでもいうのかね？」

　ハドリーは苦労して平静を保った。抑えた口調で言う。「個人的には、犯人がカンタベリー大主教の主教冠を盗んでもいっこうに構いませんよ。ただ、警察が笑い物になるという事態は滑稽《こっけい》どころではすみません。それに、逮捕したとしてどうなりますか？　新聞にとっては、罪状そのものをはるかに上まわるおもしろおかしい裁判になるでしょう。想像してください。まじめくさったかつらをかぶった法律家二名が、一九三二年三月五日の夕刻にユーストン・ロード近辺にて被告がトマス・スパークル巡査の頭からヘルメットを盗んだか否か、その後、くだんのヘルメットを南西《SW》地区のニュー・スコットランド・ヤード前の街灯のてっぺんに載せたかどうかなど、法廷でやりあっている場面を！」

「そやつはそんなことをしおったのか？」フェル博士は興味深そうに質問した。

「読んでくださいよ」ハドリーはポケットから新聞を取りだした。「ドリスコル青年のコラムです。これが最悪の記事なんですが、ほかのもこれに劣らぬぐらい愚劣で」

フェル博士はうめいた。「なあ、ハドリー。わしに相談したいという事件はまさかこれじゃなかろうな? こんな事件を手伝えと言われるとは光栄なことだ! まるでロビンフッドじゃないか。まるで――」

ハドリーにおもしろがる様子はなかった。「これが」そっけなく答える。「相談したい件ではないですよ。ただ、いま抱えている懸案事項のひとつですから、ドリスコルに歯止めをかけたいとは思っています。さもなければ」ハドリーはためらった。なにか考えあぐねているようだ。「とにかく読んでくれませんか。たぶんお気に召しますよ」

ランポールは博士の肩越しに新聞を覗いた。

いかれ帽子屋、ふたたび参上!

ずる賢い犯人の行動には政治的な意図があるのだろうか?

文責/フィリップ・C・ドリスコル（いかれ帽子屋事件担当、本紙特別通信員）

ロンドン発、三月十四日。手がかりを残さぬ神出鬼没で正体不明の悪漢によって、この街は切り裂きジャック事件以来の恐怖に陥っている。悪魔的な犯罪の天才、いかれ帽子屋の仕業《しわざ》だ。日曜日の朝、いかれ帽子屋がふたたびスコットランド・ヤード最高の英知に挑んだのである。

午前五時頃、レスター・スクエア東の馬車待合所を通りかかったジェイムズ・マグワイア巡査は、なにやら尋常ではない状況に出くわした。一頭立て二人乗り馬車が歩道に寄せてあり、なかからは耳障りとまではいかないものの、あの特有の音が聞こえて、御者が寝ているることが窺えた。馬（その後、名はジェニファーであると確認された）はミント味の大きな棒つきキャンディを嘗めており、マグワイア巡査に敵意のない視線をむけた。しかしながら、めざといこの巡査は、ジェニファーの頭に白髪が左右に垂れた大きなかつらがかぶせてあったことに仰天した。そう、なんと法廷弁護士のかつらが載っていたのである。

レスター・スクエアで馬が法廷弁護士のかつらをかぶってキャンディを嘗めていると、マグワイア巡査がヴァイン・ストリート署に報告したさいには、相手にしない向きもあったのだが、最終的には捜査によって報告は真実だと証明された。いかれ帽子屋がふたたび犯行におよんだことがあきらかになったのである。

《デイリー・ヘラルド》紙の読者はすでにご存じのことであるが、先日、トラファルガー・スクエアのネルソン提督をかこんだライオン像のうち、官庁街《ホワイトホール》をむいた一頭に見事なパールグレイのシルクハットがかぶせてあった。帽子の名入れから判明した持ち主はカーゾン・ストリートのサー・アイザック・シモニデス・レヴィ。証券取引所の著名なメンバーである。シルクハットは、悪事を包み隠す薄い霧に乗じてサー・アイザックの頭からひったくられた。先日の夕刻に、《孤児境遇向上協会》の会合で演説をおこなうために自宅をあとにした直後の出来事だったという。夜の装いとしてパールグレイのシルクハットをかぶっていたサー・アイザックが控えめに言っても人目を引いたことはあきらかだろう。ジェニファーのかぶっていたかつらの所有者はその性質上、法曹関係者のものであることは明白である。目下のところ持ち主はまだ特定されておらず、本人が名乗りでてもいない。被害を届けでないつつしみ深さからあらゆる種類の臆測が引きだされているが、手がかりはほとんどない。くだんの一頭立て二人乗り馬車の御者であるエイルマー・ヴァレンス氏もこの件の説明はできなかったという。マグワイア巡査の到着する直前に、いかれ帽子屋が馬車待合所付近にいたことは確実だと当局は信じている。マグワイア巡査がジェニファーを初めて見たさい、キャンディはようやく三分の一ほどが食されたばかりであったからだ。さらには、犯人がレスター・スクエアを、そしておそらくは馬のジェニファーについても熟知しているとも推論できる。ジェニファーの頭にかつらをかぶせるために、この馬がミント味のキャンディを好む点を利用しているからだ。しかしそのほかについては、警察はほとんど突きとめられていない。

先週報告された帽子関連の被害はこれで七件目となる。悪意ある政治的計画がこの件の背景にあると考えるのも、あながち的はずれではないだろう。

「同様の記事はもっとありますが」ハドリーはフェル博士がここで新聞をたたんだのを見て言った。「だが、それはどうでもいいことです。とにかく、こうやって物笑いの種にされていることが腹立たしくてたまらなくて」

「まったくもって」フェル博士は悲しげに言った。「きみたち警察はたっぷりとこきおろされてるんだろうな。だが、手がかりはなにもなかろう。すまんな、この事件は引き受けられんよ。ただおそらくは、腕利きの部下たちをレスター・スクエア近辺の菓子屋すべてにあたらせてみるといい。購入者を……」

「あなたをわざわざチャターハムくんだりから呼びだしたのは」ハドリーが棘《とげ》のある口調で言い返した。「学生のいたずらについて話すためなんかじゃないんですがね。だが、この駆け出し記者のドリスコルにこんな戯言《たわごと》を書くのをやめさせられれば、ほかの者たちも書かなくなるだろうとは思いますよ。あなたには、ビットン絡みでご相談したいことがあると電報を打ちましたよね。ビットンはこの若者の伯父で、財布の紐を握っているんですが、彼がコレクションのなかでもとくに貴重な原稿が盗まれたと言ってきたのです」

「おやおや」フェル博士は言った。新聞を横に置くと、腕組みをしてアルコーブの背にもたれた。

「こうした原稿や稀覯書《きこうしょ》の盗難で厄介なのは」ハドリーが先を続けた。「通常の盗難のようにあとをたどれないことです。貴重な宝石や皿、あるいは絵画でさえもたどるのはじつに簡単なんです。警察は質屋や盗品故買屋のことなら知りつくしていますからね。だが、本や原稿の場合はそうはいかない。泥棒がこの手のものを盗むときは、さばける特定の相手を念頭に置いている。そうでなければ、そもそも買い手の注文で行動しているんですよ。どちらにしても、買い手は絶対に買ったなどと言わない」

首席警部はいったん言葉を切った。

「それにスコットランド・ヤードが今度の事件に介入すると、さらにややこしくなるんです。というのもビットンから盗まれた原稿に——その、本人に正当な所有権があるのかいささか疑わしい事実がありましてね」

「なるほど」博士はつぶやいた。「それで原稿の内容は?」

ハドリーはゆっくりとグラスを手にしたが、さっとまた置いた。誰ひとりとして、とりわけ片隅に留まって酒を飲んでいたあのビジネスマンなどは、午後のあいだこのバーに、ふたたび嵐のような登場があるとは予想していなかった。階段の真鍮製の絨毯おさえに足音が響き、厚手の大外套をはためかせた上背のある男が勢いよく入ってきた。バーテンダーは観念したように深呼吸すると、この新参者の血走った目に気づかぬふりをしながら小声で「気持ちのよい午後ですね、サー・ウィリアム」と挨拶すると、グラス磨きを再開した。

「気持ちなどよいものか」サー・ウィリアム・ビットンが語気荒く言い放った。外は霧が濃くなったらしく、湿った顔を白いスカーフの端で拭くと、じろりと室内を見渡した。オールバックに整えた白髪がビール・グラスの泡のように逆立っている。「いまいましい午後だ、まちがいなくな。ああ、ハドリー!　手を打ってほしいことがある。いいか、わしは……」彼はアルコーブに力強い足取りでやってくると、フェル博士が放っておいた新聞に視線を落とした。

「すると、きみらは帽子を盗んでいるこの卑劣漢の記事を読んでいたんだな?」

「そうですがね」ハドリーはそう言うと、周囲の反応を気にしてあたりを見まわした。「さあ、座って！　こいつがあなたになにかしたとでも言うんですか？」

「こいつのなさったことか？」サー・ウィリアムは慇懃な口調に辛辣《しんらつ》さを込めて訊ねると白い前髪を払った。「なさったことは、見ればわかるはずだ。一時間半前のことだが、わしはまだ頭にきている。思いだすたびにかっとなる。自宅の真ん前で——車がそこに停めてあったんだ——タバコを買うために運転手が外している車へ近寄っていた。自宅前の広場には霧が立ち込めていたんだが、こそ泥と思《おぼ》しき奴が後部座席の窓からドアのサイドポケットに手を突っこんでいたんだ。こう叫んでやったぞ。〝こら！〟そして車のステップに飛び乗った。するとだな、あの卑劣漢はさっと手を伸ばしてきて」

サー・ウィリアムは高ぶる感情を抑えた。

「今日の午後はここにやってくるまでに約束が三つあった。そのうちふたつはシティでの用事だ。それに毎月定例の訪問もあった。ターロット卿と甥、それに……いや、そんなことはどうでもいい。どこにも行けずに終わったし、行く気もない。ひとつもなかったからだ。あの卑劣漢のせいで、三番目のに三ギニーを払うことになると思うと腹立たしい。この卑劣漢がなさったこと？」サー・ウィリアムはわめいてから、ふたたび一呼吸置いた。「奴はわしの帽子を盗んだ。それが奴のしたことだ！　しかも、奴がわしから盗んだのはこの三日間でふたつめだ！」

片隅にいたビジネスマンはかすかな声を漏らし、意気消沈して首を振ると、急いでバーをあとにした。

2　生原稿と殺人

ハドリーがテーブルをコツコツと叩き、「ウイスキーをダブルで頼む」と給仕に言った。「さあ、腰を降ろして落ち着いてください。このテーブルはすでに騒ぎの元凶だと思われているんですからね。それはそうと友人たちに紹介させてください」

「そう言うなら」サー・ウィリアムは渋るように言うと、軽く会釈して挨拶した。腰を降ろすと、ふたたび甲高く理屈っぽい声をあげる。「腹が立つ。頭にくる。訪問の予定が全部、台なしだ。毎月、きちんと通っていたのに。わしがここにやってきた理由はただひとつ、なんとしてでもきみに会うためだ。たとえ靴がなくてもきただろう。フン。うちにはほかに帽子はない。なんたることだ！　娘に勧められて従者に譲ったからな。傷んだ帽子などかぶれん。それで先週ふたつ新調したばかりだった。シルクハットとホンブルグ帽（中折れ帽の一種でシルクハットに次ぐ正装用の帽子）を。それなのに、土曜日の晩にあの卑劣漢がシルクハットをかすめとり、今日の午後にはホンブルグ帽を盗んだ。まったく！　買っても買っても盗まれる！　よいかね」サー・ウィリアムが険しい目つきで振り返った先には、給仕が近づいてきていた。「なんだ？　ああ、ウイスキーか。ソーダは少しで頼む。それで結構だ。娘はこう吐《ぬ》かすのだよ。〝どうして犯人を追いかけなかったの？〟このわしが？　帽子を追いかけるだと？　フンッ。シーラも頭がまわらんやつだ。

いつもそうだがね」

こうまくしたてると、サー・ウィリアムは酒を飲もうと深く椅子に沈んだ。ランポールは彼を観察した。巷《ちまた》では、この男の激しやすい性格を知らない者はいない。タカ派の新聞は各紙とも彼の経歴について頻繁に強調している――十八歳で服地屋の仕事を始め、四十二歳で下院の院内幹事となり、一内閣で武力優先の政策を推進し、先の大戦（第一次世界大戦）の終結後、平和の時代が訪れても海軍の軍備を拡張すべきだと静かな闘いを続け、そして落ちぶれていった。サー・ウィリアムは対外強硬主義の愛国者の花形だった。スピーチにはドレイク提督や長弓を使った時分の武力への言及や古きよきイングランドへの喝采がふんだんに盛り込まれ、いまだに現首相（第一次世界大戦で非戦論者だったラムゼイ・マクドナルド）を非難する書簡を書きつづけている。だが、彼の活躍がもっとも知られていたのは戦前の話で、四十五歳を少し過ぎた頃に公の政治生活からは完全に引退していたが、こうして実際に会ってみたランポールの前には、齢《よわい》七十にしてなおかくしゃくとした人物の姿があった。痩せているが精気にあふれ、正装のウイングカラーから長い首が突きでて、常人離れした抜け目のない青い瞳をしていた。指先は落ち着きがなく、絶えずトントンと動かしている。骨張った顔に、突きでてほっそりした額、眉は白い口髭のようで、くちびるは薄くてよく動く――演説家の口だ。

ふいにサー・ウィリアムはグラスを置き、様子を窺うようにフェル博士を見つめた。「失礼だが」なめらかではないが、驚くほどはっきりとした口調で言った。「さっきはあんたの名前が聞きとれなかった。ギディオン・フェル博士なのか？　ああ、やはりな。ずっと会いたいと思っていた。著書ももっておる。イギリス文学における超自然現象の歴史についての。それはともかく、このいまいましい帽子の件は――」

ハドリーがぶっきらぼうに言った。「帽子の件はみんなもう聞き飽きたんじゃないんですか、とりあえずは。あなたに聞いた話からすると、われわれスコットランド・ヤードが正式に捜査に乗りだせないことは理解していただけますね。それだからフェル博士を呼んでおいたんですよ。いまは詳しい話をする暇はないが、彼は以前に捜査を助けてくれたことがありましてね。わたしはアマチュアを疑うようなバカじゃない。それに、この件にまさに博士は適任だ。それでも――」

ハドリーは言葉に詰まると、ふいに深呼吸をした。あまり動かない灰色の目は黒に近い色になっている。穏やかに彼は話を続けた。

「みなさん、わたしは自分が完璧な行動ができると主張するようなバカの仲間じゃないんですよ。つい先ほど、帽子の件は聞き飽きたと言いましたね。サー・ウィリアムに会うまでは本気でそう思っていたんです。だが、第二の帽子も盗まれたとあっては……なんらかの形で――はっきりわかっているふりはしませんよ――この件が原稿の盗難に関わっている可能性が頭に浮かびませんか?」

サー・ウィリアムは鼻を鳴らして抗議の声をあげるかに見えたが、目元の皺《しわ》を深くしただけで、口をつぐみつづけた。

「もちろん、頭に浮かんだとも」フェル博士は太い声で言うと、給仕に合図してからっぽのグラスを指さした。「帽子の盗難は学生のいたずら以上のものじゃないかとね。おつむのちと、おかしくなった奴が、帽子を盗んで収集したくなった可能性は大いにあり得る。巡査のヘルメットでも法廷弁護士のかつらでも、友人たちに見せびらかしてサマになるかぶり物ならなんでもだ。アメリカで教鞭をとっておった頃、同じ趣味のが学生のなかにおったわ。部屋の壁を飾れる看板や案内板だったら、なんにでも飛びつく輩《やから》が。おったなあ、きみ？」

ランポールはうなずいた。「いましたね。たまにとんでもないことになりました。真っ昼間にブロードウェイと四二丁目の角から道路標識を盗むと誓った男がいましたよ。しかもやってのけたんです。作業着を身につけて、ペンキ入りのバケツを腕に提げ、短い梯子を運んできて。梯子を標識の支柱に立てかけると、登って標識のネジを外し、もち去ったんです。そのとき通りかかった人は大勢いたのに、誰もそいつを見ようともしなかったんですよ」

「収集目的だな。しかし、これはまた別の話だ。今回の犯人は取り憑かれた収集家ではない。帽子を盗み、シンボルまがいに、誰もが注目するような別の場所に置く。まあ、ほかにもひとつ説明はできるが」

サー・ウィリアムが薄いくちびるに冷淡な笑みを浮かべ、視線をランポールから博士の話に集中している顔へと移した。だが、瞳には抜け目なく計算していることが表れていた。

「あんたは探偵のなかでも風変わりなほうだな」サー・ウィリアムは言った。「あんた本気で、盗人《ぬすつと》がロンドンじゅうの帽子を失敬するようになったのは、わしから原稿を盗むためだと言いたいのかね？　貴重な原稿を帽子に入れてもちあるく習慣がわしにあるとでも思っているのかね？　それにだね、わしのほうが少々頭がおかしいとしてもだ、原稿は帽子ふたつの数日前に盗まれたのだからな」

フェル博士は考えこむ仕草で豊かな髪をなでた。「〝帽子〟という言葉を繰り返していると」彼は意見を述べた。「なかなか混乱させられますな。なんでも〝帽子〟と言ってしまいそうだ。さて、まずは原稿のことを話してもらいましょう。どのような原稿で、どうやって手に入れて、いつ盗まれたのですかな？　コールリッジの未完の詩「忽必烈汗《クブラ・カーン》」が出てきたのではないでしょうな？」

サー・ウィリアムは首を横に振るとウイスキーを飲み終え、椅子にもたれた。一瞬、重たげなまぶたの下からフェル博士を鋭く眺めた。あからさまな熱のこもった自負心が表情を染めていく。

「どんな原稿か、それは教えよう」サー・ウィリアムが低い声で答えた。「ハドリーがあんたは信頼できると保証しているからね。わしがこの原稿を発見したことは、世界でもただひとり――いや、ふたりの収集家しか知らない。本物かどうか確認するためには、彼に見せるしかなかったからだ。もうひとりについては、おって話す。ただ、発見したのはわしだ」

サー・ウィリアムの表情は乾ききった骨が一段と縮んだように思えるまでに緊張していた。ランポールは手書きの原稿やら初版本やらに病的なまでに熱心に手を出して所有したいという気持ちを理解できたためしがなく、好奇心いっぱいにサー・ウィリアムを観察した。

「発見したのはわしだ」サー・ウィリアムは繰り返した。「原稿とはエドガー・アラン・ポオの正真正銘の未発表原稿だ。わし自身ともうひとり、それにポオを除けば、目にしたことも想像すらしたことのないものだ。信じられないだろう？」その表情には温かみのない歓喜が浮かんでおり、彼は忍び笑いを漏らした。「よいかね。ポオの作品ではこうしたことが前にもあっただろう。「モルグ街の殺人」の大変貴重な初版本がゴミ箱で見つかった話を聞いたことがないかね？　まあ、今回の原稿のほうが貴重だ。はるかに上だな。わしが発見したのだ――そう、偶然に。だがこれは本物だ。ロバートスンがそう言ったからな。ハハッ、よく聞いてくれ」

　元政治家は椅子にもたれると磨きあげられたテーブルに手をあて、まるで紙のたばをなでているように動かした。並の収集家というより、とくに洞察力が要求される商売のコツを解説する質屋を思わせた。

「もともとポオの原稿の収集はしてこなかった。アメリカの収集家たちが独占しているからな。ただ、詩集『アル・アーラーフ、タマレーン、および小詩集』の初版をもっていたがね。ウエスト・ポイント陸軍士官学校在学中に出版したものだ。それからポオがボルティモアで編集長を務めた《南部文学通信《サザン・リタラリー・メッセンジャー》》数部も所蔵している。さて！　去年の九月のことだ。掘り出し物がないかと、アメリカでがらくたをつつきまわっていて、たまたまマスターズ博士を訪ねた。フィラデルフィアの収集家だ。博士はポオが当地で暮らしていた家を覗くといいと勧めてくれた。七丁目とスプリング・ガーデン・ストリートの角にある家だ。それで勧めにしたがいひとりで行った。これがじつに幸いしたのだよ。

　その家はさびれた界隈にあった。前面が単調な煉瓦造りの建物が並び、汚れた裏庭には洗濯物が干してある。問題の家は裏路地の端に面していた。ガレージにいた男が、バックファイアを起こした車に文句を言っていたよ。家は当時の面影をほぼ残したままの風情《ふぜい》だった。ただし、ドアを打ち破って二軒を一軒にしていたが。人は住んでいなかった——ちょうどそのとき、改装中だったのだ。

路地から高い板張りの柵にある門を入り、舗装された庭に足を踏みいれた。煉瓦の建物に挟まれて木がねじれて生えていたな。小さな煉瓦造りの台所では、陰気な表情の職人が封筒になにやらメモを書きつけていた。表の部屋からは金槌の音が聞こえてきていた。わしは事情を説明したよ。耳にしたことのある作家がこの家で暮らしたことがあり、訪ねてきたのだと。職人は好きにしていいとどなって、書きつけを続けた。それでわしはもうひとつの部屋に入った。どんな家かは想像がつくだろう。狭っ苦しく、天井が低い家だ。アーチ形の火床のある、低くて黒いマントルピースの両側の壁に食器棚が造りつけてあって、壁には壁紙が張ってある。だが、ここで——ポオがろうそくの火を頼りに執筆し、ヴァージニアがハープをかき鳴らし、クレム夫人が静かにじゃがいもの皮をむいていたのだ」

聞き手の関心を引きつけている自覚がサー・ウィリアム・ビットンにあることはあきらかで、気取った態度と効果を狙って入れる小休止から、語りを楽しんでいるのもはっきりと伝わってきた。学者、ビジネスマン、話術たくみな物売り——このすべての顔が骨張った表情に透けて見え、かなり芝居がかった身振りにも現れていた。

「職人たちは食器棚を外そうとしていた。いいかね、食器棚をだぞ」サー・ウィリアムは急に身を乗りだした。「そして――外したところへ簡単に石膏ボードを張って壁紙で仕上げるかわりに、壁に残った下地の木枠を取りだしてくれたことが、ここでもじつに幸いした。埃《ほこり》が舞いあがり、モルタルが散らばっていた。職人ふたりが木枠を叩いて崩していたそのとき、わしは見たのだ。

諸君、身体が冷たくなってガタガタと震えたよ。それは木枠の継ぎ目に突っこまれていた。薄い紙のたばだ。湿気でしみができ、縦方向に三つ折りされていた。お告げのようなものはあったんだよ。門を押し開けて、家の修復をしている職人たちがまず視界に飛びこんできたとき、わしはこう思っていたんだ。〝ひょっとしたら見つけられるかもしれないぞ〟まあ、恥を忍んで言えば、このとき思わず職人たちを突き飛ばさんばかりに近づいてしまった。ひとりに言われたよ。〝何事ですか!〟その男は危うく木枠を取り落とすところだった。あの筆跡を一目見ればじゅうぶんだった。わしには見分けがついたよ。ご存じかね、ポオの原稿にはタイトルの下に独特の波打つ飾り線と、特徴のある〝E・A・ポオ〟の署名があるのだよ。

だが、慎重になる必要があった。家の所有者が誰かわからなかったからだ。ひょっとしたら、所有者にも原稿の価値がわかるかもしれん。職人たちに金を渡して譲ってくれるよう頼むとしたら、あまり大きな額を申し出てはならない。そんなことをすれば、疑いをまねいて、さらに大きな額を要求されるかもしれんからな」

サー・ウィリアムはぎこちなくほほえんだ。「そこでわしは、以前この家に住んでいた男の思い出にまつわる感傷的な品だと説明し、こう言った。〝さあ、代金として十ドルを渡そう〟

と。それでも職人たちは疑った。どうやら、宝の埋蔵場所とかその手がかりとかその手のものだと思ったらしい。ポオの幽霊だったら楽しんでくれただろう」ふたたび、しっかりと歯を合わせたまま忍び笑いを漏らす。サー・ウィリアムはさっと腕を払う仕草を見せた。

「だが、職人たちが調べてみても、そこにはただ――彼らの言葉を借りれば〝頭っから長々と言葉が綴《つづ》られた、物語やなにかくだらない書き付け〟がつらねてあった。紙を引き裂かれないか不安で悶々としたよ。あのように折りたたまれていると、紙そのものが薄くなくても時代を経ていなくても、大変に破れやすいのでね。ようやくむこうは二十ドルで妥協して、わしは原稿を手に入れた。

ご存じかもしれないが、ポオ研究の第一人者として挙げられるひとりが、ボルティモアのロバートスン博士だ。面識はあったので、発見した原稿を博士のもとへ持参した。まず約束させたとも。なにを見せられても、けっして誰にも口外しないように」

ランポールはハドリー首席警部を観察していた。サー・ウィリアムが語っているうちにハドリーは、退屈と表現するのは正しくないが、落ち着きがなくなってもどかしそうな様子に変わり、眉間《みけん》に皺を寄せていた。

「だが、なぜ秘密にしておく必要が?」ハドリーが強い口調で訊いた。「あなたの権利になんらかの問題があったとしても、少なくとも最初に名乗りをあげられるのはあなただった。正当に買いとることもできたはずです。そしてご自身で言われているように、偉大な発見をしたと主張したらよかったんですよ」

サー・ウィリアムはハドリーを見つめて、首を横に振った。「わかっとらんな」長く間を置いてようやくそう言った。「わしには説明できない。厄介事などごめんだった。この偉大な原稿をどうしても手に入れたかった。ポオとわしとの、いや、このわしだけの秘密だ。わしが否と思えば誰も見ることのない秘密。わしだけのもの――わかるか、この気持ちが？　まるでポオと知りあえるような気持ちだ」

表情に窺えた自負心は若干控えめになっていた。雄弁でならしたこの男が、他者には伝わりづらい、自分が抱いている屈折した収集家魂を説明しようとするも言葉が出ずに、途方に暮れているのだ。

「とにかく――ロバートスンは名誉を重んじる男だ。言わないと約束したし、今後も約束を守ることだろう。もっとも、ハドリー、きみの言ったようにしろと彼もわしに促したがな。だが、当然ながら、こちらはこばんだ。諸君、あの原稿はわしの考えていたものだったのだよ。いいや、考えていた以上のものだった」

「それで、いったいどんな内容だった？」フェル博士はいささか語気荒く訊ねた。

サー・ウィリアムは口をひらいたが、まだためらっていた。ふたたび口をひらいたとき、声は喉の奥深くから振り絞るようになっていた。

「ちょっといいかね、諸君。きみたちを――その――信用していないのではない。もちろんな。ハハッ！　ただ、初対面のきみたちに、すでにたっぷりと腹蔵のない話をしてきた。すまんがもう少し秘密にしておきたい。まあ、盗難の話を済ませたらどんな原稿だったのか話してもよいだろう。それからわしを助けられるかどうかはっきりさせてくれ。それに、わしたちはもうかなり時間を喰ってしまっている」

「たちと言われますが、時間を喰ったのはあなたですよ」首席警部が冷静に訂正した。「さて、博士、どうしますか？」

　フェル博士の顔には興味深い表情が浮かんだ。軽蔑でも、ユーモアでも、退屈でもなく、その三つがないまぜになった表情だ。椅子に座ったまま身じろぎして、眼鏡をいじると、サー・ウィリアムをじっくりと見つめた。

「話をしてもらったらよかろう」フェル博士は促した。「盗難の詳細と、あなたが疑っている人物のことを。誰か疑っている人物がおいでですな？」

サー・ウィリアムは肯定しかけて口を閉じ、それから返事をした。「バークリー・スクエアの自宅から盗まれた——ええと。いまが月曜日の午後か。土曜日の午後から日曜日の朝までのことだ。説明させてもらおうか。

二階の寝室に隣接したドレッシング・ルームがあって、そこはたいてい書斎として使っている。もちろん蔵書のほとんどは、この書斎と一階の読書室に収納している。土曜日の午後に例の原稿を二階の書斎で調べていたのだ」

「鍵をかけていたんですか？」ハドリーが訊ねた。ここにきて興味を抱きはじめていた。

「いいや。誰も——少なくともわしはそう考えていた——原稿の存在を知らないのだからな、とくに用心する理由もないと思ったのだよ。保存のために薄紙に包んで、机の抽斗《ひきだし》に入れただけだった」

「家の人たちは？　原稿のことは知っていた？」

サー・ウィリアムはさっと頭を下げた。お辞儀に見えなくもなかった。「きみから訊ねてくれてありがたいよ、ハドリー。そのほのめかしに、立腹するとは思わんでくれ。ただ、自分では思い浮かばなかった。とにかく――すぐには。もちろん、うちの者たちを疑ってはいないがね。ハハッ！」

「もちろんですよ」ハドリーは穏やかにそう言った。「それで？」

「目下のところ、家族は娘のシーラ――」

ハドリーの顔がかすかに曇った。テーブルを見つめている。「当然、わたしは使用人のことを訊いたつもりだったんですが。でも、続けてください」

ハドリーが顔をあげると、その冷静な目はサー・ウィリアムの狡猾《こうかつ》な目と合った。

「――娘のシーラ」サー・ウィリアムが続けた。「弟のレスター、その細君。わしの妻側の甥にあたるフィリップはフラットをもっているが、日曜日の晩餐はたいていわしたちと食べる。それで全部だ――ただし、アメリカからの客人で収集家のジュリアス・アーバー氏も滞在しているが」

サー・ウィリアムは爪をいじり、間ができた。

「原稿について知っていた者だが」サー・ウィリアムはぞんざいに手を振ってまた話を始めた。「もちろん、家族は貴重な原稿をもちかえったことは知っていたよ。しかし、この手のものには誰ひとりとして少しも関心がない。〝またあたらしい原稿〟という言葉だけで説明は事足りた。時折、ヒントらしきものを漏らしたかもしれないがね。夢中になっている者が、誰も理解できないと確信したときに漏らすようなことを。だが――」

「そのアーバー氏はどうです？」

サー・ウィリアムは冷静に言った。「原稿を見せるつもりだった。ポオの初版の見事なコレクションを揃えている人物だ。だが、わしは話をもちだせずにいた」

「続けてください」ハドリーがなんの感情も込めずに言った。

「先ほども言ったように、土曜日の午後は原稿を調べていた。午後のかなり早い時間だ。その後、ロンドン塔へ行き――」

「ロンドン塔へ？」

「古いつき合いの友人がいてね。ロンドン塔副長官のメイスン将軍だ。将軍と秘書官がロンドン塔の記録調査でかなり成果をあげたのだよ。最近発見したばかりのエセックス伯ロバート・デヴァルーに関する記録のことで、わしに会いたがっていた。エセックス伯は――」

「なるほど」ハドリーが言った。「それから？」

「わしは帰宅して、ひとりで食事をとってから劇場へ出かけた。そのあいだ書斎へは入らず、劇場からもどった頃にはかなり夜も更けていた。それですぐに休んだのだよ。盗難に気づいたのは日曜日の朝だった。ここまでのあいだも押し込みの試みはいっさいなかった。窓はすべて鍵がかけられ、家のなかでは原稿以外に触れられたものはなかった。原稿は机の抽斗からただ消えていたのだ」

ハドリーは耳たぶをつまんだ。フェル博士を見やったが、博士は胸にあごをくっつけて座っているだけで、口をひらかなかった。

「抽斗に鍵はかかっていたんですか？」ハドリーが訊ねた。

「いや」

「あなたのお部屋には？」

「いや」

「そうですか。盗難に気づいてどうしました？」

「従者を呼びつけた」サー・ウィリアムの骨張った指先が平板にテーブルをコツコツと叩いた。彼は長い首をひねり、何度もしゃべろうとしてはやめたのち、ようやく話を続けた。「告白しなければならんがな、ハドリー。最初はあれを疑ったんだ。あたらしく雇い入れた男でね。うちに来てほんの数カ月だ。わしの続き部屋にもっとも近い部屋をあてがわれているから、疑われずに好きなときに忍びこめる。だが――そうだな、あれは目の前の職務以外のことに手を出すには、あまりにも生真面目で、忠実で、徹底したまぬけだ。わしは人を判断する能力には自信がある」

「誰でもそうでしょうが」ハドリーがもどかしそうに賛成した。「だからこそ、誰もが大変こまったことになるんですよ。それで？」

「実際のところ、わしの判断は正しかったとも」サー・ウィリアムがぴしゃりと言った。「あの男を雇ったのは娘のシーラなんだ。亡くなったサンディヴァル侯爵に十五年仕えていた男でな。昨日レディ・サンディヴァルと直接話をしたんだが、マークスが泥棒だという考えは鼻で笑われた。繰り返すが、わしは最初あの男を疑った。見るからに動揺していて口もきけなかったからだが、あれはもって生まれた愚かさがそうさせたのだな」

「それで彼の言い分は？」

「言い分などなかった」サー・ウィリアムはいらだちをにじませた口調で言った。「疑わしいものなどなにも気づかなかったし、そもそもなにも見ていないと。事がどれだけ重大かあれの頭にわからせるのは一苦労だった。わしがなにを捜しているかさえも呑みこめない始末だったぞ。ほかの使用人たちも同じで、なにも気づかなかったそうだ。だが、わしはたいして疑わなかった。みんな古くから仕えている者たちだからな。ひとり残らず人となりを知っている」

「では——家族のみなさんは？」

「娘のシーラは土曜日の午後はずっと外出していた。一度帰宅したが家にいたのはほんのわずかで、婚約している男とすぐに夕食へ出かけた。ちなみに、その男はメイスン将軍の秘書官だ。だが」サー・ウィリアムはおかしいと思わせるほど慌ててつけ加えた。「その——とても立派な家柄だと聞いているぞ、あのダルライ青年は。

どこまで話したかな？　ああ、そうだ。弟のレスターと細君はイングランド西部の友人を訪ねていて、日曜日の夕刻まで帰宅しなかった。フィリップ——甥のフィリップ・ドリスコル——が会いにくるのは日曜日だけ。したがって、原稿が盗まれただろう時間には誰も怪しい者を見ていない」
「では、そのアーバー氏はどうです?」
サー・ウィリアムはかさついた手を揉みあわせながら考えこんだ。
「大変立派な――お手本だよ、いかにも収集家というタイプだ」カタログで調べたかのように
そう答えた。「控えめで学者らしく、時折やや皮肉になる。まだ若い男だと言っておこう。そ
う、四十歳になるかならないかで――ああ、なにを訊かれたのだったかな? アーバー氏のこ
とか。残念ながら、あの男は考慮の対象にならなかった。同じアメリカ人の友人から週末を過
ごそうと田舎へ招待されてな。アーバー氏は土曜日に出発し、今朝までもどらなかった。ちな
みにこれは事実だ」サー・ウィリアムは雑談めいた話に紛れこませてこうつけ足し、テーブル
のむかいに流し目のような視線を投げた。「本当かどうか電話したから」
ランポールは思いをめぐらせた。いやらしいな! まあ、この男はなによりも大事な所有物
を盗まれたんだから、よそ者を疑う権利がある。それが本人と同じようにまじめな顔をした書
物収集家たちであっても。こうしたいかめしい表情の紳士たちが子どものように原稿を奪いあ
っていると思うと、ランポールの顔に笑みが浮かんだ。だが、すぐさま笑みは押しもどした。
サー・ウィリアムの冷たい視線をとらえたからだ。
「わしは断じてスキャンダルは避けたい」サー・ウィリアムはこう締めくくった。「だから、
きみのもとへ来たのだよ、ハドリー。顛末はこういったわけだ。明白にして単純、しかし手が
かりはひとつもない」

ハドリーはうなずいた。なにか考えこんでいるようだ。

「あなたのためにまちがいのない相談役を連れてきた」ハドリーはゆっくりそう言うと、博士にあごをしゃくった。「フェル博士はわたしの頼みを聞き入れて、遠路はるばる足を運んでくれました。ですからここでわたしはこの件とは手を切りますよ。あなたが盗人を見つけだして告訴したいというのなら、また話は別ですが。ただ——その——見返りに頼みがあるんですがね」

「頼み？」サー・ウィリアムは目を見ひらいておうむ返しに言った。「なんとな！ ああ、もちろんいいぞ！ 常識の範囲内ということだがな」

「甥御さんのドリスコル氏の話が出ましたが」

「フィリップ？ ああ。あれがどうした？」

「——新聞に記事を書いている」

「ああ、まあな。とにかく、あれは書こうとはしている。わしが影響力をかなり行使して、新聞社で書けるようにしてやったのだよ。やれやれ！ ここだけの話、上の連中の話では、甥はいい記事は書けるが報道のセンスがないらしい。編集長のハーボトルが言うには、甥はライス・シャワーが一インチも積もった聖マーガレット教会の前を歩いても、結婚式がおこなわれたとは思わないだろうと。だから、甥は社員ではなくてフリーランスのままなのさ。あれはわしの言うことを信じようとしない。もしも、わしが記事を書くならばだな——」

ハドリーは表情に乏しい顔となり、テーブルの新聞を手にした。その口をひらこうとした瞬間に、給仕が急いでかたわらにやってきて、おずおずとハドリーを見つめながら囁《ささや》いた。

「なんだ？」ハドリーは言った。「もっと大きな声で頼むよ、きみ！……ああ、それはわたしだ……ああ、ご苦労」グラスの酒を飲み干し、鋭い視線を連れたちにむけた。「おかしいな。緊急でなければ、勝手に電話してくるなと言っておいたのに――ちょっと失礼」

「何事だ？」フェル博士が訊ねた。どこか考えこんでいたのが我に返った様子で、眼鏡の奥でまばたきしている。

「電話です。すぐにもどりますよ」

一同が静まり返るなか、ハドリーは給仕のあとに続いた。電話でしゃべるハドリーの表情は驚愕と不安に染まり、それを目にしたランポールはショックを受けた。ランポールはサー・ウィリアムを見てみたが、好奇心を浮かべてやはりハドリーを見つめていた。

ハドリーは二分足らずでこちらへ歩いてきた。ランポールは喉に塊でもできたような気分になっていた。首席警部は慌てておらず、むしろ、いつもより静かで落ち着いていた。けれども、彼の足音はタイル張りの床にいままで以上に大きく響き、まばゆい照明を受けたその顔は青ざめていた。

ハドリーはカウンターの前で一瞬立ち止まり、バーテンダーと短く言葉をかわしてから、テーブルにもどってきた。

「全員におかわりを注文しておきましたよ」ハドリーはゆっくりと言った。「ウイスキーをね。店が閉まるまでわずか三分だから、出なければなりませんよ。そして、一緒に来てくれるとありがたいんですが」

「行く?」サー・ウィリアムが言葉を継いだ。「どこへ行くんだ?」

ハドリーは酒を運んできた給仕がテーブルを去るまで話そうとしなかったが、ようやく口をひらいた。「幸運を!」そして少量のウイスキーを急いで飲み干し、グラスをそっと置いた。

ランポールは恐怖が迫りくる感覚をまた覚えた。

「サー・ウィリアム」ハドリーは冷静に相手を見つめて話を続けた。「ショッキングな話だから心して聞いていただきたい」

「よかろう」サー・ウィリアムは答えたが、グラスを手にすることはなかった。

「先ほど、甥御さんのフィリップのことが話題に出ましたが」

「そうじらさないでくれ! あれがどうしたのだ?」

「お気の毒ですが甥御さんが亡くなったことをお伝えせねばなりません。ロンドン塔で発見されました。他殺と信じるべき理由があります」

サー・ウィリアムのもったグラスの脚が、磨かれたテーブルでカチカチと音を立てたものの、本人は動かなかった。しっかりとしてはいるがどこかうつろな視線でハドリーを見すえ、呼吸をも止めたように見えた。長い沈黙が続き、外の通りで鳴る車のクラクションの音が聞こえた。サー・ウィリアムの腕は小刻みに震えつづけていた。グラスから手を放して、カチカチいわせないようにしなければならなかった。ようやくサー・ウィリアムは言葉を絞りだした。「わしは――わしはここまで車で来ているから……」

「そしてこう信じるべき理由もあるんですよ」ハドリーが話を続けた。「わたしたちが悪ふざけだと思っていたものが、殺人に変わったと。サー・ウィリアム、甥御さんはゴルフウエアを着ていますが、何者かが遺体の頭にあなたの盗まれたシルクハットをかぶせているそうです」

3　逆賊門の死体

ロンドン塔。

かつて天守閣白き塔《ホワイト・タワー》上空になびくは王室の獅子をあしらった旗だった。ノルマン朝の征服王ウィリアムが統治した頃の話だ。テムズ河に臨むその城壁を成すのはフランスのカーン地方で切りだした輝く白い石。ウィリアムによる土地台帳『ドゥームズデイ・ブック』の作成から遡《さかのぼ》ること千年前、ローマ帝国の番兵が砦で晩課の祈りを呼びかけた名残《なごり》か、ホワイト・タワーはシーザーの塔とも呼ばれている。

リチャード獅子心王がずんぐりした灰色の要塞の周囲に濠を広げ、十四エーカーの敷地を内壁と外壁でぐるりとかこませた。ここに鉄と緋色の甲冑《かっちゅう》をまとった王たちが颯爽《さっそう》と馬上の姿を見せた。人間味のあるヘンリー八世、《スコットランド人への鉄槌》と呼ばれたエドワード一世など、君主たちの戴冠式の行列はこの塔からウエストミンスター寺院まで延びたのである。エドワード三世が膝をついて貴婦人のガーターを拾ったのもここで（ガーター勲章制定の由来と言われている）、かつてヘンリー二世との確執によって殉教したベケット大司教の孤独な霊もこっそりと聖トマス《セント・トマス》の塔《タワー》を徘徊しているともされる。芝生大広場《タワー・グリーン》では武術大会が開催され、ウィリアムの大広間では宴のために松明《たいまつ》の火が揺れた。河と平行に走る河岸通り《ウォーター・レーン》を今日《こんにち》そぞろ歩けば、八百年のあいだに幽明界《ゆうめいさかい》を異《こと》にした者たちの名がこだまするなか、矢がヒュッとうなる音や重たげな馬の足音が去来することだろう。

　それは宮殿であり、要塞であり、監獄であった。スチュアート朝のチャールズ一世が清教徒革命の折に、ロンドンから脱出したものの連れもどされ処刑されるまでは王たちの住居であり、現在に至るまで王室の宮殿でありつづけている。軍隊らっぱの音がウォータールー・バラック前で響くと、兵士たちが武術に磨きをかけたこのかつての兵舎前では、近衛連隊が足並み揃えて練り歩くザッザッという音が聞こえる。木立の下の芝では、一羽のカラスが水飲み場を訪れ、かつて男も女も目隠しをされて数段をのぼり断頭台に頭を差しだしたあたりを見やるのである。

　暗く凍える日などにはテムズ河から煙った蒸気が忍び寄ってくる。靄《もや》と呼べるほど薄くはなく、霧と呼べるほど濃くはない。街路の雑踏がタワー・ヒルにくぐもって響く。薄明かりのなかに狭間胸壁がぼんやりと浮かびあがり、その下には素朴な曲線を描く丸いタワー群。河では船が警笛を鳴らし、悲しげにこだまする。空濠周辺にめぐらせた鉄柵の手すりはこの牢獄の牙となっている。タワー・ヒルの坂の下に連なる低層のくすんだ灰色の壁には驚きを感じさせるほど白い石が交じり、こうした壁には窓がわりに細い十字架形の切り込みが入っているが、この切り込みのむこうでおこなわれた罪深い事柄へ想いを馳《は》せずにいられる者はなかろう。ふたりの幼い王子がランタンの明かりの下で窒息させられ、青ざめたサー・ウォルター・ローリーが襞襟《ひだえり》と羽根つき帽子姿で城壁を散策し、サー・トマス・オーヴァーベリー（エセックス伯爵夫妻の離婚問題に巻きこまれた詩人）は血まみれの塔《ブラッディ・タワー》地下の部屋で毒殺されたのだった。

ランポールは以前にもロンドン塔を訪れたことがあった。それは優美な夏のことで、芝生と木々が城壁のあいだの通路を彩っていた。だが、いまのロンドン塔がどのような様子かも思い描くことができた。ピカデリー・サーカスからロンドン塔へサー・ウィリアムの自動車でむかう、いつ終わるとも知れない移動中に、想像がかきたてられつづけていたのだ。

のちに振り返ると、ハドリーがバーで口にしたあの最後の言葉ほど恐ろしいものは聞いたことがなかった。男がロンドン塔で死体となって見つかったというだけならば、それほどでもなかっただろう。リンカーンシャーでのスタバース事件の日々には、すさまじい恐怖に遭遇したものだ。だが、ゴルフウエア姿の死体が、何者かの悪魔のような手によってサー・ウィリアムの盗まれたシルクハットをかぶせられていたことは、忌まわしさを決定づける所業だった。馬車の馬や街灯やライオンの石像に盗んだ帽子をかぶせてきた、この血迷った男はとうとう、帽子をかけるべき最適な場所を得るべく死体を作りだしたように思えた。こうなると、身震いするほど重苦しい気分はいや増すばかりだった。学生の悪ふざけと見なして帽子泥棒を滑稽《こっけい》だと笑ったことが引っかかっていたのだ。自分のロンドン塔の記憶とあいまって、あそこは死人をそのように飾り立てる場所としてはうってつけの場所に思えた。

移動には時間がかかった。ウエストエンドではごく薄い靄だったものが、テムズ河に近づくにつれて濃くなっていき、カノン・ストリートでは暗闇に近くなった。サー・ウィリアムの運転手は細心の注意を払って走らせなければならなかった。後部座席のサー・ウィリアムは無帽でスカーフをでたらめに喉元に巻きつけ、両手で膝頭を握ってぐっと身を乗りだし、ハドリーとフェル博士に挟まれていた。ランポールは小さな補助席に座って、ぼんやりした街の明かりに照らされリムジンの曇った窓ガラスに映る、サー・ウィリアムの顔を見つめていた。

サー・ウィリアムの息遣いは重苦しかった。

「話していたほうがよいですな」フェル博士がどら声で言った。「サー・ウィリアム、そのほうが気分がよくなりますて。さて、ハドリー、殺人事件になったな。まだ、わしが必要か？」

「ますますもって必要ですよ」首席警部は答えた。

フェル博士は頬をふくらませて考えこんだ。身を乗りだして片方の杖をぐっと握りしめるものだからあごがそこに乗りそうな恰好で、シャベル帽は顔に影を落としている。

「では、もしよろしければ、質問させてもらえませんかな」

「なんだ？」サー・ウィリアムはぼんやりと言った。「ああ、いいとも。ちっとも構わん。どうぞそうしてくれ」そう言いながらも、霧にかすんだ前方を見つめつづけた。

車がガタンと揺れた。サー・ウィリアムはフェル博士に顔をむけた。「わしはあの子を大変かわいがっていたんだよ」と言うと、また首を伸ばした。

沈黙が流れる一方で、クラクションは盛大に鳴らされ、そのたびに後部座席の三人はランポールの目の前で左右に揺れていた。

「そうでしょうとも」フェル博士はどなるように言った。「ハドリー、電話でなんと言われたのかね？」

「説明したとおりですよ。あの若者が亡くなったと。なんらかの方法で刺されて、ゴルフウエアとサー・ウィリアムのシルクハットを身につけていた。スコットランド・ヤード経由の呼びだしですが、わたしにはまわってくるはずのない事件です。この事件の担当は管轄の警察署になっていたと思いますね。むこうがヤードに応援を要請するか、こちらが進んで介入しないかぎりは。だが、本件の場合……」

「どうした？」

「予感がしたんです。このいまいましい帽子の件はたんなる戯《たわむ》れではないという予感が。わたしは命令を残しておきました――そして陰で笑われたんですが――また帽子のいたずらが発見されたならば、管轄の警察署からヤードに報告をあげ、アンダーズ部長刑事をつうじて直接わたしに報告するようにと。それこそ、自分でもなんてバカなことをしたんだと思いましたよ」ハドリーはぐっと首を曲げ、フェル博士を自虐的な目で見つめた。「ですがね！　前にも言いましたが、わたしは自分が完璧な行動ができると主張するようなバカじゃない。だから、この事件は自分で捜査の指揮をとります」

「それがよかろう。ところで、サー・ウィリアムの帽子だとロンドン塔でわかったのはなんでかね？」

「それはわしが教えてやれるぞ」サー・ウィリアムが興奮して嚙《か》みつくように言った。「わしは夜会で帽子の取り違えが起こることにうんざりしている。似たようなシルクハットが並んでイニシャルしか入っていなければまちがえるものだから、正装の帽子のクラウンの内側にゴールドで〝ビットン〟と刻印させている。シルクハット、オペラハット（たためるシルクハット）、そう、それに山高帽子にも。したがって」サー・ウィリアムは口早にしゃべり、混乱していた。心ここにあらずという様子で、頭に浮かんできたことをまったく考えもしないで口にしているように見えた。「ああ、考えてみれば、問題のものは新調した帽子だったな。ホンブルグ帽と一緒に買ったんだ。前のオペラハットはばねが壊れてな。一度しかかぶったことがなかったんだが。あれは――」

　サー・ウィリアムは口をつぐみ、魂の抜けたような目をこすった。

「フン」彼は重い口調で言った。「奇妙だ。じつに奇妙だよ。ハドリー、きみはわしの〝盗まれた〟帽子と言ったな。ああ、シルクハットは盗まれたさ。それはそのとおりだ。しかしフィリップが身につけていたものが、その盗まれた帽子だとなぜわかった？」

　ハドリーはいらだった。「わたしにはわかりませんよ。電話でそう言われただけですから。だが、メイスン将軍が遺体を発見し、それから――」

「ああ」サー・ウィリアムはつぶやき、うなずいて目頭を揉んだ。つまらないことにまごついているようだ。「そうか。メイスンは日曜日にうちを訪ねてきた。たぶんそのとき、わしが帽子を盗まれたと話したんだ。わしは――」

　フェル博士は身を乗りだした。ふいに興奮したようだった。「つまり、あたらしい帽子だったんですな、サー・ウィリアム？」

「ああ。そう言っただろう」

「シルクハットか」フェル博士は考えこんだ。「初めてかぶったものだったと。盗まれたのはいつですかな？」

「うん？　そうか。土曜日の夜だ。劇場からの帰り道、ピカデリーからバークリー・ストリートに曲がったときだった。じめじめしてかなり暖かく、車の窓はすべて開けていた。それにあのあたりはひどく暗かった。ちょうどランズダウン横町のむかいで運転手のシンプスンはスピードを落として、鉛筆のトレイかなにかをもっていた盲目らしき行商人に道を渡らせた。そのときさ。横町の入り口付近の暗がりから何者かが飛びだしてきて、車の後部に手を突っこむと、わしの帽子をひったくって逃げたんだ」

「それでどうされましたかな？」

「なにも。仰天してなにもできなかった。ただ――ただ、わめいただけだろう。いきなり帽子をひったくられて、いったいなにができると……」

「その男を追いかけましたかな？」

「たわけ者を捜したかと？　まさか！　追いかけなかった。むしろ、そのまま逃がしてやったよ」

「すると当然」フェル博士は言った。「通報されなかったわけですな。男の人相は少しでも見ましたかな？」

「いや。あまりにも突然のことだったから。さっと盗んで去っていった。クソッ。いまいましい奴だ。だが――その」サー・ウィリアムはためらいながらつぶやき、左右に首をめぐらせた。「その――帽子のことはどうでもいい。フィリップのことだ。あれをまともに扱ってやったことがなかった。せがれのようにかわいがってはいたよ。だが、いつでも叱り役を演じていた。ずっと餓死寸前の小遣いしか与えず、手当を打ち切ると言ってつねに脅し、あれがどれだけ役立たずか事あるごとに言ってきかせた。どうしてそんなことをしたか、自分でもわからん。だが、甥に会うたびに説教したくなった。あれには金の価値がわかっていなかった。あれは――」サー・ウィリアムは拳《こぶし》で自分の膝を打つと、鈍い声でこうつけ足した。「いまとなっては、どうでもいい。あれは死んでしまった」

リムジンは巨大な赤煉瓦造りの建物のあいだを滑るように走っていく。窓越しに見る街灯は、霧の天蓋のなかで青白く光っていた。一行の車は、ロンドン大火記念碑をぐるりとまわってマーク・レーンを横に見てタワー・ヒルを下っていった。

ランポールにはわずか数フィート前しか見えなかった。街灯が霧のかかった夕暮れのなかでまたたき、テムズ河であろう広がりから短く鋭い汽笛、遠くからそれに応えるさらに深みのあるブォーという音などがあたりに満ちあふれていた。荷馬車の車輪がどこかでガタゴトといっている。ロンドン塔の敷地全体をかこむ柵の門にリムジンが入ると、ランポールは窓の曇りを拭って外に目を凝らそうとした。ぼんやりと空濠が見えた。白いコンクリートで舗装され、真ん中あたりに放置されたホッケーのネットがある。道はぐっと左に折れて、ランポールがチケット売り場と喫茶室だったと記憶している木造の建物の前を通り過ぎ、低くずんぐりした丸いタワーに挟まれたアーチの下へ続いた。このアーチの真下で、車はふいに停められた。背高の黒いシャコー帽（円筒形の軍隊帽）と近衛騎兵の灰色の軍服を身につけた歩哨がきびきびと歩いてくると、胸元でライフルを横に構えた。リムジンが急停止するや、ハドリーは車を飛び降りた。

　薄暗くぼんやりとした明かりのなかで、別の人影が歩哨の隣に現れた。衛士のひとりだった。短い丈の紺色のコートを喉元までボタンを留め、頭には赤と濃紺の制帽をかぶっている。この男が言った。「ハドリー首席警部ですか？　ご足労いただきありがとうございます。こちらにお願いできますか？」

　すべての言動に手早い軍隊式の正確さが感じられ、ランポールは身のすくむ思いがした。だが、すぐさま、文字通りのことなのだと思いだした。衛士は長年にわたって軍隊に仕えた優秀な下士官から選ばれた者たちで、准士官である特務曹長の肩書きをもっている。無駄な動きなどあるはずがなかった。

　ハドリーは間を置かずに訊ねた。「責任者は誰だね？」

「衛士長です、首席警部。塔副長官の指示を仰いで動いています。こちらのみなさんは？」

「協力者だ。こちらはサー・ウィリアム・ビットン。事件の経緯は？」

　衛士は感情を出さずにサー・ウィリアムを見やってから、ハドリーに視線をもどした。「詳細は衛士長がご説明しますが、若い紳士の遺体をメイスン将軍が発見したのです」

「どこでだね？」

「逆賊門前の石段とのことです。首席警部はもちろん、衛士には特別警官としての権限があることをご存じですね。首席警部はあの若い紳士の伯父君のご友人ですから、管轄の警察署ではなく、首席警部にご連絡して、ご到着までわれわれ自身で捜査をしたほうがよいというのがメイスン将軍からの指示でして」

「現場はどうなっているね?」

「許可が出るまでは、何人《なんぴと》たりとも塔に出入りさせないようにとの命令が出ています」

「大変結構! 監察医と助手がやってきたら入所を許可するよう指示を残しておいてくれ」

「了解しました」衛士は手短に歩哨に指示してから、タワーのアーチをくぐって一行を案内した。

石造の陸橋がこのタワー(中の塔《ミドル・タワー》と呼ばれている)から濠にかかり、その先は円形の稜堡《りょうほ》が備わったもっと大きなタワーで、下をくぐるアーチが外部城壁のエントランスを形作っている。黒っぽい灰色にところどころ白っぽい石が交ざった重厚な稜堡が、左右に広がっていた。だが、湿った霧があまりに濃くてエントランスの全貌は見えない。ランポールはフェル博士、ハドリー、サー・ウィリアムと一緒に衛士に続いて陸橋を渡りながら、またもや自分が震えているのを感じた。過去と現在がめまぐるしく切り替わるような錯覚があった。

次のタワーのアーチの真下で、またもやあらたな人影が、先ほどと同じように不気味なぐらいふいに現れた。がっしりした、どちらかといえば背の低い男で、背筋をすっと伸ばし、両手は水滴がしたたるレインコートのポケットに突っこんでいた。ソフト帽を眉まで引きさげている。男は近づいてくると、道路にくぐもって響く一行の足音を耳にして前方に目を凝らした。

「おいおい、ビットンじゃないか！　どうして、よりによってきみがここに？」男は急いで寄ってくるとサー・ウィリアムの手を握った。

「わしのことなら大丈夫だ」サー・ウィリアムは表情を変えずに言った。「すまんな、メイスン。甥をどこで見つけた？」

　サー・ウィリアムの顔を覗きこんだ男は、湿気で垂れている赤毛の口髭と皇帝ひげを生やしていた。顔色は冴えず、額には深い皺《しわ》が何本も刻まれ、厳しくまばたきもしない輝くだけの目の周辺にも皺が寄っていた。しばらくこの男はサー・ウィリアムをそのまばたきのない目で見つめ、かすかに首を傾げた。この広大な場所にこだまは響いてきていなかった。不服そうな音を立てるタグボートがテムズ河で警笛を鳴らしているだけだった。

「気丈だな！」男は手を放して言った。「こちらは？」

「ハドリー首席警部、フェル博士、ランポール氏だ。こちらはメイスン将軍」サー・ウィリアムは紹介すると、ぐっと顔をあげた。「甥はどこだ、メイスン？　あれに会いたい」

　メイスン将軍はサー・ウィリアムの腕をとった。「もちろん、わかってくれるだろうね。警察が到着するまでは、遺体を動かすことはできなかったことを。発見された場所にまだいるよ。それでよかったのだね、ハドリー君？」

「適切な対応です、将軍。そこに案内していただけますか？　ただ、監察医が検分するまでは遺体を動かすことはできませんが」

「どうか教えてくれ、メイスン」サー・ウィリアムが低い声で言った。「いったい誰が――その、どうしてこんなことに？　誰がこんなことをやった？　狂気の沙汰だ」

「わからんよ。わかっているのは、自分が目にしたことだけだ。落ち着いてくれ！　まず、一杯どうだね？」

「いや結構だ。わしは大丈夫だよ。あれはどうやって殺されたんだ？」

　メイスン将軍は口髭と皇帝ひげを片手でなでた。彼が緊張感をかいま見せた唯一の仕草だ。

「クロスボウの矢のようだ、わたしの判断できるかぎりでは。甥御さんの胸から四インチほどが突きでて、矢先は反対側から出てくる寸前――申し訳ない。とにかく、クロスボウの矢だよ。ここの武器庫にも何本か所蔵している。心臓をまっすぐに貫いている。即死だよ、ビットン。なにも痛みを感じなかったことだろう」

「つまり」ハドリーが言った。「彼は射抜かれた――」

「あるいは短剣のようにして刺されたかだ。こちらのほうが可能性は高い。さあ、遺体を調べに行こう、ハドリー君。そして、わたしの捜査を引き継いでくれ」――彼は背後のタワーにあごをしゃくった――「あちらだ。衛士詰め所《ウォーダーズ・ホール》を、言うなれば尋問室に使っているんだ」

「見学者への説明はどうなさっていますか？　誰も塔から離れないように命令されたと伺いましたが」

「そうなんだ。運のよいことに、悪天候で見学者は多くない。これもやはり運がよかったのだが、逆賊門の石段付近まで霧が濃くたれ込めている。だから、横たわるあの若者には通行人も気づくことはなかっただろう。わたしの知るかぎりでは、まだ誰も事件に気づいていないよ。帰ろうとする見学者がいれば、事故があったと説明し門で足止めした。本当の事情を説明できるまでゆったりと過ごしてもらおうとしている」将軍は衛士を振り返った。「衛士長に、わたしがもどるまで任務を続けるように伝えてくれ。それからダルライ君が見学者全員の住所氏名を手に入れたかどうかたしかめるように。ではみなさん、こちらへ」

一行の前方に石畳の道がまっすぐに延びていた。いま立っている長いアーチの下から少し行った左手に、ランポールはさらなる丸いタワーの陰鬱な輪郭を目にした。そのタワーと連結して、高い壁が道と平行に走っている。そこでランポールは思いだした。この左手の壁は内部城壁だ。乱暴にいえば、ロンドン塔の構造は四角のなかに四角を入れているようなものだ。かたや右手には外部城壁が走っており、こちらは河岸に面している。こうして、ふたつの壁で幅二十五から三十フィートの通路が形成され、この道が敷地の河沿いの全長に延びている。道沿いのところどころに、霧にまとわりつかれた青白いガス灯があり、ランポールの目には木の枝の尖ったシルエットがかろうじて見えた。

一行の足音が壁の下でうつろに響いた。右手にある窓から煌々《こうこう》と明かりが漏れる小さな建物は絵はがきが売られている場所だ。そこから衛士の顔と帽子が黒々とした輪郭を見せる。外を覗いているのだ。この道に沿っておそらく百ヤードほどをメイスン将軍は案内していった。と、立ち止まり、右を指さした。

「セント・トマス・タワーだ」彼は言った。「そして、この下にあるのが逆賊門だよ」

不吉な印象を与えずにいられない名だ。セント・トマス・タワー自体はうっかりすると気づかれないままになる。その下に造られた大きな出入り口が目立つからだ。逆賊門は幅のあるたいらな石造りのアーチで、まるで厚い壁に穿《うが》ったいびつな暖炉のひさしのようだった。一行のいるところから、門の手前に道と平行に作られた幅広の石造りの階段を十六段降りると舗装された広い空間になっている。かつてテムズ河の底だった場所だ。逆賊門はもともと水路でロンドン塔に入るさいの門口だった。河の水位が階段の最上段に達すると、はしけがこの門をくぐって係留場へ入ったのだ。歴史ある防御柵は結構なむかしから閉じられたままだった。オーク材と垂直の鉄製の柵を組みあわせた重量のある門扉が二枚あり、その上にはアーチの弓なり部分を埋めるべくオーク材の格子がはまっている。テムズ河岸はそのむこうに整備されたため、階段下の広い空間は現在では空壕だった。

以前にこの門を見たとき、ランポールは強烈な印象を受けたものだ。しかし、この大きな門はいま霧でぼやけていたから、細かな点は想像力で再構築しなければならなかったが。門の上の醜いギザギザの歯と、アーチ部分の白い格子越しに漏れる点滅している明かりはうっすらと見えた。だが、下へ降りる石段を守る鉄柵の奥は煙った泉のようになっていた。

メイスン将軍がポケットから懐中電灯を取りだすとスイッチを入れ、光を地面へとむけた。石段前の柵近くに直立不動でいた衛士に懐中電灯で合図する。

「ブラッディ・タワーのアーチに立て。そして誰もこの付近には近づけないように。さあ、みなさん。この柵を乗り越える必要はありますまい。わたしが一度降りているので」

懐中電灯の光が石段へ移動するより早く、ランポールはもう少しで吐き気を催すところだった。湿った鉄の柵をきつく握りしめた彼は、目を閉じるか、顔をそむけたくなった。胸が締めつけられているのにからっぽな気がして、鼓動は小さなハンマーがトントンと音を立てているようだ。そして、ランポールはそれを目にした。

それは石段の最下段近くに頭を右にむけて、てっぺんから転げ落ちたかのようにだらりと横たわっていた。フィリップ・ドリスコルは厚手のツイードのゴルフウエア、膝下丈のゴルフズボン、ゴルフ用の靴下、厚底の靴といういでたちだった。もともと服は目立ちやすい薄茶色の大きな柄入りのものだったにちがいないが、いまでは濡れて黒に近くなっている。だが、見守る一行にはこうした事柄は見えないも同然だった。メイスン将軍のもつ懐中電灯の光が遺体に沿ってかすかに動くと、左胸から数インチほど突きだした金属の鈍い光が目に入ったのだ。どうやらこの傷からはあまり出血していないようだった。

顔はランポールたちのほうへぐっとむけられており、胸はわずかに弓なりになって心臓を貫いた矢が見える恰好だった。白っぽい蠟のようなその顔。目はほとんど閉じている。間が抜けた表情で怖くもなんともないはずだが、帽子の存在がそうはさせなかった。

シルクハットは階段から落下したにもかかわらずつぶれていなかった。フィリップ・ドリスコルにはサイズが大きすぎる。引きさげられたかたんにずり落ちたか、目元にかぶさるほどになり、両耳をグロテスクに押しつぶしていた。白い顔が上をむいて石段に頰を預けた恰好になり、帽子がしゃれ者のように斜めになって片目を隠す角度に落ち着いた有様を見て、サー・ウイリアムはすすり泣きというよりは、怒りの鼻息のような声をあげた。

メイスン将軍が懐中電灯を消した。「わかるだろう？」将軍は暗がりでそう言った。「帽子があれほど異様でなかったら、いったん脱がせてきみの名前を見つけることなどなかったはずだ。ハドリー君、すぐに調べたいかね、それとも、監察医の到着を待つかね？」

「懐中電灯を貸してください」ハドリーがぞんざいに頼んだ。ふたたび明かりをつけると、あたりを照らした。「どうやって彼を見つけられたのですか、将軍？」

「ひとつどころではない話が関わっているんだよ」将軍は答えた。「わたしからは話せないほどの。本題に入る前に、この青年がやってきたときの姿を目撃した者たちの話を聞くといい。午後早い時間だった」

「何時の話ですか？」

「青年がやってきた時刻かね？　一時二十分頃らしいね。わたしは不在だった。秘書のダルライが街の中心から車で送ってくれて、ここに帰ってきたのはきっかり二時半だった。記憶に残っているのは、ウォータールー・バラックの時計の音が聞こえたからだよ。衛士の塔《バイウォード・タワー》の下をくぐったときにね」将軍は来た道のほうを指さした。「ちなみに、あれがバイウォード・タワーだ。わたしがきみたちを出迎えた場所だね。ウォーター・レーン――つまりこの道を車で走ってダルライはブラッディ・タワーのアーチ前でわたしを降ろした。ここのむかいだ」

一行は暗闇を覗いた。ブラッディ・タワーのアーチは内部城壁に設置され、逆賊門とは道を挟んだむかいになる。アーチの上部には引きあげられた落とし格子の歯が見え、その奥には石畳の道がさらに坂の上の敷地へと続いている。

「わたし自身の住まいはキングズ・ハウスにある。あの壁の内側だ。わたしがアーチを入るとすぐに、ダルライは駐車場へむかってウォーター・レーンを走り去っていった。そのとき、わたしはサー・レナード・ホールダインに話があることを思いだした」

「サー・レナード・ホールダインとは?」

「王立宝物庫《クラウン・ジュエルズ》の宝物頭だ。彼はセント・トマス・タワーの反対側に住んでいる。懐中電灯をつけてくれないかね。さあ、明かりを右へ動かして。逆賊門のアーチの横手へ……ああ、そこだ」ぼんやりとした明かりが、厚い壁の奥にある鉄をめぐらせた重厚な扉を照らした。「その扉の先は階段で、祈禱室に通じている。サー・レナードの住居は祈禱室の反対側だ。もどってきた時間には、霧にくわえて雨も降っていて、ほとんどなにも見えなかった。わたしはウォーター・レーンを横切り、ここにある柵をつかみながら扉へむかった。そこでなぜ見おろす気になったのかは、なんとも言えない。第六感がどうこうという話は、もちろんくだらないことだが、きみたちもわたしのように多くの死を見てくれば——まあそれはとにかく、ふと下を見てみたんだよ。はっきりとは見えなかったが、見えたことから判断するとこれはいけないと悟った。柵を乗り越え、用心しながら降りると、マッチを擦った。そして彼を見つけたんだ」

将軍の声はどら声だったが明瞭で、淡々としていた。将軍はがっしりした肩をすくめてみせた。

「それから、どうされましたか?」

「あきらかに殺人だった」将軍は質問に気づいたそぶりを見せずに話を続けた。「自分で自分を突き刺す者は、自身の胸を矢で刺して矢先が肩胛骨《けんこうこつ》の下に到達するほどにはやれないからね。ドリスコル青年のように小柄で力のない人間ならなおさらだ。それに彼は死亡してからあきらかにかなり時間が経過していた。遺体は冷たくなり始めていたんだ。

青年の奇妙な行動についてだが――いや、それはやめておこう。ほかの者から聞いてくれ。わたしは自分の行動だけをしゃべることにしよう。駐車場からもどってきたダルライを、わたしは呼びとめた。死人が誰かは教えなかった。ダルライはシーラ・ビットン嬢と婚約中で……まあ、そんなことは知っているだろうな。わたしは彼に言って、衛士のひとりにベネディクト医師を呼びに行かせた」

「それはどなたですか？」

「軍診療所の所長だ。ダルライには、ホワイト・タワーへ行き衛士長のラドバーン君を呼んでくるように指示した。たいてい衛士長は午後の巡回を二時三十分にホワイト・タワーで終える。ダルライには、塔の門から誰も出さないように指示を残すようにとも言いつけた。意味のない警戒であることはわかっていたがね。ドリスコル君が死亡してかなり経っており、殺人者は門からすでに逃亡している可能性が高かったからだよ。それでも、そのぐらいしか打つ手がなかった」

「ちょっと待ってください」ハドリーが口を挟んだ。「外部城壁にはいくつ門があるのですか？」

「三つだ。クイーンズ・ゲートを数えないでだが。誰もあの門から出入りすることはできないからな。まず、メイン・ゲートがある。ミドル・タワーの下を通る、きみたちが通ってきた門だ。それからテムズ河岸に通じる門がふたつある。そういえば、どちらもこのウォーター・レーンに面しているな。ここからさらに先へ行った場所だ」

「歩哨はいますか？」

「もちろん。近衛騎兵一名、衛士一名が各門に配備されている。だが、ロンドン塔をあとにした者の人相をあてにしても、訊ねるだけ無駄だろう。何千人もの見学者が毎日門を使っている。衛士のなかには出入りする人々を分類して楽しむ習慣をもつ者もいるが、一日じゅう霧が出て、一時《いっとき》は雨も落ちていた。殺人犯がよっぽど風変わりでないかぎり、気づかれることなく逃げだせる機会をほぼ確実にとらえていたろうね」

「ええい！」ハドリーが息を押し殺してそう言った。「続けてください、将軍」

「話せることは、もうあまりないのだよ。ベネディクト医師は――いまは巡回中だが――わたし自身の見立てを支持してくれた。医師が言うには、わたしが発見したさいに死後四十五分、おそらくはもっと長い時間が経過していたとみるのが妥当だそうだ」

メイスン将軍は口ごもった。

「なんとも奇妙でつかみどころがないんだよ、今日の午後に彼が塔でとった行動は。あの青年はいかれてしまったのか、それとも――」ここでもとげとげしい身振りが出る。「自分の目で見たらよかろう、ハドリー君。それから衛士詰め所でもう少し落ち着いて話そう」

ハドリーがうなずくと、フェル博士にむきなおった。「柵を乗り越えられますか？」

フェル博士の巨体は一行の背後で黙してそびえたっていたのだが、博士は人目を忍ぶ山賊のように、マントに覆われた背中を丸めた。そんな博士をメイスン将軍が何回か鋭い目つきでにらんでいた。あきらかに、シャベル帽をかぶって息を切らして歩く巨体の男のことをいぶかっている。どういった立場でなぜここにいるのか、怪しんでいるのだ。自分を見つめる黒いリボンが結ばれた眼鏡の奥にあるはしっこい小さな目のことをも気にしている。

「できんね」博士は言った。「そんなことができるほど身軽じゃないわい。だが、そんなことをする必要はなさそうだ。行ってくれ。ここから観察できるとも」

ハドリーは手袋をはめると、柵を乗り越えた。懐中電灯の照らすまばゆい円を追って石段を降りていった。ふたたびランポールは柵を握りしめ、見守った。紺色のコートと山高帽のいでたちで慌てずに落ち着き払って、ハドリーは丸まった遺体を懐中電灯で照らしていった。

まず死体の位置について子細なメモを取り、スケッチを少し描いて手帳に印をつける。懐中電灯は片方の脇に挟んでいた。ぐっと身体に力を入れ死体を若干動かして後頭部をさぐった。フィリップ・ドリスコルは仕立屋のマネキンのように転がった。ハドリーはなによりも丁寧に付近の舗装された地面を調べた。続いて関心をむけたのは、胸から突きでた数インチの金属だ。磨きあげられた金属の丸みを帯びた細いそれは、普通の矢のように矢筈はV字形になっていなかった。磨きあげられた表面にいまでは水滴がまとわりついている。

最後にハドリーは帽子を脱がせた。小柄でダンディな若者の濡れた顔は完全に一行のほうをむいた。哀れで正気の沙汰ではない表情だ。きつく縮れた赤毛がべっとりと額に張りついている。ハドリーは顔を見ようとまではしなかったが帽子は念入りに調べてから、それを手にゆっくりと石段をあがってきた。

「どうだったんだ?」サー・ウィリアムがかすれるような細い声で問いただした。

ふたたび柵を越えたハドリーは長いこと無言だった。しばし立ちすくんでから懐中電灯を消し、手のひらにゆっくりとそれを打ちつけた。ランポールにははっきりとは見えなかったが、ハドリーの視線がウォーターー・レーンにむけられていることはわかった。

霧笛が一度長々とテムズ河に響き渡り、鎖がぶつかりあう音が続いたのに、ランポールはぞくりとした。

ハドリーが口をひらいた。「あなたのところの医師が見逃したことがひとつありますよ、将軍。後頭部に挫傷がある。頭部を殴られたときの傷か、あるいは——こちらのほうが可能性は高いでしょうが——殺人者に刺されてからこの石段を転がり落ちたさいの傷か、そのどちらかでしょう」

ハドリー首席警部は視線をゆっくりと将軍にむけた。

「ドリスコル君がこの柵の付近に立っていたとしましょう。殺人者から襲撃されたときです。この柵は腰より高いうえ、彼は極めて小柄です。凶器でどれだけひどく殴られたとしても、柵を越えて落ちたとは考えにくい。まちがいなく、殺人者は被害者が見つかりづらいように階段から突き落としたんでしょう」

首席警部はゆっくりとしゃべり、計ったような間で懐中電灯を手のひらへ叩きつづけていた。

「それでも、矢が短剣がわりに使われたのではなく、射られた可能性を無視することはできません。一見したところでは、とてもありそうな話ではないですが。クロスボウがわたしの考えているとおりのものであれば、殺人者がそのような複雑な道具をもってロンドン塔をうろついた可能性はほとんどないでしょう。なぜそんなことをする必要がありますか？」

「ふむ」考えこみながらフェル博士が言った。「それを言うならば、なぜ帽子を盗む必要が？」

ランポールはまたメイスン将軍の肩がびくりと動くところを目撃した。とんでもない疑問がちらつくのを振り払おうとしているようだった。だが、将軍が口をひらくことはなく、ハドリーは動じない声で話を続けた。

「霧に紛れてナイフやブラックジャックで一撃するだけで、事足りたはずです。霧のために――あなたがおっしゃったとおりです、将軍――クロスボウで射ようとしても、遠くの目標が見えたなどということはあり得ません。矢であれほど鮮やかに心臓を射抜くことはまず不可能です。最後に帽子の件ですが」ハドリーは腕に挟んでいた帽子を手にもった。「意図は定かではありませんが、犯人は帽子を死人の頭にかぶせたかったのです。ドリスコル君がロンドン塔にやってきたときには、この帽子をかぶっていなかったと考えてよろしいのですよね」

「もちろん、かぶっていなかった。ミドル・タワーを守っている近衛騎兵と衛士がやってきたところを目撃しているが、ハンチング帽をかぶっていたと話している」

「そのハンチング帽はいまここにない」首席警部は考えこむように言った。「でも、お訊ねしてもいいでしょうか、将軍。つねに大勢の見学者がここを通るとおっしゃいましたね。その目撃者たちはどうしてまたドリスコル君に気づいたのですか？」

「それはふたりが彼を知っていたからだよ。少なくとも衛士は、会釈をする程度の間柄だった。まあ、もちろん近衛騎兵のほうはいつも交替しているんだが、ドリスコル君はここを頻繁に訪れていたんだ。ダルライがこれまでに何度も窮地から救ってやっていてね、彼を頼るようになっていたのだよ。だから今日も訪ねてきたというわけだ。まあ、それは目撃した衛士から話を聞けるだろう。このわたしはドリスコル君に会っていないからね」

「なるほど。さて、凶器の問題について話しあう前に、教えてほしいことがあります。初めに、この点を確認しておく必要があるのですが、射抜かれたのか刺されたのか、そのどちらにしても、この石段のすぐ近くで殺害されていますね。犯人はこれだけの衛士がいるなかで、死体を抱えて歩きまわることはできなかったでしょう。この石段は隠し場所として意図され、そして現実にそう使用されたのです。ですから、ここでもっともありそうにない経緯を仮定してみましょう。(一) 彼はクロスボウで射抜かれ、(二) 矢の勢いで——しかもそれはとても強力だった——この柵を乗り越えて落ちたか、あるいは犯人がのちに彼を突き落としたかして、(三) その後に殺人者がサー・ウィリアムの帽子で彼を飾ったのだと仮定します。おわかりになりますか？　とすれば、矢はいったいどこから射られたのでしょうか？」

メイスン将軍は皇帝ひげをなでた。一同は内部城壁を、石段の真向かいのブラッディ・タワー下のアーチを、そのすぐ隣のもっと背が高く幅もある円塔をしげしげと見つめた。さらにランポールは、ウォーター・レーンをまっすぐ行ったところに別の門を認めた。

「まあ」将軍が言った。「それはそう、どこからでも射ることはできただろう。このウォーター・レーンの東からでも西からでも、逆賊門の左右どちらからでも。ブラッディ・タワー下のアーチからでもな。あそこが方角的にはもっとも可能性が高そうだ——直線で狙える。だが、ナンセンスだよ。クロスボウではライフルなみに堂々と手にしてここを歩くことはできん。それにだな、あのアーチのむこう側はウェイクフィールド（薔薇戦争の戦場となった地名）・タワーのエントランスになっている。そこは見学者の立ち入りを許可しているから、つねに衛士が番をしている。やれやれ！　常識を働かそう。そんなまねは無理だ」

ハドリーは穏やかにうなずいた。

「無理だったことはわかっています。ですが、おっしゃるように、真向かいがもっとも可能性のありそうな方角です。では、窓や城壁の上はどうでしょうか？」

「なんだって？」

「窓や屋根ならばどうでしょうかと言ったのですよ。そうした場所に立って矢を放つことはできるでしょうか？　本来ならばお訊ねしないで自分で見ればいいことですが、この霧で輪郭しか見えないので」

将軍はハドリーを凝視したのち、そっけなくうなずいた。口をひらくと、その声には険しさと警戒と怒りがうずまいていた。この声を聞いてランポールは飛びあがってしまった。

「そうなのか。きみの魂胆がわかったぞ、ハドリー君。この砦の誰かがやったと言いたいんだな！」

「そんなことは申しておりませんよ、将軍」ハドリーは柔らかな口調で答えた。「ごく当たり前の質問をしただけです」

　将軍はレインコートのポケットへさらに深く手を突っこんだ。一瞬ののちにさっと振り返ると、むかいの内部城壁を指さした。

「左手の上」将軍は言った。「城壁そのものの上に突きでて見える一群の建物、そこの窓がいくつか見えるはずだ。キングズ・ハウスの窓だ。一部の衛士とその家族が住んでいる。ちなみにわたし自身もそうだともう一度言い添えておこうか。それから、あの城壁の上はこちらが見おろせてブラッディ・タワーにまっすぐ続く通路になっている。あそこはサー・ウォルター・ローリーにちなんでローリーの遊歩道と呼ばれているが、よほど背が高くなければここからあのむこう側は見えない。ローリーの遊歩道はブラッディ・タワーにつながっていて、そこにはなるほど、こちらを見おろせる窓がいくつかあるぞ。ブラッディ・タワーの右隣に連結している、あの大きな丸いタワーが見えるか？　あれがウェイクフィールド・タワーで、クラウン・ジュエルズが入っている場所だ。そこにも窓がある。そこは——当然のことだが——警備についている衛士が二名いる。これできみの質問にはお答えできたかね？」

「ありがとうございます」首席警部は言った。「霧がもう少し晴れたら調べてみます。みなさん、よろしければ、衛士詰め所へ引き揚げませんか」

4　事情聴取

サー・ウィリアムの腕にそっとメイスン将軍が触れ、ふたりは振り返って歩き始めた。サー・ウィリアムは長いこと口をひらいていなかった。柵を握りしめて逆賊門付近の暗がりをじっと見つめていたのだ。動き始めてもまだ話そうとしない。将軍の隣を静かに歩き、衛士詰所へ引き揚げていく。

ハドリーは帽子を小脇に抱えたまま、手帳を懐中電灯で照らしていくつかメモを取った。落ち着いた重々しい顔つきに感情のない暗い目をして、手帳に覆い被さるようにしている姿が懐中電灯の光に浮かびあがる。

ハドリーはうなずき、手帳を閉じた。

「質問を続けます、将軍。クロスボウについてです。こちらのものでしょうか?」

「その質問にたどり着くまでに、まったくどれだけ時間がかかるのかと思っていたぞ」将軍が手きびしく答えた。「わからん。いま調べさせている。ロンドン塔ではクロスボウと矢をいくつか所蔵していて、ホワイト・タワー三階の武器庫のガラスケースに収めている。だが、そこからなにも盗まれていないことには、絶対の自信がある。しかし、練兵場のむこう側の煉瓦の塔《ブリック・タワー》に工房があるからな。展示している甲冑や武器の手入れと修理に使っている場所だ。担当の衛士を呼びに行かせておいたから、そろそろやってくる頃だ。その衛士から説明があるだろう」

「ですが、こちらの展示品のクロスボウのひとつが使われた可能性はゼロではありませんよね?」

「それはそうだ。いつも念入りに修理してあるからな。わたしたち自身が武器として使ってもいいほどに」

ハドリーは思わず口笛を吹きそうになった。そしてフェル博士にむきなおる。

「あなたのようにおしゃべり好きな人にしては、信じられないほど静かですね。思いついたことはないいんですか?」

博士は勢いよく鼻を鳴らした。「そりゃあるとも」と切り返す。「ただ、それは窓やクロスボウにまつわることではない。帽子にまつわることだ。そのシルクハットを見せてくれんか? 照明の具合がいい場所で調べてみたい」

ハドリーは無言で帽子を手渡した。

「ここが」一行がバイウォード・タワーを右に曲がったところでメイスン将軍が説明した。「狭いほうの衛士詰め所だ。足止めしている見学者たちは、広いほうにいる」将軍はアーチ下の扉を押し開け、入るように身振りで示した。

暖かな部屋に入って初めて、ランポールは自分がどれほど凍えて身体が硬くなっていたか気づいた。暖炉では石炭が赤々と燃えてパチパチと音を立てている。この円形の部屋はくつろげる雰囲気だった。梁を十字に交差させた丸天井からは電灯がいくつも下がり、壁の高い位置に十字に切り込みを入れた窓がある。硬い革張りの椅子と書棚があった。大きな平机のむこうには、両手を重ねて机に乗せ、背筋を伸ばした年配の男が座り、ふさふさした白い眉の下からランポールたちを観察していた。衛士の衣装を身につけているが、彼の服はランポールがこれまで目にしたものよりはるかに凝った作りだった。その隣ではひょろりとした猫背の若い男が紙片にメモを取っている。

「座ってくれたまえ、諸君」メイスン将軍が言った。「こちらが衛士長のラドバーン君だ。そしてわたしの秘書のロバート・ダルライ君」

将軍は紹介が済むと客人に座るように身振りで勧め、葉巻ケースを取りだした。「なにかわかったか？」

衛士長は首を横に振ると、自分が座っていた椅子をメイスン将軍に勧めた。

「遺憾ながら、たいしてわかったことはないですね。ホワイト・タワーの歩哨から話を聞き終えたところです。それから修理工房の職人主任にも。ダルライ君が速記でメモを取っています」

若い男は書類を少しいじっていたが、メイスン将軍を見るとまばたきした。まだいささか青ざめている。理屈抜きでランポールはこのロバート・ダルライに好感をもった。面長《おもなが》のかなり陰気な顔をしているが、口元にはユーモアが浮かんでいた。砂色の髪はあらゆる方向にはねている。どうやら、髪に手を走らせる癖があるようだ。気だてのよさそうな、近視のきつい灰色の瞳には苦悩が宿っている。鎖につけた鼻眼鏡をいじり、書類を見つめてうつむいた。

「こんにちは」ダルライがサー・ウィリアムに言った。「こちらにいらしていると伺っていました。ぼく――ぼくはどんなお言葉をかけたらよいのでしょう。こちらの気持ちもおわかりいただけますよね」

そして書類を見つめたまま、ダルライは急いで話題を変えた。「ここにメモがあります」ダルライはメイスン将軍にむかって言った。「武器庫から盗まれたものはありません。当然のことですが。それから工房の職人主任もホワイト・タワー三階の衛士たちも、喜んで誓うことでしょう。あのクロスボウの矢は所蔵品に含まれておらず、これまでにいかなるコレクションで所蔵したこともないと」

「なぜそう言えるのかね？　ああしたものを識別することなどとうていできないのじゃないかね？」

「ジョン・ブラウンロウがこの分野に精通しているのです。その道の権威のようになっていまして。ああ、ありました。ブラウンロウはこう話しています」――ダルライは鼻眼鏡をあげてまたたきした――「凶器の矢は、ここに所蔵しているどんな矢よりも前の時代のものだそうです。遺体から……突きだして見える部分から判断すると、十四世紀後半の模様だそうです。ああ、ここに書いてありましたよ。〝最近のものはずっと短くて太く、矢尻のかかりも大きい〟と。凶器の矢はとても細いため、所蔵品のどのクロスボウの溝にも合うはずがないとのことです」

メイスン将軍がコートを苦労して脱いでいるハドリーにむきなおった。「さあ、ここからはきみが責任者だ、思うとおりに質問するといい。ほら、あの椅子を首席警部に。ときに、矢は射られたものではないと証明されるのじゃないかね。犯人が自分でクロスボウをもちこんだと信じているなら別だが。それに、ここに所蔵されたクロスボウから射られたものではないと言ったね、ダルライ?」

「ブラウンロウの話では、使おうとすれば使えたそうですが、まずまちがいなく矢は狙いどおりに飛ばないだろうとのことです」

メイスン将軍はうなずき、くちびるをしっかり閉じて満足そうにハドリーを見つめた。ランポールは初めて将軍を明るい光のなかで見た。濡れた帽子とレインコートはすでに脱いでベンチにかけている。どうやら、高官につきものの気むずかしさはないようだ。立ったままで暖炉に両手をかざして暖をとり、ハドリーを振り返っている。ずんぐりした将軍は背筋をピンと伸ばして――髪はかなり薄く、赤褐色の口髭と皇帝ひげを生やし――険しくてまばたきしない目を光らせていた。

「ほら?」将軍は促した。「さあ、まずどこから話を始めるんだ?」

ダルライがメモをテーブルに置いた。

「お知らせしたほうがいいでしょうが」ダルライはメイスン将軍とサー・ウィリアムに話しかけた。「見学者には、この件に確実に関係している人物が二名いて、この二名もほかの見学者と一緒にむこうの衛士詰め所に足止めされています。指示をいただけないでしょうか、ビットン夫人が足止めされてからずっと手に負えなくて」

「誰だと?」暖炉の炎を見つめていたのが、突然顔をあげ、サー・ウィリアムが強い口調で聞き返した。

「レスター・ビットン夫人です。とにかく、ずっと——」

サー・ウィリアムは整えた白髪をかきむしり、茫然とした表情でメイスンを見た。「義理の妹だ。あれはこんなところでなにをしているんだ?」

ハドリーはデスクにむかい、手帳、鉛筆、懐中電灯をきっちりと揃えて並べているところだった。たいして関心を抱いた様子もなく顔をあげた。

「ああ」ハドリーは言った。「うれしいお言葉を聞きました。いわば、そこがわたしたちの骨折り事の中心ですからね。でも、いまのところはそのご婦人のおじゃまをするのはやめておこう、ダルライ君。じきに会えるから」ハドリーは手を組み、眉をひそめてサー・ウィリアムを見つめた。「レスター・ビットン夫人がここにいることに、どうしてそこまで驚かれるのですか?」

「どうしてと言われても、そんなことはきみもよくわかって……」サー・ウィリアムはどこかとまどった様子で切り返そうとしたが、口をつぐんだ。「いやいや。当然のことながら、きみはあの女を知らないのだな? まあ、あれは運動好きなタイプでな。会えばわかる。なあ、あれには知らせたのかね……その、フィリップのことを。ダルライ?」サー・ウィリアムはためらいがちに言った。

「仕方ありませんでした」ダルライが陰気な口調で答えた。

「義妹《いもうと》はなんと言った？」

「ぼくは頭がおかしいと。それにほかにもいろいろと」

鉛筆を手にしていたハドリーは、芯の先で机に穴を開けることに集中しているように見えていたが、こう質問した。「見学者に関係者は二名いるとのことでしたが、ダルライ君？」

ダルライは顔を曇らせた。「もうひとりはアーバー氏です、首席警部。ジュリアス・アーバーですよ。かなり有名な古書収集家の。サー・ウィリアムのご自宅に滞在中のはずです」

サー・ウィリアムが顔をあげた。眼光の鋭さが復活していた。殺人の知らせを聞いてから初めてのことだ。青ざめた顔に色味がもどってきたように、目にも色がもどってきたようで興味深い光景だった。狭い肩が多少はあがって、しゃんとなった。「おもしろい。じつにおもしろい」そして弾むような足取りで、机の近くにある椅子に腰かけた。

「ますますいいですね」首席警部も賛成して鉛筆を置いた。「けれども、現時点ではアーバー氏のおじゃまをするのも避けましょう。本日のドリスコル君の足取りを完全に把握しておきたいのです。なにかおっしゃっていましたね、将軍。ドリスコル君の足取りに絡んだかなり途方もない話があると」

メイスン将軍は暖炉を背にむきなおった。

「ラドバーン君」彼は衛士長に言った。「キングズ・ハウスに使いをやって、パーカーを呼んでくれないか？　パーカーというのは」将軍は部屋にいるほかの者に説明した。「わたしの従卒であれこれ雑用をやってくれる者だ。ボーア戦争からずっと仕えてくれていて、この男は完全に信頼できるんだよ。それから、ダルライ、首席警部にあの騒動の話をしてくれ」

ダルライがうなずいた。ふいに老けたように見えた。一瞬、目元に片手をあててから、自信のない様子でハドリーにむきなおった。

「あのですね、首席警部」ダルライが言った。「そのときはどんな意味かもわかりませんでしたし、いまでもよくわかりません。ただ、フィリップに対するなにかの罠だったことだけはわかります。腰かけてタバコを吸ってもいいでしょうか？　ああ、ありがとうございます」

長い脚をかすかに震わせながら椅子に座りこんだ。彼がタバコを取りだすと、ハドリーがマッチを擦ってやった。

「ゆっくりしていいんだよ、ダルライ君」首席警部は言った。「サー・ウィリアムから聞いたよ――立ち入ったことになるが――お嬢さんの婚約者だそうだね。だとしたら、フィリップ君とは懇意だったんじゃないかね？」

「そうでした。フィリップのことはとことん知りつくしていたと思いますよ」ダルライが静かに答えた。煙が片目に入ってまばたきをした。「それにもちろん、こうした話は気持ちのよいものではありません。その――いいですか、あいつはこのぼくを、どんな困難からも出口を見つけてくれる、実務家タイプの人間だと思っていたのです。いつも窮地に陥っては、助けてくれとぼくを頼ってきました。ですが、ぼくは全然そういう人間ではありません。でも、あいつはふさぎこみがちなところがあって、ちょっとした困難でもこの世の終わりのように思ってしまうんです。足を踏みならしてわめきたてて、絶対に耐えられないことだと断言するんですよ。これからお話しすることを理解していただくには、その点をご了解いただかないと」

「困難と言ったかい?」首席警部が聞き返した。椅子にもたれ、なかば目を閉じるようにしているが、サー・ウィリアムを見つめていた。「どのような困難だろう?」

ダルライはためらった。「金銭の問題です、基本的に。深刻なものじゃありませんよ。支払いができなくなったとか、そういったことで」

「女性関係は?」ハドリーがふいに訊ねた。

「おやおや! それは誰でも経験があるでしょう?」ダルライは気詰まりな様子で問いかけた。

「つまり……」そこで頬を赤くした。「すみません。深刻なものじゃなかったのですよ、この問題も。それはわかっていました。あいつはいつも真夜中に電話してきては、ダンス・パーティでこれだと思える女性に会ったと話して、熱をあげたものですよ。たいていは一カ月ほどで終わりましたが」

「深刻なものではなかった? 答えづらいことを訊ねて申し訳ないがね、ダルライ君」首席警部が聞き返し、ダルライは片手を振って先を促した。「わたしは殺人の動機を探しているのだよ。だからこうした質問をしなければならないんだ。本当に深刻なものではなかったのだね?」

「ええ」

「では、続きを聞かせてくれ。きみは彼を助けたと言ったね」

「ぼくはいい気になっていたのだと思います。それに自分が――シーラに近い人物を助けていると感じられるのがうれしかった。人はみな、そんなものですよ。運命を 司《つかさど》る全能の指導者を演じたがる。オリュンポスの神々のようにです。こまったものですね！　まあそれはともかく、今日のことを把握していただくには、まず彼のことをわかっていただかないと」

そこでつかのま、ダルライはタバコを深々と吸った。

「それで、フィリップは今朝早くここに電話してきました。パーカーが将軍の書斎でその電話を受けたのです。ぼくはじつはまだ起きていませんでした。フィリップはしどろもどろに話を始めたとパーカーは言っています。ロンドン塔に一時きっかりに行くとぼくに伝えろと言ったそうです。ひどい面倒に巻きこまれて助けが必要だと。途中で自分の名前が聞こえたので、ぼくは起きだして直接あいつと話しました。

きっとたいした問題じゃないと思いましたが、あいつの気持ちを楽にしてやるために、ここで会おうと言ってやりました。ただし、今日の午後早い時間に出かけなければならないとも伝えました。

もしも、ぼくが外出しないでいたらと思うと……メイスン将軍に、車をホルボーンの修理工場まで運転していってクラクションを修理させるように頼まれていたのです。電気式のクラクションで、押すと鳴りやまなくなってしまったので」

ハドリーは顔をしかめた。「ホルボーンの修理工場？　わざわざそんな遠くまで行く必要はないのじゃないかね？」

ふたたび、メイスン将軍の目にかすかな怒りが宿った。暖炉を背にして、脚をひらいて立っている。将軍はそっけなく言った。

「きみの言うとおりだ。やはりすぐに気づいたか。だが、その修理工場はむかし軍にいた男が経営していてね——ちなみに軍曹だが——これがわたしによく尽くしてくれた者でな、車の修理はすべてそこに頼んでいる」

「なるほど」ハドリーが言った。「では、ダルライ君、続けて？」

ランポールは並ぶ書棚にもたれ、火をつけていないタバコを手にして、すべてが現実だと想像しようとした。またしても自分が殺人事件という狡知《こうち》と恐怖の世界に巻きこまれたのだと。疑問の余地なく、それは真実だった。だが、この事件とマーティン・スタバース殺人事件とにはちがいがあった。今回は結末に人生を左右されるほどの不安を抱えておらず、偶然と天の計らいによってたんなる傍観者として、私心も偏見もなしに立ち会うことを許されたのだ。シルクハットをかぶった死体が横たわる、明かりのともるこのおもちゃ箱《プレイボックス》に。

歴史あるこの部屋はまさに劇《プレイ》のように鮮やかだった。机の奥には忍耐強く油断のない目を光らせる首席警部。針金のような髪と短く刈りこんだ口髭という姿で、手は気怠そうに組んでいる。その隣にはサー・ウィリアムが座っている。動じない瞳の奥にはふたたび狡猾《こうかつ》さが輝いてきている。首席警部の逆どなりには痩せてしかめ面をしたロバート・ダルライが、タバコを見つめている。まだ頭から湯気をあげているメイスン将軍は暖炉に背をむけて立っている。そして暖炉にむかいあう、この部屋でもっとも大きな椅子ではフェル博士がゆったりと身体を伸ばし――手にしたシルクハットをフクロウのように無邪気な目つきで見つめている。帽子からほとんど視線をあげようともしない。肩で息をしながら何度も裏返している。博士が黙りこくっていることがランポールにはじれったかった。怒っていても憎めない調子でどなり、目の前にいる誰もかれもの意見を踏みにじる博士に慣れていたのだ。不自然きわまりなく、ランポールは不安になった。

そこでダルライがしゃべっていることに気づき、慌てて注意をむけ直した。

「……ぼくはそれ以上たいして考えもしませんでした。しかしそれも一時頃に、フィリップがやってくると言っていた時間になるまでの話でした。ふたたび電話が鳴り、パーカーが出ました。それはフィリップで、ぼくへの電話でした。少なくともぼくが聞いたかぎりでは」ダルライはタバコをふいにもみ消して言った。「フィリップのような声でした。そのときぼくは記録室で、将軍の本のためにメモを作っていました。そこにパーカーが電話をまわしてきたのです。フィリップは朝よりも言うことがメチャクチャになっていました。こう言ったんですよ。電話では説明できない理由があって自分はロンドン塔には行けなくなったが、ぼくのほうがなんとしてもあいつのフラットへ行かなければならないと。いつもの決まり文句を使っていましたよ――何十回も聞かされた言葉です――これは生きるか死ぬかの問題だと。

ぼくはムッとしました。こう言ってやりましたよ。仕事があるんだから、そんなことは絶対にできない、もしもぼくに会いたいのなら自分からこっちに来いと。そうしたら、あいつは本当に生きるか死ぬかの問題だと誓ったんです。そしてどのみちぼくは町中に出なければならないじゃないかと言うのです。彼のフラットはブルームズベリー地区にあるんですが、ぼくが車をもっていく修理工場はそこからたいして遠くない。だからついでじゃないかと。それはまったくそのとおりでした。断る口実が見つからなかった。だから承知してやったんです。すぐにロンドン塔を出る約束までしました」

ダルライは椅子に座ったまま身じろぎした。

「正直に言います――その、いつもに比べるとずっと納得のいく説明だったんですよ。あいつが本当にどうしようもない事態にはまったのだと思ったんです。だから行ってやったんだ」

「そう信じるに足る、これといった理由でもあったのかい？」

「い、いえ――いや、あった、かな。まあ、好きなように受けとってもらっていいですが」ダルライの視線が部屋の隅へと漂っていった。そこではフェル博士がまだすっかり夢中でシルクハットを調べている。ダルライは居心地悪そうに体勢を変えた。「あの、フィリップは最近かなり機嫌がよかったんですよ。それでこんなふうに態度が変わったことにとても驚いたんです。例の帽子盗難事件の記事でうまくやっていましたから。ご存じですね？」

「わたしたち警察には知っていて当然の理由があるからね」首席警部が答えた。その態度は突如として関心を抱いたものに変わった。「続けて」

「あの記事はフィリップが評価を得られる類《たぐい》のものでした。あいつはフリーランスでしたから、編集長からレギュラーでコラムを書くよう依頼されたいと願っていたんです。ですから、あいつの話を聞かされて心底びっくりしたんですよ。はっきり覚えていますが、ぼくはこう言ったんです。〝どにかく、どんな厄介事なんだよ？　きみはあの帽子盗難を追いかけていたんじゃなかったのか〟と。すると、彼は言いました。〝その件だよ〟と、なんだか甲高い声で。〝その件を深追いしすぎた。あることをつついたせいでこまっている〟と」

ランポールは恐怖のようなものに全身を貫かれた気がした。ダルライの説明から、活発だが気分の変わりやすいフィリップ・ドリスコルが青ざめた顔をして、必死になって電話でしゃべっている様子を容易に思い描くことができた。ハドリー首席警部が身を乗りだした。

「ほう？」ハドリーは促した。「きみは、ドリスコル君がこの帽子盗難事件のために危険な状況にあると考えている、そう判断した？」

「そういうところです。もちろん、ぼくは冗談にしましたが。こんなことを訊ねましたよ。〝どうしたんだい。いかれ帽子屋がきみの帽子でも盗むんじゃないかと心配しているのかい？〟と。すると彼は言いました――」

「なんと？」

「〝心配しているのはぼくの帽子じゃない。ぼくの頭だ〟」

長い沈黙があった。ややあって、ハドリーがさりげなく口をひらいた。「それできみはロンドン塔を離れて彼の家へむかったと。その後は？」

「そこがおかしなところなんですよ。ぼくは修理工場へ運転していきました。ハイ・ホルボーンのデーン・ストリートです。修理工は先にやっていた仕事で手が放せませんでした。クラクションはほんの数分で直せるが、いま修理している車が終わるまで待ってもらわなきゃならないと言われました。それで歩いてフィリップのフラットへ行くことにしたんです。あとで車を回収すればいいと。急ぎではありませんでしたから」

　ハドリーが手帳に手を伸ばした。「フラットの住所は?」

「ウエスト《W》・セントラル《C》、タヴィストック・スクエア三四番地、タヴィストック荘です。一階の二号室。フラットにたどり着くと、長いこと呼び鈴を鳴らしたんですが、応答がなかったんで室内へ入ったんです」

「鍵はかかっていなかったのかね?」

「かかっていましたよ。でも、ぼくは合い鍵をもっているんです。その、ロンドン塔の門は毎晩十時きっかりに閉まりますよね。そのあとは王その人でも入城は困難でしょう。ですから劇場やダンス・パーティといったものに出かけるときは、泊まる場所が必要になるんですよ。それでたいていはフィリップの居間のカウチで寝ていました。どこまで話しましたっけ? ああ、そうでした。それで、ぼくは部屋で座って彼を待っていたんです。パブにでも行ったんだろうと思って。ですが、本当は――」

　ダルライは深々と息を吸った。突然、手のひらでテーブルを叩いた。

「ぼくが塔をあとにして十五分ぐらい経った頃に、フィリップ・ドリスコルがこの将軍の住居に姿を見せて、ぼくに会わせてくれと頼んだんです。パーカーは当然、フィリップの電話を受けてぼくは出かけたと告げました。すると、パーカーが言うには、フィリップは死人のように青ざめたそうです。そして、わめきだしてパーカーをいかれていると非難したそうなんですよ。

自分は午前中に電話をかけて一時にぼくに会いたいとは伝えた、でも、その約束の変更などしていないと誓ったんです。それに、二度目の電話などかけてもいないとも」

5　柵の近くの影

ハドリーが身体を硬くした。そっと鉛筆を置いたが、あごの線の筋肉が緊張していた。暖炉の炎がパチパチいう音を除けば石造りのこの部屋は静まり返っていた。

「そうなのか」間を置いて、ハドリーはそっと言った。「それからどうした？」

「待ちましたよ。霧が濃くなって雨も降りだして、もどかしくなってきました。フィリップどころか誰かれ構わず呪っていましたね。そこでフラットの電話が鳴ったので受話器を取りました。

パーカーからでした。たったいま、あなたにお話ししたことを言われました。ぼくに連絡しようと一度電話したそうですが、修理工場にいてまだ到着していなかったのです。フィリップがぼくをロンドン塔で待っているとのことでした。ひどく動転して。パーカーの話では酔ってはいないというので、じゃあ誰か頭がおかしいやつがかけてきたのだと思いましたね。でも、ロンドン塔にもどる以外になにができたでしょうか。どちらにしても、もどらないといけなかったのですがね。ぼくは急いで車を受けとりにもどり、修理工場をあとにしたところで、将軍に会いました」

「あなたも」ハドリーが顔をあげて訊ねた。「町中にいらっしゃったんですね、将軍」

メイスン将軍は暗い表情で足元を見つめていたが、どこか皮肉な面持ちで顔をあげた。

「そうらしいな。昼食の約束を済ませたあとに大英博物館へ出向き、準備してもらっていた本を受けとった。ダルライが話したように雨が降りだしたが、もちろんタクシーはつかまらない。地下鉄やバスでの移動は嫌いだ。プライバシーがない。一人前の男が烏合《うごう》の衆と一緒に詰めこまれるなど、考えるだけでもぞっとする！　そんなとき、おそらく車がステープルマンの修理工場にあるのではと思いだしたんだ。なくてもステープルマンが車を貸してくれるだろうから、それで帰ればよい。修理工場は大英博物館からそう遠くなかったから、歩き始めた。そこで車に乗ったダルライを見つけて、呼びとめた。あとの話はもうしたな。わたしたちはここに二時三十分に帰ってきて、見つけたんだ――彼を」

またしても長い沈黙が流れた。ハドリーは机に肘をついて身を乗りだし、太い指でこめかみを揉んだ。そのとき部屋の隅から、轟《とどろ》くような好奇心いっぱいの思惑のある声がした。

「その昼食の約束はとても大事だったのですかな、メイスン将軍？」訊ねたのはフェル博士だった。

その質問があまりにも無邪気だったため全員が驚き、顔を博士にむけた。丸い赤ら顔は襟《えり》に沈みこみ、もしゃもしゃの髪が片耳のあたりで乱れ、眼鏡越しにシルクハットにおかしな流し目をくれていた。まったく心ここにあらずという体に見える。

将軍は博士を見つめた。「どういうことかな」

「ひょっとしたら」博士はまだぼんやりとしたまま、さらに追及した。「協会の類《たぐい》や、理事会や、集会では」

「もちろんそうだったが」とまどった表情ながら、厳しいまなざしはさらに鋭くなっていた。「《古物収集愛好家協会》だ。毎月第二月曜の昼食に集まる。わたしはあの連中は好かん。つまらんのだ！　あれほど覇気というものがない化石のような連中もいない。羽毛まくらではたいただけでも倒れそうな者たちだ。あの協会に留まっている理由はただひとつ、塔の仕事で悩ましい疑問があれば連中の知識が役立つからだ。昼食会には顔を出さねばならないが、できるだけ早く帰るようにしている。サー・レナード・ホールダイン——ここの宝物頭だ——が車で正午に送ってくれた。彼は兵士でつきあいやすい相手だしな、むこうも同じように思ってくれている。だが、待てよ。どうしてそんなことを訊ねられた？」

「ふむふむ、なるほど」博士はぎこちなくうなずいた。「あなたがその協会の会員であることは、広く知られているのでしょうな？」

「友人はみな知っている。そちらが言いたいのはそういうことかね。どうやら軍人クラブで笑いの種にされているようだが」

ハドリーはゆっくりとうなずき、フェル博士を見つめた。「あなたの言いたいことがわかってきましたよ。教えてください、将軍。ロンドン塔でドリスコル青年をよく知っていたのは、あなたとダルライ君だけだったのではないですか？」

「ああ、そうだろうな。サー・レナードとは面識があり、衛士の者たちとは会釈をかわす程度の間柄だったが」

「けれども、ドリスコル君が訪ねてくる相手は、あなたたちだけだった?」

「おそらくは」

ダルライがわずかに口を開けて、腰を浮かせたが、ふたたび椅子に座りこんだ。拳《こぶし》でゆっくりと肘掛けを叩く。

「そうか。つまり――犯人はメイスン将軍とぼくを確実に留守にさせるつもりだったと言いたいのですね?」

「もちろん、そうだ。きみがロンドン塔に残っておったならば、ドリスコル君は確実にきみと一緒にいただろう。きみの留守中に将軍が残っておれば、おそらく将軍と一緒にいたにちがいない。その場合、犯人は霧のなかという絶好の場所に誘いだし、息の根を止めるチャンスをものにできなかったはずだな」

博士が怒ったような口調でしゃべり、床に杖を突いて石突きを鳴り響かせた。

ダルライはこまった様子だった。「そう言われても――誓って言いますが、二度目の電話はフィリップ本人の声でしたよ。じゃなきゃ変だよ!――あっ、申し訳ございません!」ダルライは喉をごくりといわせたが、フェル博士は穏和にほほえむだけで、安心して先を続けるように促した。「ぼくが言いたいのは、とにかく、あの声はほかでもないフィリップの声だとわかったということです。あなたのおっしゃることが本当であれば、フィリップの声ではなかったことになる。また、それが誰だったとしてもこの電話をかけてきた人物は、ここで一時にフィリップがぼくと会う約束をしていたことをどうして知ったのでしょう？　それにフィリップの言った〝心配しているのは頭のこと〟という、意味のわからない話はいったいなんですか？」

「そうした事実は」フェル博士が落ち着いて言った。「わしたちに絶好の手がかりとなるだろう。何度も考えてみるとよいな。ところで、ドリスコル君はどのような声をしておったのかな？」

「どんな声――そうですね」ダルライはためらった。「あの声を表現するただひとつの言いかたは、支離滅裂ですね。あいつは頭の回転が速すぎて、口に出そうとしたときには何マイルも先を走っているような奴だったのです。それに興奮すると、声が高くなりがちで」

フェル博士は首を傾げ、目をなかばつぶってゆっくりとうなずいていた。ノックの音がしてぱっと視線をあげると、衛士長が部屋にもどってきた。おそらく、こうした数々の出来事を、午後の巡回をこなすのと同じように慌てず騒がずくぐり抜けてきた人物なのだ。紺色と赤の制服姿という中世のいでたちそのままで、長い口髭は念入りに整えられている。

「監察医が到着されました」衛士長は言った。「それからスコットランド・ヤードから数名の方々が。なにか指示がありますか？」

ハドリーは立ちあがろうとしたが、考え直した。「いや。もしよろしければいつものようにしてくれと伝えてもらえれば結構です。それでつうじますから。遺体の写真をあらゆる角度から撮らせてください。遺体を検分するのに差し支えのない場所がどこかにありますか？」

「ブラッディ・タワーにしなさい、ラドバーン君」メイスン将軍が言った。「《王子たちの間》を使うといい。あそこならぴったりだ。ここにパーカーは呼んであるか？」

「外におります。見学者についてなにかご指示はありませんか？　かなりいらだちを募らせていまして」

「もう少し待たせておいてくれ」ハドリーが言った。「パーカー君をここに呼んでくれませんか？」衛士長が下がると、ハドリーはダルライに顔をむけた。「見学者たちの名前は控えているかい？」

「ええ。若干やりすぎたかもしれません」ダルライはそう言うと、札入れから手帳を破いた何枚もの紙を取りだした。「厳格にやりました。見学者には住所氏名、職業、照会先を書き留めるように指示したのです。外国の方には、イギリスでの滞在期間、到着した船の名前、次の渡航先を訊ねました。大半は観光客でした。形式上の手続きですが警戒はされましたね。みなさん問題ないと思いますし、反撥されることもありませんでした。ただし、ビットン夫人は別ですし、それにもうひとりの女性も」

ダルライは紙のたばをハドリーに手渡した。首席警部は鋭い視線をあげた。「もうひとりの女性？　何者かね？」

「書かれた身元に心当たりはありませんでしたが、ふるまいが気になったので名前は覚えています。ずうずうしいご婦人ですよ。あの、ぼくはかなり役人ぶって、見学者たちに本当のことを書かせようと威圧したのです。するとこの女性は警戒したように、こう言ったのです。〝あなたは公証人じゃないのでしょう、ぼうや？〟ぼくは驚いてしげしげとその人を見つめました。するとと彼女はさらにこう言ったのです。〝こんなことをする権利はあなたにはないわよ、ぼうや。あたしたちはなにも誓いを立てていないんですからね。あたしの名前はラーキン。きちんとした未亡人よ。あなたなんか、それだけわかっていたらいいの〟それで、お好きなようにしてもらっていいが、刑務所に入れられてもぼくには関係ないですからね、と言い返しました。この女性は〝フン！〟と言って少しにらみつけてきました。でも、なにか書いていましたよ」

ハドリーは用紙をめくった。

「ラーキンか」ハドリーは名前を繰り返した。「ふむ。これは調べてみなければ。網を投げてみると、かかるとは思ってもいなかった小魚が捕まることが往々にしてあるね。ラーキン、ラーキン――ここにあった。アマンダ・ジョージェット・ラーキン夫人と、強調してある。この点をはっきりと理解させたいのですね。堅苦しい筆跡だな。住所は――おや！」

ハドリーは紙を置いて顔をしかめた。「これはこれは！　住所は〝タヴィストック・スクエア三四番地、タヴィストック荘〟。つまりドリスコル君と同じ建物に住んでいるということですね。きわめて月並みな展開ですな。あとでこの女性には話を聞きます。目下のところは――」

落ち着かない様子でずっとあごをなでていたサー・ウィリアムが言った。「なあ、ハドリー。どうだろうか――そう、ビットン夫人は見学者たちと別扱いにしたほうがいいとは思わんか？　なんと言っても、まあ、あれはわしの義理の妹なんだからな」

「まことに遺憾ながらそれは認められません」ハドリーは冷静に切り返した。「パーカーという男性はどこに？」

パーカーはとにかく我慢強い男だった。ドアがかすかに開いたすぐ外で、帽子も上着もない恰好で立ち、呼ばれるのを待っていた。ハドリーの言葉を合図にノックすると、室内に入ってきて、気をつけの姿勢をとった。

角張った身体つきで日焼けしており、髪を軍人らしくカットした男だ。同年代の伍長たちと同じく、彼もたっぷりと口髭をたくわえていた。まったく従卒らしくなかった。まるで銀板写真の撮影に備えているかのように白いハイカラーで顔のむきが固定されている。それで事情聴取をするハドリーは頭上の相手と話をしているような奇妙な光景になった。

「お呼びでしょうか」パーカーはきびきびと口早に言った。

「きみがメイスン将軍の――」ハドリーは退役した司令官につりあう〝従者〟と言いかけたが、〝従卒〟を選んだ。「メイスン将軍の従卒かね？」ハドリーは問いただした。

パーカーは喜びの表情を浮かべた。「イエッサー」

「ダルライ君からすでに、フィリップ・ドリスコル君の電話の件は聞いている。きみが二回とも電話を受けたのだね？」

パーカーは構えていた。声はしゃがれていたが、発声を完全に意識していて、とにかく少しでも華やかにいこうとしていた。せっかくめぐってきた晴れ舞台なのだ。

「イエッサー。どちらも、自分が電話に出る理由があったのであります」

「では、きみはドリスコル君と会話をしたのだね？」

「いたしました。長くありませんでしたが、会話の内容は充実しておりました」

「ええと――そうかい」首席警部は言った。「さて、どちらもドリスコル君の声だと誓えるかね？」

パーカーは眉を曇らせた。「どうもそちらが〝誓えるかね？〟とおっしゃると――含みのある言葉に聞こえますが」彼はその意図を的確にとらえて受け答えした。「自分の知るかぎり、そしてこれまでの経験から認識したところでは、はい、そうでありました」

「大変結構。さて、ダルライ君は一時頃にロンドン塔から車で出かけたね。ドリスコル君が到着した時間を覚えているかな？」

「一時十五分であります」

「どうしてそう断言できるのかね？」

「失礼ながら」パーカーが感情を込めずに言った。「その時間に起こったことはどんなものでも正確にお知らせできます。それは兵舎の活動からです。軍隊らっぱからもわかります。一時十五分でありました」

ハドリーは椅子にもたれ、ゆっくりと机を指で叩いた。

「さあ、よく考えて答えてくれないか、パーカー。ドリスコル君が到着してから起こったことをすべて思いだしてもらいたいんだ。できれば、話の内容も思いだしてほしい。まず、どんな様子だった？　緊張していた？　怒っていた？」

「とても緊張して、しかも怒っておりました」

「服装は？」

「ハンチング帽、薄茶色のゴルフウエア、ウーステッド素材の長靴下、所属クラブのネクタイでありました。コートの着用はなし」彼は促されるのを期待して口をつぐんだが、ハドリーが無言だったので、自分から先を続けた。「ダルライ氏に会いたいと言われました。それで、ドリスコル氏本人からの電話に応じてダルライ氏はそちらの部屋へむかわれたと自分は答えました。すると、信じられないことを言われたのであります。ドリスコル氏は強い口調で話されまして、それで自分もこう申しあげるしかありませんでした。〝ドリスコルさん、自分が直接あなたと話したのですよ〟それから〝自分が電話に出ると、ダルライさんだと思いこんでおられましたね。そして一気にこうおっしゃったではないですか。〝なあ、助けてくれないか――そちらへ行けなくなってしまった〟――そうおっしゃいましたね〟と」パーカーは咳払いをした。

「そのように説明したのであります」

「そうしたら、彼はなんと答えた？」

「〝ダルライが出かけたのはどのくらい前か〟と返されました。十五分ほどになると答えました。すると、こう言われたのです。〝車で出かけたのか？〟自分が〝はい〟と答えると、こう言われました――失礼ながらそのまま申しあげます――〝くそっ！　こんな霧の日じゃ、まだフラットに到着していないな〟と。それでも、念のためにドリスコル氏はご自分のフラットに電話をかけられましたが、応答はありませんでした。飲み物をくれと言われまして、自分はご用意しました。そのあいだ、あの人はずっと窓の外を見ていたのであります」

ハドリーは閉じかけていた目を開けた。「窓？　どこの窓だね？」

「ダルライ氏が仕事に使っている小部屋の窓であります。キングズ・ハウス東棟の」

「そこからなにが見える？」

パーカーは自分の話に没頭した挙げ句に言葉を飾ることを忘れ、まばたきをして言われたことに集中しようとした。「見える、とは？」

「そのままの意味だ！　眺めだよ。たとえば、逆賊門は見えるかね？」

「ああ。イエッサー！　てっきり……ええと、その、自分が目撃したことがありまして、たいしたことではないと思っておりましたが、いまになって考えてみると……」パーカーは片脚からもう一方へ体重を移動させた。

「きみはなにか見たのかね？」

「イエッサー。それは、ドリスコル氏が帰られてからのことであります」

ハドリーは厳しく追及したい気持ちを苦労して抑えているようだった。立ちあがりかけたが、ふたたび腰を降ろして冷静な口調で言った。「大変結構。まずは話を先へ続けてくれないか、パーカー。ドリスコル君が窓の外を見ていたところから」

「了解であります。ドリスコル氏は酒を飲み干すと、もう一杯飲まれました。自分は、ダルライ氏に会いたいのならば、どうしてご自分のフラットにもどらないのかと訊ねました。マーク・レーン駅（当時のロンドン塔最寄り駅で、現在のタワー・ヒル駅西に位置する廃駅）から地下鉄に乗ればすぐですのにと。するとこう言われました。〝バカ言うな。また行きちがったらどうする〟と。もっともな話です。さらにこう言われたのであります。〝あいつの居場所がわかるまで、五分ごとに自分の家へ電話すればいい〟」

パーカーは図太く一本調子な声で会話を再現した。あまりにも単調なので、ランポールにはドリスコルの言ったままを引用しているのか、パーカーが自分の言葉でしゃべっているのか判断しづらかった。言葉はハドリーの頭上に着実に投げられていた。

「ですが、じっと座っていることはおできにならない様子で、歩きまわられていました。そうして、ついにこう言われました。〝くそっ――このまま待つのは耐えられない。敷地を散歩してくる〟ダルライ氏がいないかフラットに電話をかけつづけるように、電話から遠くない場所にいるからと言い残されて、出ていかれたのであります」

「きみと一緒にいたのは何分ぐらいだね?」

「まあ、十分です。いや、もっと短かったかもしれません。その、あまり注意を払っていなかったのであります。とくに気づいたことはありませんが、ただ……」パーカーはためらったが、ハドリーの目に期待するような光が隠されていることを見てとった。サー・ウィリアムは身を乗りだしているし、ダルライはタバコにマッチを近づけたところで手を止めている。パーカーは自分が重要人物なのだと悟ったようだった。そこで期待に応えるべく、押し黙って、ためを作った。

「……ただ」突然パーカーは声を大きくして続けた。「運命のいたずらとでも言いますか、本日の早い時間から霧がかかっていたのでありますが、とくにそれが問題になるとは思えませんでした。と申しますのもある程度離れた場所も目視することが可能で、ものも見わけられましたから。それが、霧がかなり濃くなっていったので、自分は窓辺に立って外を見たのでありました。そのとき、ドリスコル氏を見たのであります」

片手で机をコツコツやっていたハドリーは動きを止め、パーカーをじっと見つめた。続いて、今度はさらにスピードを増してコツコツとまたやり始めた。

「どうしてそれがドリスコル君だとわかったのかね？　霧が濃くなっていたと言ったじゃないか」

「たしかにそのとおりでありました。イエッサー！」パーカーは同意して、カラーの端が首にめりこむほど激しくうなずいた。「顔が見えたとは言っておりません。誰も顔で見わけることはできなかったでしょう。シルエットだけでした。ですが、先を急がないでいただきたいのであります！　あれはドリスコル氏の背恰好でありました。それにあのゴルフズボンも。つねにほかの紳士方よりも腰の位置をずりさげて着用されていました。部屋を出るさいのまま、ハンチング帽を斜めにかぶっておられましたし。そのドリスコル氏が逆賊門前のウォーター・レーンを行き来していたのであります。あの歩きかたもドリスコル氏のものでありました」

「だが、絶対に彼だとは誓えないんだね？」

「逆です。誓えるのであります。あの人は逆賊門の前の柵へと歩き、寄りかかりました。そこでマッチを擦ってタバコに火をつけました。そして――こう言ってはなんでありますが――ここには自分ほど視力のよい者はおりませんが、ほんの一瞬、わたしには顔の一部が見えたのであります。大きくパチパチと燃えるマッチがありますでしょう、あれだったからです。イエッサー、あれはドリスコル氏でありました。絶対です。その直後に、別の人間がドリスコル氏の腕に触れたのであります」

「なんだと?」ハドリーは問いただした。あまりに突然だったので、パーカーは真実を語っているか疑問に思われたのだと受けとった。

「ええ、本当ですとも。別の人間は、逆賊門の横手に立っていたのであります。その人物はドリスコル氏に近づいていき、腕に触ったのです。ただし、マッチの火は消えておりましたので自信はもてないのでありますが。ですが、やはり人影は――」

「そうか」ハドリーが控えめに言い分を認めた。「その別の人間はよく見えたのかね、パーカー?」

「いいえ。そのあたりは暗かったのであります。影になっておりまして。ドリスコル氏のことも、ずっと観察していなければ、そしてマッチが擦られなければ見えなかったでしょう。人影だと見わけるのが精一杯でありました」

「その人物が男性か女性かだけでもわからないかね?」

「むむ……なんともわかりません。それに」パーカーはふたたびうなずいて説明した。「自分はなにも見張っていたというわけではなかったのでありますから、そこで背をむけました。その後、どのようなことが起こったのか目撃する機会はもてなかったのであります」

「なるほど。それは何時頃のことだったね？」

パーカーは顔をしかめて暗い表情になった。あきらかに後悔している。「しまった！」彼は心からそう言った。「痛いところをつかれたと申しあげねばなりません。そう、十五分ほどのあいだに起きたことで、一時三十分を少しまわった頃でありました。お役に立ちたいのですが、それ以上はなんとも申しあげられないのであります。ただ、一時四十五分にはなっていなかったはずです。その時間にドリスコル氏のフラットにまた電話をかけたところダルライ氏が到着しておりまして、ドリスコル氏がこちらで待っていると伝えることができたのでありますから」

ハドリーは両手で頭を抱えて考えこんだ。しばらくして、メイスン将軍を見やった。

「ロンドン塔の医師はこう言ったのでしたね。将軍、あなたが死体を発見されたのが二時三十分であれば、ドリスコル君は少なくとも死後三十分は――おそらくは四十五分が経過していたと？　となると、そうですね、彼は柵の前でこの人影とやらが腕に触れてから十分から十五分のうちに殺害されたことになる。監察医がきっと正確なところを話してくれるでしょう。こういったことは魔法使いのように見抜ける医師なんですよ」

ハドリーはいったん口をつぐみ、パーカーを見やった。

「ほかに気づいたことはもうないのだね？　つまり、ダルライ君を見つけたことを報告しようと、ドリスコル君を捜しには行かなかったのだね？」

「そうであります。辛抱できなくなれば、じきにもどられてお訊ねになるとわかっておりましたから。どちらにしても、ダルライ氏はロンドン塔にもどってくるのであります。もっとも、少し毒づいておられましたが。自分はドリスコル氏がもどってきて塩梅を訊ねないのはおかしなことだと思っておりました。当然ではありますが」パーカーは罪悪感をおぼえた口調で言った。「こうした事態になりまして、ドリスコル氏がもどってこなかった理由が納得できるのであります」

「誰もがそう思い至っているだろうね」首席警部は暗い口調で言った。「結構だ、パーカー。これで終わりだよ、どうもありがとう。大変参考になった」

パーカーはかかとをカチリと合わせ、得意げに部屋をあとにした。

首席警部は深々と息を吸った。「さて、みなさん、こういうことです。これで犯行時間がせばまった。犯人には逃亡する時間がたっぷり三十分はあった。そして将軍が言われたように、この雨と霧ではひそかに出ていった人物がいても歩哨が気づくことはなかったでしょう。さあ、捜査を始めますか。一番期待できるのは……」

ハドリーは見学者の氏名が書かれた紙を手にした。

「ここからなにか出ないか探ることですね」ハドリーは先を続けた。「見学者たちにあたってみましょう。殺害のおおよその時間はわかっています。おおい！」ハドリーがドアのほうに呼びかけると、衛士がドアを開けた。「ブラッディ・タワーにひとっ走りして、先ほど到着した警官たちを指揮している部長刑事を呼んできてくれないか？　頼む」

ハドリーは連れたちにむけて言い足した。

「ハンパーならいいのですがね。たぶんそうでしょう。まず、直接話を聞きたい三人が記入した紙は取りわけておきましょう――ビットン夫人、アーバー氏、それから念のために、用心深いラーキン夫人と。さて、そのラーキンだが」

「ビットン夫人はなにも記入していませんよ」ダルライが話しかけた。「お願いしたら鼻で笑われました」

「なるほど。ここにアーバー氏のものがある。これを見てみよう。ほう、きれいな筆跡だ。名刺のレタリングのようだね。この男は細かいことまで気にする性格のようだ」ハドリーは用紙を隅々まで読んだ。「〝ジュリアス・アーバー、ニューヨーク市パーク・アベニュー四四〇番地。無職〟」

「働く必要はないんだ」サー・ウィリアムがうなるように言った。「たんまり財産があるから」

「〝三月四日、サウサンプトン港に到着。滞在期間は未定。次の滞在先はフランス、ニースのヴィラ・スール〟」ハドリーはそっけなくさらにこう続けた。「〝より詳細な情報が必要なさいは、わたしのロンドンの弁護士事務所であるリンカーンズ・イン・フィールズの《ヒルトン＆デーン弁護士事務所》に問い合わせされたし〟ふむ」

ハドリーはひとりほほえむと、その用紙を置いて手早くほかの紙を見ていった。

「ほかに聞き覚えのある名前があれば、みなさん、そう言ってください。なければ、部長刑事に扱わせますので。

ジョージ・G・ベバー夫妻、アメリカ合衆国ペンシルヴェニア州ピッツバーグ、アイルズバロー・アベニュー二九一番地。ジョン・シムズ、ハンプシャー州グリットン、ハイ・ストリート。こうつけ足してある。〝上記は名の知れた配管工〟。ジョン・スミス夫妻、サービトン在住。これはこれは！　簡潔にして雄弁ですね（ジョン・スミスは偽名の定番）。ルシアン・ルフェーヴル、パリ、フォッシュ大通り六〇番地。マドモワゼル・クレマンティーン・ルヴェーヴル、同上。ミス・ドロシア・デルヴァン・マースネイ、アメリカ合衆国オハイオ州ミードヴィル、エルム・アベニュー一二三番地。名前に文学修士《MA》とつけ足して、しっかりと印をつけて強調している。以上だ。なんの問題もないようです」

「ベッツ部長刑事です」ドアのところで声がした。とてもまじめな顔つきの若者が緊張して敬礼した。いるのは警部クラスだと予想していたのに、首席警部がいたのであきらかに動揺している。

「ベッツ」ハドリーは言った。「ベッツ——ああ、あの。被害者の顔写真は撮影したか？」

「はい。ロンドン塔内に装備一式を揃えて、写真を現像しているところです。すぐに準備できます」

「よし。焼き増しをして、このリストに名前のある人々全員に見せるように。衛士がこの人たちのもとへきみを案内するから。今日、被害者を見かけたかどうか訊ねるんだ。見かけていたら時間と場所もな。とくに、何時でもいいから逆賊門付近を見学していないか、怪しい行動を取っていた人物を見かけていないか訊ねてくれ。ダルライ君、部長刑事と一緒に行って、重要な証言があれば速記で記録してもらえると大変ありがたいんだが。ありがとう。それから

――」

ダルライは立ちあがり、鉛筆と手帳に手を伸ばした。

「ベッツ、とくに知りたいのは、一時三十分から一時四十五分に見学者たちがどこにいたかだ。極めて重要な点だ。ダルライ君、ついでにレスター・ビットン夫人にここへ来るよう伝えてもらえないか?」

6 土産《みやげ》のクロスボウの矢

「さて」ハドリーは話を続けた。ふたたび細心の注意を払って目の前の鉛筆、手帳、懐中電灯を整える。「監察医がドリスコル君のポケットの中身を持参するでしょうし、凶器をじっくり眺める時間もある。なにか目撃していないか衛士たちに聴取するのは、衛士長に任せましょう。全部で何名の衛士がいるのですか、将軍?」

「四十名だ」

「ふむ。ドリスコル君がキングズ・ハウス近辺を離れて遠くへ行ったとは考えづらいですね。電話を待っていたのですから。それでも、徹底的に調べることにしましょう」

メイスン将軍は葉巻の端を嚙《か》み切った。「ロンドン塔の衛士全員に事情聴取をするとは、ご苦労なことだ。ここにはまだ、近衛兵の大隊が駐在しているし、言うまでもないが、職人や店員や使用人もいるんだがね」

「必要であれば」ハドリーは穏やかに答えた。「全員に話を聞きますよ。さあ、みなさん。ビットン夫人に会う前に、自分たちの考えをはっきりさせておきましょう。順番に意見を述べて、話しておくべきことをたしかめようじゃありませんか。サー・ウィリアム、この事件についてあなたご自身の意見は？」

ハドリーはサー・ウィリアムに話しかけたが、目の隅ではフェル博士を見ていた。ランポールが気づいたところでは、博士はまたなんとなくいらだってはいるが、それを除けば忙しくしていた。博士と同じように人なつっこく天真爛漫《てんしんらんまん》な目つきの、大型でじっとりと濡れた巻き毛のエアデールテリアが部屋に迷いこむなりフェル博士に飛びついたのだ。犬がお座りをして期待するかのように耳をピンと立てると、博士は身を乗りだして頭をなでてやっていた。

ランポールは取り留めのない考えをまとめようとした。ここに同席したのは紛れもない偶然からで、自分の存在をなんとしても正当化しなければならない。ハドリーが少し前に凶器のことをふたたび口にして以来、頭の奥にあった疑問が彼をせっつくようになっていた。フィリップ・ドリスコルが刺されたクロスボウの矢の種類についての衛士による詳解をダルライが読みあげてからくすぶっていた疑問だ。死人の胸から突きだしていた細くて磨きあげられた金属を再度思い浮かべると、頭にあった疑問はさらに激しさを増したが、うまく説明できなかった。

今度はサー・ウィリアムがしゃべっていた。表情はまだ乏しいが、ひどいショックは薄らぎ始めていた。そう時間はかからずに、この元政治家は鋭く、気まぐれで、衝動的な自分を取りもどすだろう。

「簡単だ」サー・ウィリアムは白いスカーフの端をひねりながら言った。「見逃すはずがない。つまり動機が完全に欠如しているということだ。フィリップを殺すだけの理由をもっている者などこの世にはいないぞ。あれについてまちがいなく言えることがあるとしたら、誰にでも好かれる男だったということだからな」

「ええ。でも、ひとつ忘れていますよ」ハドリーが指摘した。「わたしたちが相手にしているのは一種の狂った男ですからね。帽子盗難事件が関わっていることを否定するのは無意味です。奴がドリスコル君を殺したにせよ、殺さなかったにせよ、帽子をかぶせたのはまちがいないようですから。そして、ダルライ君の話から考えると、ドリスコル君が帽子男の足跡にかなり迫っていたことはあきらかです」

「だが、そんなことがあるか！　不埒者《ふらちもの》がフィリップに正体をつかまれたから殺したと本気で言っているんじゃなかろうな！　そんなたわけたことを」

「まったくです。ですが、調べてみる価値はありますよ。さあ、まず考慮すべきことはなんでしょう？」

サー・ウィリアムの重たげなまぶたがさらに下がった。「そうか。フィリップは新聞に随時書いていた。今日も朝刊に記事がひとつ載っている。つまり、あれはゆうべ原稿を入れたということだ。オフィスへ行ったのであれば、編集者になにか話をしているかもしれんぞ？」

「まさしく。まずはその線で聞き込みをしましょう。ドリスコル君が本日動揺していたのがなんらかの脅しのためであるとしたら、脅迫はオフィスあてに送られたか、そうでなくてもオフィスで話題にしたでしょうからね。あたってみる価値はあります」

ほがらかな忍び笑いが低く響いた。ハドリーがムッとして顔をあげると、フェル博士が犬の頭をなでながら、片目をつぶってハドリーに笑いかけていた。

「くだらん」フェル博士が言った。

「そうでございましょうかね?」ハドリーは慇懃《いんぎん》に言った。「理由を聞かせてもらえませんか?」

博士はやれやれとばかりに大げさな仕草をしてみせた。「ハドリー、きみは自分の仕事については熟知しておる。それは認めるよ。だが、新聞業界については知らんだろう。このわしはなんの因果か知っておる。駆け出し記者のこんな話を聞いたことはないか? 初仕事がウエストエンドでの大規模な反戦主義者集会の取材だった記者の話だが? うむ、その記者は陰気な表情でもどってきた。

〝記事はどこにある?〟社会部長が訊ねる。

〝とれませんでした〟駆け出しが答える。〝集会なんかなかったのです〟

〝なかっただって?〟社会部長が言う。〝どうして?〟

〝それが〟駆け出しが言う。〝最初の発言者が話を始めるとすぐに、煉瓦を投げつけた者がいたんです。するとディンウィンディ卿が大太鼓の皮を突き破って落っこち、演台のまわりでケンカが始まって、椅子で頭を殴りあう騒ぎになったんです。自分は戸口に囚人護送車がやってきたのを見て、もう集会などあるはずがないとわかったので、帰ってきました〟」

　フェル博士は悲しげに首を横に振った。「きみの描いている全体図はこれに似ておるんだよ、ハドリー。やれやれ、ドリスコル君がなにか見つけていて、しかも脅されていたのならなおさら、それは恰好のニュースになったはずじゃないかね？　大見出しのニュースに、〝**いかれ帽子屋、デイリーなんとかの記者を脅す**〟と。そんな話があれば、会社で話題にしたに決まっておるじゃないか。なんとかして正規採用されたがっておったんだろう？　フリート街（新聞社街）一のへっぽこ駆け出し記者でも、そんな機会を見逃すはずがない。今日の一面記事になっていたこと、まちがいなしだ」

「言わなかったかもしれない」ハドリーが腹立たしそうに言った。「目撃されたようにびくついていたとしたら、自分の胸に収めたでしょう」

「ちょっと待ってくれ。その点は誤解しているぞ」サー・ウィリアムが口を挟んだ。「あの子を正当に扱ってくれ。あれはどんな人間だったにしろ、臆病者ではなかった。暴力的なものを恐れて動揺することなど一度としてなかったんだぞ。あれが動揺するのは――そう、窮地に陥ったときだけだった。その話は聞いているだろうに」

「ですが、本人の言葉が」

「きみはそこを気にしすぎだと言っとるんだ」フェル博士が辛抱して言った。「その手のことを記事にしても、別に痛くも痒くもなかったはずだ。決定的な手がかりを発見したとでも、脅迫があったとでも書けただろう。前者ならば犯人への警告にしかならん。後者ならば、もっと注目を集めることができたろう。これこそ、この帽子の男がなによりも求めておったことじゃないか。この男の行動を思い返してみなさい。記事になっても脅威にはならんかったうえに、若いドリスコル君の実績として確実に役立ったはずだよ」

「けれども、ドリスコル君が実際に犯人の正体を突きとめていたとしたら？」

「そりゃ、新聞社は警察に連絡を取ったろうし、ドリスコル君は名声とさらなる仕事を手に入れたろう。きみは本気で、当初はただ愉快な悪ふざけをやっておると考えられていた奴を恐れた者がいたと思うか？　まさか、まさか。きみは遺体の帽子にまどわされて、ユーモアのセンスをなくしかけとるぞ。混乱しかけておる。ほかに説明がつくと思うがね。わしは喜んでサー・ウィリアムの意見に賛成しよう。この青年は臆病者ではなかったと。だが、彼はいったいなにを怖がっておった？　それがヒントだ。考えてみるとよいな」

うめいてから、フェル博士は関心をふたたび犬にもどした。

「この場で言い返したいことはありますがね」ハドリーは言った。「ここは先へ進みましょう。なにか提案はないですか、将軍？」

メイスン将軍はむっつりと葉巻を吸っていたが、口からそれを取ると、首を左右に振った。

「なにも。ただ、被害者が矢で射抜かれたのではなく、刺されたことは明白になったとだけ指摘しておこう」

「ランポール君は？」ハドリーはこのアメリカ人が居心地悪そうにしている様子を見てとると、片眉をあげて促した。「ここまできみは、なにも言わなかったね。賢明なことだ。なにか意見は？」

三組の視線がランポールに注がれた。彼は見つめられているなかでも落ち着こうとした。テストのようなもので、ここでいいところを見せておかないと、今日はこれから事件の進展についてなにも聞かせてもらえないだろう。これまでは、自信満々の学生のように、自分の意見を好きなときにぶつけるわけにはいかなかった。意見を求められたこの機会に、みなを納得させられることを言わなければ。

「思いついたことがあります」ランポールは自分の声が若干震えているのを感じながらそう言った。「たぶん、重要なことじゃなさそうですが、こんな思いつきです。凶器のクロスボウの矢はロンドン塔の所蔵品ではありませんでした。そして衛士のひとりが、矢の模様は十四世紀後半のものだと話しています。けれども、ドリスコルさんが一三〇〇年代に作られた鉄製の矢で実際に殺された可能性は低そうですよね」ランポールはそこでためらった。「ぼくは武器と鎧について少しかじったことがあるんです。世界屈指のコレクションはニューヨークのメトロポリタン美術館にあるんですが、それはともかく、それほど古い矢であれば、鉄はかなり腐食していたはずです。ドリスコルさんに使われたもののように、ピカピカで硬度も申し分ないなどということがあるでしょうか？　凶器の矢は新品に見えますし、古いものを磨いたようでもありません。ぼくの記憶が正しければ、ロンドン塔には十五世紀以前の武器の展示はなかったはずです。そして十五世紀初頭の兜でさえも、サビだらけでとてもかぶれたものではないですよ」

沈黙が続いた。「わかりかけてきたよ」ハドリーがうなずいた。「この矢は最近作られたものだと言いたいのだね。だとしたら——?」

「そうです、だとしたら、誰が作ったかです。十四世紀の模様をあしらったクロスボウの矢を作る鍛冶屋はどうしたって多くはありません。骨董品の類、あるいは遊興または装飾を目的として作っている人がいるかどうかでしょう。ロンドン塔でそんなものは作られていないですよね?」

「ほほう!」メイスン将軍が低い声で言った。「鋭い意見じゃないかね。そうだよ、お若いの、たしかにそんな矢はここでは作られていない。作っているならば、話題になっているはずだからな」

ハドリーは黒い手帳にメモを書き留めた。「突きとめるのは大変だろう」ハドリーはかぶりを振りながら言った。「だが、まちがいなく見込みがある。いいぞ!　さあ、普段は饒舌《じょうぜつ》な協力者であられるフェル博士の番ですよ。ここまで聞いてきた証言に対してなにかご意見は?」

ハドリーは憤慨してぴしゃりと言った。「そんな犬は放っておいてくれませんか、少しはこっちにも注意をむけてください。ここまで聞いてきた証言に対して、含蓄のあるコメントは?」

フェル博士は首を傾げた。考えこんでいるようだった。

「証言」博士は事件をあらたな観点から眺めたような口調で繰り返した。「ああ、そうか。証言か。はて、たいして注意を払っておらんかったようだ。だが、ひとつ訊きたいことがある」

「なんなりと。どんな質問ですか?」

「この帽子のことだが」博士はシルクハットを手にして振りまわした。「気づいておるとは思うがな。青年の頭にかぶせられていたが、コメディアンの山高帽よろしく耳を隠すほどずり落ちておった。もちろん、あの青年はとても小柄で、サー・ウィリアム、あなたは背が高い。だが、かなり細長い形の頭をしてなさる。あなたの頭でもこの帽子は大きすぎたんじゃないですかな？」

「大きすぎ……」サー・ウィリアムは驚いた表情になった。「そんなことはない！　いいや、大きすぎることはなかった。だが、待てよ。思いだしたぞ。あの店で帽子をいくつか試しにかぶってみたが、大きすぎた帽子がたしかにひとつあった。だが、店から届いた帽子は申し分なくぴったりのサイズだった」

「では、これをかぶってみていただけませんかな？」

サー・ウィリアムは椅子にもたれた。一瞬、手を伸ばすかに見え、メイスン将軍がフェル博士から帽子を受けとって渡してやったが、サー・ウィリアムは座ったまま身体をこわばらせた。

「申し訳ない」サー・ウィリアムは歯をくいしばって言った。「すまないが、できかねる」

「まあ、たいしたことではありませんから」フェル博士は愛想よく言った。帽子をふたたび受けとり、ぎゅっと押してたいらにたたむと、赤ら顔を扇いだ。「とにかく、いまのところは。ひいきの帽子屋はどちらですかな？」

「リージェント・ストリートの《スティールズ》だ。なぜだね？」

「レスター・ビットン夫人です」ドアの外でそう告げると、歩哨の衛士がドアを押し開けた。

ビットン夫人は尻込みしなかった。自信を窺わせる堂々とした歩きぶりで部屋に入ってきた。精気を発散している。二十代後半の身体の引き締まった女性で、水泳選手のようにがっしりして均整がとれていた。近くでよくよく見れば美人とは言い切れないが、健康と活気が彼女を美人に見せていた。冬でも日焼けは残っていることだろう。何事にも動じずにきらめく茶色の瞳、まっすぐな鼻、ユーモアをたたえているが決意を秘めた口元をしている。薄茶色の髪は斜めにかぶっているぴったりした青い帽子の下に押しこめられている。幅広い毛皮の襟がついたぴっちりフィットしたコートには、豊かな胸とかなりなまめかしい腰の線があらわになっていた。

サー・ウィリアムの姿を認めると、自信がぐらついたようだ。動じない目に曇りが見えた。「あら！」口早で強い意志の現れた声だった。「ダルライさんはお義兄《にい》さんがここにいるとは言わなかった。こんなに早く来てもらって申し訳ないわ」ビットン夫人は義兄を観察し、真剣にこうつけ足した。「近頃では、こうした事柄に関わるには無理があるのじゃないかしら。身体にさわりますよ。ゆっくりしてなくちゃ」

サー・ウィリアムは一同に彼女を紹介し、こう言いたげな様子でまた腰を降ろした。〝ほらな？　これがモダンな女というものだ！〟ランポールは夫人のための椅子をハドリーの机の横に置いた。夫人は腰をかけると、全員をじっくり見ていった。ハンドバッグからタバコを取りだし、誰にもマッチを擦る暇《いとま》を与えず自分で火をつけた。

「では、あなたがハドリーさんね」夫人はかすかに頭をそらしながらハドリーをじっと観察し、それからサー・ウィリアムを見やった。「ウィリアムからお話は伺っています」夫人は部屋にいる者すべてを冷静に観察し、最後に首を動かして、フェル博士がもっとよく見えるようにした。「そしてこちらの人たちが、部下の警部さんかなにかなのね。あちらでは騒ぎたててごめんなさい。くつろげないうえに、不愉快な女がずっと話しかけてきたものだから。でも、知らなかったのよ。ダルライさんに教えてもらったときだって……被害者がフィリップだったと教えられたときだって、信じられなかった」

夫人は自信のある態度を見せていたが、ランポールは夫人がまちがいなく不安になっており、最初に強気に出て自分のまわりに壁を張り巡らそうとしているという印象を受けた。床に灰を落とすと、ずっとタバコを揺らしつづけている。


ハドリーは冷静だった。「状況はご存じなのですか、ビットン夫人?」

「それもダルライさんに教えてもらいました。かわいそうなフィリップ! わたし……」夫人は口をつぐんだ。犯人を罰する方法を瞑想しているようだった。そこで残っていないタバコの灰を落とそうとぐっと手を動かした。「もちろん、あんなくだらない紙に記入しろとわたしに頼むなんて愚かなことよ。このわたしが釈明する必要でもあるみたいに」

「それはたんに形式上の手続きだったのですよ。しかしながら、悲劇の前後にここにいた全員から、話を聞かねばならないことはご理解いただけるでしょう。あなたは最初にここへお呼びしたのですよ」ハドリーはほほえんだ。「形式上の手続きはできるだけ早く終えたかったからです」

「もちろん、理解しているわ。推理小説は読んだことがあるもの」夫人は鋭い視線でハドリーを見た。「フィリップはいつ殺されたの？」

「その点はすぐにお話しします、ビットン夫人」ハドリーはほほえみ、洗練された身振りを見せた。「よろしければ、時間を追って順に訊ねていきましょう。まず、ロンドン塔にいらしたのはこれが初めてではありませんね？　当然ながら、あなたはこの場所の――その――歴史的な宝にご関心がおありなのでしょう？」

夫人はかなりおもしろがっている表情になった。「わたしがこんなところでなにをしていたか、いかにも殿方らしく婉曲《えんきょく》に訊ねるのね」夫人はハドリーがやり手だと認めた。視線はサー・ウィリアムへとさまよっている。「ウィリアムがもうわたしのことをお話ししたみたいね。わたしが古くさい廃墟なんかには、ちっとも関心がないと思っていると」

メイスン将軍が茫然とした。廃墟という言葉にショックを受けたのだ。口から葉巻を外し、穏やかに口を挟んだ。

「マダム、失礼ながら一言申しあげてよろしいかな」

「言いたくなりますわよね」夫人はにこやかにほほえんでそれを認め、ふたたびハドリーを見た。「でも、ウィリアムの考えはまちがっているわ。わたしはそういうものが大好きなんだから。鎧を着た騎士たちや武術大会や戦《いくさ》のことを考えるのが好きなのよ。誰かに年代のことをうるさく言われたり、騎士たちになにが起こったか話をされなければね。王様の区別がつかないから。そんなことをされなければならない理由がある？　夫のレスターに言わせれば、全部むかしのことに過ぎないって。でも、わたしがここにやってきた目的なら話すつもりでしたよ。

ロンドン塔そのものが目的ではないの。ウォーキングだったの」

「ウォーキングですか？」

「失礼ですけど、ハドリーさん」夫人は非難するような口調で言い、冷ややかな目で彼を見つめた。「あなた、じゅうぶんに歩かれてないわ。ぜひお勧めします。余分なお肉がつかないの。レスターは太鼓腹になってきていて、だからあの人がうんと言えば、できるだけウォーキング・ツアーに連れだすようにしています。西部地方でのウォーキングの旅から昨日もどったばかりです。それで今日はバークリー・スクエアからロンドン塔まで歩くことにして」

　こうして夫人はハドリーを悩ますことに成功したのだが、それに気づかないようだった。ただ、ハドリーはうなずいただけだった。

「一緒に来るようレスターを説得できなかったので、ひとりで来ました。レスターは保守党員なんです。いつもこの国の状態について気を揉んでいますよ。毎朝新聞を読み、こう言ってます。〝ああ、大変だ！〟そして一日じゅう考えこんで、とうとう肝臓を悪くして。去年の秋口にフランス南部へウォーキングの旅に連れだしたときも、不満をこぼしてばかり。それでロンドン塔へはひとりで来ました。こう考えたの。〝ここまで来るのだったら、しっかり見学もしよう〟と」

　こうして、言葉を選びながらも大半は日々の不満に費やし、椅子に座ったままましなやかな身体を伸ばした。

「なるほど。それで到着されたのは何時か覚えてらっしゃいますか？」

「いいえ。はっきりしないわね。大切なことですか?」

「お答えくださると幸いです。ビットン夫人」

夫人は身体を硬くした。「一時、それか少しまわった頃じゃないかしら。ゲート隣の喫茶室でサンドイッチをいただいて、ゲートではタワーのチケットを買い求めました。三枚ね。白、ピンク、緑のと」

ハドリーはメイスン将軍を一瞥《いちべつ》した。将軍が言った。「それぞれホワイト・タワー、ブラッディ・タワー、クラウン・ジュエルズの入場券だ。見学するには入場料がいる」

「なるほど。購入されたチケットは使用されましたか、ビットン夫人?」

夫人はくちびるの手前でタバコをじっともっていた。一瞬、豊かな胸が上下する速度があがり、くちびるをわずかに歪《ゆが》めた。ハドリーはやはり動じず、鉛筆を手にした。

「クラウン・ジュエルズは見学しましたよ」夫人はそう答えた。表情はいかにも取り繕ったふうだ。「あんなに」——夫人は記憶を探った——「派手だとは思いませんでした。わたしの目にはまるでガラス細工のように見えました。きっと本物じゃないのよ」

メイスン将軍の顔は真っ赤になっていき、押し殺すような声が漏れた。そこで自分をなんとか取りもどし、せっせと葉巻をふかした。

「ほかのチケットを使われなかった理由をお訊ねしてもよろしいですか、ビットン夫人?」

「あら、そんなことを訊かれても。その気がなくなったってところかしら。気が変わっただけよ」夫人は座ったまま身体を滑らせ、関心を失ったように見せた。だが、目つきは緊張していた。「むこうにある中庭を少し歩きました。大きな石造りの建物があるところ。カラスがいて、兵士さんたちの恰好は素敵でした。そして親切な年配のビーフ・イーターと話をして」

今度はメイスン将軍がしっかりと口をひらき、慇懃だが冷たい口調で割って入った。「マダム、その言葉は使われないようにお願いできますかな？　ロンドン塔の衛士はヨーマン・ウォーダーと呼ばれております、肉喰《ビーフ・イーター》いではなく。その言葉が適用されるのは……」

ビットン夫人はこの訂正をかなり真剣に受け入れたようだった。「ごめんなさい。もちろん、知らずに言ったことなんです。人が話しているのを聞いてそういうものだと思っていただけで。とにかく石板のある場所を指さしたのよ、むかし人の首を刎《は》ねるのに使った場所だと書かれたところ。それで訊ねたの、ビー……男性に。〝ここがむかしエリザベス女王の処刑された場所なの？〟と。そうしたら、その人、気絶しそうになって。何度か咳払いをするとこう言ったのよ。〝マダム……その……エリザベス女王は幸いにして……あの……つまり、エリザベス女王はベッドで逝去されました〟そして、そこで首を刎ねられた人たちの名前をずらずらと挙げていったの。それでわたしは訊いたわ。〝彼女の死因は？〟そうしたら、その人はこう言ったの。〝誰のことですか、マダム？〟だから言ったのよ。〝エリザベス女王よ〟そうしたら、彼はおかしな声をあげたの」

「天国で、誰もがそれなりの裁きを受けとるでしょう」メイスン将軍が暗い声で言った。

ハドリーは気に留めなかった。「本題を進めましょう、ビットン夫人。帰ろうとされたのは何時ですか？」

「あら、わたしは時計をもちあるかないの。でも、帰り道に練兵場からブラッディ・タワーとかいう建物の大きなアーチの下へ降りていったことは覚えています。近くの石段の柵に人だかりがしていて、そこにいたビーフ・イーターからまっすぐ進んでくれないかと言われたの。だから、見つかったあとだったと思うわ……その、フィリップが。とにかく、メイン・ゲート前にやってきても、通してくれなかった。わたしにわかっているのはそれだけ」

「見学中、いつでもいいのですが、ドリスコル君に会いませんでしたか?」

「そんな、会ってなんかいません。当たり前だけど、彼がここにいることも知らなかったのよ」

ハドリーは無意識のうちにずっと机を指で叩いていたが、ふいに話を再開した。「では、ビットン夫人、ご自身のお話からすると、ここに到着されたのは一時前後だったのですね」

「ちがうわ。何時だったかはっきりしないと言ったはずよ」

「ですが、一時を少しまわった頃だったのですよね」

「たぶんね。でもまちがっているかもしれないわよ」

「遺体が発見されたのは二時三十分ですから、あなたが帰ろうとされたのはもちろんそのあとだった。そうでなければ、あなたがいま、ここにいらっしゃるはずがない。つまり、あなたはずっとクラウン・ジュエルズを見学し、霧のなかでなにをするでもなく練兵場をそぞろ歩いていたことになる。それで合っていますか?」

夫人は声をあげて笑った。タバコが指先を焦がしたか、夫人は少し飛びあがった。タバコを床に落とすと、挑むようにハドリーを見つめた。以前ほど涼しい表情ではなくなっていた。

「わたしがちょっとの霧や雨を心配するなんて思ってもらいたくありませんけど？　そんなのは、グラッドストン首相の時代の話ですよ。笑っちゃうわね。そう、霧や雨を心配するべきだったかもね。まさか！　このわたしがフィリップの殺人に関係があるとでも思っているんじゃないでしょうね？」

「こうした質問をするのがわたしの職務でして、ビットン夫人。時計をおもちではなかったのですから、一時半から一時四十五分のあいだに逆賊門近くにいらしたかどうかは、ご存じないでしょうね？」

夫人はシルクのストッキングに包まれた脚を組んで顔をしかめた。「逆賊門」と言葉を繰り返した。「ちょっと待ってくださいね。それはどの門ですか？」

ハドリーは夫人のハンドバッグにあごをしゃくった。「そこの、バッグのひもの下敷きになっているものがなにかお訊ねしてもよろしいですか？　たたんであるものです。緑色のガイドブックのように見えますが」

「これは……そうね、すっかり忘れていたわ！　これはロンドン塔の案内図です。チケット売り場で二ペンス出して買ったんだった」

「一時半から一時四十五分のあいだに逆賊門近くにいらっしゃいましたか？」

夫人はまたタバコを取りだし、テーブルでマッチを擦って火をつけると、冷たい怒りを込めてハドリーを見つめた。

「質問を繰り返してくださってどうも」夫人は切り返した。「なんてご親切なんでしょう。逆賊門がフィリップの見つかった門ということならば——まあ、そうでしょうけれど——答えはいいえです。行きと帰りを除けば、近くには行きませんでした」

ハドリーはにやりとした。落ち着いてゆっくりとした素朴な笑みで、まるで愛想がよい者のように見えた。夫人の表情は険しくなって目元に緊張が走っていたのだが、その笑みを見ると突然笑いだした。

「あら、してやられたわ。でも、ハドリーさん、もうあなたの落とし穴には引っかからないわよ。わたしをはめようとしたのでしょ」

「それは——ええと——言いすぎだぞ、ローラ」サー・ウィリアムが長いあごをなでながら口を挟んだ。義妹《いもうと》に目を白黒させられて、口を挟まずにいられなかったらしい。「すまんね、首席警部。先を続けてくれ」

「さあ、次はどうしても避けられない質問です。ビットン夫人、フィリップ・ドリスコル君の命を奪おうとする者に心当たりはありませんか？」

「絶対に許しませんよ」夫人は抑えたきつい声で言い返した。「彼を殺した犯人を見つけられなかったら。フィリップを殺したがっていた人なんていません。バカげているわ。正気じゃない。フィリップは純粋そのもの。いい坊やよ」

メイスン将軍はぶるっと震え、ハドリーでさえも顔をしかめた。

「その」ハドリーは言った。「ドリスコル君はまあ、あなたの言うとおりの……いえ、なんでもありません。けれど、ドリスコル君にしても、ほかの誰にしても、そのような表現をありがたがる人がいるかどうかは疑問ですが。最後に会ったのはいつですか?」

「そうね、しばらく前になるわ。レスターとわたしがコーンウォールへ旅立つ前。フィリップが家にやってくるのは日曜日だけで、思いだしてみれば昨日は来なかったわね」夫人は顔をしかめた。「そうよ。ウィリアムが原稿をなくしたといって大騒ぎして、家じゅうをひっくり返したの。その話はご存じだった?」

「ええ」ハドリーが暗い声で答えた。

「ちょっと待って。待ってよ。勘違いしてた」夫人は訂正して、机に片手を置いた。「フィリップはゆうべ遅く、たしかにやってきた。旅から帰ったわたしたちに挨拶するために。記事の入稿で新聞社のオフィスへ行く途中にね。思いだしたわ、馬がかぶっていた弁護士のかつらの話。覚えていないの、ウィリアム?」

サー・ウィリアムは額をなでた。「どうだろう。あれには会わなかった。その時間わたしは……忙しかったから」

「シーラが話していたわ。フィリップが追いかけている帽子事件のあたらしい記事のことを」

ここで初めてローラ・ビットンは身震いした。「わたしはフィリップにシーラから聞いたことを教えたのよ。前の晩にウィリアムの帽子が盗まれたって」

「ドリスコル君はなんと言いました?」

「そうね、たくさん質問されたわ。どこで、いつ盗まれたかとか、そんなことを。それからフイリップは居間をうろうろと歩き始めて、〝手がかり〟を見つけたと言うなり、こちらがどういう意味か訊ねる前に急いで帰ってしまった」

ようやくハドリーは喜ばしい表情になった。そっとハドリーがフェル博士を見やると、今度は犬を膝に乗せていたので、なにも言わなかった。ドアにノックの音が響いて、年配の疲れ顔の男がハンカチで包んだものを手に現れた。敬礼して、「ハンパー部長刑事です。被害者の所持品をおもちしました。それから監察医が話をしたいそうです」

山羊《やぎ》ひげを生やし、穏やかな物腰で窺うような目の小柄な男が戸口によろよろと現れ、ハドリーを無表情に見つめた。

「よう！」医師は黒い診療かばんをもった手で山高帽をちょっとあげて挨拶した。もう片方の手にはまっすぐな鉄の棒を握っている。「これが凶器だよ、ハドリー。やれやれ。指紋はなかった。血だらけだったから洗っておいたぞ。やれやれ」

医師はよろけるようにテーブルに近づき、適切な場所を探すかのようにじっくり眺めてから、クロスボウの矢を置いた。丸みがあって細く、長さはおよそ十八インチ、矢先は返しがついていた。

「最近使われる凶器と比べると、変わっているな」医師は鼻をこすりながら意見を述べた。

「これで、家内がマーゲイトあたりの保養地で買ったがらくたにも使い途が見つかったよ」

「これは十四世紀後半のクロスボウの矢なんですが」

「わしの目は節穴じゃないぞ」医師が言った。「ベティ・マーティン」

「はい？」

「〝そんなことがあるもんかい《マイ・アイ・アンド・ベティ・マーティン》〟と言ったんだ。そこに彫ってある文字を見てみい。フランス語で〝カルカソンヌ土産〟とある。ぼったくりのフランス人が保養地のちょっとした土産物屋に置いとるものだ。旅行にはつきもののいやなことだな。やれやれ」

「だが、ドクター……ええと」サー・ウィリアムがつぶやいた。

　医師はまばたきしてみせた。「わたしの名は」突然、不機嫌になって疑うような口調になるとこう言った。「わたしの名は、ワトスンだ。ドクター・ワトスンだよ。もしも冗談好きが」医師は甲高い声で言い、かばんを振りまわした。「わかりきったことを言ったら、脳天をかち割ってやるからな。三十年間、監察医をやっておるが、いつも同じことばかり言われてきた。うんざりだよ。みんな隅でヒソヒソとわたしのことを噂しやがって。注射器と四輪辻馬車と刻みタバコの話を振ってきて、リヴォルヴァーはいつも撃てるようにしているのかと訊ねる。私服刑事どもはひとり残らず辛抱強くわたしの報告書を待っている。〝基本だよ、ワトスン君〟と言いたいがために」

　ローラ・ビットンは医師のぼやきにまったく注意を払っていなかった。かすかに青ざめ、身じろぎもせず立ちつくし、クロスボウの矢を見つめていた。ドクター・ワトスンでさえも、口をつぐんで夫人を見た。

　夫人は冷静さを保とうとしながら言った。「これの出所を知ってるわ、ハドリーさん」

「ご覧になったことがあるのですか？」

「これは」ビットン夫人が緊張した声で言った。「うちにあったもの。レスターとわたしがフランス南部のウォーキング旅行で買ってきたものよ」

7 ラーキン夫人の袖口

「みなさん、座って！」ハドリーがぴしゃりと言った。「次から次へと、いったいどうなっているんだ。まちがいないですか、ビットン夫人？」

夫人は輝く鉄の矢を催眠術にかかったように見つめていたが、我に返ったようだった。ふたたび腰を降ろして、タバコをさっと手にした。

「そうね――もちろん、絶対とは言い切れない。こうしたお土産はカルカソンヌでたくさん売られていて、大勢の人が買っているはずでしょ」

「ですね」ハドリーがそっけなく同意した。「けれど、あなたはこのような矢を買われたとおっしゃいました。お宅のどこに保管されていましたか？」

「本当にわからないのよ。何カ月も見ていないの。あの旅からもどって、荷物にあった矢を見つけてこう思ったものよ。〝わたしってば、どうしてこんなくだらないものを買ったの？〟と。どこかに放りだしてそのままだった気がするけれど」

ハドリーは手にした矢をいじり、重みをたしかめ、矢先と矢筈をなでた。

「ビットン夫人。この矢先と矢筈はナイフのように尖っています。あなたが買われたときから、こうでしたか?」

「そんな、まさか! とてもなまくらな作りでしたよ。その矢で手を切ることなんかできなかったでしょう」

「やはりそうですか」ハドリーは矢筈のあたりを握って言った。「やすりをかけて研いであるようです。それにまだ気になることがある。誰か虫眼鏡をもっていませんか? ああ、ありがとう、ハンパー」ハドリーは部長刑事が差しだした小さな虫眼鏡を受けとり、矢を傾けると横手に彫ってある文字をしげしげと眺めた。「何者かがカルカソンヌ土産の文字をやすりで消そうとしています。ふむ。うまくできなかったから途中で放棄したというものではないですね。文字の頭の部分はやすりがけもほぼ終わっていてぼやけている。きっちりしたものです。じゃまが入って作業を終わらせられなかったらしい」

ハドリーは暗い表情で矢を置いた。ドクター・ワトスンは誰も冗談を言う気分でないことにあきらかに満足した様子で、ぐっと愛想がよくなっていた。ポケットから細長いチューインガムを取りだすと、包装紙をはがして口に放りこむ。

「さて、わたしは失礼するよ」医師は自分からこう言いだした。「ほかに知りたいことはないか? この矢が被害者になにをしたかは言う必要もないだろうが。専門用語をべらべら話すつもりはない。知ったかぶりは大嫌いだからな」同席の者たちに彼は説明した。「きれいな刺し傷だよ。かなりの力が必要だったはずだ。ほぼ即死だろうな。やれやれ。ああ、そうだ。脳震《のうしん》逿《とう》を起こしておる。階段から落ちたときか、何者かに殴られたときか。それを突きとめるのはあんたがたの仕事だ」

「死亡推定時刻はどうだね、ワトスン？　ロンドン塔の医師は一時三十分から一時四十五分のあいだに死亡したと話しているが」

「ほう、そんなことを言っているのか？」監察医は大ぶりの砲金の時計を取りだして覗きこむと、耳元で振ってから、満足した様子でまたしまいこんだ。「やれやれ。死亡時刻はもう少しあとだな。だが、あながち悪い推測でもない。被害者は一時五十分頃に死亡しておる。前後に数分の誤差はあるかもしれん。遺体搬送車に同乗してじっくり調べて、結果を報告するよ。では、また。やれやれ」

医師は黒い診療かばんを振りながら、よろよろと部屋をあとにした。

「だが、いいかね！」ドアが閉まると、サー・ウィリアムが反論した。「それほど正確な時間がわかるはずがないんじゃないか？　医師というものは、この手のことに時間の余裕をかなりもたせるものだと思っていたが」

「ワトスンはそうじゃない」ハドリーが言った。「だからこそ、彼は得がたいんです。この二十年間、彼の言った死亡時刻が十分以上ちがっていたことはない。本人が遺体を改めると話していましたが、所見はもうしめしている。死亡推定時刻は一時四十五分かほんの少しあとだと考えておけば、大きくは外れないはずですよ」

ハドリーはローラ・ビットンにむきなおった。

「先に進みましょう、ビットン夫人。この矢があなたのお宅のものだとすると、この矢の存在を知っていた人はいますか？」

「えぇっと、全員でしょうね。よく覚えていないけれど、あの旅で手に入れたがらくたは見せたにちがいないもの」

「以前この矢を見たことがありますかね、サー・ウィリアム？」

「どうかな」サー・ウィリアムはのろのろと答えた。目はぼんやりとしていた。「見たんだろうがはっきりとは思いだせん。ああ、そうか。なるほどな！　わかったぞ、ローラ。おまえとレスターが旅に出ているあいだ、わたしはアメリカに行っていて、おまえたちのあとに帰宅したんだ。それで説明がつく」

ハドリーは深々と息を吸った。「あれこれ推測しても始まりません。お宅の捜索をしなければならない。さて、ビットン夫人、もうあなたを引き留めておく必要はないでしょう。衛士のひとりにタクシーまで案内させます。あるいは、サー・ウィリアムにお願いしてもいい。でも、あなたは」――ハドリーはサー・ウィリアムの腕に手を置いた――「もしよければ、ここに残っても構いませんよ。追い払うつもりはありませんからね。ただ、つらい一日だったでしょう。義妹《いもうと》さんと一緒に帰宅したほうがよくはないですかね？」

「いいや。聞きたくてたまらないことがある」サー・ウィリアムはぎこちなく答えた。「きみがアーバーにどんな質問をするか、聞きたくてたまらないんだ」

「それこそ、してはいけないことですよ。わかりませんか？　すべてがぶち壊しになってしまう。あなたに命令したくはないんですが」

「なあ、ビットン」将軍がどなり声で提案した。「わたしの部屋へ行くといい。パーカーに葉巻とブランデーを用意させる。なにか進展があれば知らせる。例のデヴァルーについての記録が机のファイルに入っているから、それを見ているといい」

サー・ウィリアムがすっくと立ちあがり、夫人のほうへむきなおると、ランポールもやはりそちらを見た。指を鳴らす程度の一瞬のことだったが、ローラ・ビットンの顔に紛れもない恐怖が浮かんでいたことにランポールは驚いた。なにかを目にして引き起こされた恐怖ではなかった。しばし忘れていたことを思いだした者の表情だった。呼吸を止め、目を見ひらいている。その表情はすぐに消え去ったが、ランポールはハドリーが気づいたかどうか気になった。

「わたしは残ることが許されないようね?」夫人は冷静な声で訊ねたが、両の鼻の穴がひくひくとひきつり、いまにも呼吸が停止しそうに見えた。「お役に立てるのに」ハドリーがほほえんで首を横に振った。夫人は頭にあることを吟味しているようだったが、肩をすくめた。「そう、いいわ。穿鑿好きでごめんなさいね。では、タクシーで家へ帰ることにします。ウォーキングを楽しむ気分じゃありませんから。ごきげんよう、みなさん」

夫人はそっけなく会釈すると、義兄に付き添われ、勢いよく部屋を出ていった。

「ふう!」長い間ののち、メイスン将軍が言い、暖炉の炎が弱まっていたので、薪を蹴っていたところで、ハンパー部長刑事に気づいた。ドクター・ワトスンの登場以来、じりじりしながらじっと立ったまま、忘れられていた彼を見て、将軍は仕草を止めた。

「ああ、そうだった」首席警部が咳払いをした。やはりいまになって存在に気づいたようだった。「すまないね、ハンパー、待たせて。被害者のポケットに入っていたのをもってきたんだね？　ここに置いてくれ。それからなにかあたらしい情報がないか衛士長に訊いてきてくれないか」

「わかりました」

「ただしその前にアマンダ・ラーキン夫人を見つけてくれ。五分待ってから、ここに寄こしてくれないか」

部長刑事は敬礼をして部屋をあとにした。ハドリーは目の前の机に載った小さな包みを見つめているが、すぐにはひらこうとしなかった。フェル博士をちらりと見やった。博士はパイプをくわえ、やさしい目でハドリーを見ていた。マントの前面にははしゃいでいたエアデールテリアの毛がびっしりとくっついている。ハドリーはふてくされた表情を見せた。

「なあ、ハドリー君」将軍がためらうように脚を引き寄せてから言った。「あの女をどう思ったかね？」

「ビットン夫人ですか？　そうですね。言い逃れがうまい、それもかなりね。罠をしかけたとたんに見抜きます。それに独創的な反撃をしかけてくる。人を怒らせようとしますし、捜査を攪乱《かくらん》させようともします。そのどちらでもないときはペラペラとしゃべる。けれども、本当は無駄にしゃべるタイプではないですね。夫人についてご存じのことがありますか？」

「今回が初対面だ。わたしを警官と勘違いしたようだな。だが、夫のほうは多少知っている。

「レスター・ビットンというのは、どんな人ですか？」

「あまり言いたくはない――」将軍は警戒しながら答えた。「よく知った仲ではないからな。夫人より年上だ。それもかなり上だったと思うね。夫人が勧める活動的な趣味を楽しんでいるとは思えん。金融関係の事業で財をなしたのだったかな。タバコも吸わなければ、酒も飲まん。フーッ！」メイスン将軍はひげを揺らしながら息を吐いた。

ハドリーは返事をするかに見えたが考え直し、代わりにハンカチへ注意をもどした。死者の身のまわりの品が収められて、包みのように上で結ばれたものだ。

「さて、見てみましょうか。腕時計。ガラスは割れていますが、時計そのものは動いている。鍵束。万年筆にガリ版用の鉄筆。紙幣、銀貨、銅貨――銅貨はたっぷりひとつかみ。手紙が一通だけ……ゴミのように丸めてある……薄藤色の封筒。香水の匂いがして女性の筆跡」

ハドリーが便箋を一枚取りだしテーブルに広げると、ランポールと将軍は身を乗りだした。日付も差出人の住所もなかった。メッセージは便箋の中央に書かれていた。〝用心して。ロンドン塔、一時三十分。疑われてる。一大事――メアリー〟

ハドリーはこれを声に出して読み、眉をひそめた。「メアリー？」彼は繰り返した。「今度はメアリーという女性ですよ。消印はロンドンの西地区、ゆうべの十時三十分です。だんだんうんざりしてきましたね」ハドリーは手紙を机の奥に押しやり、ふたたびハンカチの中身にむきなおった。「あの部長刑事はたしかに徹底的にやっています。被害者の指輪とネクタイピンまで入れている。おや、ここにわたしたちの希望が出てきましたよ。黒革のルーズリーフのノートがある」

ノートをひらくと、最初のページに少しだけ走り書きされた文字に視線を走らせたが、ヤケになって机を叩いた。

「これを聞いてくださいよ！　なんらかのメモです。言葉がダッシュでつないである。どうやら、ドリスコルの筆跡だ。

〝最適の場所？——塔？——帽子を追跡——残念なトラファルガー——刺せない！——10——木——垣根やバッジ——見つけだすこと〟」

沈黙が広がった。

「でも、それじゃまったく意味がわからんじゃないか！」メイスン将軍が過剰なほどに反論した。「なんの意味もない。いや、なにか意味はあるのだろうが——」

「あるのでしょうが、途中の言葉を抜かしていますね」ハドリーが続きを引きとった。「わたしは自分でもこうやってメモを取ることがよくあります。もっとも、途中の言葉があっても、この文章の意味をくみとるには暗号解読の専門家が必要になりそうです。とにかく、われらが帽子男を追うヒントを指してはいるようですね。どんなヒントかはわかりませんが」

「もう一度読んでくれんかね！」部屋の片隅から突然、フェル博士が大声で言った。背筋を伸ばしており、パイプをハドリーたちに振っていた。大きな顔にこれといって表情はなかったのが、ハドリーが言葉を再度読みあげると、徐々におもしろがる表情になっていった。

「ラーキン夫人をお連れしました」ドアの外からハンパー部長刑事の声がした。フェル博士のベストのふくらみが、忍び笑いで何度も震えた。小さな目がきらめき、パイプから落ちる灰が周囲に舞っている。まるで火山の精霊のように見えた。博士の赤くてかる顔がふたたび沈み、おとなしい気配になったところで、部長刑事が次の客人を通した。ハドリーは急いでノートを閉じ、メイスン将軍はふたたび暖炉の前へあとずさった。

アマンダ・ジョージェット・ラーキン夫人は部屋に入る前に注意深く室内を見まわした。まるで、ドアの上部に水入りバケツがしかけられているのではと考えているようだった。それから堂々と入ってくると、ハドリーの机の隣に空いた椅子があるのを見て、それ以上大げさなそぶりも見せずに腰を降ろした。背が高くかなり目方のある女性で、黒っぽい上質の服を身につけている。〝趣味のよい〟と表現できそうだ。もっともこの言葉は一般的には魅力が欠如しているという表現になるが。ラーキン夫人は四角張った顔と疑り深そうな黒い目の持ち主だった。まるで誰かに革ひもで固定してもらえるのを期待してでもいるような動きで椅子での腕の置き場を探し、ハドリーの言葉を待った。

ハドリーは自分の椅子を引いた。「ラーキン夫人、わたしはハドリー首席警部です。もちろん、ご不便をおかけしまして本当に申し訳なく思っています」

「あらそうなの？」ラーキン夫人が言った。

「ええ。ですが、奥さんはきっと重要な情報を教えてくださるのではないでしょうか」

「たぶん」ラーキン夫人はうめくように言い、肩をぐいと引きあげた。「そんなことはないでしょうけどね。でも、質問される前にまずは、いつもの警告の文句を聞かせてもらうか、あたしの話は極秘として扱われると約束してもらわないと」

言葉を発するとき夫人は首を左右に振り、目をなかば閉じる癖があった。ハドリーは暗い顔で考えこんだ。

「警察からの〝いつもの警告〟に慣れてらっしゃるのですか、ラーキン夫人？」

「そうかもしれないし、そうじゃないかもしれない。でも、法律はわかってて、自分の言うことが証拠になることも知ってますからね」

「では、ご存じのことを繰り返すことしかできず、約束はなにもできません。あなたのお話がこの捜査に直接関わってくれれば、それを極秘として扱うことはできませんから。その点はよろしいでしょうか？　それからラーキン夫人、以前にどこかでお会いしたことがあるようですが」

夫人は肩をすくめた。「会ったことがあるかどうかなんて、どちらでもいいんじゃないかしらね。でも、このあたしが警察と関わりのあるはずがないでしょう。立派な未亡人なんですよ。夫の年金は生涯受けとれるし、後ろ暗いことはないし、なにもかもちゃんとしてますよ。証明してくれる人だっていくらでも用意できます。捜査のことなど、なにも知りません。お話しすることもなにもありません。だからこの話はこれで終わりです」

このあいだずっとラーキン夫人はどうも袖口を気にしているようだった。黒っぽいコートの下には注文仕立てのスーツらしきものを着ており、それには白いカフスがついていた。左手の袖口がコートの奥へずりあがっているのか、よく動く指先が袖口をいじる癖があるのか、ランポールにはどちらとも言えなかった。ハドリーはたとえ気づいているとしても、いっさいそぶりには出さなかった。

「ここでなにがあったかご存じですか、ラーキン夫人？」

「もちろんですよ。あちらで人が集まって噂をしてましたから」

「なるほど。では、被害者がフィリップ・ドリスコル氏ということもご存じですね。タヴィストック・スクエア、タヴィストック荘住まい。あなたが記入された用紙には、やはりこの建物にお住まいだと書かれています」

「そうですよ。それがなにか？」

「部屋番号は何番ですか？」

一瞬のためらい。「一号室です」

「一号室。一階でしょうね？　やはりそうですか。あなたはむかしからお住まいにちがいありませんね、ラーキン夫人？」

夫人は激怒した。「だったらどんなちがいがあるって言うんです？　むかしから住んでいるかいないかなんて、なんの関係があるの。家賃は払ってます。苦情でもあるのなら、フラットの管理人に言えばいいでしょう」

ふたたびハドリーは重々しい顔つきで考えこみ、両手を組んだ。「管理人ならば、あなたがいつからお住まいか教えてくれるでしょうね。ですから、少々ご協力いただいても悪いようにはならないのじゃないでしょうか？　ときには」――ハドリーは視線をあげた――「そうなさることがずいぶんとあなたのためになるでしょう」

ふたたびためらい。「きついことを言うつもりはありませんでした」夫人は座ったまいらいらと身じろぎをした。「まあ、お役に立つのであれば教えますが、いまのフラットに暮らして数週間ですね。そんなところです」

「そうやってお話しいただいたほうがいいですね。各階に何部屋ありますか？」

「二部屋。建物の各入り口、各階ごとに二部屋あります。大きなフラットなんです」

「では」ハドリーは物思いにふけるように言った。「あなたはドリスコル氏の真向かいにお住まいにちがいない。知人でいらした？」

「いいえ。見かけたことはありますが、それだけです」

「もちろん、それは避けられないでしょうからね。出入りするときなどで、ドリスコル氏を訪ねてきた客があったかどうか、気づいたことはありませんか？」

「気づかなかったと言えば、なにか役に立つんでしょうか？　気づきましたとも。気づかないわけがないでしょう。あの人には大勢の客人がいたんだから」

「わたしはとくに女性を頭においてお訊ねしたのですが、ラーキン夫人」

一瞬、ラーキン夫人はいやな目つきでハドリーをにらんだ。「ええ。女たちもいましたね。でも、それがなんだって言うの？　このあたしはお行儀なんか気にしません。人それぞれ好きに生きればいいと、あたしは思いますけど。あたしにはなんの関係もないことですよ。こっちがじゃまされることもなかったし、むこうをじゃますることもありませんでした。女たちの身元を訊ねるつもりだったら、無駄なことはやめたほうが賢明ね。知りませんから」

「たとえば」ハドリーは言った。彼はまばゆい明かりの下に広げられた薄藤色の便箋をちらりと眺めた。「メアリーという名前を聞いたことがありませんかね?」

夫人は身体を硬くした。その視線は便箋に定まったまま動かず、袖口をいじるのはやめていた。そこからやや口数が多くなって、愛想こそないもののまともにしゃべり始めた。

「いいえ。被害者とは知り合いではなかったとお話ししたじゃありませんか。あの人に関わることで名前を聞いた女はひとりきりで、ちゃんとした人でしたよ。背が低いブロンドの、とてもかわいい人でね。背が高くて眼鏡をかけたやせっぽちの男性と一緒に訪ねてきていました。ある日あたしは部屋にもどるところを呼びとめられたんですよ。むかいの男のフラットに荷物を運びたいが、ポーターはどこで見つかるかと訊ねられたんです。ホテルとちがってポーターはいません。エレベーターも自動ですしね。あの女はシーラと名乗って、いとこだと話しましたよ。あたしが聞いたことのあるのは、それだけです」

ハドリーはしばらく黙ったまま、机に載った品々を見つめていた。

「さて、今日の午後のことですが、ラーキン夫人。どういった経緯でロンドン塔へいらしたので?」

「行きたい場所へ行く権利はありますからね。公共の建物へ行く理由を説明する必要はないでしょう? ただ寄ってみただけですよ」この返事はあまりにもすぐさま切り返されたので、ランポールはこうしたときのためあらかじめ考えていた返事ではないかと疑った。

「到着されたのは何時頃でしたか？」

「二時過ぎです。ただ、絶対ってわけじゃないですよ！　宣誓つきの証言ではありませんからね。そのぐらいの時間だったと思うということです」

「案内ツアーで全体をまわられたのですか？」

「ふたつは見学しましたけどね。クラウン・ジュエルズとブラッディ・タワーを。残りのひとつには行ってません。疲れたので帰ろうとしたのです。そこで足止めされて」

ハドリーはお決まりの質問を続けたが、なにも得られなかった。夫人はなにも聞いておらず、話しておらず、見ていなかった。周囲には霧のことで文句を言っているアメリカ人がいた。だが、ほかの者には注意を払っていなかった。ついにハドリーは、おそらく追加の質問があるという警告をして、夫人を帰すことにした。夫人は鼻で笑った。コートの襟《えり》を整えると、最後にふてぶてしい視線を投げて荒々しい足取りで出ていった。

夫人が姿を消したとたんに、ハドリーはドアへ急ぎ、そこにいた衛士に命じた。

「ハンパー部長刑事を見つけて、いましがたここを出ていった女に尾行をつけるように言ってほしい。急げ！　霧が濃くなれば、見失ってしまう。それからハンパーにはここへもどってくるよう伝えてくれ」

ハドリーは机までもどり、考えこみながら両手を叩いた。

「じれったい」メイスン将軍がいらだたしそうに大声をあげた。「なぜ手ぬるくあたっているんだ？　ちょっとばかり厳しく事情聴取をしても悪いことはないだろう。あの女はなにか知っているぞ。それは確実だ。ひょっとしたら犯罪者か、そうでなくとも前科がありそうだぞ」

「きっとそうでしょうね、将軍。ただ、引き留めておくだけの証拠がありませんし、なにより、あの女は泳がせたほうがずっと得策です。ちょっと様子を見ましょう。きっとおもしろいことが見つかりますよ。現在のところ、あの女をスコットランド・ヤードで調べてもなにも出てこないと思われます。それにほぼ確信をもっているのですが、彼女はいずれ私立探偵だとわかるでしょう」

「なんだと！」将軍がブツブツ言い、口髭をひねった。「私立探偵だと。だが、なぜそう言える？」

ハドリーはふたたび腰を降ろして、机の品々を見つめた。

「わたしはこのフェル博士のように謎めかしたりしませんよ。ヒントはたくさんありました。あきらかにあの女は警察を恐れていない。言葉の端々にそれがにじみでています。そしてタヴィストック・スクエアで暮らしている。あの界隈は自分のために贅沢に使える金があるならばそれほど〝しゃれた〟ところではなく、金がないならばそれほど安くありません。ああいったタイプにはなじみがあります。あの女はまだ数週間しか暮らしていない。しかもドリスコルの真向かいにいる。彼女はドリスコルの客人にあきらかに大きな関心を寄せていた。わたしたちに例をひとつだけ、いとこのシーラがやってきたことしか話さなかったのは、わたしたちの捜査にはまったく助けにならないからですよ。けれども、あの女が詳しいことまで知っているのは気づかれたでしょう。

それに――ずっと袖口をいじっていたことに気づきましたか？　私立探偵の職について間もないのですよ。コートから出ないかと心配していました。足止めされていた衛士詰め所で外すのは不安だったのですよ。疑わしく見えはしないかと恐れて」

「袖口？」

ハドリーはうなずいた。「離婚のための証拠を集める私立探偵ですよ。時間や場所のメモを手早く、そしてしばしば暗闇で書かねばなりません。そう、袖口にね。それがあの女の目的です。今日の午後は誰かを尾行していたのですよ」

「ほう！」将軍が興奮して足を一瞬前後に揺らしてから訊ねた。「ドリスコルと関係のあることだろうか？」

ハドリーは頬杖をついた。

「ええ。机に載った手紙を見たときの反応がはっきりと物語っていましたね。彼女は手紙が読めるほど近くにいた。ドリスコルに関係する似たような手紙を見たことがあれば、便箋の色から同じ差出人だと推理することが可能なほどにね。ただ、そこが肝心な点ではないのです。あの女が今日の午後に尾行していたのは誰か、強く疑っている相手はいるのですが。誰だと思いますか、博士？」

フェル博士はパイプにふたたび火をつけた。「もちろん、ビットン夫人だよ。話を注意深く聞いていれば、おのずとわかったと思うが」

「だが、そんなことが！」将軍はつぶやくと口をつぐみ、すばやく周囲を見た。「ああ、よかった。一瞬、ビットンがまだここにいたかと思った。まさかなにかあると言うんじゃないだろうな、ドリスコルとあの――。それで辻褄は合うようだが。しかし、証拠はあるかね？」

「ありません。ただ、言いましたように、疑っているだけです」ハドリーはあごをなでた。「それでも、しばらくは仮説として考えておき、時間を遡《さかのぼ》りましょう。ラーキンがビットン夫人を尾行しています。ホワイト・タワーのことを確認させてください、将軍。ここが最大にして最重要である塔で、ブラッディ・タワーからは少し距離がある。そうですね？」

「ああ、そうだ。ホワイト・タワーはほかとはつながっていない。内部城壁のなかにあって、練兵場のすぐ隣に位置している」

「そしてクラウン・ジュエルズのあるタワーはブラッディ・タワーのすぐ隣でしたね？」

「ウェイクフィールド・タワーだ。ちょっと待ってくれ！」将軍が興奮して叫んだ。「そういうことか。ビットン夫人はブラッディ・タワー下のアーチを通って内部城壁に入り、クラウン・ジュエルズを見学に行った。ラーキンもだ。ビットン夫人は次に練兵場へ行ったと話していた。ラーキンはブラッディ・タワーのほうへ行ったが、それはビットン夫人にあまり近づくわけにはいかなかったからだ。しかし、ブラッディ・タワーの階段をあがってローリーの遊歩道へ行けば、あの高さからだったらビットン夫人がどこへ行くか見えただろう」

「それがあなたにお訊きしたかったことですよ」ハドリーがそう言い、自分のこめかみを拳《こぶし》で叩いた。「もちろん霧のなかでは、それほど遠くまで見ることはできなかったでしょう。観光客になりすましたままでいるために、そうしたと――階段へあがったのならばですよ――考えたほうがよいでしょうね。あるいは、ビットン夫人がブラッディ・タワーへ入ったと思ったのかもしれません。すべて推測に過ぎませんが。だが、ふたりともロンドン塔見学の目玉であるはずのホワイト・タワーへは行かなかったのですよ。これは偶然かもしれませんが、このふたりの女性が揃ってここにやってきたこと、そしてビットン夫人とラーキンの証言と比べてみると、かなり確実なことが暗示されていますね」

「つまりきみは」将軍がテーブルを指さして言った。「ビットン夫人がその手紙を書いたと言いたいのか？」

「そしていつでも」ハドリーは考え考え言った。「ビットン夫人は自分が見張られているのではないかと疑っていたのです。彼女が書いたことをご覧なさい。〝用心して――疑われてる。一大事〟見るからにけばけばしいありふれた便箋が使われていますが、ラーキンがこれを見てハッとしたことに気づかれたでしょう。この手紙は昨夜の十時三十分の消印になっています。ビットン夫人の住まいがある地区のもので、ドリスコルが昨夜短い訪問を済ませたあとのことでしょう。ビットン夫人はコーンウォールでのウォーキング旅行からもどったばかりでした――そもそもいったいなんだって、三月という気候が最悪の時期にコーンウォールにウォーキングの旅をしたのでしょう？　何者かが危険な情事から夫人を遠ざけたいと思ったとしか考えられないのでは？」

ハドリーは立ちあがり、部屋を歩き始めた。メイスン将軍の前に差しかかると、将軍は無言で葉巻のケースを差しだした。ハドリーは葉巻を一本受けとってくわえたが、火はつけなかった。

「わたしは先走っているかもしれませんね。ですが、こう推測をするならば、これがたしかに危険な情事だったとも仮定しなければなりません。というのもドリスコルのフラットのむかいに数週間も張り込みしている私立探偵がいるのですから。ビットン夫人と夫がロンドンを離れているあいだもですよ！　どういうことになるでしょうか？　探偵を頼んだのは誰か？　考えるまでもなく、当然、夫です」

「だが、〝メアリー〟という名前は？」メイスン将軍が意見した。

「的はずれの滑稽《こっけい》な愛称ならばたくさん耳にしてきましたよ。なんと表現するのでしたっけ。ペットネームと言いましたがね、わたしの若い頃には」ハドリーが陰気に言った。「それにこの筆跡はまちがいなくごまかしてあります。たとえ盗まれたとしても、ビットン夫人に不利な証拠として使うことはできなかったでしょう。たしかに利口な女です。でも、いいですか」

ハドリーはマッチで葉巻に火をつけようと苦労している。

「どうやら袋小路に入ってきたのがわかりますか？　なあ、ランポール君」ハドリーが突然振りむいて促してきたので、ランポールは飛びあがった。「複雑に入り組んだ話になったのがわかるかい？」

ランポールはためらい、答えた。「むずかしい点がいくつもあることはわかります。その手紙は今朝のかなり早い時間に配達されていたでしょう。いままでぼくたちはドリスコルさんがダルライさんに電話した理由は、帽子盗難事件と犯人の追跡に関係があるものとずっと仮定してきました。でも、ドリスコルさんは実際にそうは一度だって言ってないんですよ。ぼくの記憶が正しければ、ダルライさんは冗談まじりにこう訊ねていますよね、自分の帽子が盗まれやしないかと心配しているのかと。でも、ドリスコルさんの返事は言葉どおりだとこうでした。〝心配しているのはぼくの帽子じゃない。ぼくの頭だ〟ダルライさんはそれが帽子事件を指しているのだと考えましたが、本当にそうだったのでしょうか？」

ランポールはとまどいながらハドリーを見た。

「わたしにはわからないよ」ハドリーがぴしゃりと言った。「だが、ドリスコルはダルライとの約束を一時にしている。この手紙にある約束は一時三十分だ。手紙を受けとったのは今朝。ドリスコルは怯えて、ダルライの助けを求めた。そこでどうなった？　ほかの何者かがダルライにドリスコルのフラットへと無駄足を踏ませたんだよ。そしてドリスコルはひどい状態でロンドン塔にやってきた。ドリスコルが窓の外を眺める姿はパーカーに目撃されている。その後、逆賊門で何者かがドリスコルの腕に触れた。

つまりどういうことになるだろう？」ハドリーは何本もマッチを無駄にしてからようやく葉巻に火をつけ、だいぶ冷静になって仲間たちを見つめた。「ドリスコル、ビットン夫人、ラーキン、それにおそらくは第四の人物が加わってめまぐるしくなにがおこなわれたのか？　色恋のもつれによる犯罪だったのか？　だとしたら、ここにいる健全な諸君の誰か、ドリスコルの死体がサー・ウィリアムの盗まれたシルクハットをかぶって発見された理由を教えてくれませんか？　狂気めいて現実離れしているこの犯罪は帽子泥棒の絡んだものでしょう。だが、そうだとしたら、どう絡んでいるのか説明してもらいたいですよ。わたしには見当もつかない」

　間があいた。フェル博士が口からパイプを取りだすと、ややもの悲しい口調でしゃべった。

「わしの意見を話そうか、ハドリー」博士が忠告した。「きみは焦りすぎじゃないかな。落ち着け。マルクス・アウレリウスの言うところの哲学的なものの見かたを修めるよう務めるんだ。ここまできみはかなりいい線で推理してきた。だがな――辛辣《しんらつ》な言いかたをすれば――クリケットでもう大量得点をあげているのに、捕手の頭をバットで叩きつけちゃいかんのさ。きっと正しい道筋が見つかる。いつもの考えかたを守っていきなさい」

　ハドリーは苦々しく博士を見つめた。

「ほかの見学者への事情聴取でわかることがあればいいんですが」ハドリーは言った。「もう、話を聞きたい参考人はひとりしかいませんよ。やれやれ。ブランデーが一杯ほしいな。いや、何杯もか。でもこれから数分は、博士、わたしはあなたの言う哲学の精神を学ぶことにします。あなたに首席警部になってもらいましょう。次の証人にはあなたが適任ですから。そう、あなたがジュリアス・アーバーの取り調べをするんですよ」

「喜んで」博士は言った。「きみの椅子をわしにくれるなら」博士はよっこいしょと立ちあがり、ハドリーは番をしている衛士を呼んで指示を与えた。「どちらにしても、今度はわしに任せるよう頼もうと思っておったよ、ハドリー。どうしてかと？　この事件の大部分はそこが肝だからさ。それというのは――この事件の要《かなめ》がなにか話したほうがよいかね、ハドリー？」

「どちらにしても話すんでしょう。それで?」

「事件の要は盗まれた原稿だよ」フェル博士は答えた。

8　アーバー氏の雰囲気

フェル博士は椅子の背にマントをかけた。椅子に巨体を押しこめると、三段腹をなでつけ、腹の上で手を組んで、にこやかに目を輝かせた。

「とはいえ、あなたに仕切らせていいものか」ハドリーは言った。「将軍にふたりとも頭がおかしいと思われたくありませんからね。それにどうかお願いだから、嘆かわしいユーモアのセンスは控えめに。これはまじめな仕事なんですからね」ハドリーは心地悪そうにあごをなでた。

「おわかりかと思いますが、将軍、フェル博士はこの人なりにとてもできるかたなのです。ただ、警察の捜査の手順の知識は映画から得ておりまして、そのうえ自分はどんな役柄でも演じられるという妄想を抱いているのですよ。わたしのいる前で誰かに事情聴取させれば、わたしのまねをしようとします。その結果、殺人事件マニアの校長が、自分が夕食に降りていく時間に階段にべたつく整髪料を塗った四年生を捜しだそうとしているように見えてしまうのです」

フェル博士はうめいた。「フフン。きみのたとえは結構だが、むしろわしの正しさを証明しておるわ。ハドリー、わしにはこう思える。馬に法廷弁護士のかつらをかぶせた者を、なんとしてでも見つけようと躍起になっておるのはきみのほうだとな。わしこそきみに必要な探偵だよ。それにな、いまどきの生徒たちはもっと手の込んだ悪さを考えつくぞ。たとえば、校長の銅像を除幕式前夜に、手頃な大きさの屋外便所にこそっとすり替えておくとか」

メイスン将軍が首を横に振る。「自分の話になるが」こそばゆい表情で葉巻を見つめて言った。「学生時代のフランスでの休暇を思いだすな。船乗りでいっぱいの地区にある市長の家の戸口に、売春宿の目印の赤いランプを取りつけるいたずらよりも心洗われるものはないと思っていたよ。コホン！」

「勝手に盛りあがったらいいですよ」ハドリーが苦々しい口調で言った。「せいぜい楽しんでください。この事件が殺人絡みでなかったら、あなたたちはきっと自分で帽子を盗んで次はどこにかけようかと考えているでしょうね！」

フェル博士は杖の一本でテーブルを鋭くカツンとやった。「きみ、まじめ一点張りは冗談ひとつに劣るんだからな。こんな考えかたで、そう、帽子男の考えかたで発想できれば、きみがくだらんと考えとることのひとつには、説明が見つかるだろうに。もしかしたら全部の説明がつくかもしれん」

「そういうあなたにはわかるんですか？」

「わかっとるように思っておるよ」フェル博士は謙遜して答えた。

将軍はどう考えていいかわからない様子で顔をしかめていた。「もしも」彼はフェル博士に話しかけた。「わたしの出る幕ではないことに口を挟んでいたら失礼。だが、これはどうやら作戦会議のようだから、そちらが何者か訊ねてもよろしいかな？　警察官ではないようにお見受けするが、どうも見覚えがある。この午後はずっと悩んでいたんだ。どこかでお会いしたような、お見かけしたような」

　フェル博士はパイプを見つめ、しばらくぜいぜいと息をした。「自分が何者か自分でもはっきりしませんでな。老いぼれと呼ぶ者もおるでしょう。だが、ある意味では、あなたとはこれまでまったく無関係だったわけではないのですよ、将軍。あれは何年も前のことになる。博物学者のアラートンを覚えておいでかな？」

　将軍の手は葉巻を口へ運ぶ途中で止まった。

「あれは好人物でしたな」フェル博士は記憶を振り返りながら語った。「アラートンはスイスの友人のもとへ、美しくて手の込んだ蝶の絵を送っておった。羽の模様はもう完璧。だがじつはそれは、ソレント海峡の英国機雷原の図面でした。あの男は暗号に自分のラテン名を少しまぜておりました。本名はシュツルム。このロンドン塔で銃殺されたはずですな。わしが――そう――彼を捕まえたんですよ」

　ゴロゴロという博士の声はどうやらため息のようだった。

「それからシカゴ大学の気のいいロジャーズ教授。あれがもう少しアメリカの歴史に詳しければ、わしは絶対の自信はもてんかったでしょう。名のほうは忘れましたが、チェスがうまくて、酒に目がない男でした。あの男を死なせたのは残念でしたな。ロジャーズは情報を眼鏡のレンズに細かい字で書いて渡していましたかな。あるいは、愛らしいルース・ウィリスデールのことを覚えておいでては？　わしはあの娘の懺悔《ざんげ》を聞く司祭役をしましての。ルースは海軍基地のあるポーツマスで自分のスナップショットを撮影したんでした。最新式の重砲を背景にして。ですがね、あの娘が写真を使おうとしなければよかったのにと思っておりますよ。ただ惚れられたという理由だけであの哀れな店員を撃たなければ、わしは見逃したでしょうな」

フェル博士は金属のクロスボウの矢を見てまばたきした。

「しかし、それも仕事をもっておった頃の話です。もうわしも歳をとった。でもハドリーはノッティング・ヒルの毒殺魔、クリップスの件で手を貸せとうるさく言ってきましてな。それから、時計の内側に鏡を仕込んでいたローガンレイという男の事件にも。スタバース事件には否応無しに巻きこまれましたな。でも、好きでやっておるんではないのです。ええ、それはもう」

ドアをノックする音が響いた。博士の過去など初耳だったランポールは、はっとして我に返った。

「失礼します」落ち着いた、わずかに棘《とげ》のある声が言った。「何度かノックしたのですが、お返事がないので。わたしを呼ばれたのではないですかね。入ってもよいでしょうか」

ランポールは謎めいたジュリアス・アーバー氏がどんな人物だろうかと考えていた。午後早い時間にサー・ウィリアムが口にしていた説明は〝控えめで学者らしく、時折やや皮肉になる〟――なんとなく上背があって痩せていて、色の浅黒いかぎ鼻の人物を想像していた。いま部屋に入ってきた男はゆっくりと手袋を外し、抑えた好奇心が窺える表情で部屋を見まわしているところだが、肌がやや浅黒く、ひとつひとつの動作がいかめしかったものの、予想があたったのはそこまでだった。

アーバー氏はせいぜい中背で、ずんぐりしたほうだった。服装はきっちりしていて、完璧すぎるきらいがあるほどだ。ベストの前は白いピケで縁どられ、ネクタイには小さな真珠のピンが留められている。顔はのっぺりしていて黒く濃い眉毛。縁なし眼鏡はあまりにも繊細な作りで、目に溶けこんで見えた。このときの彼は寛容さをたたえ、機嫌のよいふりをしていた。フェル博士を見やるその表情は顔の筋肉ひとつ動かさずに驚きを伝えた。つまり、雰囲気のようなものでその気持ちを伝えたのだ。

「ハドリー首席警部がお呼びのようですが?」アーバーが訊ねた。

「こんにちは」フェル博士はにこやかに手を振って言った。「わしが捜査の責任者だよ。話を聞かせてもらおうかね。座ってください。あんたはアーバーさんだね?」

フェル博士は恐れられる警察官のもつ、相手を威圧する風貌とはほど遠かった。ベストの前面はパイプの灰と犬の毛だらけ、当のエアデールテリアはそのあたりを歩きまわって博士の隣に寝そべったところだった。アーバーはわずかに怪しむような目つきになった。だが、片肘にかけた傘をもう片方の肘にかけ直すと、椅子に近づき、埃《ほこり》がないかたしかめて、腰を降ろした。パールグレイのソフト帽を丁寧に脱ぐと膝に置いて聴取を待った。

「それでよし。これで始められる」博士はポケットからぼろぼろの葉巻ケースを取りだして、差しだした。「吸いなされ」

「せっかくですが、結構です」アーバーは答えた。彼のマナーは最大限に慇懃《いんぎん》に見えた。フェル博士がみすぼらしいケースをしまうまでアーバーは待ち、自分の凝った打ち出し模様の銀のシガレット・ケースを取りだした。中身はコルク・フィルターの長く細い紙巻きタバコだった。銀のライターをカチリといわせ、優雅にタバコに火をつけた。そしてじっくり時間をかけてライターとシガレット・ケースをしまい、ふたたび待った。

それはフェル博士も同じだった。眠たげにアーバーを観察し、腹のところで手を組んだ。いくらでも忍耐力が続くようだった。アーバーは少々落ち着かなくなったようで咳払いをした。

「急《せ》かしたくはないんですがねえ、首席警部」ついにアーバーは言った。「だが、この午後はかなり不便な状況に置かれていたと指摘させていただきたい。ここまですべての要請に対して、躊躇《ちゅうちょ》なく応じてきました。そちらの知りたいことをおっしゃっていただければ、喜んでできるだけのお手伝いはしますよ」

恩着せがましい言葉遣いではなかったが、うまくそれを隠すことで恩を着せている印象を伝えようとしていた。フェル博士はうなずいた。

「ポオの原稿をおもちですかな?」そう問いただす博士の口ぶりは、輸入禁止品をもっていないかと訊ねる税関職員のようだった。

この質問は不意打ちだったので、アーバーは身体を緊張させた。ハドリーはかすかにうめき声を漏らした。

「なんと言われました?」アーバーはわずかにためらってから言った。

「ポオの原稿をおもちですかな？」

「これはまた、首席警部」アーバーは答えた。浅黒い額に、かすかに皺《しわ》が寄った。「どういうことか、さっぱりわかりかねますね。ニューヨークの自宅には、たしかにエドガー・アラン・ポオの初版本が何冊も、そしてオリジナル原稿もいくらかある。けれど、あなたのようなかたが関心をもたれるものだとは思いませんよ。殺人事件について質問なさりたいのだとばかり思っていましたが」

「おお、殺人事件など！」フェル博士はぞんざいに手を振ってうめいた。「それは気にしないでくだされ。殺人の話をしたくはありませんでな」

「それでいいのですか？」アーバーが言った。「警察は殺人について関心があるものだと思っていましたよ。もっとも、わたしにはまったく関心のないことですが。引用しなければならないかなあ。プリニウスの言葉です。クォト・ホーミネース・トト・セーンテーンティエ――十人十色と」

「いや、ちがうな」フェル博士が鋭く言った。

「なんですと？」

「いまのはプリニウスじゃない（出典はテレンティウス）」博士がつっけんどんに説明した。「言い訳できんヘマだ。それからその嘆かわしい陳腐な言葉を使うのならば、せめて正確に発音するよう努力しないと。〝o〟の音は短く〝ホミネス〟と、〝en〟の音は長い鼻母音じゃなく〝センテンティエ〟とな。まあどうでもよろしい。あんたはポオについてどんなことをご存じかな？」

ハドリーが部屋の片隅でおかしな音を立てていた。アーバーののっぺりした顔は緊張し、黙りこんでいたが、彼のまとっていた雰囲気は怒りに変わっていた。周囲を見まわし、眼鏡の縁に軽く手をあてた。どう言ったものかわからないようだ。じっくりと観察されて、ランポールはいかめしい捜査官の顔を作ろうとした。この状況を楽しんでいたのだ。アーバー氏が典型的だとは言い切れないにしても、いつもランポールをいらだたせるアメリカ人の類《たぐい》であることはまちがいなかった。文化人意識がすぎるとしか表現できない連中だ。できるだけ正確な方法であらゆるものを見て、あらゆるものを知ろうとする。まさに正しいタイミングで正しい場所へ行く。薄っぺらなのに頼りにしている芸術に対する知識は、見栄えをよくした家や見てくれをよくした本人と同じレベル。大西洋航路にあたらしい客船が就航すると、豪華なダイニングの適切な席を見つけてそこに座る。誤りを避け、けっして痛飲することがない。つまり、フェル博士やメイスン将軍やランポールの同類ではなかった。

「どうもわかりませんね」アーバーは静かに言った。「あなたがなにを言おうとしているのか、そしてこれは凝ったジョークなのかどうかも。ジョークならば、どうかそう言ってください。まちがいなく、あなたのような変わった警察官に会ったのは初めてですなあ」

「では、こんなふうに申しましょうか。あんたはポオに関心がありますかな? 本物だと証明されたポオの小説の原稿を買わないかともちかけられたら、買いますか?」

こうしてふいに現実的な話題に切り替わるとアーバーは調子を取りもどしたようだと、ランポールは感じた。顔には笑みらしきものが浮かんでいる。だが、内心では憤《いきどお》っていることがわかった。さりげなくやり返して一介の警察官に思い知らせようとしたのに、逆に平常心を吹き飛ばされたのだ。また有利に立とうとしてくるだろう。

「なるほど、わかりましたよ、ハドリーさん」アーバーは博士にそう言った。「ということは、この事情聴取はサー・ウィリアム・ビットンの盗まれた原稿のためのものなのですね。最初はとまどってしまったなあ」ふたたび笑顔になると、まるぽちゃの顔に皺が一本寄った。それから彼は考えこんで、「ええ、申し出があれば、ポオの作品はきっと買うでしょう」

「そうでしょうな。では、ビットンの家で盗難があったことはご存じですね？」

「ええ。それにあなたもご存じですね、首席警部。わたしがビットンの家に滞在していることは。いや、こう言うべきでしたか」アーバーは冷静にみずからの発言を訂正した。「滞在していた、と。明日にはサヴォイ・ホテルへ移ります」

「どうしてですかな？」

　アーバーは灰皿を探してあたりを見まわしたが、ひとつも見つからなかった。そこでタバコをまっすぐに突きだし、灰が落ちるとき自分のズボンにこぼれないようにした。「ざっくばらんにいきましょうか、首席警部殿」と、アーバーは提案した。「わたしはビットンの考えていることに気づいています。正面きって侮辱はされていませんが。ちょっとしたことは受け入れていくしかありません。アマラ・レントー・テンペレト・リス——苦しみはゆったりと笑いで癒せ（出典はホラティウス）ですよ、スコットランド・ヤードの方から発音をまた直されるかもしれませんが。ただ、意気地なしにはなりたくありません。おわかりでしょう？　それともおわかりになりませんかねえ?」

「盗まれた原稿の内容はご存じかな?」

「完璧に。それどころか、購入するつもりでいました」

「では、サー・ウィリアムから話を聞いたのだね?」

のっぺりした顔は礼節を保っているが非難の色に覆われた。大きな頭にまっすぐペタリとなでつけられた黒髪に手をあてる。「ビットンが話すはずがないのはご存じじゃないですか。ただ、ビットンは子どものようなものですね、こんな言いかたをしてはなんですが。晩餐の席でさんざん謎めかしてヒントを言いふらし、家族にでも原稿の中身が推測できそうでしたよ。けれども、わたしはアメリカを発つ以前からこの原稿のことはすべて知っていまして」

アーバーは忍び笑いを漏らした。ランポールが初めて聞いた、アーバーの発した人間らしい音だった。

「ご立派な紳士のなかには幼稚な性格をしている人もいると指摘するのは気が進みません。ただビットンの相談相手のロバートスン博士は、軽率でしたね」

フェル博士は考えこんだ様子で机に置いてあった杖の握りをつかみ、やはり机にあったクロスボウの矢をつつくと、にこやかな表情で顔をあげた。

「アーバーさん、あんた、チャンスがあったらご自分はその原稿を盗んだと思いますか?」

部屋のむかい側からランポールが見ていると、ハドリーの顔に絶望的な表情が浮かんだ。だが、アーバーはまったく取り乱さなかった。この質問をまじめにあらゆる面から検討しているようだった。

「いいえ、首席警部。盗んだとは思いませんね」アーバーは答えた。「かなり危険なことになりそうですから。それにそのような方法で歓待に泥を塗るのは気が進まない。でもわたしを誤解しないでくださいよ。声高にモラルを守れと言っているのではありません」アーバーは〝自分は無慈悲な男ではありません〟と語る男のように優しく説明した。「そもそもビットンに所有権があるかどうか、かなり疑問なのですから。法律に照らすと、あの男が原稿を手に入れた経緯には問題があると言えます。ですが、繰り返しになりますが、わたしはいざこざは好みませんからねえ」

「けれども、誰かがあの原稿を売るとあんたに申し出たとしたらどうですかな、アーバーさん?」

アーバーは繊細な眼鏡を外し、白い絹のハンカチで磨いた。そうするために、いやいや床にタバコを捨てたが、それにかなり抵抗感があったらしい。いまは気楽な様子で、澄ましてほほえみかけている。黒い眉毛のうねりから、おもしろがっていることがわかる。

「話を聞いてもらいましょうかね、首席警部。警察には知っておいてもらわないと。これがその——成功に終わった場合、わたしの主張を裏づけてくれますからね。イギリスへ来る前にフィラデルフィアへむかい、マウント・エアリー・アベニューのジョセフ・マッカートニー氏を捜しました。例の原稿が発見された家の持ち主です。原稿がそこで見つかったという事実については、ふたりの正直な労働者の証言があるんですよ。わたしはできるだけ率直にマッカートニー氏に事情を話しました。彼こそ原稿の所有者ですからねえ。いまどこにあるとしても、原稿を優先的にわたしに売る権利を三カ月間保証すると書面にしてくれたら、現金で千ドルを渡すと彼に言いました。ほかにも契約がありました。それはもしも原稿がわたしの望んでいるものだったと特定された場合——決定権はわたしにあります——彼に四千ドルを払って完全にわたしのものにできる内容です。こうしたことに関しては、首席警部、出し惜しみするのは賢いとは言えないのですよ」

フェル博士は物思いにふけってうなずき、あごに拳をあてて身を乗りだした。

「じつのところ、アーバーさん、あの原稿の価値はいかほどなんだね?」

「わたしにとってですか? そうですね、正直に言いましょうか。喜んで一万ポンドはつけるでしょう」

メイスン将軍は顔をしかめて皇帝ひげを引っ張っていたが、ここで口を挟んだ。「そんなこと! おい、それは桁外れじゃないか! ポオの原稿がまさか——」

「大胆に予想すると」アーバーは冷静に言った。「この原稿はそれだけの価値があるのです。ビットンから話を聞きませんでしたか? ああ、話していないと思いましたよ。世紀の大発見ですから」冷静な視線が居合わせた者たちを順繰りにめぐっていった。「めずらしく大変物知りな警察のみなさんと同席させてもらっているようですから、内容をお話ししましょう。史上初の分析的な探偵物語なのです。ポオ自身の「モルグ街の殺人」よりも古いのですよ。ロバートスン博士の情報では、技巧的な観点からも、ポオによるほかの三つのデュパン主役の犯罪物語を凌いでいるということです。わたしならば一万ポンド出しますとも。一万二千、いや一万五千でも出す収集家仲間をこの場で三人は挙げられます。それにオークションに出せばいくらの値がつくか、想像するだけでも楽しみですよ。言うまでもありませんが、出品するつもりです」

この間《かん》ハドリーは急いで机の横手に近づいていた。いまにもフェル博士の腕をポンと叩いて椅子から立たせ、取り調べを引き継ぐかに見えたが、黙ってアーバーを見つめるばかりだった。

フェル博士が雷鳴のような音を立てて咳払いをした。「途方もないつまらん話かもしれないし」博士は怖い顔をして言った。「あるいは、そうでないのかもしれん。ところでどうしてそんなことをご存じなのですか？　原稿を見たことがあるのですかな？」

「ロバートスン博士の言葉がありますからね。ポオ研究の第一人者です。残念ながら人はいいが商売っ気が足りない。さもなければ、わたしのとった行動を博士本人がとっていたはずですからねえ。博士がこれだけのことを語ってくれたのは――ふふ、首席警部、うちのワインセラーは一流の品揃えで知られていましてね。あのインペリアル・トカイでも、この情報のためには安いものだ。もちろん、ロバートスン博士は翌日になって自分の軽率を後悔していましたよ。ビットンに誰にも言わないと約束していたから。わたしになんの行動も起こしてくれるなと頭を下げましたっけ。気の毒だったなあ」

ふたたびアーバーは絹のハンカチを取りだし、軽く額を拭いた。

「では」フェル博士は言った。「あんたは関心事を突きとめようというだけではなかったんですな？　この原稿を売ろうとして追いかけてきたと？」

「そうですよ、親愛なる首席警部さん。この原稿は――いまどこにあるにしても――わたしのものになるのです。そこは念のために申しあげておきます。話を続けてもよろしいですかね？」

「どうぞ」

「マッカートニー氏との取り決めはやすやすとまとまりました」アーバーは満足そうに続けた。

「かなり驚いていたようです。おそらくは恐喝の手紙か、本人の言葉を借りれば〝密約書〟ででもなければ、原稿の類が五千ドルもの価値になるとは信じられなかったのですね。マッカートニー氏は扇情小説《センセーショナル・フィクション》（犯罪と扇情的なロマンスを絡めた小説。十九世紀に始まる）の愛好家だと見受けました。わたしの次の手は――なんだったと思われますか、首席警部？」

「ビットン家に招待されるよう仕向けたんですな」フェル博士はブツブツ言った。

「正確にはちがいますね。わたしはいつでも好きなときに寄っていいことになっていました。こう申してよろしいでしょうが、かつては友人であるビットンに高く評価されておりましてね。基本的に、ロンドン滞在中は友人宅に泊まりません。郊外に別荘を所有しておりまして、夏にはしばしばそこに滞在するのです。冬にはホテルに泊まります。ですが、ねえ、臨機応変にいく必要がありましたからね。ビットンは友人ですから」

　アーバーはふたたび銀のシガレット・ケースを取りだした。だが、灰皿がないことを思いだしたらしく、またしまいこんだ。

「もちろん、言えませんでしたよ」アーバーは口を尖らせた。「彼にこんなことはね。〝ビットン、きみはわたしの原稿をもっているようだな。渡したまえ〟──そんなことを言えば気まずくなりますし、必要のないことだと思いましてね。彼が発見した原稿を進んで見せてくれるものと期待しました。そこで徐々にわたしの目的を打ち明けて、不幸な状況を説明し、彼に公平な申し出をするつもりでした。おわかりですか！　わたしは常識の範囲内で彼に対価を支払う準備をしていたのですよ。原稿はわたしの所有物なのに。品位のない争いは望みませんでしたからねえ。

ところが、首席警部──そしてみなさん──それはむずかしいことでした。ビットンのことはご存じで？　そうですか。強情で、頑固で、隠し事をするタイプです。発見したものを大事にすることでは偏執的なほどです。ですが、あれほど手ごわい相手だとは想像していなかった。わたしの期待していたようには、発見したものについてしゃべろうとしなかったのです。何日もわたしはほのめかしましたよ。たんに彼は鈍いだけだと思いましたが、ほのめかしはだんだんエスカレートしてしまって、彼の家族さえもとまどわせるようになったようですね。ただ、ビットンがわたしの腹づもりに勘づいていて、こちらを疑っていたことに、いまになって気づいていますが。彼はますます口を閉ざすようになってしまいましてね。気は進みませんでしたよ──ですが、法律にのっとってわたしが自分の権利を主張すべきときが来たのですよ」アーバーの悠長だった声は突然とげとげしいものに変わった。「わたしの所有物に対して彼に一ペニーだって払う必要はないと」

「あんたとマッカートニーのあいだで売買は完結していないのではないですかな?」フェル博士が問いただした。

アーバーが肩をすくめた。「完結したも同然ですよ。わたしは買い入れの権利をもっているのですからね。もちろん、見たこともない原稿に五千ドルも渡すのに積極的ではありませんでしたよ。いくらロバートスン博士の言葉があってもです。それにこの原稿はわたしが権利を主張しようとした頃には、どうやら失われるか損壊されるかしたようですからね。ですが、どう見ても所有権はわたしにありました」

「じゃあ、ビットンにはあなたが所有者だと告げたんですな?」

アーバーの鼻の穴は怒りでこわばった。「そんなはずないでしょう。告げていればビットンがこんなふうに必死になっていると思いますか――盗まれて警察の助けを求めたんですから。でも、その前に言っておきたいことがあります――わたしの立場のむずかしさも考えてください。だんだんわかってきたのですよ、ビットンに原稿を諦めるように頼めば、この――ええと――この収集狂はありとあらゆるトラブルを引き起こすと。きっと拒絶して、わたしの所有権にケチをつけるでしょう。権利があることは証明できたでしょうが、手続きに時間がかかって、あらゆる類の歓迎しかねる出来事が起こることになる。ビットンは原稿をなくしたままでいて、それがさらに状況をややこしくするでしょう。あの男には警官を呼びつけてわたしを自宅から放りださせるだけの力があるでしょうから」

アーバー氏の雰囲気は彼の考えを反映して激しい苦悶を表してきた。メイスン将軍は咳払いをし、フェル博士はわざとらしく口髭をねじって手で口元を隠した。

「そして今度の危機で」アーバーは傘の先で床をコツコツやりながら続けた。「なにもかもが吹っ飛んだ。原稿は盗まれたということはお気づきでしょうが、わたしが原稿を失ったということになるのです。

さて、紳士のみなさん」アーバーは椅子にもたれ、あたりを見まわしてひとりひとりと視線を合わせた。「もう、わたしがここまで徹底的に説明し、この原稿の所有権をはっきりさせた理由はおわかりになりますよね。ビットンはまちがいなく、わたしが盗んだと考えている。でも彼がどう思っているかは別にどうでもいい。わざわざ誤解を解くこともしませんでしたしね。ただ、警察にも同じように考えさせることはできないのです。

原稿が盗まれた週末は留守にしておりまして、今朝もどってきたばかりです。スペングラー夫妻を訪ねていました。先ほど申しあげましたゴールダーズ・グリーンのわたしの別荘の近くに暮らす友人です。〝ほう〟と、狡猾《こうかつ》なビットンは言いましたよ。〝アリバイ作りか〟とね。無礼にも夫妻に電話して本当かどうかたしかめていたのです。〝まあ、雇われた者が実行したわけか〟とまで言ったんですからね。

まあ、こんなこともすべてビットンの誇大妄想ではなんとか成り立つんでしょうなあ。ですが、だいいちですね、原稿はすでにわたしのものなのですから、わざわざ盗む理由がありますでしょうか?」

アーバーは演説家のように手を組んだ。

沈黙が広がった。机の端に座っていたハドリーがうなずいて言った。

「アーバーさん、おそらくは、ご主張を証明する準備がありそうですね？」

「当たり前です。マッカートニー氏とわたしとの契約はニューヨークのわたしの弁護士が書面にして、しかるべく証明されています。この契約書は、ロンドンの事務弁護士のもとにも写しが一部保管されていますよ。わたしの話の裏をとりたければ、わたしの名刺をお渡ししますが」

ハドリーは肩をすくめた。「でしたら、アーバーさん、これ以上言うべきことはないですね。サー・ウィリアムは見つけた原稿の件が表沙汰にならないことに賭けていました」ハドリーは冷たく、そして落ち着き払って話をした。「そんなサー・ウィリアムとの揉め事を避けるために、たとえあなたが原稿を――その――ちょろまかしたのだとしても、法的にはなんの手も打てません。あなたのおこないは人として正しいとは言いませんが。率直に申しあげて、まったくもって卑怯だと言いたいですね。ですが、完全に合法です」

アーバー氏は音を小さくした無線のようにぶすぶすと、いらだちを抑えつけている雰囲気を発散させた。強気になろうとしたが、ハドリーの視線はあまりにも冷たすぎた。ややあって、ようやく落ち着きを取りもどした。

「いまの言葉は聞き流して差しあげますよ」アーバーは苦心してそう述べた。「根も葉もないあなたのほのめかしからは――そう――お里が知れるというものだ。わたしのように著名な立場の男がまさか――」先ほどと同じ雰囲気がふたたび広がり、アーバー氏は冷静さを取りもどした。「いまの言葉を聞けば、ニューヨークの仲間がおもしろがるでしょう。ハハハ。じつにおもしろい。とはいえ、完全に合法という点では同意に達しましたね」

「殺人に関わってなければですな」フェル博士が言った。

ふいに一段と気詰まりな沈黙が広がった。

なにげない口調でそう割って入った博士は、身を乗りだし、椅子の隣で丸くなっている犬の頭をなでた。静寂のうちに、火床で最後の石炭がカタンと落ちる音や、練兵場からの軍隊らっぱの音が突然ごくかすかに聞こえてきた。メイスン将軍は軍隊らっぱの音を聞くと、とっさに時計に手を伸ばしたが、その手を止めて宙を見つめた。

アーバーは立ちあがりながらコートの前をかきあわせていたが、さっと襟元をつかんだ。

「わ――わたしは失礼しても？」

「こう言いましたがね。〝殺人に関わってなければですな〟と」フェル博士は先ほどより大きな声で繰り返した。「席を立たんでください、アーバーさん。今度は殺人の話をしますからな。別に驚くことではないでしょうに？　さっきはその話をされるつもりだったじゃないですか」

閉じかけていた博士の目が丸々と見ひらかれた。

「殺害されたのが誰かご存じないようですな、アーバーさん？」博士は追及した。

「その、わたしはむこうで人が話しているのを聞きました」アーバーは博士をじっと見つめて答えた。「誰かが名前はドラケルだかドリスコルだかと言っていたようですが。けれども、そうした話には加わりませんでした。ロンドン塔で殺されるような男とこのわたしになんの関係がありますか?」

「名前はドリスコルです。フィリップ・ドリスコル。サー・ウィリアム・ビットンの甥です」

フェル博士が期待していたのがどのような反応だったとしても、効果があったことはまちがいなかった。アーバーの浅黒い顔は文字通り真っ白になった。あまりに蒼白なので点々と散ったしみが目立つほどだった。鼻の上でビクビクと動く薄い眼鏡を、震える手で押さえた。疑問の余地なく、アーバーは心臓が弱かった。不意打ちのショックは神経と同じように身体にも及んだのだ。ハドリーは心配になって腰を浮かせたが、アーバーが手を振って制した。

「どうか、どうか失礼させてください、みなさん」アーバーはつぶやいたが、声はだんだん力強さを取りもどしていった。「わたしはその名前を、知りあいの名前を聞いてショックで。その、ドリスコルというのは小柄な若者でたしか――赤毛でしたね?」

「そうです」フェル博士は感情を込めず答えた。「では、たしかに知り合いだったんですな?」

「は、はい。つまり、会ったことはありました――ええと――先週の日曜日、ビットン家の晩餐の席でした。わたしが到着した日です。あの若者の姓は聞きとれなかったのです。みんな彼をフィリップと呼んでいました。だからファーストネームでわたしは覚えていたのです。ビットンの甥のことを」

メイスン将軍が尻ポケットからフラスクを引っぱりだし、差しだした。「これを飲みなさい」彼はしわがれ声で言った。「ブランデーだ。気分がよくなる」

「いえ、結構です」アーバーはいくらか威厳をたたえて答えた。「わたしは全然平気ですよ。

とにかく、こんな恐ろしい事件のことはなにも知りません。どんなふうに亡くなったのですか?」

「このクロスボウの矢で刺されましてな」そう言ってフェル博士は矢を手にした。「ビットン家にあったものです」

アーバーが言った。「なんと――興味深い」お粗末な茶番劇のような口ぶりだった。だが、ここにきてだいぶ調子を取りもどしていた。どぎつい冗談でごまかすようにこう続ける。「みなさん、このわたしが哀れな青年の殺人についてなにか知っているなどと思わないでいただきたい。身元を聞いて――その――取り乱したように見えたからといってですね。そもそもですね、人殺しなら取り乱したりはしないものでしょう? そうだったら犯人を見つけることなど簡単すぎますからねえ。そんなまがまがしい凶器を使う度胸のある人間は、あとでそれを見せられても怖じ気《おけ》づかないでしょう。そんなことになったら――ええと――台なしというやつではないですか。わたしは医師からショックを受けないように警告されていましてね、みなさん。見た目ほど健康ではないのです。ビットン……かわいそうに。彼は知っているのですか?」

「知っていますよ、アーバーさん。ですが、いまはドリスコル青年の話を。彼が殺害された理由に心当たりはありませんかな?」

「まさか、ありませんよ! 見当もつきません。彼とは一度、あの晩餐の席で会っただけで、その後は会っていません」

「あの青年はそこの逆賊門で殺害された」フェル博士はうなずくとさらに追及した。「遺体は石段に投げ捨てられておった。あんた、ここにいるあいだになにか怪しいものには気づかなかったでしょうな？　逆賊門の近くで誰かを目撃したとか、そういうことはありませんかな？」

「いや。これはその——最初にこの部屋にやってきて言おうとしたのは、わたしはたまたまここに足止めされたということです。あのですね、サー・ウォルター・ローリーの『世界の歴史』を調べたかったのですよ。彼がその手記を書いたブラッディ・タワーの部屋に展示してあるんです。ここに到着したのは一時を少しまわったときで、まっすぐにブラッディ・タワーへむかいましたよ。初めて見ましたが、わたしは正直に言って、あんな貴重な本があれほど湿気の多い場所で一日じゅう、ひらいたままさらされていることにショックを受けましたよ。係の衛士に名刺を見せ、詳しく調べてもいいかと訊ねました。衛士は申し訳ないが、ロンドン塔の展示の一部だから長官か副長官の書面による許可がなければ、わたしに触れさせることはできないと言いましたね」アーバーは、周囲の者たちの表情に関心の色が浮かんでいるのを見て若干驚いたようだった。誰も口をひらかなかったため、アーバーはペラペラと先を続けた。

「しかも、そのような許可をもらえるかどうかはかなり疑問だと。それでも、わたしは許可が出してもらえるところを教えてくれるように頼みました。その衛士に言われてわたしは歩いていったのですよ」

「城壁の内側へですか？」ハドリーが口を挟んだ。

「どうして——ええ、そうですよ。タワー・グリーンに面して並ぶ建物へむかいました。ですが、霧が出ているうえにいくつも扉があり、どこへ行けばいいか自信がなくなってですね。ためらっていると、ひとつの扉から男が現れたのです」

アーバーは口をつぐんだ。見つめられて混乱し、緊張感がふくらんでいるようだ。

「ゴルフズボンを穿いてハンチング帽をかぶった男？」フェル博士は訊ねた。

「さあ――いや、たしかゴルフズボンは穿いていましたよ。思いだせるのは、こんな天気にいささか滑稽な恰好に見えたからです。ですが、霧が出ていましたからね、絶対だとは断言できません。わたしはどのドアから入ればいいのか知りたくて話しかけましたが、むこうはこちらの話に耳を貸さずに素通りしていきました。そこに別の衛士が現れて、わたしを呼びとめ、わたしがいるあたりは見学者立ち入り禁止だと言いました。わたしが事情を説明すると、わたしが会いたがっている人物はどちらもその時間には宿舎にはいないと言われて」

「そのとおり」メイスン将軍がそっけなく言った。

「でも、まさか、みなさん！」アーバーはくちびるを湿らせて言い訳した。「まさか、わたしの話に関心などおありでないですよね……でしょう？　話を続けますと、わたしはブラッディ・タワーにもどり、紙幣を上手に使おうとしました。でも受けとりは拒否されましたよ。そこで帰ることにしたのですが、ウォーター・レーンへむかう途中、若い女性にぶつかりました。ウォーター・レーンに通じるアーチから出てきたところで。その女性はかなり急いで坂を登っていきました。なにか言われましたか？」

「いや」フェル博士が言った。「その若いご婦人の風貌を話してもらえんかな？」

アーバーはふたたび完全に自分を取りもどしていた。表情は先ほど弱みを見せたことを後悔する様子で、自分の話を明確に公平に語ることで埋め合わせをしたがっていた。この話のどこがそれほど重要なのかとまどっていることはあきらかで、フェル博士の質問に用心しながら答えた。

「いえ、残念ながらできません。ほとんど見なかったのですよ。覚えているのは、その女性がとても急いでいたこと、毛皮のような襟の服を着ていて、なんというか異様なほどにがっしりして見えたことだけです。ぶつかってわたしはかなり衝撃を受けました。腕時計が少し緩み、滑り落ちるかと思いましたからね。さて、それからわたしはブラッディ・タワーのアーチを通り抜け、ウォーター・レーンに入り……」

「ちょっとアーバーさん、ここでしっかりと思いだしてくださいよ！　そのとき、逆賊門前の柵に誰かいませんでしたか？　誰かそこに立っていませんでしたか、それとも誰もいないようでしたかな？」

アーバーは椅子にもたれた。「なにを訊ねたいのかわかってきましたよ」アーバーは緊張して答えた。「柵には近づきませんでしたし、そちらを見ることもありませんでしたが……ただ、近くには誰も立っていませんでしたよ、首席警部。誰もね！」

「それは何時頃だったか、思いだせますかな？」

「時間は正確にお教えできます」アーバーが言った。「一時三十五分ぴったりでした」

9　三つのヒント

たちどころに平静を失ったのは、いつも冷静なハドリーだった。「だが、それはおかしい！」ハドリーは反論した。「監察医は、被害者が死亡したのは一時五十分だと……」

「待ちなさい！」フェル博士がどなった。机を杖で鋭く叩いたので、薄藤色の便箋が舞いあがった。「神よバッカスよ！　これをずっと待ち望んでおったんだ。それなのにこの人に証言を訊こうとしなかったとは！　見逃すところだった。友よ、感謝しますぞ。心から感謝します。さあ、あんたは時間については絶対に自信があるんですな？」

アーバーはこれだけ重要人物として扱われたので、機嫌が直ってきていた。

「それはもう。先ほども言いましたが、若い女性とぶつかって時計がずれたので、ウェイクフィールド・タワーの扉まであとずさり、滑り落ちないかどうかたしかめました。そこで何時か見てからすぐにウォーター・レーンへ歩いていったのです」

「諸君、時計を外して」フェル博士が太い声で言った。「時刻を比べてみよう。なんと！　もうこんな時間か！——六時十五分。とにかくわしの時計はこうだ。諸君のはどうだね？」

「六時十五分だ」メイスン将軍が言った。「そしてこの時計は正しいからな」

「六時十三分三十秒です」ランポールが答えた。

「そしてわたしはというと」アーバーが締めくくった。「秒まで言えば、六時十五分と三十秒です。これは絶対にまちがいありません。なにしろこの時計の製造元は……」

「そんなことはどうでもよい」フェル博士は口を挟んだ。「三十秒のことで言い争いはせんでいい。もうわかった。ただ、訊ねたいことがひとつある。その時間に帰ろうとしたと言われましたな、アーバーさん。だが、遺体は二時三十分まで発見されなかった。見学者への足止め命令が出たさいに、あんたも引き留められたのはどうしたことですかね？」

「それを先に説明しておけばよかったと思ってましたよ」アーバーが答えた。「ここに足止めされたのは、たまたまだったと言ったときに。手袋の片方を置き忘れたのです。ブラッディ・タワーのローリーの初版本をかこった柵に。これは、まあその、特注の手袋でしてね」アーバーは周囲の顔色を無視して説明した。「五番街の《カーター》で作らせるのですよ。この手袋はひと組きりしかもっていなくてですね」

　メイスン将軍がうんざりした表情になったが、アーバーは膝から輝く灰色の帽子をもちあげ、その手袋を取りだして見せた。

「タクシーでストランドまで行ってからようやく気づき、もどってきたんですよ。到着したのが二時四十分頃で、タクシーを待たせて塔に入ったものの帰れなくなったのです」

「タクシーがまだ待っていなければいいが」将軍は考えこんだ。「アーバーさん、その運転手のように気の毒な証人までが巻きこまれては」将軍はどこかうわの空で言った。「まったくの不幸というものですからな――むむ！　待てよ！　思いだしたぞ。わたしからあなたに訊きたいことがあったんだ」

「喜んでお答えしますよ」アーバーは顔色を曇らせた。「そちらはどなたで？」

「あなたが会いたがっていた男さ」将軍はいくぶん辛辣《しんらつ》な口調で言った。「ロンドン塔の副長官だ。それからもうひとつ、あなたにローリーの本を触らせるわけにはいかんのです。サー・イアン・ハミルトン長官からそう言いつかっている。どこまで話したかな？　ああ、そうだ。ローリーについてだ。あなた、これまでにあの本を見たことがないと言いましたな。というとロンドン塔を訪れたのはこれが初めてですな？」

「ええ」

「こんなことを訊ねたのは、あなたがあちこちの名前をすべて覚えているからだ。〝ウォーター・レーン〟だの〝タワー・グリーン〟だの、どれもこれもすんなり言えた。ブラッディ・タワーからむこうにはたいして足を踏みいれてないというのに」

「きわめて単純なことですがねえ」アーバーが言った。血のめぐりの悪い助手に話しかける探偵のような口調だった。「道を訊ねるのが嫌いなのです。ぶざまに見えますからね」アーバーはポケットから緑色のパンフレットを取りだした。「この小さな案内には見取り図がついていますから、ロンドン塔に入る前にしっかりと調べておいたのです。それで隅々まで知識を得ることができました」

フェル博士は口髭を引っ張った。

「もうひとつだけ質問をよろしいかな。これが終わればお引き取りいただいて結構。レスター・ビットン夫人とはお知り合いですか？　あんたの招待主の義理の妹さんですが」

「残念ながら。その、申しあげたとおり、これまでビットン家に泊まったことはありませんでしたから。ビットン夫妻は最初にわたしが到着したときは留守でした。昨夜もどられたと聞きましたが、わたしが週末の外出から今朝になってようやく帰ってきたときには、おふたりとも不在でしたからね。レスター・ビットンのことはほとんど知りませんが、あの家のあるじから義妹《いもうと》の話は聞かされ、写真も見ました。でも実際に会ったことはありませんよ」

「では、夫人を見かけても誰かわからない可能性もありますね？」

「そうですね」

「では、お引き取りになる前に」ハドリーがほのめかした。「わたしたちにお話しされたいことがほかにありませんか？」

アーバーは立ちあがり、安堵して身体を震わせたように見えた。焦っているように見られないため、ゆっくりとコートのボタンを留めていたが、その手を止めた。「お話しすることですか？　どういうことでしょう」

「なにか――ヒントか手がかりはありませんか、アーバーさん？　事実上あなたのものである貴重な原稿が盗まれたのですから。取りもどすことに関心はないのですか？　一万ポンドの損をあっという間に忘れてしまったように見えますよ。あなたはこれだけ苦労されてきたというのに。ここにいらっしゃる今日のあなたは、なにかほかのことにかなり気を取られているようでした。いろいろとお訊きになりたいことはないのですか？」

アーバーはその質問がこないかずっと恐れていたのだと、ランポールは感じた。だが、アーバーはすぐにしゃべろうとはしなかった。帽子を微妙にいじって手袋をはめ、腕に傘をかけた。こうして服装を直すことで、いつもの冷静な自信とふるまいをいくらかでもまとっているようだった。

「おっしゃるとおりです」アーバーは認めた。「だが、お忘れのことがあります。この件で振りまわされるつもりはないですからね、みなさん。わたしがここにやってきた理由はすでに話しました。できれば警察の協力は仰ぎたくありません。けれども、わたしは怠け者ではない。心当たりに連絡は取っていますし、手がかりは――失礼ながら――あなたに明かすつもりはありません。おっしゃるとおり、わたしが捜索を怠ることは考えられないでしょう」浅黒い顔にかすかな笑みを浮かべ、黒い眉をキッとあげて軽く礼をした。「まだお話があるようでしたら、サヴォイ・ホテルに連絡を。お世話になりました――そう――とても実りの多い午後でしたねえ。それでは失礼しますよ、みなさん」

アーバーが去ってから、長い沈黙が続いた。部屋は冷えきっていた。暖炉の火が消えかかっていたのだ。憤慨した表情がメイスン将軍の顔に浮かんでいて、怪しげな手品師のように、両手を動かした。

「油断のならないペテン師め」将軍はつぶやいた。「もう証人は出てこないだろうな、ハドリー君。もういいだろう？　最初は帽子、次は情事、今度は原稿。事態をますます悪化させるだけで、どれも役に立っていない。いまのわれらが目利き先生をどう思ったかね？」

「証人としては」ハドリーは言った。「あまりに手ごわく、あまりに与《くみ》しやすい相手でしたね。ころころと変わりました。最初はそつがありませんでした。続いて、殺人を話題にするとどうしようもない臆病者になった。最後に、ここでなにが起こったか知っていることをしゃべったさいには、真実を語っていたという自信がありますね」

「その意味は？」将軍が先を促した。

ふたたびハドリーは部屋を歩き始め、いらだった口調で話を始めた。「ああ、ひとつはっきりした説明がつきます。ただし、それはあれこれを複雑にするだけですが。いいですか。アーバーはあきらかに、ここで殺害されたのがドリスコルだとは知りませんでしたね。少なくとも、サー・ウィリアムの家で会った若者だとは知らなかった。そして彼だと聞いたとたんに、気絶しそうなほど驚いていました。なぜでしょうか？

こんなふうに考えてみましょう。アーバーは頭の回転が速く、抜け目がない。不愉快な目に遭うことを心から嫌っています。自意識過剰な威厳を揺るがすからです。けれども、なみの臆病者程度の勇気ももちあわせていません。こうしたことは、アーバーの発言の隅々からわかります。そしてなにより、世間の注目を浴びることを毛嫌いしています。賛成してもらえますか？」

「全面的に」将軍は言った。

「結構。さて、アーバーは彼自身が原稿を盗んだかもしれないというほのめかしを笑いとばそうとしました。けれどもアーバーの性格、それからビットンの性格を知っていれば、さほど突拍子もないことではありません。原稿を渡すように要求すれば、ビットンがいくらでも手厳しい反論をもちだすとわかっていたはずです。役所の手続きがずるずると遅れて、口論になり、おそらく世間の注目も浴びることになります。ビットンの気性では実際にアーバーに手を出しかねません。けれども、原稿が盗まれれば諦めるしかない。正当な権利がないのですから。アーバーはこうしたことをすべて、無事に原稿を手に入れてあの家を離れてから指摘することができます――必要であれば電話で――ビットンにはどうしようもできないでしょう。権利はなく、笑い物にされるだけです。尊敬されるべき元閣僚はそんなことには耐えられないでしょうね」

「アーバーが実際に自分で原稿をくすねたかどうかは疑問だな」将軍が首を横に振って言った。「あの男にはそんな度胸などなかっただろう」

「ちょっと待ってください。先ほどのアーバーは盗難のことを気にかけてはいませんでしたよ。必死になっていなかったでしょう。そう、もし何者かがアーバーのために原稿を盗んだとしたら?」

将軍は口笛を吹いた。「つまり」

「早合点しないでください!」首席警部が手のひらに拳《こぶし》を叩きつけ、ぴしゃりといわせた。「想像がすぎるというものです。けれども、その可能性は捨てきれませんね。考えてみなければ。

わたしが言いたかったのは、こういうことです。アーバーは話していましたね。あの家で、彼は家族をとまどわせるまでポオの話をして、どんどんヒントを出していったと。それからこうも言っていました。サー・ウィリアムのほうはお粗末に謎めかしたヒントを漏らしてばかりいて、家族全員がどんな原稿かわかっていたにちがいないと。ドリスコルのように賢い若者がそこに気づかないはずはなかったでしょう。そしてアーバーが一席ぶった晩餐のテーブルにドリスコルもいた」

「いや、それはどうかね！」メイスン将軍が嘆きのこもった声で反論した。「あり得ない！もちろんアーバーのように極悪非道な転売金目当ての男ならば、やってのけただろう。だが、もしきみがほのめかしているのが、ドリスコル青年が……いやあ！　まさか！　それは絶対に考えられない」

「わたしも絶対だとは言いませんでしたよ」ハドリーが忍耐強く言った。「ですが、考えてみてください。ドリスコルは不満を抱いていました。ドリスコルはつねに金にこまり、伯父といつも口論になっていた。あの原稿をくだらないただの紙たばと単純に考えそうな軽率で浮ついた若者でした。告白するとわたし自身も、どのくらいの価値があるか聞くまではそう思っていました。ですから、こう仮定してみてください。ドリスコルがアーバーをこっそり呼びつけて、〝ある朝たまたま枕の下にあの原稿を見つけられるとしたら、いくら出せますか？〟と訊ねたと」ハドリーは眉をあげてみせた。「おそらくそこでアーバーは説明したでしょう。自分が本当の所有者だと。でもそれはドリスコルにはどうでもいいことだったにちがいありません。ただ、アーバーはサー・ウィリアムからまともに原稿を譲り受けようとすれば、それなりの額を支払わねばならなかったはずですからね——となるとどうなりますか？　これは恰好の取引のチャンスになったのですよ。サー・ウィリアムはあの原稿の価値をしっかりとわかっていた。ドリスコルにはわかっていなかった。くわえてアーバーは商売上手ときている」

「ちーがーうー！」雷鳴のような声が響いた。

ハドリーが飛びあがった。いまの声には反論だけでなく、苦悶するような訴えも含まれていた。全員がフェル博士を見つめると、博士はテーブルに大きな両手を広げてぎくしゃくと立ちあがるところだった。

「頼むから」博士は慈悲を請うように言った。「この事件についてほかにどんなことを考えてもかまわんが、そんなバカげたことだけはひねりださんでくれ。ハドリー、警告しておくが、もしきみがそんなことをするならば、真実は見つかりはせんぞ。どんなことでも好きなように言えばいい。なんなら、盗人《ぬすっと》はアーバーだったと言えばいい。メイスン将軍だったとでも、サンタクロースだったとでも言えばいい。だが、頼むから、ドリスコルだったとは一瞬たりとも信じないでくれ」

首席警部はむくれていた。「はあ、どうしてですか？　絶対にドリスコルだと思うとは言ってませんが。けれども、この考えをそれほど危惧するとは——どうしてです？」

博士はまた腰を降ろした。

「説明させてくれ。そこをはっきりさせておかないと、きみは残りの話も理解できなくなるからな。数時間前に巻きもどして考えてみよう。やれやれ、パイプはどこにいきおった？　そこか。さて、ドリスコルの話だったな。サー・ウィリアムが甥は臆病ではなかったと話したとき、わしはきみにヒントをやろうとした。覚えておるかの、わしはこう言っただろう。〝彼はいったいなにを怖がっておった?〟もう一度言っておくぞ。ドリスコルが臆病者とはほど遠いという意見には賛成だ。ハドリー、彼は軽率で浮ついた若者だったというきみの表現にも同意しよう。だが、ドリスコルがとにかく怖がっておったものがひとつあった」

「それはなんですか?」

「伯父を怖がっておったんだよ」フェル博士はそこで間を置いて、かなりの量のタバコをこぼしながらパイプに詰めると、ぜいぜいいいながら先を続けた。「いいかな。ドリスコルは将来の備えをしないタイプで、高級趣味だった。完全に伯父の厚意に頼って暮らしておった。サー・ウィリアムが小遣いについて話しておったのを聞いただろう。そればかりかフリーランスの新聞の仕事で少額だが貴重な稼ぎを手にできるよう、仕事の口をきいてやるなど助けてやっていたほどだ。

だが――サー・ウィリアム・ビットンは甘やかすような伯父ではなかった。正反対だった。いろんなことでいつも甥と口争いをしておった。そのわけは? 甥を好いていたからだよ。彼には息子がなかった。本人が恵まれない環境から身を起こしていたから、甥にも力強くやる気を見せてほしいと望んだんだ。ドリスコルにそれがわかっとらんかったと思うか? まさか!」博士は嘲笑《ちょうしょう》した。「わかっていたとも。サー・ウィリアムは財布の紐をがっちりと握っておっただろうが、ドリスコルは自分が伯父のお気に入りだとわかっておった。それに万が一のときには……サー・ウィリアムの遺書にはドリスコルが大きく取りあげられているんじゃないかとも思うが。そうじゃないかね、メイスン将軍？」

「偶然知っているんだが」将軍はかなり言葉を選んで言った。「ドリスコルは忘れられていなかったね」

「ハドリー、あの若者がそれをみな危険にさらしたと考えるほど、本当に頭がどうかしてしまっているのかな？　あの原稿はサー・ウィリアムがなによりも慈《いつく》しんでいた所有物だった。どれだけ自慢していたか見ただろう。仮にドリスコルが盗んだとして、サー・ウィリアムが少しでも甥を疑ったならば、あの青年とは永遠に縁を切ったにちがいない。きみもサー・ウィリアムの気性は知っとるだろう。とりわけ、あの頑固さときたら。許しはせんよ。生きているあいだも、そして死後も、甥に一ペニーたりとも渡さんかっただろう。では盗んだドリスコルの得るものは？　せいぜいアーバーから数ポンドだ。アーバーのように商売上手の男が、自分自身の所有物を盗んでくれた泥棒に大金を払うはずがあるまい？　あの男らしく澄まして笑って終わりだ。〝千ギルダー？　ハハッ、五十で！　さもないと、きみがこの原稿をどこで手に入れたか伯父さんに話すぞ〟――ちがうな、ハドリー。ドリスコルがあえて原稿を盗んだ可能性はゼロだ。あの若者がなによりも怖がったのは、いいか、伯父だったのだから」

ハドリーは考えこみながらうなずいた。

「ああ、それはそうでしょう。それに、あなたの講釈がとても興味深いことも認めますよ。でも、その点にどうしてそれほどこだわるんです？　なぜ、それほど重要なんでしょう？」

フェル博士はため息をついた。かなり安心しているようだった。

「それは、きみがその点を理解してくれたならば、事件解決の道筋を半分たどったも同然だからだよ。わしは……」お約束のようにノックの音が響き、博士はもどかしい様子で視線をドアにむけたが、元気いっぱいに続けた。「だが、わしが言おうとしていたのは、この午後に次の証人の話を聞くことは絶対にお断りするということだ。六時をまわって、パブがひらいておる。入んなさい！」

かなりくたびれた様子のベッツ部長刑事が部屋に入ってきた。

「ほかの見学者たちから話を聞いていました、首席警部」彼はハドリーに言った。「長くかかって申し訳ありません。みんなあれこれ話したがりまして、なにか聞き落とさないか不安で注意しなければなりませんでした。しかし、ひとりとして手がかりになりそうなことを知る者はいませんで、全員が九割方はホワイト・タワーで過ごしておりました。あそこを残らず見学するにはかなり時間がかかるのです。一時三十分から二時までのあいだに、逆賊門に近づいた者もおりません。まともな人たちに思えましたので、みんな帰しました。それでよかったでしょうか、首席警部？」

「ああ。だが、必要になったときのために、住所氏名は保管しておくように」疲れきったハドリーは片手で目元をこすった。ためらってから、時間をたしかめた。「ふむ。遅くなったな、部長刑事。わたしたちはここは引き揚げる。このテーブルの上にある品にはわたしが責任をもって保管しよう。きみはハンパーと協力して、衛士でも誰でもいいから、なにか引きだせないか聞き込みしてみてくれ。自分の判断力を頼りにな。なにか見つかったら、ヤードに連絡するように。わたしの所在はむこうでわかるはずだから」

ハドリーはコートを手にして、のろのろと身につけた。

「さて、諸君」メイスン将軍が言った。「今日のところはこれまでのようだな。みんなで大きなグラスにブランデーのソーダ割りといこうか。お薦めのがあるんだ。なかなかの葉巻も揃えているから、わたしの部屋まで足を運んでもらえるかな?」

ハドリーはためらった。また時間をたしかめて、首を横に振った。

「ありがとうございます、将軍。ご親切はありがたいのですが、ご招待を受けることはできません。ヤードにもどらなければ。やるべき仕事が山のようにあるのに、時間を喰いすぎましたしね。そもそも、わたしが捜査を担当すべきではなかったんだ」ハドリーは顔をしかめた。

「それに、誰もお部屋には伺わないほうがいいと思いますよ。サー・ウィリアムがあなたを待っているでしょう。あなたは誰よりもあの人をよく知っていますから、なにもかもあなたから話していただくのが賢明でしょう。アーバーについてね」

「やれやれ! 白状するが、こいつはいやな役目だよ」将軍は気の進まない口調で言った。

「だが、きみの言うとおりだろうな」

「今夜おそらくバークリー・スクエアの自宅を訪ねるとお伝えください。家族の方々全員にいてもらう必要があるとも。ああ、そうだ。それから新聞です。すぐにここへ記者たちがやってくるでしょう。すでに外をかこんでいないとしてですが。どうか、ご自身からはなにもコメントしないでください。〝現時点ではなにも伝えることはない〟とだけ言って、ハンパー刑事部長に話を聞くように言ってください。こちらがあかしてもいいと思う情報は彼が適宜話をします。慣れていますから。さて——いまのわたしには新聞紙が必要ですね」

ハドリーはドリスコルのポケットにあった品々をすでに集め始めていた。ランポールは書棚の一番上にあった古新聞を手渡した。ハドリーはその新聞紙でクロスボウの矢を包み、コートの胸ポケットに押しこんだ。

「いいだろう。だが、せめて」将軍は言った。「帰る前に別れの一杯は飲んでいってほしい」

将軍はドアに近づき、一言二言、外にいた者に伝えた。驚くほど短い時間で、落ち着き払ったパーカーが、トレイにウイスキー、ソーダ・サイフォン、グラス四個を載せて現れた。

「まったく」将軍が話を続けながら、飲み物を作るパーカーの手元で泡立つソーダを見つめた。「なんという午後だったろう。哀れなビットンの件がなく、事件が身近でなければ、楽しかったと言いたくなるほどだ。だが、さっぱりわけのわからん事件と言うしかなさそうだな」

「楽しかったとは言えませんよ」ハドリーが暗い口調で請けあった。「あなたがわたしの仕事をしていれば。とは言っても——さて、どうですかね」短く刈った口髭の下には皮肉めいた笑みが浮かんでいた。ハドリーはグラスを受けとり、じっと見つめた。「わたしはこの仕事をして三十年になりますよ、将軍。それでも〝スコットランド・ヤードが現場に呼ばれた〟という見出しを見るといまだに興奮して動悸《どうき》が速くなってしまうのです。ヤードという名前にどんな魔法が秘められているのか、わたしにはわかりません。その一部ですから。そのものになることもある。それなのに、フェル博士のような天真爛漫《てんしんらんまん》な御仁と同じく、いまでも事件に夢中になってしまうのです」

「だが、きみは素人と張りあっているものと思っていたが」将軍が言った。「ありがとう、パーカー。もちろん、博士を素人とは呼びづらいが」

ハドリーは首を横に振った。「わたしは素人と張りあうようなバカではないと今日も言ったところですよ。サー・バージル・トムソンはヤードが誇る男たちのひとりですが、刑事《ディテクティヴ》というものは、あらゆることをこなせるべきでなにかの達人ではいけない、というのが口癖でした。ここにいる博士についてわたしが残念なのはただひとつ、扇情小説《センセーショナル・フィクション》の探偵《ディテクティヴ》を故意にまねていることだけですよ。その手の小説を博士は片っ端から読むのです。わかっていても口を閉ざし、意味ありげに〝ハハア!〟と言うんだ」

「お褒めに預かり光栄だよ」フェル博士が皮肉たっぷりにうなった。マントをすでに身につけて、背高のっぽのシャベル帽をかぶっている。丸々とした巨体を二本の杖に預けて立ちあがった。言い返す気満々の表情を見せている。ドアまでドタドタと歩いていき、パーカーからグラスを受けとった。「ハドリー」博士は話を続けた。「いまのは聞き飽きた言い草だ。手垢のついた言い草で、時代遅れもいいところ、文学の気高い一部門に対する根拠のない中傷だわ。そんなものは誰かがきっぱり否定しておかんとな。きみは小説の探偵は故意に謎めいてみせて、いたずらに秘密を守ると言う。それはそうだろう。だが、それは現実というものを反映しておるだけじゃないかな。本物の刑事はどんな連中だね？　謎めいてみせて、〝ハハア！〟と言って、二十四時間以内に犯人を捕まえてみせると誰にでも保証するじゃないか。だが、そんなポーズはとるけれどな、小説の探偵のように鮮やかにはいかんじゃないか。納税者を厳粛な目つきで見つめて、〝この殺人の謎を解く鍵はマンドリンにあります、乳母車にあります、ベッド用の靴下にあります〟と納得させて、彼らにこれぞ真の警察の姿だなどと感心させたりせん。そうしないのは、そうできないからさ。だが、英知の神になりたくて、できるかのように言ってしまうのさ。恰好をつけん者がおるかね？　きみだってそうじゃないかね？　言いかえるとだな、犯人の心当たりがあろうがあるまいが、恰好をつけてしまうものなんだよ。だが、小説の探偵のように、非常に分別があるから考えていることを語ったりしないんだ。自分がまちがっているかもしれんという、これ以上のものはないありふれた理由からな」

「もういいですよ」ハドリーは諦めて言った。「好きなように言ってください。とにかく、みなさんの健康を祈って！」ハドリーは中身を飲み干すとグラスを置いた。「わたしが想像するに、これはあなたの謎めいた予言の前置きなんでしょう？」

フェル博士はグラスを掲げたが、手を止めて、くしゃっと顔をしかめた。

「そんなことは考えておらんかった」博士は答えた。「だがここで、わしがなにを考えているか、三つヒントをやろうか。詳しくは語らんがな」――軽いしかめ面はハドリーのにやにや顔をみると不機嫌に満ちた表情に変わった――「まちがっているかもしれんからな。ハハ！」

「やっぱりですね。では第一のヒントは？」

「第一のヒントはこうだ。ドリスコルが死亡した時間についていくつか異論があるな。どうやらはっきりしておる時間帯はただひとつ、ドリスコルが逆賊門前の柵でタバコに火をつけるところをパーカーに目撃された一時三十分から、約二十分後、ドクター・ワトスンが死亡したと推定した時間までだ。しかしアーバー氏は一時三十五分にウォーター・レーンにやってきて、柵の近くには誰もいなかったと主張しておる」

「そこにどんな含みがあるのか、わからんね」メイスン将軍がそう言って、少し間を置いて続けた。「アーバーが嘘をついているということかね。で、第二のヒントとは?」

フェル博士は今度はにこやかになっていた。グラスを危なっかしくもてあそんでいる。「第二のヒントは、クロスボウの矢に関することですな。ご覧になったように、鋭く研がれて命を脅かすほどの凶器に変わっていた。となれば、ごく自然なことだが、これを研いだのは犯人だと仮定できる。さらに、同じ人物がカルカソンヌ土産《みやげ》の文字をやすりがけして落とそうとしたこともわかったが、文字の一部がほぼやすりがけされただけだった。ではほかの文字は、なんでやすりがけされなかったのか? 死体が発見され、当然ながら凶器はビットン夫人がカルカソンヌで購入した矢だと知られることになった。被害者がドリスコルだったから、これはたんなる偶然だとするにはあまりにも無理がある。いま一度繰り返そう。残りの文字はなぜやすりがけされなかったのか?」

「ああ」ハドリーが言った。「わたしもその点は考えてみました。ご自分の答えに自信があるよう祈っていますよ。わたしに自信はありませんから。そして第三のヒントは?」

この頃にはフェル博士と眼鏡の黒いリボンは忍び笑いでぶるぶると揺れていた。

「そして第三のヒントは」フェル博士は言った。「ごく短いぞ。単純な問いだ。サー・ウィリアムの帽子はなんでまた本人にぴったりだったのか?」

ぐいっと頭をそらして博士は酒を飲み干し、一同を穏やかに見つめると、ドアを押して肩を揺らしながら霧のなかへ出ていった。

10 鏡の目

ビッグ・ベンの鐘が八時三十分を打った。

ランポールと博士がロンドン塔からもどってみると、ドロシーはホテルにいなかった。フロントにランポールへのメモが残されていて、シルヴィアなんとかという学校時代の友人宅で、旧友たちとの集まりがあると書かれていた。あなたがこの手のちょっとしたにぎやかなゆうべを毛嫌いすることを知っているから、女友達たちに夫がアルコール中毒のひどい発作で入院していると知らせておいたという。みんな、わたしに心から同情してくれるわね、とドロシーは記していた。こんなふうに話をしてもいいかしら、あなたは猫にお皿を投げつけるし、毎晩、石炭の供給口から帰ってくるって。ドロシーはフェル博士によろしくと伝え、上着の襟《えり》にホテル名をピン留めしておくのを忘れないように、そうすれば夜更けにタクシー運転手があなたをどこへ連れて行けばいいかわかるからと書いていた。結婚して半年以上になるというのに、ドロシーはランポールが胸を張りたくなるほど期待どおりの言葉でメモを締めくくっていた。感慨にふけった。これでこそ、ぼくの妻だ。

ランポールと博士はウォーダー・ストリートの小さなフレンチ・レストランで食事をとった。ハドリーはロンドン塔からスコットランド・ヤードへ直行しており、その夜のビットン家への訪問の前に合流する約束になっていた。フェル博士はフレンチ・レストランでの食事を好んだ。実際は、どんなレストランでも好むのだが。フェル博士は湯気の立つ皿とワインボトルをびっしりと並べたテーブルの奥に身体を押しこめた。だが、食事のあいだは犯罪について語りあうことを断固として拒否した。

博士をよく知るこの若者にとっても、昼間に語ってくれた冒険の数々は驚きだった。のどかなリンカーンシャーの田舎のコテージを思いだした。フェル博士が三方の壁にぎっしり本の並んだ小さな書斎でパイプをくゆらしたり、縁の広い白い帽子をかぶってのんびり庭仕事をしたりしている姿を思いだした。日時計、鳥の巣箱。芝生に白い花が咲き乱れるなか、午後の日射しを受けて昼寝する。あれがフェル博士の世界だと思えた。昼間のようにあれほどさりげなく〝ノッティング・ヒルの毒殺魔、クリップス〟や〝時計の内側に鏡を仕込んでいた男の事件〟といった言葉を使ったり、はるかむかしの重砲の時代の話は博士には似合わなかった。だが、それでもランポールは思いだした。かつて五つの言葉だけの電報で、スコットランド・ヤードの武装した寡黙な男たちが何人も博士の要請に応えてやってきたことを。

だが、今夜の博士は犯罪の話をしようとしなかった。けれども、そのほかの話題であれば博士を止めることは無理というものだった。いまは第三回十字軍とクリスマス・クラッカーの起源について語っていた。それからサー・リチャード・スティール（作家・政治家）、博士が大好きなメリー・ゴーラウンド、英雄叙事詩『ベーオウルフ』、仏教、トマス・ヘンリー・ハクスリー（生物学者）。八時三十分過ぎ、ようやく食事を終えたのだった。ランポールが満たされた気分になり、ワインで温まった身体をのんびりと伸ばし、椅子にもたれて葉巻に火をつけたところにハドリーがやってきた。

首席警部には心配事があるようでいらだちの色が見えた。テーブルにブリーフケースを置くと、コートも脱がずに椅子を引き寄せた。

「サンドイッチをもらって、ウイスキーをご一緒しますよ」フェル博士の誘いに応じて彼はこう言った。「そういえば、夕食をとるのを忘れていた。でも、時間を無駄にはできない」

博士は葉巻に近づけたマッチの炎越しにハドリーを見つめた。

「進展は？」

「大きな進展があったと言えますね。少なくとも予想しなかったふたつのことが起こりました。そのひとつはさっぱりわけがわからない」ブリーフケースを探り始めて、用紙を引っ張りだした。「まず、何者かがドリスコルのフラットに忍びこみました。夕方の四時四十五分頃に」

「忍びこんだ――」

「ええ。ざっと事実関係をご説明します。ラーキンという女を事情聴取したときに、尾行するように命令したことを覚えていますよね。幸運なことに、ハンパーは申し分のない人員に任務を割り当てました。新人の私服刑事で、尾行が唯一の才能らしい男です。ラーキンがロンドン塔の門を出るとすぐに、尾行を始めた。ラーキンはまっすぐにタワー・ヒルへむかったそうです。なんのためらいもなく、振り返らずに。おそらく、尾行されていることがわかっていたんでしょう。とにかく、この男を——名前はなんだったかな……そう、ソマーズだ——撒こうとはしなかったらしい。

タワー・ヒルを登りきると丘を横切って地下鉄マーク・レーン駅へ入った。切符売り場の前には列ができていて、ソマーズはラーキンが切符をどこまで買っているのか聞きとれるほどには近づけなかった。だが、ソマーズはピンときた。ラッセル・スクエアまで切符を買ったんです。ラーキンの住まいの最寄り駅ですね。ラーキンはキングズ・クロス駅で乗り換えたから、ソマーズは自分の勘が正しかったとわかった。乗り換えして一駅、バーナード・ストリートのラッセル・スクエア駅でラーキンに続いて降り、尾行しながらウォーバーン・プレイスからタヴィストック・スクエアへむかったと。

ラーキンはタヴィストック荘の三番入り口に入った。ソマーズも素人まるだしで、そのまま続いて入った。ただし、それが幸運につながったんです。

ソマーズの話によると入り口はかなり狭くて、奥のガラス戸からぼんやり射しこむ明かりだけが頼りで、中央には自動式のエレベーターがあったということです。その階の二部屋のドアは左右でむかいあう形だったとか。ソマーズはラーキンが一号室のドアを閉めるところを見た。

そのとき、ラーキンが部屋に入るのと同時に、二号室のドアから別の女がそっと現れると、エレベーターの前を駆け抜け、ステップを数段降りて、奥のガラス戸から出ていったというんですよ」

「また女か？」フェル博士はそう言い、穏やかに葉巻の煙を吐きだした。「女の顔は見たのかね？」

「待ってください。なにもたしかなものはないんですよ。照明がないうえに、霧は出ていたので、廊下は暗く、それに突然走っていったものだから、ソマーズは女だとしか確認できなかった。もちろん、その時点ではおかしなところがあるとも確信できませんし。けれども、念のためソマーズが二号室のドアに近づいて見てみると、たしかにおかしいとわかったんです。ドアの錠が側面の隙間からノミか太いドライバーのような鋭い用具で砕かれていました。ソマーズは女の消えた方向へ走りました。ガラス戸は広い石畳の中庭に面しており、車道に通じる私道があったそうですよ。もちろん女の姿はなく、ソマーズはなかへもどった。

その時点でソマーズはそこがドリスコルの住まいだとは知らなかったんです。与えられた指示から、ラーキンという女が暮らす場所としか理解していませんでした。だが、ソマーズはマッチを擦り、ドアに貼ってある住民の名が書かれたカードを見て、急いでフラットへ入った。

室内はメチャクチャだった。何者かがなにかを物色していたんです。その話はちょっと後回しにしましょう。ソマーズは管理人を捜しに行ったが、見つけるまでにかなりの時間がかかったらしい。この管理人は老人で耳が悪く、なにが起こったかソマーズがわからせようとしても、うまく伝わらない。何時間も自分の部屋にいたそうだが、なにも聞かなかったという。その午後に管理人が姿を見かけたのは何度も訪ねてきたことがある若者だけで、鍵をもっていたとか。管理人はその若者が室内を荒らしたのではないことはわかっていた。このフラットのドアから出てくる若者に出くわし、若者の車まで一緒に歩いたそうで、そのときはすべてがまともだったというんですね。ソマーズはたったいま出ていったばかりの女について知りたいのだと説明したけれども、管理人は話を信じようとしなかった」

フェル博士はテーブルクロスにフォークで跡をつけていた。「フラットから盗まれたものはあったのかね？」

「まだなんとも言えません。わたしは自分で現場を見ていないが、優秀な部下のひとりをいま送りこんでいますよ。ソマーズの報告によると、机は壊されて開けられ、フラット内のすべての抽斗《ひきだし》はあさられて、ドリスコルの書いたものはほとんど床に散らばっているそうです」

「手紙か書類を捜していたということかな？」

「そのようですね。それから〝メアリー〟の説明がつきそうです」

「そうくると思っておったよ」博士が言った。「どういうことだったね？」

「書斎でソマーズはあるものに注意を引かれた。それが場違いに思えたからです。そこは典型的な独身男性の部屋で、狩猟雑誌が数冊に、革張りの椅子、銀のカップがひとつかふたつ、スポーツ仲間との写真とか、そういったものがあるばかりでした。けれどもマントルピースに鮮やかな色で塗られた石膏の置物があった——男と女の。ソマーズに言わせると、〝マダム・タッソーの館で見るような古くさい服〟を着たものだとか。そして置物にはこう記して……」フェル博士が眉をあげてうめいた。「そうか。フィリップ二世とメアリー一世だな。こちらは不幸なことにつかのまのロマンスに終わったが。ふむ。おそらくふたりで一緒に出かけて、センチメンタルな思い出のために買い求めたんだろうて。さて――その女性は何者だったんだ？」

給仕がハドリーにハム・サンドイッチと濃いウイスキー・ソーダを運んできて、ハドリーは返事をする前に酒をあおった。

「それはかなり明白だと思いませんか？　この午後にわかったことから判断すると」ハドリーは言い張った。「殺人についてすでに知っている者にちがいありませんよ。女は悟ったんだ。ドリスコルが死亡したから、残った手紙類がただちに詳しく調べられると。そしてそこにもし も彼女本人を巻きこむような手紙があるとしたら？」

「ようするに、ビットン夫人だ」フェル博士は言った。「ああ、きみは断じて正しいよ。わしたちはラーキンの前にビットン夫人を取り調べたな？　そして彼女を解放している」

「ええ。振り返ってみましょう！　ビットン夫人が去る間際のことを覚えていますか？　ええと、ランポール、きみなら覚えているだろう。気づいたかな？」

ランポールはうなずいた。「一瞬のことでしたがね。あれこそまさに恐怖の表情ってやつですよ。ビットン夫人はなにかを思いだしたようでした」

「直前にメイスン将軍が言ったことを覚えているかい？　わたしはあのビットン夫人の表情を

見て、どういうことか探ろうとしたんだが、ようやくわかった。メイスン将軍はサー・ウィリアムに部屋へ行って休むようにせっついていて、こう言ったね。〝例のデヴァルーについての記録が机のファイルに入っている〟と。そのことがすぐさま、ドリスコルの机に破滅的な証拠が残っていて警察に発見されるんじゃないかと、ビットン夫人にひらめかせたんだね。自分が見張られていると信じるだけの理由があったために、〝メアリー〟と名乗っていたのは、たしかなんだから」

「でも、ビットン夫人にドリスコルのフラットへ行って家捜しするだけの時間がありましたか？」ランポールは訊ねた。「ぼくたちがラーキン夫人と話した時間は長くなかったですよ。サー・ウィリアムがビットン夫人をタクシーに乗せるために送っていきましたし」

「タワー・ヒルの頂上で降り、地下鉄に乗ることにしたんだ。マーク・レーン駅からラッセル・スクエア駅までは十五分足らずで行けたはずだ。ひょっとしたら乗り換え時間のロスを省くために、キングズ・クロスで地下鉄を降りてしまってタヴィストック・スクエアまで歩いた可能性もある。ああ、そうにちがいない。タクシーでは逆に時間がかかりすぎただろう。それにあのフラットに侵入する件だが、彼女を一度見れば薄いドアの錠など難なく壊せると気づくだろう。音を立てても耳の悪い管理人が聞きつけることはないし、忍びこんだのに気づきそうなただひとりの人物はラーキン夫人だが――ロンドン塔に足止めされているとわかっていたからね」

「それではメチャクチャだ」フェル博士が言った。「どう考えてもな。ハアア！」フェル博士は両手で大きな頭を抱えた。「そいつはうまくないな、ハドリー。わしが気に入らないのは例のシンボルだ」

「シンボル？」

「きみが話しておったふたつの石膏の置物のことだよ。ひょっとしたら、祭りで空き瓶にボールを投げる射的でもらった景品かもしれんぞ。だが、あの女が少なくとも手紙の一通に〝メアリー〟と署名しておったのは、注目すべき気にかかる事実だ。仮にだな、きみと意中の女性《ひと》が自分たちになぞらえた陶磁器の人形をふたつ手に入れたとしよう。一体には〝アベラール〟でもう一体には〝エロイーズ〟と書いてある。きっと何者か調べたくなるさ——まだ知らなければの話だが。それからなあ、ハドリー。ビットン夫人は、エリザベス女王は処刑されただのとあまりにも見え透いた無知をさらしてさえずっておったな。あれはあの夫人らしくなかった」

「なにが言いたいんです？」

「あのふたつの人形が本当にシンボルならば」博士は言った。「イングランドのメアリー一世とその夫、スペインのフィリップ（フェリペ）二世について思いだすべきだ。一方は生涯をかけてフィリップを熱愛したメアリー。信仰に入れこんだことで知られとるが、その信仰に負けんくらい強い愛情をもってな。かたや、フィリップは少しもメアリーに関心を抱いたことがなかった。次にわしたちが思いださんといかんことは」

「なんでしょう？」

「メアリーがプロテスタントを迫害して〝ブラッディ《血まみれ》・メアリー〟と呼ばれておったことだ」

長い沈黙が続いた。小さなレストランに客はまばらで、時計のチクタクと鳴る音だけがこの連想に応えていた。リキュール・グラスの底にわずかに残った酒を、ランポールは急いで飲み干した。

「それがどんな意味になるとしてもですね」ハドリーがようやく、頑とした厳しい口調で言った。「博士と別れてから二番目に起こったことを話しますよ。これが本当に悩ましくて。ジュリアス・アーバーの件です」

フェル博士はテーブルを叩いた。「話してくれ！　いやはや！　予想しておくべきだった。その話、事件への突破口になるぞ。さあ、話してくれ、ハドリー」

「アーバーはゴールダーズ・グリーンにいます。ロンドン塔をあとにするさい、あいつはわたしたちにはそのことを伝えなかったが、ハンパー部長刑事が見つけだして電話で知らせてきた。ようやく足取りをつかんだところですよ。アーバーがわたしたちのもとを去ったのは、六時二十分すぎだったはず。覚えているでしょう、みんなで時計を見せあって、アーバーの時計が合っているか確認できるようにしましたね？　あれが六時十五分だった。その直後にアーバーは帰りましたからね。

そしてすでに、あの入り口の最初のタワーには――わたしはいつも取り違えてしまうんですよ、入り口にあるのにミドル・タワーと呼ばれているから――アーバーを通してよいという命令が伝わってました。覚えていますか、アーバーはタクシーでやってきたと話していたでしょう。運転手を待たせているが、塔を出られなくなったと。この運転手はしばらく時間が過ぎてから何事かがあったのかと思い、ミドル・タワーに問い合わせてきた。近衛騎兵が運転手の行く手をふさぎ、見張りの衛士から事故があったと告げられた。どうやら運転手はメーターの料金が音を立てて増えていく光景がたまらなかったようですね、そのまま張りついて待つことにしたんですから。いいですか、三時間以上も待っていたんですよ。ロンドンのタクシーらしいでしょう」

　ハドリーはサンドイッチを食べ終え、ウイスキーのおかわりを頼むと、タバコに火をつけた。

「待っていると、アーバーがわたしたちのいたバイウォード・タワーから現れ、このタワーとミドル・タワーのあいだの陸橋を歩き始めた。その頃は暗くなっていて、霧もまだかなり出ていたけれども、橋の欄干にはガス灯がともっていた。タクシー運転手と衛士はミドル・タワーでたまたま陸橋を眺めていて、アーバーがガス灯の柱にもたれ、いまにも倒れそうになる姿を目撃したんですよ。それでもアーバーは身体を起こして、よろめきながら歩いてきたそうです。

　ふたりともアーバーが酔っているのだと思った。だが、近くまでやってくると、アーバーの顔は血の気が引いて汗が流れ、しゃべることもままならない有様だったらしい。わたしたちも目撃したあの発作がまた襲ってきたことは、まちがいありませんね。ただし、今度のはもっとひどかった。どうしたことか彼はさらにひどく怯えていたんです。タクシー運転手はアーバーを塔の喫茶室に連れて行き、タンブラーに入った生《き》のブランデーを半分飲ませたそうです。アーバーは少しは気分がよくなった様子で、運転手にバークリー・スクエアのサー・ウィリアムの家へ行くように頼んだとのことです。

到着するとアーバーはふたたび運転手に待つように言います。荷造りをしてゴールダーズ・グリーンのある住所へ行きたいと言ったそうなんです。この申し出に対して運転手は言葉たくみに反論したんですね。三時間以上待っていてメーターには大金が表示されているが、まだ乗車賃をもらっていない、それに、ゴールダーズ・グリーンは遠いとも。すると、アーバーは五ポンド札を握らせて、言われたとおりにしてくれたら、さらに五ポンドを払うと言ったそうです。

当然ですが、タクシー運転手もなにか怪しいと疑い始めます。ミドル・タワーで時間をつぶしているあいだ、衛士が本当はなにが起こったのか少しばかりヒントを漏らしてしまったんですね。アーバーはサー・ウィリアムの家に長居することはなく、スーツケースをひとつとコートを数着腕にかけて現れた。ゴールダーズ・グリーンへ運転していくあいだ、運転手は完全に落ち着かない気分になっていったんだそうですよ」

ハドリーは言葉を切り、記憶をあらたにするように、ブリーフケースから取りだした用紙を裏返した。タイプ打ちされた文字に視線を走らせながら、口をひらく。

「どんなに寡黙な人でもタクシー運転手には気軽に話しかけてしまうことに気づいてましたか？　話しかけるだけではなく、饒舌《じょうぜつ》になるものです。理由はわからないが、おそらくタクシー運転手はなにを聞いても驚かないからなんでしょうね。イギリスで警察のスパイ網を作るならば、フランスのようにホテルのコンシェルジュを組織したりはしませんね。タクシー運転手にします。まあ、それはいいとして――」

ハドリーは顔をしかめてから、手にした書類を軽く叩いた。

「さて、この運転手が殺人の件についてある程度聞きかじっていて、アーバーが車中でベラベラしゃべっていなければ、わたしがこんな話を聞けることはなかったでしょう。ただ、タクシー運転手は殺人事件に巻きこまれるのではないかと不安になったんですね。そこでアーバーをゴールダーズ・グリーンへ連れて行ったあと、スコットランド・ヤードに直行してきた。幸いなことに、話をちゃんと聞ける者が対応して、わたしのところへ連れてきたんですよ。典型的な運転手タイプでしたね——がっしりして、忍耐強く、かなり気むずかしくて、赤ら顔に白髪交じりの豊かな口髭、それにどら声ときてる。ただ、たいていのロンドンっ子と同じように、生き生きと身振り手振りを交えて人物を表現する才能がありましたよ。わたしのオフィスの椅子に浅く腰かけ、手にした帽子をまわしながら、アーバーそっくりにまねしてくれました。ピリピリして気分が順繰りに変わり、タクシーがガタンと揺れるたびに眼鏡に手をあて、二分ごとに身を乗りだして質問していたアーバーが見えるようでしたよ。

まず、アーバーは運転手にリヴォルヴァーはあるのかと訊ねたそうです。アーバーは自分は誰かに襲われたら〝まさか！〟と言って笑い飛ばしたそうですが、アーバーは自分は誰かに襲われたらまったくまったく役に立たない客だとほのめかしたんです。すると運転手は自分がいればどうにでもなると答えたそうです。続いてアーバーは自分たちが尾行されていないか不安がり、自分は電話帳にまったく名前を載せていないとか、ゴールダーズ・グリーンに別荘をもっているが、近所の友人を除けば誰もそのことを知らないとかと話し始めたそうです。ロンドンはニューヨークほど犯罪者だらけではないと、ずっと自分に言い聞かせてもいたそうです。そうなのかい、ランポール君？　ただ、とくに運転手の記憶に残ったのは、アーバーがしきりに、ある声に言及していたことだったそうです」

「声？」フェル博士が聞き返した。「誰の声だね？」

「アーバーは言おうとしませんでしたが、電話がどこからかかったのか跡をたどれるのかと訊いたようです。声に関係のありそうなことではっきりと口にしたのは、それだけだったんですよ。そうこうするうちに、ふたりはロンドン中心部からかなりはずれた地区の別荘にたどり着いた。けれども、アーバーはすぐに家に入るつもりはないと言った——別荘は何カ月も使われず閉まったままだったんです。アーバーは運転手に命じて、そう遠くない屋敷の前で車を降りた。そこには煌々《こうこう》と明かりがともっていたそうです。運転手は屋敷の名前をメモしていましてね、〝ブライアブレー〟という屋敷でした」

「アーバーの友人宅らしいな。ふむ」

「そうですね。そのあと、調べてみましたよ。その屋敷はダニエル・スペングラーという人物のものですが、わかっているのはここまで。さて、どう考えます？」

「よろしくないな、ハドリー。この男はかなり重大な危険に見舞われておるのかもしれん。個人的にはそうは思わんが、しかし万が一ということも——」

「そんなことは、あなたに言われなくてもわかっていますよ」首席警部はいらいらと答えた。「いまいましいバカどもは厄介なことになったら、とにかくわたしたち警察のもとに来ればいいものを！　警察はそのためにあるのに、ああいった連中はけっして来ようとしない。アーバーに危険が迫っているとしたら、彼は考えられるかぎりで最悪の行動をしたことになる。本人が話していたホテルへ行くかわりに、誰にも見つからない場所へ行ったつもりでいる。実際は、おあつらえむきの場所へ行ってしまったんですよ――その、殺人にね」

「きみはどんな手を打った？」

「すぐにその屋敷を見張るように人をやり、三十分おきにヤードへ電話させる手配をしました。けれども、アーバーにどんな危険が迫っているというんです？　彼は殺人についてなにか知っているんでしょうか、そのうえ犯人はアーバーになにかを知られているとわかっているんでしょうか？」

つかのまフェル博士はがむしゃらに葉巻をふかした。「これはなんとも深刻な事態になってきおったぞ、ハドリー。きわめて深刻だ。なあ、わしは事件の原因はすべてわかっておると信じて何事も判断していた。午後にも話したが、誰でも自分にはわかっておるようにみせるのが好きだろう。そしてわしには忍び笑いを漏らす余裕すらあったのだ。この事件があまりにも笑えたからな」

「笑えるですって！」

「ああ。皮肉なことに、どうしようもなく笑えるな。この事件は滑稽《こっけい》なコメディだったのが突然異常なことになったみたいなものなんだよ。『のんきな叔母さん』のドタバタの第二幕に、喉をかっさばく場面を入れこんだようなもんさ。ときに、マーク・トウェインの自転車に乗る練習についての描写を覚えておるかね?」

「勘弁してくださいよ」ハドリーはブリーフケースに書類を詰めもどしながら言った。「こんなときに講釈を聞かされては――」

「講釈じゃないぞ。まあ聞きなさい」博士はめずらしく真剣な口調で促した。「トウェインはいつもやりたくないことをやってしまうと言った。自転車に乗ったときは道の石に乗りあげて転倒しないようにいつも努力しているのに、幅二百ヤードもある道を走っていると、たまたま道のどこかに小さな煉瓦が落ちていて、避けようとしてもその上に乗りあげてしまうと。そう、それがこの事件を的確に言い表しておる。

もう余裕のあるポーズを取りつづけることはできん」博士はふいに熱っぽくなって言った。「どうでもいいこととまったくの偶然から起こったことを、事件の真に醜い部分から切り離してみた。偶然でこの事件は始まり、殺人はただ事件の幕を引いただけだとわしは考えておる。きみにバカげた部分を話すから、わしが正しいかどうか判断してくれ。だが、まずはふたつのことを済まさねばならん」

「なんです?」

「アーバーの別荘を見張っている男に連絡が取れるかね?」博士は突然そんなことを訊ねた。

「ええ。現地の警察署をつうじて」

「よろしい。連絡を取って、こう伝えてくれんか。目につかないところから見張らずに、できるだけ目立つように張り込みをしろと。なんなら庭を歩きまわってもいい。だが、アーバーの近くに行ったり、アーバーに張り込みだと知られてはならない、たとえ呼びとめられてもだ」

「その目的は？」首席警部は問いただした。

「アーバーにいかなる危険も迫っているとは思わんが、あきらかに本人はそう思っとるな。どこにいるか警察にも知られていないとも信じておる。なあ、あの男はなにか知っているが、なんらかの理由があってわしたちにはそれを話そうとしなかった。別荘周辺で張り込んでおるきみの部下に気づいたら、それは敵だという結論に飛びつくだろう。地元の警察に連絡しても、警察は誰も見つけやせん――当然のことながら。アーバーにはちょっとばかり意地悪だが、うんと怯えさせて隠し事を話すよう仕向けよう。きみも話していたが、あの男には勇気のかけらもないから遅かれ早かれ、きみに保護を求めてくるさ。その暁にはわしたちも真相にたどり着くだろう」

「それはこの件で初めての」首席警部はうんざりした声音で言った。「まともなアドバイスですね。目覚めてくれてうれしいですよ。そうしましょう」

「悪いようにはならんだろう。本当にアーバーに危険が迫っているとすれば、見え見えの張り込みがついていることは、敵を牽制するのに効果的だ。本当に敵がうろついているところでアーバーが実際に地元の警察署へ通報すれば、警察はきみの部下は無視して本物の敵を捜せばよい。それから、ふたつめにやるべきことは、ドリスコルのフラットにちょっと立ち寄ることだよ」

「なにか隠してあると思っているのならば、部下たちのほうがずっと簡単に知りたいことを探りだせると――」

「いいや。きみの部下たちはわしが見つけたいものを重要だとは思わん。ドリスコルのタイプライターをわざわざ調べようとは思わんだろ?」

「彼のなんですって?」

「タイプライター。どんなものかは知っとるだろう」博士は気短に言った。「それに、台所を少し見たいのだよ。たぶん目当てのものがしまってあると思う。給仕はどこだ? 勘定をしよう」

一行がレストランから外へ出ると霧は晴れかけており、狭いウォーダー・ストリートは混雑していた。レストランの看板が薄暗い照明で彩られ、街角では幼い少年たちが取りかこむなかで手回しオルガンが奏でられ、いくつものパブから浮かれ騒ぐ声が聞こえる。ネオン輝く劇場街のシャフツベリー・アベニューは客たちの車がようやく減り始めた時間帯だったが、ハドリーは運転にいささか苦労した。だが、繁華街を離れてオックスフォード・ストリートを横切ると、大きなダイムラーのスピードをぐっとあげた。ブルームズベリーは背の高い悲しげなガス灯の下で人影もなく横たわっている。一行はグレート・ラッセル・ストリートへ入り、大英博物館の刑務所のような長い影を越えて左に折れた。

「ブリーフケースから報告書を取りだしてくれないかね?」ハドリーが頼んだ。「ソマーズはタヴィストック・スクエアの西側だと言っていたように思うが」

ランポールは補助席から首をめぐらせて、番地の表示を見ていった。モンタギュー・ストリート、葉を落とした木々と落ち着いた家が並ぶラッセル・スクエア、そしてアッパー・ベッドフォード・プレイスでハドリーは減速した。

タヴィストック・スクエアは広い長方形で、街灯の数がじゅうぶんではなかった。居並ぶ建物のなかで西側のがほかより背が高く、重厚なジョージアン様式でかなり威圧感があった。タヴィストック荘は赤煉瓦造りのフラットで入り口は四つあり、中庭への車回しが下を通るアーチ門の左右二カ所ずつに割り振られていた。この中庭へハドリーは車を進めた。

「ここが」ハドリーが言った。「女がこのフラットから逃げだした場所か。目につかないのも無理はないですね」

彼は運転席から降りると、あたりを見まわした。中庭はガス灯がひとつしかなかったが、霧は急速に寒い夜に紛れていくところだった。中庭に面する漆喰仕上げの壁のいくつかの窓には明かりがともっていた。

「窓の下半分は曇りガラスになっているな」ハドリーはうめいた。「謎の女について間借り人たちに聞き込みするように指示を与えたんだが、無駄でしたね。これでは、頭に羽根飾りをつけたインディアンでも、目撃されずに出ていくことができただろう。たとえ晴れた日でもね。あれが、入り口ホールの裏手に通じるガラス戸ですか。これから訪ねるのは三番目の入り口。あそこか。あのむこうがドリスコルのフラットにちがいない。部屋の裏窓から明かりが漏れているな。ふむ！　どうやら、わたしの部下はまだ持ち場についているようですね。今頃はもう仕事を終えたものと思っていたが」

ハドリーはガラス戸へむかったがゴミ箱につまずき、神経質な猫を驚かせた。残りの者たちも彼に続いて数段のステップをあがり、赤いタイル敷きで壁は茶色に塗られたホールに入った。ただひとつの照明はエレベーターの柵のなかにあるぼんやりした電球だけだった。だが、左手のドアから細い光が射していた。ドアはきちんと閉まっておらず、錠のまわりの木が割れているのが見えた。

そこが二号室だ。ランポールの視線はホールを挟んでむかいあうドアへ移った。警戒心が強く守りの堅いラーキン夫人が、郵便受けの差し込み口からこちらを覗いているかもしれなかった。入り口ホールはじめじめして寒く、上の階で誰かのラジオがかすれた声を漏らしているほかは静かだった。

ガシャンという荒々しい音がふいに響いた。二号室の戸口から射す光が揺れたように見え、騒音がうつろにこだましてエレベーター・シャフトをあがっていった。このドアの奥から聞こえた音だ。

こだまがまだ響いているあいだに、ハドリーがすばやくドアに近づき押し開けた。ランポールはハドリーの肩越しに覗き、フィリップ・ドリスコルの居間が先ほど説明されたようにメチャクチャであるのを見てとった。だが、いまではほかにも秩序を損なうものがあった。

ドアにむかいあう突き当たりの壁はマントルピースで、棚の奥には装飾を施した鏡がかかっていた。このマントルピースの前に、いましがたやってきた者たちに背をむけて、上背のあるどっしりした男が頭《こうべ》を垂れて立っていた。男の肩越しに、マントルピールの棚に飾られたバカげた石膏像が見える——腰のくびれたドレスと銀色のヘアネット姿の鮮やかに着色された女の像。だが、隣にはペアとなる男の像はなかった。暖炉底の灰受け石に白い破片がおびただしく散らばっていて、直前に男の像が投げつけられたことを物語っていた。

ほんの一瞬だけ、この光景は続いた。ひどく不気味な印象を与える光景だった。割れた像のこだまがなお漂っているように思える。激情でそこに立っている男のうなじはまだ震えていた。一行のやってきた音が耳に入っていないのだ。げっそりとして、孤独で、さいなまれているように見える。

と、そこで男の手がゆっくりと動き、もうひとつの像をつかんだ。男が首を振りあげたので、一行には鏡に映るその顔が見えた。

「こんばんは」フェル博士が言った。「レスター・ビットンさんですな?」

11　小さな石膏像

ランポールはあとになって思ったのだが、あそこまで男の本心が現れた顔を見たのは初めての体験だった。レスター・ビットンの顔を鏡で見たあの短い一瞬のような経験はしたことがない。人は終生、仮面をつけて警戒し、頭のなかで小さな警告の鐘を鳴らし続けて生きている。だがここにいるのは、なりふり構わずに苦悶する顔を見られてしまった男だった——派手な色の石膏像を無気力に手にして。

奇妙なことにランポールの頭に最初に浮かんだのは、この男がバスに乗ってシティへ通勤したり、あるいは、たとえば紳士クラブで新聞を読んだりといった日々の姿がどんなものだろうかということだった。堅実で現実家であるイギリスのビジネスマンを思い浮かべれば、レスター・ビットンの姿に重なる。仕立てのよい服を身につけ、肥満気味。きれいにひげをあたった顔は目元と口元がたるんで張りがなくなってきている。険しい表情だが好感はもてた。豊かな黒髪には白いものが交じり、床屋の整髪料の清潔な香りが強く漂っている。

兄と多少は似ていたが、その顔は赤らんで深い皺《しわ》が何重にも寄っていた。だが、いまはそのようなことを言っている場合ではない。

我を失い怒りをたたえた目が鏡のなかで一行を見つめ返した。手首がふらつき、石膏像がもう少しで指から滑り落ちるところだった。もう片方の手で像を受けとめると、マントルピースにもどした。振り返ったとき、一行にはその息遣いが聞こえるようだった。習慣からかレスターはネクタイに手をやって直し、黒いコートの脇をなでおろした。

「いったい」レスター・ビットンが言った。「何者だ?」

深い声はしゃがれ、ひび割れていた。それだけ言うのがやっとのようだったが、さらに気力を振り絞った。

「ここに入ってくるとは、いったいどんな権利があって――」

ランポールはこんなことに耐えられなかった。こんな状態の彼を見るなんて正しいことではない。この人がどんなふうに感じていることか。人の道にかなったことではない。自分が卑劣でさもしくなった気がする。ランポールは視線をそらし、室内へ入らなければよかったと思った。

「落ち着いてください」ハドリーが静かに言った。「残念ながら説明をする必要があるのはあなたのほうです。このフラットは警察の管理下に移されたのですからね。そして残念ながら、殺人事件では個人の感情を優先させるわけにはいかないのです。レスター・ビットンさんですね?」

男の荒い息遣いはいくらか静まり、瞳に浮かんでいた怒りは消えていた。だが、肩にずっしり重荷が乗っているようで、うつろで憔悴しきっている表情だった。

「そうだが」彼は先ほどより低い声で言った。「あんたは何者だ?」

「わたしはハドリーと言います」

「ああ、そうなのか」レスター・ビットンはあとずさっていき、どっしりした革張りの椅子に身体を触れさせた。ゆっくりと身体を沈め肘掛けに腰かけると、言い訳するような身振りをした。「いろいろあってここにいる」彼はそれですべてが説明できるかのように言い添えた。

「あなたはここでなにをしているのですか、レスターさん?」

「あんたは知らないんだな?」レスターは悲痛な口調で言った。さっと振り返り、灰受け石で砕けた像を眺めると、ふたたび視線をハドリーにもどした。

首席警部は有利に話を進めようと演技した。威嚇も、興味もほとんどしめさずにレスターを見つめ、ゆっくりとブリーフケースを開けて、タイプ打ちされた用紙を取りだし――それはランポールの見たところソマーズの報告書でしかなかったが――ちらりと眺めた。

「知っておりますよ、もちろん。あなたが奥様を監視するために私立探偵を雇ったことを。そして」――ハドリーはふたたび報告書を読みあげるふりをした――「探偵はラーキンという人物で、ここのホールの真向かいの部屋に住んでいることも」

「なかなか切れ者だな、あんたたちスコットランド・ヤードは」レスターは感情のない声で言った。「ああ、そのとおりだが、法にはなにも違反していないだろう。では、わたしはこれ以上金を無駄にする必要がないということもわかっているんだな」

「ドリスコル氏が亡くなったことはわかっています」

レスターがうなずいた。がっしりして赤らんだかなり肉づきのいい顔は何事もない表情を取り繕っていた。目からは暗くぎらぎらと光る色が消えていたが、腕は震えたままだった。

「ああ」考えこむようにレスターは言った。なんの興味も見せず、視線は部屋をさまよっていた。「あの人でなしは死んだ。夕食のために帰宅してその話を聞いたよ。だが、探偵事務所に払う大金はたいして節約できなかった。どうせ明日までの分を払って仕事をやめさせるつもりでいたが。事業がいまのようでは、必要のない出費をする余裕はわたしにはない」

「それは、レスターさん、ふたつの解釈が成り立つ言葉ですね。どちらを意味しているのですか？」

レスター・ビットンは我を取りもどした――厳しく、抜け目なく、めざとくなっていた。兄に肉をつけてがっしりとさせたらこういう姿になる。レスターは両手を広げた。

「ざっくばらんにいこう、ええと……ハドリーさん。わたしは愚か者を演じてきた。わたしが家内を尾行させていたことはご存じだね。あれには謝らねばならない。わかったことはことごとく、家内の名誉を保証するものでしかなかったのだから」

ハドリーの顔にかすかな笑みが広がった。ご立派！　とでも言いたげだ。

「レスターさん」ハドリーは言った。「今夜、あなたとお話をするつもりでいました。そしてここならば、それにうってつけの場所です。たくさん質問をしなければならないのですが」

「お好きなように」

ハドリーは連れたちを見まわした。フェル博士はこの事情聴取にこれっぽっちも注意をむけていなかった。視線は忙しく、狭いが心地よい部屋のくすんだ茶色の壁紙や、狩猟場面の複製画、革張りの椅子を移動していた。椅子のひとつがひっくり返っている。サイドテーブルの抽《ひき》斗《だし》が引き抜かれ床に逆さまに落ちて、中身が散らばっていた。フェル博士はよたよたとそちらに近づき見おろした。

「劇場のプログラム」博士は言った。「雑誌、古い招待状、請求書。ふむ。わしの捜しているものはない。机とタイプライターはどこか別の部屋だろうな。失礼するよ。質問を続けてくれたまえ、ハドリー。わしのことは気にせず」

博士は奥のドアのむこうへ消えた。

ハドリーは山高帽を脱ぎ、ランポールに椅子に座るよう身振りで勧めると、自分も腰を降ろした。

「レスターさん」ハドリーは厳しい口調で言った。「正直に話すことをお勧めしますよ。あなたの奥様の道徳心にも、あなたの道徳心にも、関心はないのです。このきわめて残酷な殺人に関わっていないかぎりは。奥様を尾行させていたと認められましたね。それなのになぜ、奥様とフィリップ・ドリスコルとのあいだに情事があったことをわざわざ否定するのですか？」

「情事があったなど、真っ赤な嘘だ。あてこすりを言っているのならば――」

「あてこすっているのではありません。あなた自身が私立探偵に奥様の行動を見張らせたのですから、あてこすりなどしてなんになりますか？　時間の無駄遣いはやめましょう。〝メアリー〟の手紙をおもちですね、レスターさん」

「メアリー？　いったい誰のことだね？」

「ご存じのはずです。わたしたちが部屋に入ってきたとき、彼女を暖炉で叩き割ろうとしていたではないですか」

ハドリーは身を乗りだすと、激しく冷たい口調で話を進めた。

「もう一度警告しておきます。時間を無駄にする余裕はありません。装飾に賛成しかねるからといって、人の家に入ってマントルピースの棚の飾りを叩き割るなんて習慣はおありではないでしょう。このふたつの人形の表す意味がこちらにわかっていないとでも思っているのならば、考え直された方がよい。わかっているのですよ。あなたは男の人形を壊し、次に女の人形を壊そうとしているところだった。あの瞬間のあなたの顔を見れば、まともな人間は誰だってあなたの正気を疑ったはずです。これでわかりましたか？」

レスターは大きな手で目元を覆ったが、歪《ゆが》んだ静脈がこめかみに浮きでていた。「そんなこと、あんたに関係あるかね」レスターは抑えた声でようやく言った。「どうだって……」

「ドリスコル氏殺害について、どのくらいご存じですか？」

「なに？」

「ドリスコル氏殺害について詳しいことは聞かれていますか？」

「少しだけ。その――ロンドン塔からもどってきた兄と話をした。家内のローラは帰宅してから自室に閉じこもっている。わたしはシティから帰宅して家内の部屋のドアをノックしたが、入れてもらえなかった。みんな頭がおかしくなったと思ったよ。殺人のことなど知らなかったのだからなおさらだ。シーラが話していたが、ローラは死人のように真っ青な顔で家に駆けこむなり、一言もしゃべらずに階段を駆けあがったそうだ」目元にあてた手が発作を起こしたように握りしめられた。「そして兄が七時三十分頃に帰ってきて、少しだが事情をわたしに教えてくれた」

「では、奥様がドリスコル氏殺害の重要参考人であることに気づいていますか？」

ハドリーはいまや行動に出ていた。ランポールはハドリーを見つめた。穏やかだった商船が突然、覆い隠していた大砲を取りだしたようなものだった。これまでハドリーにはもっとも肝心な点の確証がかけていたのだが、レスターがそれを提供したのだとランポールにはわかった。いまのハドリーには、昼に証人と対応していたときのような品のよさはみじんもなかった。暗く冷淡な表情で、手を組んだ彼は、眼球の奥が燃えているような目をして、結んだ口のまわりに深い皺を寄せて座っていた。

「反論はちょっとお待ちなさい、レスターさん。なにも言わないように。あなたに推測をお話しするつもりはありません。事実だけを伝えるつもりです。

奥様はフィリップ・ドリスコルと情事を重ねていました。彼女は本日の一時三十分にロンドン塔で会おうという走り書きをドリスコルに送っている。ドリスコルがこの手紙を受けとったことはわかっています。ポケットから発見されたからです。ドリスコルに自分たちは見張られていると知らせる内容でした。話すまでもないが、ドリスコルの生活は、怒りっぽくて寛大とは正反対のサー・ウィリアムの援助に頼っていた。そのサー・ウィリアムがスキャンダルについて知ったら、甥の名を遺言から削除したはずなどとは申しませんよ。あきらかなことですが、推測にすぎませんから。ドリスコルは、奥様との関係をどうしてもやめる必要があると考えていたなどとも申しませんよ――この明白な点もまた推測ですから。

しかし、ドリスコルが厄介事から抜けだすためにロバート・ダルライに電話をかけたことは事実です。この手紙を受けとった直後のことです。そして、そのあとに何者かが電話でダルライと高い声で話をして、このフラットへ無駄足を踏ませたことも事実です。あなたがその先を考える必要はありません。以下の意見も推測だからです。

一、ドリスコルはこまるといつもダルライに泣きついていた

二、ドリスコルの家族全員がこれを知っていた

三、ダルライの分別は感化されやすいドリスコルを、そのような危険な男女関係を終わらせるよう導いたであろう

四、ドリスコルは関係を終わらせたい気分であった。それは彼が愛人に何週間も会っていないうえ、気まぐれに心変わりする若者だったからである

五、愛人のほうは、冷静な第三者を関わらせず、もう一度ドリスコルとふたりきりで会えば彼を留めておけると確信していた

六、ドリスコルの愛人が今朝の電話のことを知ったのはシーラ・ビットンをつうじてであり、シーラはその朝ダルライから電話で聞いた

七、ドリスコルの愛人の声は女にしてはかなり低かった

そして最後に、

八、電話のその声は口早にしゃべり、混乱してほとんど聞きとれないほどで、誰を名乗っても通用する声の調子をしていた」

ハドリーは徹底して感情を見せなかった。書類を読みあげているように言葉の間隔を空け、組んだ指先はその間隔に合わせてトントンと動いているようだった。レスター・ビットンは顔から手を放し、椅子の肘掛けを握っている。

「お伝えしたように、これらは推測です。今度は事実を挙げましょう」ハドリーは先を続けた。「手紙にあった約束の時間は一時三十分でした。これは、生前のドリスコルが最後に目撃された時間です。そのとき彼は逆賊門の近くに立っていて、何者かが暗がりから近づいて彼の肩に

触れました。一時三十五分頃に、あなたの奥様の特徴に合った女性が逆賊門付近から急いで遠ざかる姿が目撃されています。この女性はあまりにも急いでいて、この部屋の幅くらいはあった道で目撃者とぶつかっています。最後に、逆賊門の石段で発見されたドリスコルの死体は、あなたの奥様が昨年の南フランスの旅で購入された凶器で刺されていました。奥様がご自宅ですぐに手にできた凶器です」

ハドリーは一呼吸置いて、しっかりとレスターを見つめ、低い声でつけ足した。「これだけの条件が揃っていれば、腕利きの判事にどんなことができるか想像できますか？　わたしは一介の警察官にすぎませんが」

レスターは巨体を椅子から浮かせた。手はぶるぶると震え、目の縁が赤くなっている。

「なんだと。あんたはそう思っているんだな？　すぐにわたしに会えてよかったな。そのように家内を申し分なく逮捕できると豪語する前に、話にならない愚かなまねをしないでくれてよかったよ。これからわたしがどうするか、教えてやろう。ホールを挟んで目と鼻の先にあるフラットに行くだけで、あんたの推理をことごとく打ち砕くことができるんだからな。家内がロンドン塔にいるあいだずっと見張っていて、尾行をやめたあともドリスコルが生きていたと誓える証人がいるからだ」

ハドリーはすぐさま立ちあがった。突進する剣士を思わせた。

「やはり」ハドリーは先ほどより大きな声で言った。「そうだと思っていましたよ。それこそ、今夜あなたがタヴィストック荘にいらした理由だとね。殺人事件のことを耳にしたあなたは、私立探偵から定期の報告があがってくるのを待っていられず、あの探偵に会おうとしたんですね。あの女がなにか知っているのであれば、ここに連れてきて真実だと誓わせるように。さもなければ、どうすると思いますか！　一時間のうちに奥様の逮捕状を取ってみせますからね」

レスターは肩を揺すって椅子から立ちあがった。必死の形相で、いつも保っているであろう威厳は消え失せていた。錠の壊れたドアを開けて出ていき、バタンと音を立てて閉めた。ホールのタイルの床を踏みつける足音が聞こえ、間があってから、執拗にドアのブザーを押す音がしてきた。

ランポールは額に手をやった。喉が渇いて、動悸《どうき》が激しかった。

「知りませんでしたよ」ランポールは言った。「ビットン夫人が犯人だとそれほど確信をもってらしたとは」

ハドリーの整えた口髭の下に穏やかな笑みが浮かんだ。ふたたび腰を降ろすと、手を組む。

「シーッ！」ハドリーが警告した。「頼むから、そんな大声を出さないで。彼に聞こえてしまうよ。首尾はどうだったかい？　たいした演技はできないが、あのくらいのちょっとしたハッタリには慣れているんだよ。うまくやれていたかな？」

ハドリーはランポールの表情に気づいた。

「率直に言ってくれ、きみ。気にしないから。演技に磨きをかける参考になるからね」

「ということは、あなたは信じてはいない――」

「いま話したことは、一瞬たりとも信じてなんかいなかったよ」首席警部は陽気に打ち明けた。

「穴が多すぎる。もしもビットン夫人がドリスコルを殺害したのであれば、ドリスコルがかぶっていた帽子はどう説明する？　意味がとおらない。もしも夫人が一時三十分に逆賊門でドリスコルの心臓を矢で突き刺して殺したとすれば、ドリスコルはどうやって一時五十分まで生きていられたんだね？　夫人がドリスコルを殺害してからロンドン塔をすぐに離れず、必要もないのに一時間近くもうろついて、なんの足しにもならないのにこの騒ぎに巻きこまれたのはなぜだい？　それに、ダルライにかかってきた偽電話についてのわたしの説明はお粗末もいいところだよ。レスターがあれほど動揺していなければ、すぐに見抜けたはずだ。もちろんダルライは今朝シーラ・ビットンと話もしていなければ、ドリスコルと会う約束をしたとも告げていない。けれどもわたしは、レスターの守りを崩すために揺さぶりをかけなければならなかったんだよ。ちょっとした芝居も害にならない。いつでもそうなんだよ」

「まさか、そんなことだとは！」ランポールはうめいた。「はっきり言いますよ、うまいやりかたでした」ランポールは灰受け石に砕けた石膏像を見つめた。「首席警部はああやるしかなかったんですね。そうしないと、ラーキン夫人の証言は取れなかった。あの女がビットン夫人を尾行していたのならば、夫人の行動はすべてわかっていますよね。でも……」

ハドリーは肩越しに振り返ってドアが閉まっていることをたしかめた。

「そうなんだよ。でも、ラーキン夫人はそれを警察には絶対に話さないだろう。今日の午後、なにも見なかったとわたしたちに話をしているんだからね。口が軽くては探偵の仕事は務まらない。それでリスクを引き受けた。ビットン夫人を尾行していたと話せば、調査のすべてをあきらかにすることになって職もなくしてしまう。それだけじゃない——もっと納得のいく理由があるんだよ——あの女はあらかじめゆすりの計画を立てていたように思うんだ。いまやわたしたちは、それを打ち砕いてやったがね。あの女はもちろんすでにレスターには詳細を話している。だから彼女が証言しようとしなくても、レスターが話すさ——妻の無実をはらすために。だが、あの女が署名入りの供述書を取らせるならば、今日の午後に話したことは忘れてやると約束しよう。供述するようにレスターはなんとしてでも説得するね。彼に説得は任せよう。こちらにはできなかったからね」

ランポールは帽子をぐいとうしろへ引っ張った。

「お見事！」ランポールは言った。「とても鮮やかですね。同じようにアーバーも吐かせるおつもりなんでしょう」

「アーバー！」首席警部は飛びあがった。「のんびり座って自分の鋭さ自慢なんかやって、すっかり忘れていたよ。ゴールダーズ・グリーンに電話をかけないと、それもすぐに。電話はどこにあるだろう？　ついでに言うと、このフラットの番をしているはずの警官はやはり帰ったのか？　ところで、博士はどこに？」

質問の答えは間髪を容れずにやってきた。閉じたドアのむこうから——フラット内のどこからか——ひっかく音、ドサッという音、そして金属のぶつかるひどい音が聞こえてきたのだ。

「大丈夫だ！」くぐもった声が少し離れたところからランポールたちのもとへ響いてきた。

「また石膏像が割れたのじゃないぞ。台所の棚から、工具入れのかごを落っことした」

ハドリーとランポールは声のする方向へ急いだ。博士が姿を消したドアのむこうには狭い廊下がまっすぐに続いていた。どちらの壁にもドアがふたつずつある。左のドアは書斎と寝室、右のドアは浴室、そしてダイニングだった。キッチンはこの廊下の突き当たりにあった。

室内が荒らされていることにくわえ、ドリスコルはとくにきれい好きではなかったようで、書斎は午後に謎の女が必死になって捜し物をするはるか以前から乱雑だったらしく、床には書類が散乱していた。ずらりと並ぶ書棚にはぽっかりと口がひらいていた。そのあたりの本がまるまる引きだしてあったのだ。机の抽斗は引っ張りだされて、すっかりからっぽになって、形が歪んでいた。ポータブル・タイプライターはカバーが外され、電話のコードと絡まり、複数の真鍮《しんちゅう》の灰皿の中身がカーボン紙や鉛筆やひっくり返ったインク瓶の上にばらまかれていた。タイプライターの上で鈍い光を放っている吊りランプの緑色のシェードでさえも斜めに傾いていて、暖炉からは鉄の格子が引きはがされていた。あきらかに、侵入者は書斎に注意を集中したらしい。

ハドリーがほかの部屋も手早く確認していると、フェル博士がキッチンのドアを開けて出てきた。寝室のベッドは整えられていなかった。乱れた衣装だんすは女性たちのキャビネ判写真のギャラリーになっていて、ほとんどの写真にかなりきわどい献辞が書かれていた。ランポールはこのドリスコルというのがうらやましくなるような若者だったのだと考えた。たとえ、口説き落とした相手の大半が家政婦タイプだとしても。ここでの捜し物は通り一遍だったらしく、この衣装だんすにかぎられていた。ダイニングはまったく荒らされた形跡がなかった。そこは食事目的に使用されたことはほとんど、というよりもまったくないらしく、その用途は簡単に推し量ることができた。ふたつのからっぽの大型ソーダ・サイフォンがサイドボードに並んでいた。モザイクガラスのシェード越しに落ちかかる照明を浴びるテーブルには、からっぽのボトル、洗っていないグラス、カクテル・シェーカー、灰皿、いくつもの変色したオレンジの皮が乱雑に散らかっていた。すべて乾燥するか、べとつくかしている。ハドリーはうめき声をあげて、明かりを消した。

「台所も」フェル博士がハドリーのすぐわきで言った。「主に酒を作るのに使われていたらしい。亡くなったドリスコルに対するわしの評価は、缶に入っていた口にするのもはばかられるココアとかいうものを見つけなければ、ぐっと改善されただろうに」さっと腕で指し示した。「わかるかな? あの居間はいつもきちんと片づけられていた。ふいの客があってもいいように。たとえば、伯父さんだな。ドリスコルが本当に暮らしていたのはこちらというわけだわ。ハハハ」

フェル博士はキッチンの戸口で息を切らしていた。大きなかごを抱え、そのなかでは鉄がガチャガチャといっていた。

「先ほどは工具入れがどうとかと言われましたね」ハドリーが鋭い口調で訊ねた。「これがあなたの捜していたものなんですか? フラットの玄関ドアをこじあけるのに使ったノミやドライバーのことだった?」

「まさか、ちがうぞ!」博士が鼻息を荒くしてうめいたのでかごが揺れた。「おいハドリー、謎の女がフラットに入り、ここにやってきてノミを見つけると、純然たるお遊びのためだけに、ふたたび外に出てドアをこじあけたなどとまさか本気で思ってはおるまい？」

「実際にそうしたかもしれません」ハドリーが静かに言った。「このフラットに忍びこんだのが外部の者だという印象を与えるために」

「それは大いにあり得るな、賛成しよう。だが、実際問題、わしは侵入には関心がなかった。捜していたのは全然ちがう種類の工具だよ」

「では、この件にはずっと関心を寄せてくれるかもしれない」ハドリーがかなりいらいらしながら強気に進めた。「あなたが台所をいじっているあいだに、わたしたちはレスターからかなりの情報を得たんですよ」

博士が何度もうなずいたため、眼鏡を結んでいる黒いリボンがぴょんぴょんと揺れた。シャベル帽が顔の上半分に影を落としているので、ますます太った山賊のように見える。

「うむ」博士は同意した。「そうするだろうと思っておったよ。私立探偵から情報を得るため、ここに来たレスターを怯えさせて、あの女に知っていることを暴露するよう仕向けると。妻に対して途方もない推理をひねりだしてな。それはきみに安心して任せられると思っておったから、わしは必要なかったんだ。ふむ」楽しげに廊下を見まわしてまばたきした。「きみがなんでも記録に残して、いつでも手続きをきっちりしなけりゃならんのはわかっとる。だが、わしが思うに、それは必要なかったな。ラーキンという女が知っていることなら、わしが洗《は》いざらい教えてやれたのに。ちょっと書斎に来てみなさい。そしてドリスコルの性格に思いを馳せるとしよう」

「このいまいましいうぬぼれ屋のハッタリじじいめ！」ハドリーはこれから演説をぶちそうな勢いでくってかかった。「あなたという人は――」

「おい、やめてくれんか」博士は若干傷ついた様子で抗議した。「チッチッチッ！　ああ、わしは子どもっぽい悪ふざけの好きな老いぼれかもしれん。だが、ハッタリじじいではない、断じてな。さて、どこまで話しておったかな？　ああ、そうだ、ドリスコルの性格だ。書斎になかなか興味深い写真がある。そのなかの一枚で――」

静まり返った廊下に、書斎の電話が鋭く、そして耳障りに鳴り響いた。

12　X－19に関して

ハドリーはさっと身体のむきを変えながら言った。「手がかりになりそうだ。ちょっと待って。わたしが出るよ」

残るふたりもハドリーに続いて書斎へ入った。フェル博士は抗議らしきものを繰りだすかに見えたが、ランポールにはそれがどんな内容なのか想像もつかなかった。ハドリーが受話器を手にした。

「もしもし！　ああ、そうだ……ハドリー首席警部だが……どなたですって？……ああ……

シーラ・ビットンだ」ハドリーは振り返ってふたりに告げた。声にはがっかりした響きが感じられた。「ええ……ええ、もちろんです、ミス・ビットン」長い間。「ええ、許可できると思いますが、まずはわたしがすべてをたしかめる必要がありますので……まったく問題ありません！　いつ頃いらっしゃいますか？」

「待て！」フェル博士が熱を込めて言い、よたよたと近づいてきた。「お嬢さんにちょっと待つように言ってくれ」

「なんの用事が？」ハドリーが送話口を手で覆い、ややムッとして訊ねた。

「今夜ここに来るのかね？」

「ええ。ドリスコルの持ち物で、サー・ウィリアムが家に運んでもらいたがっている品がいくつかあるらしくて」

「ふむ。ここへは誰かに送ってもらうのかと訊ねてくれ」

「なんだってそんなことを！　ああ、もう、いいですよ」ハドリーは承知して、博士の顔を見た。その顔には電話でメッセージを伝えたいのに、自分は黙っていなければならない人特有の、じれったくてたまらない表情が浮かんでいた。ハドリーがふたたび電話にむかった。「ダルライに送ってもらうそうです」しばらくしてハドリーはフェル博士に言った。

「そいつはいかん。話をしたい者があの家におるのだが、どうしても家の外で話さないとだめなんだ。そしていまが」博士は興奮して息巻いた。「千載一遇の機会なのだよ。お嬢さんと話をさせてくれんか？」

ハドリーは肩をすくめ、机から離れた。

「もしもーし！」博士はどうやら女性むけの優しい口調を意図しているらしかった。実際は水をがぶ飲みしているように聞こえたが。「ミス・ビットン？　フェル博士という者です。ハドリー君の、その、協力者で……ああ、ご存じで？　ああ、なるほど。婚約者から聞いておられる……なんですとなああ？」

「受話器を吹き飛ばさなくても会話はできますよ」ハドリーが辛辣《しんらつ》に言った。「まったく。ハハッ！」

「失礼しましたな、ミス・ビットン。失礼しました。わしはもちろん、ダルライさんがこれまで見たなかで一番のセイウチなみのおデブですが……いや、いや、お嬢さん。もちろん、気にしてなど」

電話からは鈴を転がすように活撥に響く声がランポールたちにも漏れ聞こえてきた。ランポールはラーキン夫人がシーラ・ビットンを〝背が低いブロンド〟と描写したことを思いだして思わずにやりとしてしまった。フェル博士が電話を見つめる表情は、写真に撮られることを意識して笑みを作ろうとしている人物を思わせた。ややあってようやく口を挟んだ。

「わしが言おうとしたのはですな、ミス・ビットン、こういうことでした。もちだそうとされとる荷物はきっとたくさんあって、かなりかさばるでしょう……そうですか！　ダルライさんはロンドン塔に十時までにもどらねばならんと？……では、誰かほかの人に送ってもらわんと。誰か頼める人がおりますか？……運転手が不在？　ふむ、では、お父上の従者はどうですかな？　名前はなんでしたかの――マークスだ。お父上はマークスをとても褒めておられました……でも、お父上は連れてこんでください、ミス・ビットン。そんなことをすれば、気分がさらに滅入るだけですから」博士は振り返ると、お嬢さんが泣きだしたぞ！　とおろおろしてつけ足した。「ああ、お父上は横になってらっしゃる？　それがよろしい。ミス・ビットン、ではお待ちしておりますよ。ごきげんよう」

　博士は渋い顔で振り返り、ガチャガチャというまで工具入れのかごを揺さぶった。「あのお嬢さん、よくもまああんなにペチャクチャしゃべるものだ。そのうえわしをセイウチのようなおデブと呼びおった。なんと天真爛漫《てんしんらんまん》な若いご婦人か。もしも冗談好きの者がいて、セイウチと大工の詩（ルイス・キャロルの『鏡の国のアリス』に出てくる詩）に絡めてわかりきったことを言うならば……」

「ドクター・ワトスンのセリフを」ハドリーがつぶやいた。「思いださせてくれて助かりますよ。ゴールダーズ・グリーンの警察署へ電話をかけないとならないんだった。そこをどいてください」

　ハドリーはスコットランド・ヤードに電話をかけ、何度もたらいまわしにされてからようやく命令を残した。当惑気味の受付担当の巡査部長に、伝言が確実にアーバーの別荘の見張りに届くよう伝えて、首席警部あてにこのフラットへ電話するようにという指示が終わったところで、居間から足音が聞こえた。

　警察に話をするようラーキン夫人を説得するのに、レスター・ビットンはいささか手間取ったらしい。居間を歩きまわるレスターは、頭に血の気がのぼって危なっかしい様子だった。ラーキン夫人はいちだんといかめしい表情で表の窓のカーテンを押さえて、何事もないかのように背筋を伸ばして外を見ていた。ハドリーの顔を見ると、冷たく質問した。

「凄いテクニックね」彼女は上唇に皺を寄せて言った。「なんて賢いんでしょう。ここにいる雇い主さんには、奥さんを逮捕できる証拠なんかこれっぽっちもないと言ったのよ。この人はじっと座って、そっちの話なんか受け流せばよかったの。そうしたら、誤認逮捕だと訴えてふたりとも楽しめたのに。でも、無理だわ。びびっちゃって、全部話しちゃうんだから。まあ、こうして面とむかって話せば支払いをしてくれると約束してもらったからもういいけど」ラーキン夫人はこう締めくくり、肩をいからせた。「なにが聞きたいのよ?」

ハドリーはふたたびブリーフケースをひらいた。今度はこけおどしではなかった。彼がひらいた印刷された書類には、にこりともしていないスナップショットが二枚添付されていた。一枚は横顔だった。

「〝アマンダ・ジョージェット・ラーキン〟」ハドリーは読みあげた。「〝またの名をアマンダ・リーズ、あるいはジョージー・シンプスン。《万引きエミー》としても知られる。専門は大型百貨店の宝石。最後の消息はニューヨークで……〟」

「全部言う必要ないわよ」エミーが遮った。「それはもう過去の話。今日の午後に話したとおりね。でも、どうぞ、あたしがどの探偵事務所で働いているかそこの雇い主さんに訊けばいい。そしてあんたが事務所にむかしのことを話せば、あたしはクビよ!」

ハドリーは書類をたたんでかばんにもどした。「おまえだってまっとうに生活しようとしていると思えるかもしれないな、こちらがおまえの職業を好意的にとらえられれば。警察としては、これからも目を離すことはないからな、ラーキン夫人。ただし、ちゃんとした供述書を取らせれば、事務所にジョージー・シンプスンについて警告する必要はないだろう」

ラーキン夫人は腰に手をあて、ハドリーを観察した。

「それなら公平ね。この件じゃ、あたしに選択肢は多くないし。わかった。おっしゃるとおりにしましょ」

ラーキン夫人の態度は微妙に変わっていた。午後にはいかにもきついコルセットときっちりした仕立ての服に見合った、とりわけ近づきがたい女校長のように見えた。それがいまでは堅苦しさが消えて、ぐっと肩の力を抜いていた。椅子にどさりと座り、隣の小テーブルの箱にタバコが入っているのを見ると、一本を選び、靴底でマッチを擦った。

「あのふたりは」ラーキン夫人は称賛を吐きだすように言った。「そりゃあ楽しんでたよ！ふたりは――」

「その話はもういい！」レスター・ビットンが重々しい声で割りこんだ。「この――この人たちには関心のないことだ」

「だろうね」ラーキン夫人がうさん臭そうに言った。「どうなの、ハドリー？」

「知りたいのは、今日の午後のおまえの行動すべてだよ、ラーキン夫人」

「そう、あたしたちこの職業の人間がまず捜す人物は郵便配達員。あたしは朝早く元気に起きて、配達員を待っていた。配達員はいつも一号室、そう、あたしの部屋に手紙を届けてからホールのこちら側へまわる。そうしたらあたしはタイミングを計って、ドアの外に置かれた牛乳びんをとりに行く、そうするとちょうど配達員が二号室の郵便物をかばんから取りだすところにぶつかる。ちょろいものだった。X－19――極秘の報告書で対象者はそう表現することになっているわけ――X－19はいつもピンクと紫が混じったような色の紙の封筒を使ったから、一マイル離れていてもわかったのよ」

「どうしてわかったんだね」ハドリーが訊ねた。「そもそも、その手紙がX－19のものだと？」

ラーキン夫人はハドリーを見た。「笑わせないで」とそっけなく言った。「しっかりした未亡人が他人のフラットに合い鍵で入るわけないじゃない。それに他人の手紙を蒸気で開封しているところを見つかりでもしたらとんでもないことになる。女が最初に書いた手紙のことを、ふたりで話しあっているのを立ち聞きしたと言っておきましょうか。

X－19が日曜日の夜にロンドンへもどってくると知らされていたから、今朝は早起きしなくちゃならなかった。牛乳びんをとりに外へ出たら、真向かいでドリスコルも牛乳びんをとろうとしているところで、なんだか驚いたわね。あの男がそんなに早起きしたことは一度もなかったから。でも、あの男はもうちゃんと服を着ていて、ひどい夜を過ごしたような様子だった。ドアを開けたままにしていたから、郵便受けの中身が見えたのよ」

ラーキン夫人は身体をひねり、ドアの郵便差し込み口の真下にあるワイヤーのかごをタバコで指した。

「あたしには全然注意を払わず、牛乳びんを脇に抱えて、足でドアをひらいたまま、郵便受けに手を差しこんだ。例のピンクの封筒を取りだし、うめいたような声をあげて、開封しないでポケットに入れたのよ。そこであたしと目が合って、ドアを力いっぱい閉めた。

だから思ったわね。なにかある！　って。どこかでふたりが会うはずだとわかった。でも、あたしの仕事はドリスコルを見張ることじゃない。むかいに張り込んでいるのは、X－19の浮気の証拠を見つけるため」

「長いこと張り込んでいたようだね」ハドリーが言った。

ラーキン夫人はそのとおりだと言いたげなそぶりを見せた。「あら、あたしたち探偵はじっくり時間をかけなくちゃね。そして行動する前にはまちがいないって確信をもたなくちゃだめなのよ。こんないい仕事をあっさりと終わらせるなんてもったいないしね。でも、女がやってきてもうまく証拠をつかめなかったっていうのが本当のところ。最大のチャンスが訪れたのは女が旅立つ前の晩、だから二週間ほど前のことだったわね。劇場かどこからか帰ってきたふたりは、ぴったりくっついていて、あたしはじっとドアを見張っていた。二時間ほど静まり返っていたから、なかでなにが起きてるのか想像はできたのよ。そしてドアがひらき、ふたりがまた揃って出てきた。男が女を家へ送るためね。あたしにはなにも見えなかった。ホールは真っ暗だったけど、声は聞こえた。その頃には女はますますぴったりくっついていたけれど、男はどうしようもなく酔っぱらっていたわね。そこに立ってふたりは永遠の愛を誓いあった。男はじきに大事件のスクープをとって、新聞社で定職を得られるようにすると話していた。そうしたら結婚できると――ああ、そうよ、そりゃお楽しみだったわよ。

でも、どうだかわからないと思ったわね」現実的なラーキン夫人は言った。「男って酔ったらみんなそう言うから。それに、あの男は同じことを小柄な赤毛にも話していたのよ。X－19が留守のあいだに連れこんだ女。だから、女ほどには、男はX－19に入れこんでないと思ったわけよ。でも、その夜はもちろん、あたしは仕事中じゃなかった。こっちはちょうど帰宅したところで、男が千鳥足で階段を降りながら赤毛に腕をまわしていた。赤毛が男を支えていたんだけど、男は足を滑らせて転んで言ったのよ。〝ちくしょう〟」

「ちょっと待て！」レスター・ビットンが突然叫んだ。身体から振り絞るような悲鳴だった。ここまで彼は窓辺に立って外を眺め、カーテンを肩にかけて隠れるようにしていた。それがここでくるりと振り返り、口をひらいてあえいでいた。「おまえは」レスターは厳しい口調で言った。「おまえはその話を報告書に書かなかったな――その話をしなかった」

「いま話してるからいいでしょう。でも、本題からそれているわね？」ラーキン夫人は言うと、レスターを観察した。厳しくいかつい夫人の顔はもう若くも中年でもなく、ただどこか落ち着いているだけだった。耳にかかるカールした髪を引っ張った。「悪く思わないでね、だんなさん。ああいう男たちはたいてい、そんなものよ。あなたを苦しめるつもりはなかったの。それにしてもあなたって威厳を捨てて人間らしくすると、悪くない男だね。

今日の話をするわ。そうよ、そのために来たんだった。おまわりに話をするんだったわね？」夫人が生意気にこう言うと、レスターはまた背をむけた。「着替えを済ませてすぐバークリー・スクエアへ行った。これが大正解。女はかなり早い時間に家から姿を現したからよ。

そして信じられないけど」夫人はおそれいったような口調で言い、タバコの火をもみ消した。「あの女は自宅からロンドン塔までずっと歩いていったの！　こっちは死にそうだったわよ。でも、タクシーを使うつもりはなかった。近づきすぎて姿を見られるかもしれないし、霧で見失うかもしれないからね。

塔は初めてじゃなかった。亭主が一度連れて行ってくれたからね。勉強になるって言われて。で、観察していると、女はタワーのすべてに入れるチケットを買っていたから、こっちも全部買った。どこへ行くか予測がつかなかったから。でも密会にはとんでもない場所だと思ったわね。それでひらめいたわけよ。女は見張られているって気づくくらいには賢かったんだって。田舎への旅行でなにかがあって、だんなさんの言ったことから関係がばれていると思ったんだろうってね」

「ふたりが一緒にロンドン塔に行ったことはなかったのかね？」ハドリーが話を遮った。

「あたしが見張っているあいだはなかったわね。でも、待って！　すぐにそこは説明するから」

ラーキン夫人は口をひらくにつれて、おとなしくなっていき、自分の意見抜きで話を進めるようになった。ローラ・ビットンがロンドン塔に到着したのは一時十分。チケットと小さなガイドブックを買い、喫茶室に入ってサンドイッチと牛乳を一杯頼んだ。ずっと時計を見ていて、全身から緊張といらだちが見てとれた。「それに、まだ話しておくことがあるのよ」ラーキン夫人は説明した。「今日の午後、あんたの机に載っていた矢のようなものを女はもってなかった。隠せるとしたらコートのなかだけだったけど、食事中にコートの前を開けて、パン屑《くず》を払ったのよ。女はもってなかったって誓えるね」

一時二十分にローラ・ビットンは喫茶室をあとにして、急ぎ足で歩いた。ミドル・タワーでためらってあたりを見まわしてから陸橋を歩いていき、バイウォード・タワーでふたたびためらった。そこでガイドブックの地図を見て、注意深く周囲の様子を窺った。

「なにを考えているのか手にとるようにわかった」ラーキン夫人はハドリーたちに語った。「ドアの近くをうろつきたくなかったのよ。立ちんぼの女みたいにね。だけど、男がやってきたらちゃんと見える位置にいたかった。でも、それはとても簡単なこと。なぜってロンドン塔にやってくる人は誰だって、あの道をまっすぐ歩いてくるしかないから――逆賊門とブラッディ・タワーがある場所にね。それで女はあの道を歩いていったのよ。ゆっくりと、四方を見まわしながらね。道の中央を歩いていたから、あたしは霧のなかで姿が見えるだけの距離は保ちつつ、できるだけ離れていた。そこで女は逆賊門の近くまで行くと、右に寄ってまた足を止めた」

それだ、とパーカーの説明をランポールは思い返した。フィリップ・ドリスコルが将軍の住まいで〝ずっと窓の外を見ていた〟ときに目にしたものだ。ドリスコルは自分をウォーター・レーンで待っている女を見ていたのだ。それからまもなく、ドリスコルは敷地を散歩すると言って、急いで出ていった。ランポールの脳裏には、霧に煙った不気味な光景が形作られていった。生き生きとした足取りに健康そのものの顔つきのローラ・ビットンが、茶色の瞳に苦悩を浮かべ、丸めたガイドブックを手に打ちつけながら柵のところでためらい、すでにそこを訪れている男を待っている。ドリスコルは急いで階段を降り、キングズ・ハウスの前でアーバーとすれちがう——

「女は逆賊門の右手にある戸口に引き返してきた」ラーキン夫人は話を続けた。「あたしは同じ壁の少し手前にもう一度ぴたりと身体をつけた。そのとき見たのよ。ゴルフズボン姿の小柄な男がブラッディ・タワー下のアーチから現れたのを。男は急いで左右をたしかめた。男からその——X－19は見えなかった。女は戸口の奥にいたからね。あたしは男がドリスコルだと思ったけれど、確信はもてなかった。女のほうもしばらくはそうだったと思うわね。男は別の方角からやってくると予想していたんだから。そこで男はうろうろとして、次に柵に身を乗りだした。罵《ののし》り言葉を使っているのが聞こえたわね。それにマッチを擦るような音も。

ここで予想もしていないことが起きたのよ。気づいたかどうか知らないけれど、あの鉄格子なんかで封鎖されてる逆賊門は、両端が道に七フィートから八フィート突きでているの。だからウォーター・レーンからまっすぐ前を見ても、石段手前の柵は陰になってまったく見えない。それがあたしには好都合だったわけ。姿を見られずに、ふたりからほんの数フィートの位置に行くことができたから。

それから、X－19はやってきたのがたしかにドリスコルだとわかった。戸口からそっと出ていくと、柵へ近づいていった。お互い見えやしないから、あたしは近づいた。霧が凄く濃くなってもいたからね」

ラーキン夫人は箱からもう一本タバコを取りだし、身を乗りだした。

「いいかい、あたしはなにもでっちあげてないからね。ふたりが話したことをそのまま話せる。言葉数は多くなかったし、記憶するのがあたしの商売だから。最初に男が言った言葉はこうよ。〝ローラ、なんだってこんなところまで呼びだしたんだ？　ここには友人たちがいる。彼にばれたっていうのは本当なのか？〟女の最初の言葉は聞きとれなかった。とても低い声だったからね。ロンドン塔で会うことにした理由を話したみたいだった。どちらかが人に姿を見られても、ロンドン塔の友人を訪ねてきたと言えばいいって。そうしたら男は、そんなのはとんでもない考えだ、彼にばれたというのは本当かと、同じことをまた訊いた。女はそうよと言った。そして〝わたしを愛してる？〟と。男は〝ああ。でも、ぼくはとにかくこまっているんだよ〟と言ったの。ふたりともかなり動揺して、言い争う声はどんどん大きくなった。男は伯父のことをなにか話していた。それが突然口をつぐむと言ったのよ。〝ああ、どうしよう！〟って。本当に聞いたこっちも恐ろしくなる声だった。なにか思いだしたみたいだったわね。

女は何事かと訊ねた。男はこう言ったの。〝ローラ、ここでやらなくちゃならないことがあるんだが、すっかり忘れていた。時間はちっともかからないが、やっておかなくちゃならない。さもないとぼくは破滅だ〟震えたひどい声だった。そしてこう言ったわね。〝ぼくと一緒にいちゃだめだ。人に見られる。クラウン・ジュエルズに入って見学しておいで。それから練兵場へ行くといい。そこですぐに合流するから。質問はしないでくれ、頼むから行ってくれ〟衣擦れの音がしたから、こっちの姿を見られちゃこまると思って、あとずさった。そこで男が去り際に女に呼びかけたの。〝すべてうまくいくよ。心配しないで〟女が一、二分ほど歩きまわる音がした。それから道をこっちに歩いてきたから、てっきり姿を見られたと一瞬思ったわ。でも、女が方向を変えてブラッディ・タワーのほうへ歩き始めたんで、あたしも女を尾行した。男のほうは見えなかった。きっと先に歩いていったのね。それが一時三十五分ぐらいの話」

ハドリーは身を乗りだした。「尾行したと言ったな?」彼は問いただした。「女が誰かにぶつかったのを見たかね?」

「誰かにぶつかった?」ラーキン夫人はまばたきをして繰り返した。「いいえ。でも、そうしたかもしれない。あたしはブラッディ・タワーの大きなアーチへそっと入ると壁に身体を寄せた。女がもどってきたときに備えてね。どこかの男とすれちがったような気もしたけれど、霧が出ていて、あのアーチの下は地獄よりも暗かったのよ。あたしはちょっと待ってから、また尾行を始めた。

女が、あのおかしな帽子をかぶった男たちのひとりと話してこう言ったわね。〝クラウン・ジュエルズへはどう行けばいいですか?〟帽子の男はアーチの先のあまり遠くないところのドアに入るように指示した。あたしはまだブラッディ・タワーのアーチにいたよ」

ラーキン夫人は話を途中でやめ、しばらく握っていたタバコに火をつけた。

「それでおしまい」夫人はあっさり言った。「ドリスコルが女のあとを追っていかなかったのは、別れた直後に殺されていたからなんだね。でもあたしにはわかってる。やったのは女じゃない。言っておくけれど、ブラッディ・タワー下のアーチへ彼女を尾行する前に、逆賊門に降りる石段は見ているからね。首を伸ばしてあたりの様子を窺った。ブラッディ・タワーのアーチのほうも。うしろにひっくり返らないように石段前の柵を握ったから、当然、肩越しに振り返る恰好になった。そのとき、男はそこにいなかったけど、女の姿はずっと視界にとらえていた。繰り返しになるけれど、女はクラウン・ジュエルズの見学に行ったから、あたしもそうした。でも、女はたいして見学してなかったね。なんだか青ざめて落ち着きがなくて、窓の外ばかり見ていた。女より先にあたしがクラウン・ジュエルズを離れた。注意を引きたくなかったから。そこで、ブラッディ・タワーに入ってあがったところにある小さなバルコニーに気づいて……」

「ローリーの遊歩道だ」首席警部がフェル博士を見ながら言った。

「……あそこへあがると、クラウン・ジュエルズを見学してから出てくる人がもれなく見える。来た道を引き返せば別だけど、ほかに出口はないの。だから、そこで待っていた。やがて女がもどってきて、しばらく道に立っていた。ブラッディ・タワーから坂をあがってひらけた広い場所に続く道よ」

「タワー・グリーンへの道か」

「それよ。気乗りしない様子で女は坂を登り始めた。あたしも尾行して坂をあがった。でも、女はとくになにもしなかった。小高い場所で、霧は薄くなっていたから女はベンチに座って衛士のひとりと話をして、ずっと時計を見ていたのがわかった。たしかに我慢強かったね。あたしなら、どんな男だってあんなに長く待たない。女は濡れたベンチのひとつにじっと座って三十分は待ってから、その場を立ち去った。あとはご存じのとおり」

ラーキン夫人はきつい小さな目で一同を順に見てから、タバコの煙をふうっと吐きだした。

「さあ。これで完結。あとはエンドクレジットと音楽よ。話すと約束したから話したけど。ドリスコルを殺したのが誰かは知らないが、あの女じゃないことは絶対よ」

13　ミス・ビットンのおしゃべり

ラーキン夫人が話し終えてからの沈黙を、誰もあえて破ろうとしなかった。小さな居間は静まり返り、上の部屋のかすれたラジオの音がまた聞こえてきたほどだった。入り口ホールのタイルに響く足音、鉄の扉がガシャンと閉まる音、エレベーターのブーンという響きも聞こえてくる。遠く、広場の反対側で車のクラクションが盛大に鳴っている。

ここで初めてランポールは、フラットが凍えるほど寒いと感じ、コートの前をかきあわせた。まるで砂にゆっくりと指を押しつけるように、死の痕跡がこの部屋に残されたようだった。フィリップ・ドリスコルは火床で砕けた石膏像の白い破片にほかならなかった。手回しオルガンの音色がこのタヴィストック・スクエアから聞こえ始めた。上の部屋からはかすかに、軋《きし》む音とまたガシャンという音、それに下ってくるエレベーターのうなりが続く。

レスター・ビットンは埃《ほこり》っぽいカーテンを肩から払いのけ、振り返った。いまの彼にはふしぎなほど静かな威厳が備わっていた。「みなさん。わたしはやるべきことをやりました。ほかになにかご用がありますか?」

たとえひとりで聞くだけでもつらかっただろうに、ここまでの独白を他人の前で聞かされたことの重圧がどれほどだったか一同にはわかっていた。山高帽を手に、ごく普通に静かに立つ姿は礼儀正しいと言ってもつうじるほどで、両目の下にはたるみができている。誰もなんと言葉をかけていいのか、わからなかった。

ようやく口をひらいたのはフェル博士だった。革張りの椅子に力なく座り、膝には犬のように工具のかごを置いていたが、目は疲れて老けたように見えた。

「あんたは」博士は重々しい口ぶりで言った。「家に帰んなさい。あんたは先ほどここで嘆かわしいまねをしてしまったが、同じ立場なら誰しもそうするだろう。それにな、ふたつの石膏像のうちひとつしか割らんかった。奥様を非難してもおかしくないところで、男らしく声をあげた。家に帰んなさい。記録にあんたの名前を出さんようにはしてやれんが、できるだけ公にはならんようにするから」

博士のどんよりした視線をむけられて、ハドリーはうなずいた。

レスター・ビットンはしばらくじっと立っていた。疲れきってややとまどっているようだった。大きな手を動かし、スカーフをいじって、コートのボタンを留める。ぼんやりとドアへ歩いていったが、たどり着くまで帽子はかぶらなかった。

「わたしは、その、お礼を申します、みなさん」レスターは低い声で言うと、軽くお辞儀をした。「わたしは――わたしは家内を大変に好いているのですよ。ではおやすみなさい」

彼の背後で錠の壊れたドアが閉まった。ホールの外のドアがギーッとひらいて閉じる音がするのに合わせて、手回しオルガンの軽やかな音が大きくなってから消えた。

「あれは『乾杯の歌』だな」博士が言った。音楽にずっと耳を傾けていたのだ。「なんでみんな、手回しオルガンは好かんと言うんだろうな？　このわしは大好きだよ。前を通りかかるといつも近衛歩兵第一連隊の気分になれて、胸を張ってしまう。バンド音楽に合わせて用事をこなしとるようだろ。ラムチョップ二本とビール一本を買うのも戦勝記念の祭典に変身だわ。ところで、ラーキン夫人」

夫人はすでに立ちあがっていたが、さっと振りむいた。

「ビットン夫人とドリスコルのあいだに本当にゆゆしきなにかがあったかどうか、検死審問で取りあげられることはないでしょうな。あんたは口を閉じておくように、すでに金を受けとられていると想像しますよ」フェル博士は眠たげに杖をあげた。「楽に稼げた金ですな。ただし、これ以上稼ごうとしないように。それはゆすりというもので、そのために牢屋に入ることになる。では、ごきげんよう」

「あら、よくわかったわ」ラーキン夫人は承知して、耳にかぶさったカールした髪をなでつけた。「あんたたち男性があたしの立場を考えてくれるなら、あたしもそっちの立場を考えてあげるわよ――言いたいことわかる？　どっちにしても、男ってどうかしてるけどね」夫人は思いだしたようにこうつけ足した。とげとげしい、若くもあり年老いてもいる顔にふっと皺《しわ》がいくつも現れる。「あたしがあの奥さんのだんなだったら、家に帰って目にあざを作ってやるけどね。でも、男ってどうかしてるから。うちのクスバートがそうだった。それでも、あのトンマを愛してた。ニューヨークの三番街の高架鉄道の下で撃ち合いをやって死ぬまでね。しょっちゅう、ほかの女と出歩いていたもんよ。腹が立ってしょうがないから、こっちはなにがあっても別れてやるもんかって思ってた。それが女の扱いかたよ、つなぎとめておくにはそうすることね。じゃあ、あたしはパブへ行く。おやすみ。検死審問でまた会いましょう」

彼女が去ると、残った者たちは無言で座っていた。フェル博士は眠そうに荒く息を吐いている。そこでふたたびハドリーがうろうろと歩き始めた。

「さて、これで片づいた」彼は言った。「ビットン夫人は容疑者のリストから除外できそうだ。ラーキンが嘘をついているとは考えづらい。ラーキンの情報は、彼女がおそらく知ることのできなかったすべての事実とぴったり合致する。さて、どう見ますか？」

「きみこそ、どう見るね？」

「たいして前進してはいませんね、目下のところ。逆賊門の前でビットン夫人と話したとき、ドリスコルがなにを思いだしたのかにすべてかかっている。彼はどこかへ行こうとしたが、あまり遠くへは行かなかった。そこで何者かに出会った……殺人者に」

「もっともな推理だな」博士がうめくように言った。

「まずはドリスコルがむかった方向ですよ。ラーキンはドリスコルの行き先を見ていない。だが、行かなかった方向ならばわたしたちにはわかっている。ウォーター・レーンからバイウォードやミドル・タワーへ──言いかえるとメインの出口の方向ですね。ラーキンはこの道沿いに立っていたから、ドリスコルが通りかかれば見ていたはずだ。

となると、ドリスコルがむかった方向はほかにふたつしかない」大切なブリーフケースからハドリーはロンドン塔の小さな地図を取りだした。午後に訪ねてからずっと参照していたようだ。「ウォーター・レーンを逆方向にまっすぐ進んだか。その方向へ進んでたどり着けるのはただひとつ、別のアーチだ。ブラッディ・タワーのアーチと似たもので、同じ内部城壁を百フィートほど進んだ先にある。そのアーチからは通路が延びていて、ホワイト・タワーに行ける。全敷地のほぼ中央に位置するタワーだな。さて、わたしたちのここまでの推理がまちがっていないとして、まだわかっていない事実がありますね。なんだってドリスコルはホワイト・タワーに、さらにつけ足せば、警備本部、倉庫、診療所、士官住居、兵士宿舎、あるいはそのアーチから行けそうな場所へむかったのか？

くわえて、ドリスコルは逆賊門からそれほど離れないうちに犯人と出会った。逆賊門は霧の日の殺人には理想的な場所ですよ。誰でも思いつくことだ。だが、もしもドリスコルがまっすぐホワイト・タワーへむかい、逆賊門からある程度離れたところで犯人に出会ったと考えると、犯人にとって殺害はかなり困難だったはずです。ドリスコルに鉄の矢を突き刺し、かつぎあげて引き返し、柵のむこうに放り投げるんですからね。ドリスコルはとても軽かったから、体力的にはたやすいことだったかもしれない。だが、そんな荷物をかついで少しでも移動したら、いくら霧が出ていたと言っても危険が大きすぎたでしょう」

ハドリーはマントルピースの前で歩きまわるのをやめ、石膏人形の大げさに着色された顔を一瞬見つめた。そこで、なにか思いついたらしく、口元の皺をひきつらせた。だが、その考えは口にせず、先を続けた。

「かたや、犯人は〝なあ、きみ、逆賊門までもどりながら散歩しよう。話があるから〟とも言えなかった。当然、ドリスコルはこう言ったでしょうからね。〝ここで話すとなにか問題でも？〟それに、ドリスコルは逼迫《ひっぱく》した様子でどこかへ行って、なにかをやろうとしていたから、こう返事をしていた可能性が高い。〝すまない。いまは話をする時間がない〟と。そして去ってしまったでしょう。そう、うまくいったはずがない。どちらにしても、ドリスコルはその方向に用があったとは思えません。となると、残る選択肢はひとつだけだ」

フェル博士は葉巻を取りだした。

「ようするに、ドリスコルはビットン夫人と同じ方向へ行ったと――ブラッディ・タワーのアーチを通って？」

「そうですよ。すべての手がかりがそう語っている」

「たとえば？」

「たとえば」ハドリーはゆっくりと答えた。「ラーキンの話。あの女はドリスコルが歩いていく音を聞き、ビットン夫人が一、二分ほど柵の前を行き来したと言った。ドリスコルに先に行かせる時間を与えるためだ。ドリスコルはふたりで一緒にいるところを見られるわけにはいかないと気にしていた。内部城壁にあがれば、ラーキンが説明したように、見学者から丸見えになる。とくに小高い場所のうえ、霧が薄くなっていたのですから。ラーキンも、ドリスコルがビットン夫人の先に行ったという印象を強くもっていましたね。それに、なによりドリスコルがその方向へむかったと考えると納得できる理由がある。それは……」

「それはキングズ・ハウスへ続く道だから」フェル博士が続きを引き取った。

ハドリーはうなずいた。「彼がなにを忘れていて用事を済ませに行ったにしても、それはキングズ・ハウスの将軍の住まいだったはずですよ。ロンドン塔のなかでドリスコルに関係があるのは、その場所だ。ドリスコルはもどっていった。電話で話さねばならない相手がいたかあるいは、パーカーに伝言しなければならないメッセージがあったのかもしれない。けれども、ドリスコルがそこへたどり着くことはなかったわけですよ」

「いい推理だ」博士が同意した。「わしが刺激剤の役目を果たしたようだな。次第にな、きみの無意識の想像力が表面に現れているのだ。だんだん、なにもかもがブラッディ・タワー下のアーチを中心にまわっているように思えてきたな。したがって、次のような点を読みとることができる。このタワー下のアーチは長さ二十フィートの幅広いトンネルで、道はかなり険しい傾斜になっておる。晴れた日でもいくぶん暗いくらいで、霧の日になれば、ダンテを読んでおるらしいラーキン夫人が地獄よりも暗かったと表現しておった状態になる」

ハドリーは物思いにふけっていたが我に返り、不機嫌な口調で言った。「いいですか。すべての話を組み立て直しているのは、このわたしに思えるんですが。わたしが正しい答えを見つけると、あなたが静かに手を振って、とっくにわかっていたと言う。わかっているにしても、わかっていないにしても、もし自分で推理が――」

「わしが求めておるのは」フェル博士が威厳をもって答えた。「ソクラテスの問答法だよ。言わせないぞ、〝またそんな！〟とは。いまにも言おうと思っただろう。きみを導いて、この仮説がわしたちをどこへ連れて行ってくれるかたしかめたいのさ。それゆえに――」

「ふむ」ハドリーがなにか思いついてこう言った。「ひらめいたぞ！　小説の探偵のまねごとがそもそもどこから生まれたかわかりましたよ。プラトンの対話編の、あのギリシャの哲学者だ。あいつにはいつも我慢ならない。ギリシャ人がふたりで歩いている。誰もじゃまするこ となくね。そうしたらこのいまいましい哲学者がやってきて、〝ボン・ジュール〟と言う――まあ、とにかくアテネで使われていた挨拶を――〝ボン・ジュール、諸君。今日の午後、急ぎの用事はあるかね〟と。もちろん、そのふたりの男に急ぎの用事などない。あったためしがないんだから。古代ギリシャでやるべき仕事がそこまであったとは思えない。歩きまわって哲学者を追いかけるぐらいでよかったんだ。そこでソクラテスはこう言う。〝それならよかった。ここに腰を降ろして対話しよう〟こうして問いを出してふたりに解かせる。もちろん、ソクラテスは答えを知っている。その質問というのは〝アイルランド問題をどう思うか〟や〝今年のクリケットのテストマッチはアテネとスパルタのどちらが勝つか〟のような良識あるものじゃないんだ。いつも魂についてのぞっとする質問だ。ソクラテスは質問する。それからひとりが声をあげ、九ページほど語る。するとソクラテスは首を横に振って悲しげにこう言うんですよ。

〝ちがう〟残るひとりが解答を試みて十六ページ分語る。そしてソクラテスは言うんですよ。〝やれやれ！〟次の犠牲者はきっと暗くなるまで語ったにちがいありませんね。そしてソクラテスは答えるんですよ。〝かもしれない〟。人々はけっして怒ったりせず、ソクラテスの頭をオベリスクでぶん殴りもしない。このわたしはあれを読んでそうしたいと思いましたが。ソクラテスはけっして自分の意見をはっきりと言わないからです。それがあなたの愛する小説の探偵たちの起源ですよ、博士。そんなまねはやめてほしいですね」

葉巻に火をつけていたフェル博士は非難するような表情になった。

「ハドリー、きみのなかには、予想外に皮肉な血が流れておるな。それにたいていの愛書家が見過ごしていたイデアの萌芽にも気づいておる。ふむ。わし自身もギリシャ人たちほど忍耐強くないぞ。だが、いまは本題から離れんでおこう。殺人の話を続けるぞ」

「ええと――どこまで話していたんでしたっけね？」ハドリーが強い口調で言った。「この複雑な事件はますます――」

「きみはドリスコルをブラッディ・タワー下のトンネルに置いたところだ。殺害された場所だな。当時、そこは暗かった。となれば、犯人がドリスコルの死体を壁際に捨てて、そのまま放置しなかったのはなんでだろうな？」

「あそこでは死体が早く見つかりすぎると思ったからですよ。あの場所は人通りが多すぎる。殺人犯がロンドン塔から逃げだすより早く、誰かが死体につまずいたでしょう。だから、犯人は腹話術師の人形のようにドリスコルをかつぎ、すばやくウォーター・レーンの左右を見て、道を渡り、逆賊門の石段前の柵のむこうに彼を投げ捨てた」

博士はうなずいた。片手を挙げ、要点を指で数えた。

「ドリスコルはトンネルへ歩いていって、そこで犯人に出会う。ビットン夫人は少し待ってからあとに続く。ドリスコルがまだトンネルにいると気づかないからだ。さあ、関係者の立ち位置はどうなっとるかわかるかね、ハドリー？　ビットン夫人はトンネルの端に、ドリスコルと犯人は真ん中に、われらが親愛なるアーバー氏は反対側の端に。そうなるだろう？」

「あなたという人が解説するたびに」首席警部が言った。「事はますます込みいってきますね。でも、いまのは明白なようだ。ラーキンは話していた。ビットン夫人は一時三十五分頃にアーチへ入ったと。アーバーがその頃に、アーチの外でビットン夫人にぶつかっている。どこかおかしな点がありますか？」

「おかしな点があるなんぞとは言わんかったぞ。さて、ビットン夫人から少し離れて尾行するのは観察力の鋭いラーキンだ。この女が続いてトンネルに入る。このあいだずっと、犯人は犠牲者と一緒にまだトンネルにいたと仮定するしかないな。さもなければ、死体をかつぎだす犯人をラーキンは目撃していたはずだ。トンネルはかなり暗く、霧は深かった。ラーキン夫人は何者かとすれちがったと感じる。おそらく時計をたしかめたのちトンネルに入ってきたアーバーか。こうしてトンネルの混雑は解消。犯人は発見されはしないかと汗をだらだら流しながら犠牲者の隣にしゃがんでいたが、ようやく死体を運び、柵のむこうに投げ捨て、そして逃げる。わしが思うに、これが起こった事柄のあらましだというんだな？」

「ああ。そうですね」

フェル博士は目を細めて葉巻を見つめた。「では、謎のアーバーのことはどう考えたらよいんだ？　あの男が恐れていたのはなんだね？　完全におかしくなって自分の別荘へ逃げこんだ。なぜだね？」

ハドリーは肘掛けをブリーフケースでぴしゃりと叩いた。「彼は暗いトンネルを通っていたんでしたね、博士。そして、あんなひどい有様でわたしたちの元から去ったあと、タクシー運転手に繰り返し話したのは声についてだった」

「チッチッチッ」博士は言った。「アーバーが前を通り過ぎるときに、犯人が身を乗りだして〝いないいないバー！〟とでも言ったと思っとるのかね？」

「あなたに過度の期待はしてませんよ。でも」ハドリーは苦々しく言った。「ちょっとおふざけがすぎませんか。なにを証明しようとしているんです？」

だが、ハドリーはフェル博士の言ったことにたいして注意を払っていないとランポールは気づいた。ハドリーの視線はなにかにつけてマントルピースへ漂っていき、灰受け石で砕けた石膏像をとらえてから、棚にあるもう一体の像にたどり着くのだった。ハドリーは眉間《みけん》に皺を寄せていた。博士がハドリーの視線を追った。

「なにを考えとるか当ててみせようか、ハドリー」博士が話しかけた。「こう思っておるだろう。犯人。大柄な男で力がある。強力な動機。わしたちがこの目で見たような深い感情に突き動かされて人を殺せる男。クロスボウの矢に近づくことのできた男。クロスボウの矢についてたしかに知っていた男。ここまで、殺人のあった時間になにをしていたか事情聴取さえされていない男――レスター・ビットン」

「そうですよ」ハドリーが振り返りもせずに言った。「そのとおりのことを考えていました」

フラットのドアのブザーが鳴った。何者かが何度も押しつづけていたが、ランポールがドアの前にたどり着く暇もなく、ドアは押し開けられた。

「すっごく遅くなっちゃって本当にごめんなさい！」若い女性の声が、本人の姿が見えるより早く入ってきた。「でも、運転手が休みの夜で、大きな車では来たくなかったからほかの車を使おうとしたら、車道に出ようとしたところで止まってしまって。ちょっとねえ。そしたら人が集まってきちゃって、ロバートはボンネットを開けてひとりでブツブツ言ってワイヤーなんかを引っ張り始めたの。そしたら急になにかが爆発したわけ。ロバートが罰当たりなことを口走ったら、野次馬が拍手するんだから。ちょっとねえ。それで、結局は大きな車を使うしかなくて」

ランポールは自分がドアの端から覗いている小さな顔を見おろしていることに気づいた。続いて、少しずつこの新入りは部屋に入ってきた。彼女は丸っこく、とても愛らしく背の低いブロンドで、ランポールが見たこともないほど光り輝く感情豊かなふたつの青い瞳の持ち主だった。息切れした人形のようだ。悲劇の影などというものは、この女性に宿ることはできないだろうと感じられる。人が悲しみを呼び覚ますことがあれば、泣きじゃくるだろうが、しばらくすればすべて忘れてしまうにちがいない。

「ええと……ミス・ビットンですか？」ランポールは訊ねた。

「ええ、ミス・ビットンよ」彼女はグループからひとり選ばれたかのように言った。「でも、わたしのロバートはその手のことはからっきしだめ。お父様が二年前に海辺の別荘を買ってくれたから、ローラを付添人にしてみんなで遊びに行けるようになったのね。わたしは壁紙を変えたくて、用意してたわけ。そうしたらロバートと彼のいとこのジョージがおまかせ！　って言うのよね。壁紙を張り替えられるし、糊だって調合できるって。でも、ふたりは床に広げた壁紙に糊を全部広げちゃって、自分たちに壁紙と糊がくっついて大変なことになったの。それからふたりでひどい言い争いを始めて、罵《のの》りあってそりゃうるさい声を出すものだから、家が震えてね、おまわりさんが様子を見にやってきたんだけど、ふたりはその人にも壁紙をくっつけちゃったのよ。とうとうジョージはカンカンになって、家を出ていった。青い勿忘草《わすれなぐさ》模様のわたしの最高級の壁紙を一巻き、身体にくっつけたまま。ちょっとねえ。ご近所になんて思われたか。でも、最悪だったのは、ロバートがひとりで壁紙を張ったあと――ちょっと歪《ゆが》んで、皺も寄って、あまりきれいな仕上がりじゃなかったのね。それから暖炉の火をたいて暖かくしたら、壁紙がもこもことふくらみ始めてぞっとしちゃったんだから。そのときわかったのよ。ロバートたちってば、糊をこねるのにベーキングパウダー入りの小麦粉を使っていたって。ちょっとねえ。だから、わたしはいつもこう言ってるのよ――」

「もういいから！」当惑気味の声が背後で遮った。目をぱちくりさせているひょろりとしたロバート・ダルライが彼女の背後の戸口にそびえたっていた。砂色の髪は斜めにぐっとかぶった帽子の下で乱れ、片目の下には車のオイルのしみがあった。彼が部屋を眺めようと首を伸ばした姿に、ランポールは一度映画で見たことのある有史以前の恐竜を思いださずにいられなかった。「その」ダルライは謝るようにつけ足した。「ぼくの愛しい手回しオルガンがうるさくて申し訳ありません。ねえきみ、ここになんのために来たか覚えているだろう?」

シーラ・ビットンはぴたりと口をつぐんだ。大きな瞳にとまどいの色が浮かび、部屋のなかを見まわした。ショックの色が浮かんだのは、とくに割れた石膏像を見たときで、ランポールはこの石膏像に彼女がどうしようもなく惹かれていたことを知った。

シーラは言った。「ごめんなさい。そんなつもりじゃなかったんだけど。それはそうとして、野次馬ったらいやなことをほのめかすのよ――」彼女はランポールに視線をむけた。「あなたが……いえ、ちがう! あなたのこと、知ってる。あなたがサッカー選手みたいだって人ね。ここにいるロバートがあなたの特徴を全部説明してくれたから。ロバートの話から想像していたよりも、ずっと素敵」彼女はきっぱり言うと、異様なほどあけっぴろげに相手がとまどうまでじろじろとランポールを見つめた。

「そしてわしが、お嬢さん」フェル博士が言った。「セイウチですよ。ダルライさんには生き生きと人を描写する素質があるようですな。お訊ねしてよろしければ、どんな繊細な表現でここにいる友人であるハドリーを描かれたのですかな?」

「えっ?」ミス・ビットンは眉をあげて聞き返した。博士をさっと見やると、きらめく瞳に喜びの表情がふたたび躍った。「あっ、わかった! あなたがあのかわいい人ね!」彼女は叫んだ。

フェル博士はびくりとして飛びあがった。シーラ・ビットンに遠慮などというものはないようだった。彼女にひとつ質問しただけで、さすがの精神分析学者もあごひげをひとつかみ引っこ抜き、どうしようもなく恥ずかしくなってウィーンへそっと引き返すだろう（フロイトが活動した地）。そうしてこれが一生の汚点となるにちがいない。

「ええと、ハドリーさんについて？」シーラはあけすけに訊いた。「うーん、別に特徴もないってロバートは言ってたな」

「わわっ！」ダルライはシーラの背後で腕を広げてみせ、一同にお手上げのポーズをしてみせた。

「ずっと警察の人に会いたかったのよ。でも、いままで会ったことがあるのは、一方通行の道をどうして逆走しているのかって訊くようなタイプだけ。どうしてだめなの？　むこうから車が来てなければ、だんぜん速く行けるのに。それに、〝いけません、お嬢さん。消防署の入り口の前に駐車はできませんからね〟とかね。いやな人たち。ちょっとねえ。会いたいのは本当の警察官よ。切り刻まれてトランクに入れられた死体を発見するような。そして……」そこでシーラは自分がなんのためにここに来たのかふたたび思いだし、びくりとして口をつぐんだ。

突然泣かれるのではないかと男たちは心配した。

「大丈夫です、ミス・ビットン」ハドリーが急いで口を出した。「ちょっと腰を降ろして――その――深く息を吸えば、きっと」

「失礼」ダルライが言った。「手を洗ってきます」彼は少し震えながら部屋を見まわし、考え直そうとしたが、ぐっと口を結び、部屋をあとにした。

「かわいそうなフィリップ」ミス・ビットンが突然そうつぶやき、腰を降ろした。

静寂が広がった。

「あなたたちの……誰かが」シーラは小さな声で言った。「マントルピースの小さな人形を倒したのね。残念だわ。あれも屋敷にもちかえりたかった品物だったのよ」

「以前にも見たことがありますか、ミス・ビットン?」ハドリーが言った。手がかりらしきものを察知して、居心地の悪さは消散していた。

「ええ、もちろん! 手に入れたとき一緒だったもの」

「どこで入手されたのでしょう?」

「お祭りで。フィリップ、ローラ、レスター叔父様、わたしで揃って行ったんだ。レスター叔父様は、そんなものはバカげていて行きたくないと言ったけれど、ローラが哀れっぽく訴えたら、叔父様も行くって言ったのよ。ブランコやメリー・ゴーラウンドなんかにはひとつも乗ろうとしなかったけれど。そこで——でも、こんなこと聞きたくないでしょう? おしゃべりがすぎるってロバートに言われているし、かわいそうなフィリップが死んでしまったんだし」

「どうか続けてください、ミス・ビットン。どうしてもお聞きしたいのです」

「そうなの? 本当に? やったあ! じゃあ、話そうっと。ええと、ああ、そうだ。フィリップはレスター叔父様をからかい始めた。そんなの意地悪よ、だってレスター叔父様が歳をとってるのは、仕方ないじゃない？　レスター叔父様はちょっと顔を赤くしたけれどなにも言わなくて、わたしたちは射的場に行ったの。ライフルなんかが置いてあった。レスター叔父様は大声じゃなかったけどきっぱり言ったわ。これは男のゲームであって、子どものものではない、フィリップはやらないのかって。それでフィリップはやってみたけど、うまくなかった。そこでレスター叔父様がライフルのかわりに拳銃を選んで、射的場にずらりと並んだパイプを撃っていったの。速すぎて数えられなかったくらい。そして拳銃を置くと、なにも言わないで歩き去ったの。それがフィリップには気に入らなかった……そう、わたしにはわかった。それからは、露店の前を通るたびに、あの人ってばレスター叔父様にいろんなゲームで挑戦するようになったんだもの。そこにローラも参加して、わたしもいくつかやってみたけれど、木のボールを投げて積みあげた猫のぬいぐるみを崩すゲームのあとは、わたしにはなにもさせてくれなくなったの。わたしの最初に投げたボールが天井の電気の照明にぶつかっちゃって、二番目のボールは露店の店主の耳のうしろにあたったから。レスター叔父様が弁償しなくちゃならなかったのよ」

「それはいいのですが、人形の話はどうなりましたか、ミス・ビットン？」ハドリーがいらいらと訊ねた。

「あ、そうだった。ローラがもらった景品よ。ペアなの。ダーツ投げでもらったもので、ローラはとても上手だった。男の人たちも敵わなかったもの。投げると景品がもらえるのね、それでローラは一等をもらってこう言ったんだ。〝あら、フィリップとメアリーよ〟声をあげて笑ってた。人形にその名前が書いてあったからよ。それにね、ローラのミドルネームはメアリーなの。そのときレスター叔父様が、ローラにそんながらくたをもたせておけないと言ったのよ。みっともないって。もちろん、わたしはとってもほしかったの。でも、ローラはだめだと言ってそれを〝フィリップ〟にあげると言ったのよ。メアリーが手元に置けないのなら、フィリップにもたせるべきだって。そうしたらフィリップってば、とっても礼儀にかなっていないことをしたの。大げさなお辞儀をして、自分がもらうと言ったのよ。もう、ホントに頭にきちゃった。フィリップってば、絶対わたしにくれるものと思ったのに。男が人形を手元に置いてどうするっていうの？　レスター叔父様はもうなにも口を挟まなかったんだけど、家へ帰るぞと急に言いだしたのね。帰り道、わたしはフィリップにしつこくそれちょうだいと頼んだのよ。そうしたら、フィリップは意味のないおかしなことをあれこれしゃべって、ローラを見るばかりで、人形をわたしにくれようとしなかった。だからこの人形のことを覚えていたわけ。フィリップを思いださせたから……わたしはロバートにまで頼んだの。ずっと前のことだけど、ロバートにフィリップを説得してくれないかって、次の日に頼んだんだから。わたしに譲るようにフィリップを説得してくれないかって、次の日に頼んだんだから。わたしに譲るように電話したときね。彼には毎日電話してもらってるし、こちらから電話することもあるの。メイスン将軍はそれが気に入らなくて――」

シーラは口をつぐみ、薄い眉をふたたびあげて、ハドリーの顔を見つめた。

「つまり」ハドリーはさりげなく努めている声で言った。「あなたはダルライさんとは毎日電話でしゃべっているということですか？」

ランポールはドキッとした。夜の早い時間に、ハドリーが夫の前でローラ・ビットンに対する偽りの告発をしているときに話していたあてずっぽうを思いだしたのだ。ハドリーはこう言っていた。その朝ダルライがシーラに電話で、ドリスコルはロンドン塔を訪れることになっていると知らせたと。だからビットン家にいた者は誰でも一時の約束を知っていたにちがいないと。ハドリーはあてずっぽうを言ったに過ぎなかった。だが、レスター・ビットンはその話に疑問を提示しようともしなかったじゃないか。あれはなんらかの意味のあることだったのだ。

シーラ・ビットンの青い瞳がハドリーの視線と合った。

「あら、やめて!」彼女は言った。「お説教はしないで! まるでお父様みたい。わたしがどんなに頭がからっぽか語るのよ、毎日電話していることをとがめて。お父様はどちらにしてもロバートを好きじゃないみたい。ロバートは一文無しでポーカーが好きだから。お父様はギャンブルなんかバカげていると言うの。わたしたちの婚約を破棄させて結婚を阻止する口実を探してるのよ」

「あのですね、ミス・ビットン」ハドリーが口を挟んだ。どうしようもなく陽気な気分のようだ。「わたしはお説教などするつもりはありませんよ。電話は素敵なことだと思います。立派ですよ、ハハハハ! ですが、ひとつお訊ねしたいことが——」

「あなたってかわいい人! なんてかわいいの!」ミス・ビットンは〝あなたって変わり者〟と言っているように聞こえる軽やかな声をあげて喜んだ。「みんな電話のことでわたしをいじめるんだから。フィリップだって、ロバートになりすまして電話してきて、警察に来てくれと頼んだことがあるのよ。女たちとハイド・パークでいちゃついて逮捕されてぶちこまれた、保釈金を出してくれないかなんて言ってきたの」

「ハハハ」ハドリーが言った。「ええと、その、それは――いけませんでしたね。ショックでしたでしょう。とんでもないことですな。ハハ。でも、あなたに伺いたいのは、今日もダルライさんと電話されたかどうかなんです」

「わたしのロバートが」シーラは暗くムッとした表情で言った。「牢屋になんて。ちょっと、いくらなんでもね。ええ、今日もたしかに話したけど」

「いつ頃ですか、ミス・ビットン？　午前中ですか？」

「ええ。それがいつもわたしの電話する時間帯だもの。それか、ロバートに電話してもらうか。そのときだったらメイスン将軍がいないから。あごひげ生やしたいやなおじいさんよ。人が電話してるのが気に入らないの。ただ、電話に出るのはいつもパーカーなのね。こちらがなにか言う前に、あの人〝メイスン将軍の従卒でございます！〟って大きくて鋭い声で言うから、その声が聞こえないときは、もちろん出たのはロバートだって思う。それでとってもうれしくなってこう話しかけてしまうのね。〝よしよし、いい子でしゅね！〟そう言いたくなる気持ちもわかるでしょ、ハドリーさん――一度そう言ったときに、卵を油に放りこんだみたいな音がして、それからいやな声がこう言ったの。〝マダム、こちらはロンドン塔であって保育園ではございません。誰とお話しされたかったのでしょう？〟ちょっとねえ。メイスン将軍だったのよ。わたしね、子どもの頃からずっと将軍のことが怖かった。どう答えていいかわからなくて、泣きまねをしてこう言ったの。〝わたしはあなたに捨てられた妻です〟って。むこうはなにかまだわめいていたけれど、電話を切ってやったの。でも、それからは、ロバートは電話ボックスから電話させられるようになって——」

「フハハ！」ハドリーはどうにも抑えられず高らかな笑い声をあげた。「将軍も恋心がわからない人ですね？　かわいそうに、ロマンスとは無縁のようです。それで、ミス・ビットン、今朝ダルライさんと話したときに、フィリップ・ドリスコルが……あなたのいとこですが、ロンドン塔へ会いに来る予定だという話はしませんでしたか？」

シーラはまた暗い事件のことを思いだし、目を曇らせた。

「したわ」シーラは間を置いて答えた。「そうよ、ロバートが知りたがったことがあったから。今度はフィリップがどんなトラブルに巻きこまれたか、知らないかって。ほかの人たちにはなにも話すなとも言われた」

「そして本当に話さなかった？」

「ええ、もちろんよ！」シーラは叫んだ。「朝食のテーブルでほのめかしただけ。今朝は十時になってからようやく朝食だったのよ、ゆうべが大変だったから。テーブルについて、フィリップが一時にロンドン塔へ行く理由を知ってるかと訊いたの。誰も知らなかった。もちろん、わたしはロバートに言われたとおり、それ以上はなにも言わなかった」

「それだけほのめかせば、じゅうぶんだったでしょうね」ハドリーが言った。「なにか意見が出ましたか？」

「意見?」この若い女性は疑うように繰り返した。「いえ、ないわよ。少しおしゃべりして、ジョークを言っていただけ」

「その席にいたのはどなたたちですか?」

「お父様。あとはレスター叔父様、それにうちに滞在しているひどい男、今日の午後に誰にも一言も残さずに慌てて逃げた男ね。すっかり怖くなったわ。誰も、あの男がどこにいるのかどうして出ていってしまったのか知らないの。それでなくても、なにもかもメチャクチャなのに」

「ビットン夫人もテーブルにいましたか?」

「ローラ? いいえ! 部屋から降りてこなかったもの。どちらにしても、あの人は気分が優れなかったのよ。仕方ないわ。だってレスター叔父様とローラは前の夜に一晩じゅう起きていたはずだから。しゃべっている声が聞こえたのよ」

「ミス・ビットン、きっと朝食の席でなにか重要な話題が出たのではないですか?」

「いいえ、ハドリーさん。そんなことない。そりゃね、お父様や礼儀知らずのアーバーさんと一緒にテーブルをかこむのはいやだったけれど。だいたいね、ふたりがなにをしゃべっているか、わからないから。本の話とか、わたしがおもしろいとも思えないジョークを言うのよ。ほかの話題だと会話はどんどんひどくなっていくの。フィリップがレスター叔父様に、自分はシルクハットをかぶって死にたいと言った夜みたいに。でも、わたしはなにも大切なことは聞かなかったのよ。そういえば、レスター叔父様は今日フィリップに会うつもりだと話していたけれど。でも、重要な話題なんかなにもなかったの。本当よ」

14　「シルクハットをかぶって死にたい――」

ハドリーが座ったまま痙攣《けいれん》するような動きをみせ、ハンカチを取りだすと額を拭いた。

「ハハハ」ハドリーは機械的に言った。この頃には笑うのにもすっかり慣れていたようだったが、この笑い声はややうつろに響いた。「ハハハ。あなたはなにも重要なことを聞かれなかったのですね、ミス・ビットン。それは生憎《あいにく》なことで。さて、ミス・ビットン。お願いですから、あなたが漏れ聞かれた、意味がなさそうで重要とも思えない会話のうち、あるものは最高に重要かもしれないという事実を呑みこんでいただきたい。ミス・ビットン、あなたはいとこの死についてどのくらいご存じですか?」

「ほんのちょっぴりよ、ハドリーさん」ミス・ビットンはいらだった様子で答えた。「みんなわたしに話してくれようとしないんだから。ローラからもお父様からも一言も聞きだせなかった。でもロバートからは聞けたのよ。事故のようなことがあって、帽子を盗みまくっている男に殺されたって。でも、それしか知らない」

ダルライがふたたび部屋にもどってくると、ミス・ビットンはどこかうしろめたい様子で口を閉ざした。だいぶましな様子になっている。

「シーラ」ダルライが言った。「ほしいものがあれば、集めて運びだしたほうがいい。ここにいると、ぼくは恐ろしくなるよ。どこを見ても、フィリップが座っているように感じる。ここはあいつの気配でいっぱいだ。自分の想像力を恨むよ」

ダルライは震え、小テーブルの箱のタバコへ無意識に手を伸ばした。そこでまたドリスコルのことを思いだしたようで、タバコには触れずに箱の蓋を閉じた。ランポールが自分のシガレット・ケースを差しだすと、ダルライは会釈して感謝の気持ちを伝えた。

「わたしは怖くないわ」ミス・ビットンは宣言して、下唇を突きだした。「幽霊なんか信じない。あなた、暗いロンドン塔に長くいすぎたのよ」

「塔！」ダルライが叫び、ふいに砂色の髪をかきむしった。「しまった！ すっかり忘れていた！」彼は腕時計を見た。「おっと！ 十時四十五分だ。四十五分前に塔から閉めだされてる。ねえきみ、なんとか今晩きみの家に泊めてもらえるよう、お父さんに許してもらわないと。こんなところに泊まったら、どうにかなってしまう！」

ダルライは一方の壁につけた革のカウチへ視線を漂わせると、ふたたび震えた。

ハドリーが言った。「さあ、よければミス・ビットン、先を続けましょう。まずは、あなたのいとこがシルクハットをかぶって死にたいと言ったという、とんでもないことを話してもらえますか？」

「えっ？」ダルライが言った。「なんですかそれは！ どういうことですか？」

「あら、ロバート・ダルライ」シーラ・ビットンは温かな口ぶりで言った。「あなたはよく知っているくせに……あれっ、知らなかったっけ。ああ思いだした。あの憎らしい塔にもどらなくてはとあなたが言ったときだわ。あなたは、塔へもどるために食事の席を早く離れなきゃならなかった。あれはアーバーさんがやってきた初めての夜だった……いや、ちがう。レスター叔父様がいなかったもの。はっきり覚えてないけど、とにかく、その夜の話」

「いつかの夜であることはまちがいありませんね、ミス・ビットン」ハドリーが先を促した。「正確な日付は気になさらないで結構です。どうしてそんな話題になったのでしょう？」

「そうよ、思いだした。お父様とレスター叔父様とローラとわたしだけでテーブルについていた。それにもちろん、フィリップも。なんだか不気味な夜だったの。どういう感じかわかってくれるといいけれど。それにいつのことだったかも思いだした。日曜日の夜じゃなかったのに、フィリップがいたから。そう、あれはローラとレスター叔父様がコーンウォールへ出発する前の夜だった。フィリップがローラを劇場に連れだしたの。ぎりぎりになってレスター叔父様に仕事が入って行けなくなったからよ。でもコーンウォールへの旅には出ることにしていた。レスター叔父様は莫大なお金を失って、ひどく衰弱して、顔にもそれが出ていたから、お医者様が勧めたの。

ああ、そうよ。あのときしばらくはなにも考えられなかった。雨とあられがまじったなんだか気味の悪い夜だったの。お父様はダイニングでキャンドル以外の照明を使うのが大嫌いなの。それがむかしながらのイングランドだと言って、あとは暖炉の火だけ。うちの家は古くて軋むの。だから、みんなあんな雰囲気になったのかもしれない。とにかく、食卓の話題は死のことになった。めずらしくレスター叔父様も死の話をしてたな。白いネクタイが歪んでいたから、直してあげたかったんだけど、叔父様はさせてくれなかった。あまり眠れていない様子だった。あれだけのお金をなくしたんだもの、無理もないわね。で、レスター叔父様がお父様に、死なければならなくなったらどんな死にかたを選ぶかと訊ねた。あの夜のお父様はいつもとちがって機嫌がよくって、まず笑ってから、ワイン樽で溺れて死にたいと言った公爵だか誰だかのような死を選びたいと答えた……ちょっとねえ！　でも、それからみんな真剣に話すようになった。どんな死にかたがあるか。わたしはどんどん怖くなっていった。だって、みんなひっそりしゃべっているのに、外は嵐なんだもの。

とうとうお父様はひと息で命を奪うっていう、毒のようなものを選ぶなんて言ったの。そうしたら、レスター叔父様は頭に弾丸を一発というのが自分は一番だと思うと言って、ローラは〝バカなことを言わないの〟とか〝さあ、フィリップ、急がないと第一幕に遅れるわ〟なんてことをずっと口にしていた。そしてフィリップがテーブルから立ちあがると、レスター叔父様はフィリップにきみはどんな死にかたがいいかと訊ねた。フィリップはちょっと笑ったわ。キャンドルの明かりに照らされたフィリップはとってもハンサムだった。白いシャツを着て、髪をきれいに櫛でなでつけたところも全部！　そしてフランス語でなにか言ったの。お父様からあとでその意味を教えてもらった。〝つねに紳士として〟ですって。フィリップはおかしなことばかり話してからこう言ったの。そう、自分がどんなふうに死ぬかは気にしない、紳士らしくシルクハットをかぶって死ねれば、そしてひとりの女が墓の前で泣いてくれたらそれでいいって。ちょっとねえ！　そんなことを考えつくなんてあきれるじゃない。それからフィリップはローラを連れて劇場へ行ったの」

外の広場では疲れを知らない手回しオルガンがまだ、『乾杯の歌』を演奏していた。四組の目に見つめられて、さすがのシーラ・ビットンも落ち着かなくなっていた。話の終わりに近づくにつれ、そわそわして、口調が次第に速くなっていき、ついには叫んだ。

「お願い、そんなふうに……そんなふうに見ないで！　耐えられないわ、誰もなにも教えてくれないけれど、わたしはなにかしゃべってはいけないことを言ったんでしょう。いったい、なんなの？」

うろたえたシーラの肩にダルライがぎこちなく手を置いた。

ダルライは言った。「ねえ、きみ！……」そこで口をつぐんだ。なんと言えばいいかわからなかったからだ。青ざめていて、声は蓄音機の終わりのようにかすれて小さくなっていた。

長い静寂。

「さあ、ミス・ビットン」ハドリーがきびきびと言った。「あなたはなにもいけないことを言っておりませんよ。じきにダルライ君が説明してくれます。ただ、いまは今朝の朝食の席の話をお願いします。叔父様が今日フィリップさんに会うと言ったというお話でしたが？」

「いいですか、ハドリーさん」ダルライが割って入り、咳払いをした。「結局ですね、みんなシーラを子どものように扱うんですよ。今度だって知らせが入るとサー・ウィリアムの指示で、シーラは自分の部屋にやられて、しばらく出ないように言われ、ぼくに事故のようなものだと言わせたんですよ。それが公平な扱いだと思われますか？」

「ええ」ハドリーは険しい口調で答えた。「そう思います。ミス・ビットン、話を聞かせてください」

シーラはためらい、ダルライを見やって、くちびるを湿らせた。

「そうね、たいしてお話しすることはなかったの。レスター叔父様は今日フィリップと話をするつもりだと言っただけ。それに、フィリップが一時にロンドン塔へ行くらしいって話したら、叔父様はフィリップが出かける前の午前のうちにフラットへ寄るほうがよさそうだと言ったの」

「実際に出かけられたのでしょうか？」

「レスター叔父様が？　ええ、そうよ。正午頃に帰ってきた叔父様に会ったな。そういえばレスター叔父様はお父様にこんなことも言ってたわ。〝ああ、そうだ、兄さんの鍵を貸してもらったほうがいいな。午前中、あいつが留守だったときのために。鍵があれば腰を降ろして待てるから〟」

ハドリーはシーラを見つめた。「お父様は、このフラットの鍵をもっているのですか？」

「あのねえ」シーラはどこか苦々しい口調で答えた。「お父様はわたしたちみんなを小さな子どものように扱っているの。鍵の件でもフィリップはお父様にカンカンになった。お父様は鍵を渡して、いつでも好きなときに様子を見に行けるようにしなければ、フィリップのフラットの家賃を払ってやるつもりはないと言ったの。ちょっとねえ！　フィリップがまるで子どもみたいじゃない。でも、あなたはお父様のことをよく知らないだろうから言うけど、本気でうるさく訪ねるつもりはなかったの。だって月に一度しか訪ねなかったんですもの。それはとにかく、お父様はレスター叔父様に鍵を貸してあげてたわよ」

ハドリーが身を乗りだした。「叔父様は今朝、実際にフィリップさんに会ったのでしょうか？」

「いえ、じつは会ってないの。話したように、帰宅した叔父様に会ったときに聞いたんだけど。フィリップは留守で、レスター叔父様は三十分待ってから帰ってきたの。叔父様の様子は……」

「怒っていましたか？」ハドリーが促したが、シーラはためらった。

「い、いいえ。なんだか疲れて震えてた。叔父様、いつも無理しているのよ。それに……おかしかったわね。叔父様は妙な感じにも見えたし、興奮してもいた。それに声をあげて笑ってもいたのよ」

「笑っていたのですか？」

「ちょっと待って！」フェル博士が突然大声を出した。鼻からずり落ちてばかりの眼鏡を押さえつけて若い婦人を見つめた。「教えてください、お嬢さん。叔父様は帰宅したときに、なにかもっていませんでしたかな？」

「そう言って」シーラはまた叫んだ。「レスター叔父様にひどいことをしようとしてるんでしょうけど、そんなことはさせないから！　わたしに本当によくしてくれるのは叔父様だけ。とってもいい人なんだから、ひどいことなんかさせないわ。子どもの頃に、子ウサギやチョコレートやお人形をもってきてくれたのは叔父様だった。お父様はそんなものバカげていると言ったのよ。それに――」

シーラは床を踏みならしていたが、途方に暮れて、いきなりダルライのほうをむいた。

「放っておけませんね」ダルライがくってかかった。「これ以上、質問には答えさせません。さあ、シーラ。ほかの部屋へ行って、運びたいものがないかどうか見ておいで」

ハドリーが口を挟もうとしたところで、フェル博士が激しく合図を送って黙らせた。それから博士は愛想よく話しかけた。

「よろしいのですよ、お嬢さん。あなたを動揺させるつもりはなかったですし、そもそも、重要なことではありませんでした。ダルライさんが勧めたようになさい。ただ、もうひとつだけ」――シーラが口をひらこうとする――「いやいや、もうお嬢さんの考えについて質問するのじゃありませんて。電話でお訊ねしましたな。荷物を運んでくれる人を連れてきなさるかと。お父様の従者がよかろうと提案しましたが？」

「マークスのこと？」シーラはとまどって大きな声で言った。「あら、すっかり忘れてた。車にいるわ」

「ありがとう、お嬢さん。質問はこんなところです」

「むこうの部屋を見てみるといい、シーラ」ダルライが勧めた。「すぐにぼくも行く。ただこちらの紳士たちに話すことがある」

ダルライはドアが閉まるまで待ち、ゆっくりと振り返った。頬骨の下がうっすらと赤くなっていた。いまだに見るからに身体を震わせていたが、なんとか口をひらいた。

「いいですか」ダルライの声はしゃがれていて、苦労して咳払いした。「もちろんあなたたちが言いたいことは全部わかっていますよ。ぼくがフィリップの死をどれだけ嘆いているか、おわかりですね。でも、レスター・ビットン氏に関するかぎり、シーラと同じように感じていますよ。言わせてもらえば、あなたたちは揃いも揃ってまぬけばかりだ。レスター・ビットン氏のことはよく知っています。シーラは言いませんでしたが、シーラの父に結婚を反対されたときに味方をしてくれた人なんですよ。

話したいことは、まだあります。レスター・ビットン氏は一見して好かれるタイプではありません、メイスン将軍のようにはね。将軍がレスター氏を好ましく思っていないことはわかっています。将軍は年老いて、小うるさく、人の価値観を認めない軍人タイプの男ですからね。レスター氏はちょっと見ただけでは冷たくて事務的だ。器用ではないし、話もうまくない。でも、あの人は……あなたたちは……とんでもない……まぬけです」ダルライはそう言うと、ふいにみじめさを感じたようで、椅子の背もたれを殴りつけた。

ハドリーがブリーフケースを指でトントンと叩いた。

「本当のことを話してくださいよ、ダルライ君」しばらくしてハドリーは言った。「ビットン夫人とフィリップさんが男女の関係だったことは、はっきりとわかっているのです。率直に言いますと、こちらでは決定的な事実として把握しているのです。きみはそれをご存じでしたれ以上申しあげるつもりはありません。おわかりになりましたか？」

「お答えしましょう」ダルライがあっさりと言った。「知りませんでした。信じるか信じないかはあなたがたの勝手ですが。ただ、そんな感じは受けていました。そう、最近になってから」ダルライがひとりひとりの顔を見ていき、一同は彼が真実を語っているとわかった。「フィリップはそんなことをぼくに話すような世間知らずじゃありませんでしたから。知っていれば、あいつをかばったとは思いますよ、だって……まあ、想像できるでしょう。ですが、なんとかして、やめさせたでしょうね」

「サー・ウィリアムは知っていたと思いますか？」

「そんな、まさか！ あの人だけは知っていたはずがない。政府がいかにもうろくして傾いているか語る、自分の本や講演会のことで頭がいっぱいですよ。でも、どうか頼みますから、フィリップを殺した犯人を見つけだしてください！ それに今度のくだらない事件の真相も、関係者一同の頭がおかしくなる前に、見つけてください！」

「始めるつもりだよ」フェル博士が穏やかに言った。「きっかり二分以内に」

銅鑼《どら》が鳴り響いたように突然、沈黙が広がった。

「つまりだね」博士が椅子から立ちあがり、片方の杖をあげてどなるように言った。「くだらない事柄を取りのぞいて、筋道の通ることだけをまっすぐに見つめるのだよ。ダルライ君、ちょっと外へ行って、従者のマークスをここに呼んでくれんか？」

ダルライはためらい、片手で髪をとかした。だが、博士が横柄な手振りをしてみせると、ダルライは急いで部屋をあとにした。

「いまだ！」フェル博士は急《せ》かして、ドンと杖で床を叩いた。「そのテーブルをわしの前に置いてくれ。そうだ、きみ。急げ！」博士は苦労して立ちあがり、ランポールは重いテーブルをもちあげ音を立てて博士の目の前に置いた。「さあ、ハドリー。きみのブリーフケースを貸してくれ」

「ちょっと！」ハドリーが抵抗した。「書類をテーブルに散らかすのはやめなさい！　いったい、なにをするつもりですか？」

ランポールがあっけにとられて見つめていると、博士は身体を揺らして歩いていき、強力な電球のついたフロアランプをつかんだ。壁下の板からコードを引っ張ってきて、ランプをテーブルから少し離れた場所に置いた。そこに低い椅子をテーブルの下に引きずってくると、ランプのスイッチを入れた。ランポールは博士の手に首席警部の黒い手帳が握られていることに気づいた。

「よしよし、これはきみにだよ」博士が言った。「わしの左に腰を降ろして。鉛筆をもっておらんか？　よろしい！　わしが合図したら、速記でメモを取っているふりをしなさい。なんでも好きなことを走り書きするんだ。鉛筆を絶えず速く動かすように。わかったかな？」

ハドリーは高価な花瓶が棚の端で揺れているのを見た人物のような動きをした。「やめろと言うのに！　いいですか、それは全部わたしのメモだ。汚しでもしたら！　この太っちょのボンクラめ、いったいどういうつもりで——」

「口出しするのはやめてくれ」博士がそっけなく言った。「リヴォルヴァーと手錠をもっておらんかね?」

ハドリーは博士を見つめた。「いかれてますよ、博士。あなたは手のつけようがないほどいかれてる! そんなものを刑事がもちあるくのは小説や映画のなかだけだ。この十年というもの、リヴォルヴァーや手錠を携帯したことなどない」

「そういうことなら、わしがもっておる」博士は冷静にそう言った。「きみはもっていないと思っておったよ」魔術師のような手並みで、博士は尻ポケットからいま話題にしていた品々を取りだすと掲げて、にっこりと笑った。リヴォルヴァーをランポールにむけ、こう言い足した。「ズキューン!」

「気をつけて!」ハドリーが博士の腕をつかんで叫んだ。「どうしようもないバカだな、その手のものの取り扱いには注意してください!」

「心配する必要はない。掛け値なしに、その必要はない。これは偽物のピストルだ。いくらスコットランド・ヤードの刑事でも、これでは自分を傷つけることさえできん。ブリキに着色しただけのものだよ。手錠も偽物だが、どちらも本物らしく見えるだろう。グラスハウス・ストリートの骨董品屋で手に入れた。こうした手品の道具ならなんでも買えるところだ。ここにまだほかのがある。いくつも買わずにはいられなくてな。ネズミもあるぞ。ローラーがついていて、ぐっと押しつけるとテーブルを駆けずりまわるんだよ」——博士はポケットを探っていた——「だが、いまは必要ないの。ああ、わしが見せたかったのはこれだ」

大きな赤ら顔に誇らしげな表情をまざまざと浮かべ、博士は大型で印象的な黄金の刑事バッジを取りだし、よく見えるよう襟元《えりもと》に下げた。

「これから話を聞こうとしている男には」博士は言った。「本物の刑事たちにかこまれているように思わせせんとな。犯罪捜査部《CID》の首席のように見えなくても構わん。ただ、マークスにはいかにもそれらしく見えるようにせんといかんのだ。そうでなければ、彼からなにも引きだせんだろう。さあ、テーブルの近くに寄って、できるだけいかめしい顔をするんだ。これで準備完了だな。わしが置いた椅子にマークスが座れば、顔にライトがあたる。手錠をわしの前に置いてと。ハドリー、きみは挑発するようにこのリヴォルヴァーをいじるんだ。ここにいるわしの若き友人は彼の証言を書き留めるように。部屋の中央のライトを消してくれるかな？」博士はランポールにむけて言い足した。「マークスの顔にまばゆいスポットライトがあたって、わしたちは暗がりになる。わしは帽子をかぶったままでおるよ。これで写真撮影を待っている典型的な警察グループのように見えると思うがの。ワハハ！」博士はとてもうれしそうに言い足した。「こうでなくちゃいかん。本物の刑事はこんなことはせんが、やればいいのだ」

ランポールはこの舞台をじっくりと眺めながら中央のライトを消しに行った。たしかに、どこかのビーチ・リゾートで、飛行船に乗っているかのように段ボール紙の模型から顔を突きだして写真撮影を待っている、まぬけ者たちの雰囲気がかすかに漂っていた。フェル博士はいかめしい表情で椅子にもたれており、ハドリーはブリキ製のリヴォルヴァーのトリガー・ガードに一本指をかけてぶらさげ、なんとも言えない表情をしている。そのとき、ホールから足音が聞こえた。フェル博士が「シーッ！」と言うと、ランポールは急いで中央のライトを消した。

一瞬のちにダルライがこの光景を見て、飛びあがらんばかりに驚いた。

「被疑者をこれへ！」フェル博士がハムレットの父親の亡霊を強く連想させる声と節回しで言った。

「誰ですって？」ダルライが言った。

「マークスを連れてきて」亡霊が言った。「ドアの鍵を閉めろ」

「無理です」ダルライが少し視線を走らせてから言った。「錠が壊れてます」

「とにかく、被疑者を連れてこい」亡霊はいらだちを感じさせる単調な声で言った。「そういうことならば、ドアの前に立っておくように」

「わかりましたよ」ダルライが言った。どうなっているのか確信がもてないようだが、ここは芝居に乗るべきだと判断し、渋い顔でマークスを連れてきた。

そこに現れた男はおとなしく、礼儀正しかったが、とても神経質になっていた。さっぱりとした服には皺ひとつなく、腹黒さを感じさせるところはまったくなかった。細長い頭をして、薄くなった黒髪をきっちりと真ん中分けし、大きな耳の後方へとなでつけてあった。鈍い顔つきだが、それでも緊張は感じさせた。わずかに背を丸めて前に歩みでた。上等だが、あきらかに新品ではない山高帽を胸に押しつけている。

この場の光景を見て、男は凍りついた。誰も口をひらかない。

「みなさん――みなさんがわたしと話をなさりたいとのことでしたが？」男は好奇心をにじま

せた声でそう言った。わずかに語尾がはねあがった。

「座りなさい」フェル博士が言った。

ふたたび沈黙が広がり、マークスの視線は室内をさまよった。おずおずと椅子に腰かけ、顔にあたったライトにまばたきした。

「ランポール部長刑事」博士は大げさな身振りをして言った。「この男の証言を書き留めるように。おまえの名前は？」

「セオフィラス・マークスです」

ランポールは×をふたつと波線一本を書いた。

「職業は？」

「バークリー・スクエアのサー・ウィリアム・ビットンにお仕えしております。あ、あの、まさか」マークスは喉をごくりといわせた。「これはフィリップ氏のひどい事件と関係はないのですよね」

「いまのも記録しますか？」ランポールは訊ねた。

「もちろんだわ」博士が答えた。ランポールはこれにしたがって、いくつも丸を書き、最後を流麗にはねた。フェル博士は一瞬ハムレットの父王の亡霊の声を忘れていたのだが、ふいにもとにもどったので、ハドリーは飛びあがった。

「前職は？」

「十五年間、サンディヴァル卿にお仕えする栄誉を頂戴しておりました」マークスが熱のこもった口調で言った。「そしてたしかに――」

「ほっほう！」博士が太い声で言い、片目を閉じる。まるで職務をまっとうしていなければならない時間に、ピノクルのカード遊びに興じているハムレットを見つけた父王の亡霊のように見えた。「前の仕事を離れたのはなぜだ？　クビになったか？」

「ちがいます！　閣下が亡くなられたのです」

「ふむ。殺されたのだろう？」亡霊が問いただした。

「まったくもってちがいます！」

マークスは見るからに意気消沈していた。亡霊は本題に切りこんだ。「さて、いいか、マークス。率直に言っておまえは窮地に立たされている。現在の奉公先は恵まれているのだろう？」

「ええ。サー・ウィリアムからは高い評価をいただけていると……」

「それはないな。マークス、わしたちの知っていることをサー・ウィリアムが知ればな。職を失って、かわりに刑務所に入りたいか？　よく考えるがいい、マークス！」フェル博士がどなって、手錠を拾いあげた。

マークスは身体をそらした。額には汗が噴きだしてきている。そわそわと手で覆って、目に明かりが入らないようにしようと試みていた。

「マークス」亡霊が言った。「その帽子をこちらへ！」

「なんと言われましたか？」

「帽子だ。そこにもっている帽子を。早く！」

従者が自分の山高帽を差しだすと、明かりの下で大きなゴールドの〝ビットン〟の文字がクラウンの内側の白い裏張りに見えた。「ほっほう！」亡霊が言った。「サー・ウィリアムの帽子を盗んだのだな？　これで刑期が五年追加されるな。書き留めておくように、ランポール部長刑事」

「ちがいます！」マークスが叫んだ。「誓います。証明できます、サー・ウィリアムにいただいたのです。同じサイズなのです。サー・ウィリアムは最近あたらしい帽子をふたつお買い求めになったので、古いのをわたしにくださったのです。それはいくらでも証明できます！」

「その機会は与えよう」亡霊が不気味な声で言うと、テーブルの先へ手を突きだした。その手は丸くたいらで黒いものをつかんでいた。カチリと音がすると、ポンとふくらんでシルクハットになった。「この帽子をかぶるように。マークス！」

この頃にはランポールはあまりにもわけがわからなくなり、フェル博士が帽子から数ヤードの色つきリボンやつがいのウサギでも取りだささないかとなかば期待するようになっていた。マークスは帽子を見つめていた。

「これはサー・ウィリアムの帽子だ！」亡霊が声を張りあげた。「かぶってみろ。サイズが合えば、いまの話を信じよう」

それ以上は騒がず、博士は帽子をマークスの額にぐいと押しさげようとした。従者はかぶるしかなかった。大きすぎた。ドリスコルの死体がかぶっていたときほど大きくはなかったが、それでも大きすぎた。

「ほっほう！」亡霊はどなり、テーブルの奥で立ちあがった。無意識にポケットを探っていた。亡霊は興奮のあまり、触れたものをなんでもいいからつかもうとしていたのだ。その手をあげ、空中で振った。「自白しろ、マークス！」雷鳴の轟《とどろ》くような声で言った。「見下げ果てた奴め、おまえの罪はあきらかになったぞ！」

博士は振ったその手でドンとテーブルを叩いた。すると、白いひげのある大きなゴム製のネズミが博士の手から飛びだして、テーブルをのんびりと横切ってハドリーへむかっていった。せっかくの見せ場だったが、マークスはあっけにとられ、フェル博士は自分にいらだつ結果となった。フェル博士は慌ててネズミをつかみ、ポケットにもどした。

「コホン！」亡霊は咳払いをしてから間を置いて、今度こそ実際にハドリーが椅子から立ちあがることを言ってのけた。

「マークス、サー・ウィリアムの原稿を盗んだのはおまえだ」

一瞬、マークスは気絶するかに見えた。

「ち、ちがいます！　誓って盗んではおりません！　ただ、知らなかっただけなのです。でも、サー・ウィリアムから盗難の説明をされたときには、本当のことを話すのが恐ろしくて！」

「きみのやったことをありのままわしが話してやろう。マークス」フェル博士は亡霊と威嚇のことはすっかり忘れて、いつもの口調で言った。「サー・ウィリアムからすべての事実は聞いたよ。きみはいい従者だ、マークス。だが、神の作りたもうた世界で、きみのように愚かな者もそうおらんわ。サー・ウィリアムは土曜日に帽子をあたらしく二個購入したが、店でかぶったシルクハットのひとつは大きすぎた。ここで手違いが起こったのだよ。店はその大きすぎるシルクハットと正しいサイズのホンブルグ帽を配達してきた。どうだね？　きみにはそれがわかった。同じサイズをかぶっておるんだからな。サー・ウィリアムはその夜に劇場へ出かけることになっておったが、主人が怒りっぽいことをきみは知っておる。シルクハットがおでこにずり落ちてくることを知れば、身のまわりで最初に目に入った者に当たり散らすだろう。

　当然、きみは正しいサイズの帽子を手に入れたいと思っただろう？　さもなければ、魂が震えあがるような事態になる。だが、別の帽子を手に入れる時間はなかった。土曜日の夕方ではどうにもならん。そこできみはごく自然なことをやった。帽子が発明されて以来、人々がやってきた手早い間に合わせの手段を使ったのだ。帽子の内側にきっちりと紙で詰め物をしたんだ。最初に目に入った、なんの変哲もない紙で」

　ハドリーがブリキ製のリヴォルヴァーをテーブルに放りだした。「なんてことだ！　マークスがサー・ウィリアムの原稿で帽子の詰め物をしたと、本気で言ってるんですか？」

「サー・ウィリアムは」博士が愛想よく言った。「みずから、わしたちにふたつの手がかりをくれた。決定的な手がかりを。原稿は薄い紙で縦方向に三つ折りされていたと言ったのだ。つまり細長い形になっておったんだな。どんな紙でもいいがそのように折れば、幅が狭くて長く、しっかりした紙になって、帽子の内側に詰めるにはおあつらえむきのものになるさ。ほかにもサー・ウィリアムが話していたことを覚えておるかね？　原稿は薄紙に包まれていたんだ。こうしたことを考えあわせると、マークスが使うにはぴったりのものになった。ビットンが原稿を見つけた家にいたふたりの職人や、あの家の所有者のように、マークスはなんの変哲もない薄紙に包まれた原稿が大事なものだとは思いもしなかった」

「でも、ビットンは抽斗《ひきだし》にしまっていたと言ったが」

「それは怪しいと思う」フェル博士は言った。「抽斗にしまってあったのか、マークス?」

マークスは汗のにじんだ額をハンカチで押さえた。「い、いいえ」弱々しい声だった。「机の上に置いてありました。わたしには、そんなに大切なものだとは思えなかったのです。皺の寄ったものが包まれた薄紙で、段ボール箱になにかを梱包するときに使ったもののようだったのです。サー・ウィリアムが捨てられたものだと思ったのです。本当です! 手紙やほかの種類の紙であったならば、誓って申しあげますが、近づきもしませんでした。ですが――」

「その後」フェル博士は手錠をガチャガチャ鳴らして言った。「翌日になって自分のしでかしたことがわかったんだな。あれは数千ポンドの価値があるものだと知ったんだ。それできみはサー・ウィリアムになにをしたか話すことが恐ろしくなった。その頃には帽子は盗まれていたからだな」博士はハドリーにむきなおった。「そんなことではないかと思っておったんだよ。サー・ウィリアムは貴重な助言までしてくれた。サー・ウィリアムがマークスに話を聞いたときの様子からな。原稿の盗難発覚後に、サー・ウィリアムは貴重な助言までしてくれた。本人はあてこすりのつもりだったが、あの人はこう言ったよ。〝貴重な原稿を帽子に入れてもちあるく習慣がわしにあるとでも思っているのかね?〟だが、まさにそのとおりのことをやったわけだ」

「それが」ハドリーがおかしな声で言った。「サー・ウィリアムの帽子のサイズが合っていた理由ですか。あなたの言った〝手がかり〟とはそういう意味だった」

「わしが〝くだらない事柄を取りのぞいて、筋道の通ることだけをまっすぐに見つめるのだよ〟と言ったのはそういう意味だ。この小さなアクシデントが大変な出来事を次々と引き起こしたのだ、馬蹄の釘が外れたようにな。じつはここがわしにも確信のもてないただひとつの点だったんだよ。このように起こったはずだとすべてを賭けてもいいと信じていたが。いまや、わしにはすべての真実がわかっておる。だが、きみも理解してくれるはずだよ。マークスの取り調べをするさいにサー・ウィリアムを同席させるわけにはいかんかったと」

従者はシルクハットを脱ぎ、それが爆弾であるかのように手にした。表情は暗く、途方に暮れていた。

「覚悟ができました」マークスは普段のように感情の込もった、ほぼ冷静な口調で言った。「みなさん。わたしの将来つまり職はみなさんにかかっております。わたしをどうなさるおつもりですか？　わたしには養っている妹がひとりと、いとこが三人おり、尊敬もされております。ですが、もはやこれまでですね」

「うん？」フェル博士は言った。「おっと！　いや、マークス。きみは安泰だよ。さあ、また車へ行って座って待っていなさい。そのうちお嬢さんが呼ぶよ。きみはバカなことをしたが、職を失う理由はない。サー・ウィリアムには絶対に言わんよ」

このおとなしくて小柄な男は荒々しく前に出た。

「本当ですね？」「神かけて？」彼は問いつめた。「本当ですね？」

「本当だよ。マークス」

間があった。マークスは立ちあがり、一分《いちぶ》の隙もないコートを整えた。「本当にありがとうございます。心から感謝いたします」マークスは本心から言って出ていった。

「中央のライトをつけて」フェル博士がランポールに促した。「ハドリーが卒中を起こす前に手帳を返してくれるかな」にっこり笑った博士はテーブルの奥に腰かけ、ゴムのネズミを取りだした。シャベル帽をぐいとうしろに引っ張り、ネズミをテーブルに置いてぐるぐる走らせた。「こいつのために演出が台なしになるところだったわ。なあ、ハドリー、きみに偽物のほおひげを買っておこうと思いつかずに、じつに申し訳なかったな」

明かりがともると、ハドリー、ランポール、きわめて興奮したダルライはまさに博士につかみかからんばかりに迫った。

「確認させてください」ハドリーが重々しい口調で言った。「土曜日の夜に、ビットンは帽子に例の原稿を入れて家から出てきた。そこで、いかれ帽子屋がその帽子を盗んだ」

「ああ」博士は厳粛に言うと、ネズミを止めてにらみつけた。「それがこの妙なコメディの始まりだったのさ、ハドリー。そこからすべてがおかしくなったんだ。フィリップ・ドリスコル青年が絶対にやろうとしないことがひとつあるとしたら、それは伯父を怒らせることだった。わしは何度も、この目に涙を浮かべてまできみに信じてもらおうと努力したじゃないかね。ドリスコルはなにがあっても、ビットンの愛する原稿に触れるつもりなどなかったと。なのに、なにがあってもやるつもりのなかったことを、自分がやってしまったと気づいて、ドリスコルはどんなに恐ろしかったことか！」

凍りつくような沈黙。フェル博士はネズミを手にしてからまた置いて、物思いに沈んで仲間たちを見つめた。

「ああ、そうとも」博士は言った。「ドリスコルこそ帽子泥棒だったのだよ」

15　ゴムのネズミの事件

「ちょっと待ってください！」ランポールが反論した。「次々にいろんなことを言われて、ついていけませんよ。それはつまり……」

「そのままの意味さ」博士はそっけなく答えた。「誰もはなっからその可能性を疑ってみなかったとは。わしは今夜ここで証拠を手に入れたよ。わしの話を信用してもらえるよう、その証拠を手に入れたかったから、ここに来たんだよ。葉巻はないか、ハドリー？」

博士は葉巻に火をつけるとゆったりと椅子に座った。黄金の大きなバッジはまだ襟元《えりもと》から下がっていて、ゴムのネズミは手の届くところにある。

「考えてみよう。ユーモアのセンスと知性に満ちた頭のおかしな若者がいる。わし自身は彼に小ずるくて鼻持ちならない部分がかなりあったと思っておるが、度胸とユーモアと知性があったことは認めてやろう。新聞記者として名を上げたいと思っていて、事実さえあれば、上質の生き生きとした記事を書くことができる男だ。だが、報道のセンスがほとんどなかった。ある編集長が、ライス・シャワーが一インチも積もった教会の前を歩いても、結婚式がおこなわれたとは思わないだろうと言い切るほどだ。

それは納得できるだけではなくてな、ハドリー、ドリスコルがどんな性格だったか知る、さらなる手がかりでもあるんだよ。彼は想像力をはたらかせるのが得意だったが、想像力豊かな者は、ありのままを伝えるよい記者などにはなれん。こうした者たちは絵になるような、突飛で、皮肉のきいた出来事を求める。そのため本質的な事実を完全に無視してしまうことが少なくない。ドリスコルはある程度は感心してもらえるコラムニストにはなれただろうが、記者としては失格だった。それで、これまでにも多くの記者がやってきたことをやろうと腹をくくった。自分にとって魅力的だと思えるニュースを作りだすのだよ。すべてを思い返してみれば、彼の性格が、この青年がなにをめざしていたか、わかってくるだろう。

この注目を浴びた帽子盗難事件ではいつも皮肉を込めたシンボルが登場したな。俳優が調えている舞台のようだ。ドリスコルは派手なことが好きで、シンボルを愛しておった。警官のヘルメットはスコットランド・ヤード前の街灯のてっぺんに置かれる。〝警察の力に注目せよ！〟若者にはよく見られる皮肉な性格でもってバイロンばりに偽善を糾弾しようとするドリスコル。法廷弁護士のかつらは馬車の馬にかぶせられる。あれは『オリバー・ツイスト』のバンブルの法律などくだらんという意見を強調するために、ドリスコルにできた最善のアプローチだった。

そして次に、戦時の著名な武器商人の帽子が盗まれて、トラファルガー・スクエアのライオン像にかぶせられた。ドリスコルは本当にバイロンかぶれのようだな。〝注目せよ！〟と叫んでおる——まったくもって滑稽《こっけい》だよ、そこをきみに指摘しようとしたんだ——〝堕落した時代の、英国の獅子の冠を見よ！〟と」

フェル博士は口をつぐんでもっと心地よく座るために身じろぎした。ハドリーは博士を見つめていたが、やがてうなずいた。

「さて、こんな話をいつまでも追及していてはいかんな」博士は先を続けた。「ただし、これが殺人の手がかりになるとじきにわかってくれるだろう。ドリスコルは次の大手柄の準備をしておった。最大にして最後の大手柄だ。これが成功したら——ドリスコルの考えでは——イギリス全体が大注目せずにはおられんものだった」博士はぜいぜいいって忍び笑いを漏らした。葉巻を置いて博士は、ハドリーのブリーフケースから取りだした書類をあさった。「ここにドリスコルのノートがある。きみがたいそう悩んでおったメモだが、もう一度ここで読みあげてやる前に、ひとつ思い出してもらおうか。ドリスコル自身がこのショー全体を演出したということをな。ラーキン夫人がわしたちに説明したビットン夫人と酔っぱらっていた夜のことを覚えておるかね？　ドリスコルは一週間後に起こることを予言したんだったな。まもなく起こる出来事を話題にして、その出来事で自分は記者として名を上げることができると。芸術家だったら、ビールをしこたま飲んで気分よくできあがれば、描こうとしている壮大な絵の話くらいしてもなんの驚きでもない。作家であれば、いつの日か書こうとしている大作について口にすることもありそうだ。だが、新聞記者がなにげなく自分がすっぱ抜くことになっている翌週に起こる大スクープの話をしたとしたら、そいつの予知能力について俄然興味がわいてくるな。だがとにかく、ドリスコルが計画していた最後の一撃に話をもどそうか。重要度の低い帽子から徐々に盛りあげていったうえでのものだ。まずは、そう、細心の注意を払ってビットン家からクロスボウの矢を盗み……」

「なにをしたって?」ハドリーが叫んだ。ダルライは突然テーブルの隣の椅子に腰を降ろし、ランポールも別の椅子に座る。

「ああ、そうだった。話しておかねばならんな」フェル博士は自分にうんざりしているかのように顔をしかめた。「だが、今日の午後きみにヒントは与えただろう。矢を盗んだのはドリスコルだったんだよ。ところで――」博士は椅子の横の床を探して、工具の入ったかごをもちあげた。中身をあさって、目的のものを取りだす。「ここにドリスコルが矢を尖らすために使ったやすりがある。かなり古いやすりだから、矢の返しの部分を削ったときに付着したクズが線状にうっすらと見えるな。それからここには、〝カルカソンヌ土産《みやげ》〟の文字を消そうとした、もっとまっすぐな跡が見える。何者かが別の目的でドリスコルから矢を盗む前の細工だよ」

ハドリーはやすりを手にして、裏返した。「それで……」

「きみにこう訊ねたな。矢を研いだ人物が本当に殺人犯だとすると、文字が完全に消されなかったのはなぜかと。それが殺人犯の仕業だったと仮定してみよう。文字のやすりがけを始めたのに、途中でやめたのはなぜか? 矢の出所をたどられたくなかったのは明白だ。残しておけばたどっていかれるだろうし、現にそうされたんだからな。だが、頭の部分を消しただけで丁寧なその作業をやめてしまっておる。そこで初めてわしはなにがあったか気づいたんだよ――ドリスコルのノートにあったあの難解なメモが説明してくれた――そもそも殺人犯のやったことなどではなかった、ドリスコルのやったことだったとな。殺人犯が登場したから、彼はやりがけの作業を終わらせることができなかった。犯人は矢の出所も誰のものかも気にしなかった。だが、この矢はドリスコルの一世一代の思い切った企《くわだ》ての一部として準備されたものだったんだよ」

「でも、どんな企てだというんです?」ハドリーが問いただした。「帽子と関係があるはずがないし」

「いや、それがあるんだ」フェル博士は言い、一瞬考えこんで葉巻をふかしてから、先を続けた。「ハドリー、きみが考えつくかぎりで、世間一般から見てイギリスの対外強硬主義者の代表は誰かな? 私生活でも、かつての公の生活でのように剣、大弓、クロスボウ、古きよき決然たる意志の力についていまだに演説をおこっているのは誰かな? 軍事を増強すべしとつねに煽《あお》っているのは誰かな? 危険な平和主義者だとして首相をいつまでも攻撃しているのは誰かな? とにかく、そうした役割をになっているとドリスコルが必然的に考えるだろう人物は誰かな?」

「あなたが考えているのは――サー・ウィリアム・ビットンですか?」

「そのとおり」博士はうなずいた。浮かんだ笑顔であごに皺《しわ》が寄った。「そしてサー・ウィリアムの正気ではなくなった甥は、騒ぎ好きな性格をじゅうぶんに満足させる計画を思いついたんだよ。つまりサー・ウィリアム・ビットンの帽子を盗み、それをダウニング街十番地のドアにクロスボウの矢で突き刺すつもりだったのだ」

ハドリーはこれ以上ないほどのショックを受けた。心の底からあきれ返っていて、つかのま彼は声にならない声をつぶやくことしかできなかった。そんな首席警部をフェル博士は愛嬌を忘れずに冷やかすような視線でじっと見ていた。

「チッチッ！」博士は言った。「警告しただろう、ハドリー。将軍とわしがすばらしい学生のいたずらを披露しあっていたとき、きみはおもしろがりもしなかったな。実際に学生の身になって考えてみないかぎり、ドリスコルの計画の裏側にあるものはきみに絶対に見えないと確信したよ。分別がありすぎるのさ。だがな、ドリスコルにはそれがなかった。きみは偽の拳銃もゴムのネズミも楽しいと思わない。そこがきみの問題点だ。だが、わしは楽しめるし、ドリスコルにさえなれるんだよ。

ここを見てくれ」博士はドリスコルのノートをひらいた。「この計画をどのように考えていたかがわかる。この時点では、まだすべてを整えておったわけではなかった。ドリスコルが考えていたのは、サー・ウィリアムの帽子を、このむかしの戦争用の道具でどこか公共の場所に留めるというアイデアだけだ。そこで問いかけるようにこう書いておる。〝最適の場所？——塔？〟だが、もちろん、それではいかん。生ぬるいし、ロンドン塔に刺さったクロスボウの矢は、ニューカッスルに落ちている石炭程度にしか目立たんだろう。けれども、まずは品物を手に入れることにして、こう書いておる。〝帽子を追跡〟この意味は考えんでもわかる。次にドリスコルはもう一度トラファルガー・スクエアにしようと考える。必然的にたどり着く答えだな。だが、これもいかん。矢をネルソン提督記念碑の石に突き刺すことは不可能だからだ。そこでこう書く。〝残念なトラファルガー――刺せない！〟だが、それはさほど残念でもなかった。突然ひらめきが降りてきたからだよ――それを象徴しておるのが、そこにある感嘆符だ。さあ、ドリスコルはひらめいて、数字の10とメモする。十番地といえば首相官邸だ。次の言葉の意味はすぐにわかるだろう。ドアは木製か？　鉄の類でできておれば、計画はうまくいかんからな。わからないドリスコルには、調べる必要がある。また垣根のように、犯行のあいだに姿を見られずにすむものはあるのか？　バッジをつけた警備の者はいるのか？　そうした場所ではいそうなものだが。どちらも知らない。見込みの薄い、危険度の高い計画だ。しかし、脈はあると思って有頂天になる。そして調べようと決めたのだよ」

フェル博士はノートを置いた。

「かくして」博士は言った。「わしはドリスコルにならって、〝ゴムのネズミの事件〟とシンボルめいた名で呼ぼうと思っておることのあらましをきみに披露した。この計画がどうなったのか検討しようじゃないか。きみにはわかるんじゃないか、ハドリー？」

ふたたび首席警部は部屋を歩きまわっていた。うめき声のような雑音を立てながら。

「たぶん」ハドリーは噛《か》みつくように言った。「ドリスコルはバークリー・ストリートでサー・ウィリアムの車を待っていた。あれは土曜日の夜でしたね？」

「そうだ」博士が請けあった。「ドリスコルはまだ若さと希望にあふれ、ほかに必要なものもすべて兼ね備えていた。雲のうえにいるように夢見ごこちだった――転落はすぐそこまで迫っておったのに。ちなみに、この計画にはうまい具合に運ぶと思わせる点があった。第一に大きな危険がない。ドリスコルは帽子を盗まれても騒ぎたてんだろう権威ある人々の帽子を盗んだ。そもそも、こういった人々は盗難を警察に届けんにちがいない。それにもしもこまったことになっても、被害者が本気で追いかけてくることもなさそうだ。悪知恵を働かせたものだよ。サー・ウィリアムのような人は、ポケットから半クラウン銀貨をすられたとしたらロンドンを半分横切っても追いかけていくだろう。それは正義にそむくことだからな。だが、たった二ギニーの帽子を盗んだ男は、サー・ウィリアムは滑稽に見えることを恐れて一歩だって追いかけん。さあ、事件を再構築してみてくれ、ハドリー」

「はい。ドリスコルはバークリー・ストリートでサー・ウィリアムの車を待っていた。あの家にどんな電話がかかってきても、ドリスコルは家族の一員のようなものだから、きっと好きなように情報を手にできたことでしょう。サー・ウィリアムがあの夜どこにいるか、といったようなことも。そうだ、本人がこう話していた。運転手は鉛筆のトレイかなにかをもった盲目の男を渡らせるためにスピードを落としたと」

「どんな行商人でも」博士も同調した。「一シリング握らされたら道を渡ったことだろう。こうしてドリスコルは帽子を手に入れた。ビットンが追いかけてくるはずないと予想しておったんだな。彼は正しかった。すべてが滞りなく運んでおったが、それも……」

博士は問いかけるようにハドリーを見つめた。

「その土曜日の夜までのことだった」ハドリーがゆっくりと続きを引き取った。「あの家を訪れて、すべてがドリスコルに崩れ落ちてきた」

「それには異論があるがね。だが、さほど重要な疑問じゃないな。ドリスコルは日曜日の夜になるまで、自分が意図せずにあの原稿を盗んでしまったと気づかなかっただろうから」フェル博士は言った。「帽子の内側にはたいして注意を払わんものだろう。

だが、いいかな。日曜日の夜に、ビットン家が原稿盗難で大騒ぎになっているところにドリスコルはやってきた。そこでドリスコルがなにか疑問に思ったかどうかまではわからん。その前にサー・ウィリアムがほのめかしておったことから、原稿についてわかっていたのはまちがいないが。だが、ほかの一件が降りかかってきた。ローラ・ビットンと夫がもどってきたのだよ。ローラは情事がばれたことを匂わせたにちがいない。ひそかに口論をしたんだろう。ドリスコルはとっととあの家をあとにしたから、ローラは会う約束ができなかった。そうでなかったら、その場で約束をして、わざわざ手紙を書くことはなかっただろう」

「浮き沈みの激しいことだ」ハドリーがつぶやいた。「ともあれ、ドリスコルはスキャンダルを恐れていました。つまり伯父から生活費援助を打ち切られることを」

フェル博士が陰気にうなずいた。

「ドリスコルのような男の頭には、数えきれんほどの想像がひらめいただろう。ダルライ君はこのフラットはどこを見てもドリスコルがいるようだと話しておったな」博士はふいに声を大きくして言った。「ドリスコルが帰宅して、伯父がなによりも愛でておる所有物を意図せず盗んだと知ったときに抱いた感情は、いままでにないくらい胸の悪くなる恐怖だったにちがいないな。まったく！　なにか考えられただろうか？　混乱した状態でちっとも考えられんさ。一万ポンドの原稿が盗まれて、それが帽子に詰められた状態で発見されたら、どう思う？　ドリスコルの苦悩は子どもっぽいものだが、ぞっとするものだった。どうやって釈明したらいい？　伯父さんが夢中になっているものがこのフラットにあり、その原稿の隣に自分がおるんだぞ。そもそも、どうして原稿が帽子のなかにあったんだ？　どれだけ頭がおかしくとも、伯父が故意にあのようにもろいものをまとめて帽子のなかにしまい、街でかぶっていたなどとは考えられん。最悪なのは、ドリスコルは原稿について知っているとは思われとらんことだ！

あの手に負えない赤毛の青年が、出口を求めるコウモリのようにここを駆けまわったと想像してみるといい！　ほんの少し前まで、彼は向こう見ずな冒険家だった。怖いもの知らずで陽気——扇情小説《シリング・ショッカー》の主人公のように不死身で——女たちには愛され、男たちは自分を恐れると思えた。それがいまでは、ひどいスキャンダルと、怖いもの知らずの代償と、なによりも怒り狂った伯父さんに脅かされることになった。いったい、何杯酒を飲んだことやら」

「分別があれば」首席警部はうめいてテーブルを叩いた。「伯父のもとへ言って、正直に……」

「そうしたと思うか？」フェル博士は顔をしかめた。「分別のある人物でも、そんなことができるかどうか疑問だな。少なくとも、相手がサー・ウィリアム・ビットンでは。ドリスコルはどう説明できただろう？　〝あの、伯父さん。ごめんなさい。ポオの原稿です。伯父さんの帽子をかっぱらったときに、たまたま、こいつもかっぱらってしまったんですよ〟か？　その結果が想像できるかね？　ドリスコルは原稿について知らないことになっていた。ほかの者たちもだが。サー・ウィリアムは原稿の存在をずっと宣伝していたくせに、自分はとても賢明で冴えていると思っておったんだからな。だいたい、あの人はドリスコルの話を信じようとせんかっただろう。きみのところに、誰かがやってきてこう言ったらどう思うね？　〝ところでハドリー、きみが内緒にしている千ポンド紙幣が二階の抽斗《ひきだし》に入っているよな。その、わしが昨夜きみの傘を盗んだときに、たまたまその紙幣が傘の持ち手から紐でぶらさがっていたことに気づいたんだ。愉快だね？〟――いやはや、許してやろうとは思えんだろう。受け入れてやるはずがない。それにもしもその話の締めくくりに、あとからきみの弟がやってきて〝ああ、ハドリー。おかしなことに、そいつのフラットで兄さんの傘と千ポンド紙幣だけじゃなく、ぼくの細君も見つけたぞ〟と言ったら？　言わせてもらえばな、まあ、きみの友人の素行は控えめに言ってもかなり異常ということになりそうだわ」

　フェル博士はここで鼻を鳴らした。

「たぶん分別ある男ならばそうしただろう。だが、ドリスコルには分別がなかった。どう呼ぼうがきみの勝手だが、頭脳明晰な人物とは呼べんな。めちゃくちゃだよ。とにかくわしたちはここに座って、おかしいだのなんだの言っておられるが、ドリスコルは世界が自分の足元で崩れ落ちると想像している未熟な男で、のんびりああだこうだと言ってはおれんかった」

　フェル博士は身を乗りだし、人差し指でゴムのネズミをつついた。ネズミはテーブルの上で円を描いて走り、飛びだした。

「頼むから」怒ったハドリーが叫んだ。「そのネズミは放っておいて、話を進めてください！それで、ドリスコルは一晩じゅう、どうしたものか悩んだんですね。そして朝になってダルライ君にここから電話をかけ、すべてを話す決意をしたんでしょうか？」

「まさしく」

ずっと静かに腰を降ろしていたダルライがとまどった顔をむけた。むさくるしい清教徒の老人に見えた。

「ええ、でも、ほかに問題があります」ダルライが言った。「あの、博士。あいつはなぜぼくのもとへ、まっすぐに来なかったんでしょうか。電話してきたのは朝でしたよ。それほど混乱していたのならば、すぐさま塔にやってきたのではないでしょうか？」

「いや」博士が言った。「いまから詳しく説明しよう、お若いの。この事件全体に対する疑問を再確認できるのが、その点だよ。サー・ウィリアム・ビットンへの二度目の襲撃のことだ」

「その話があったか！」ハドリーが歩きまわる足を止めた。「ドリスコルがすべてをやったとして、なぜビットンからふたつめの帽子を盗んだんだ？　とても窮地を脱出できる方法とは言えませんよ？」

「ああ。だが、とっさに思いついたことだったからな。だからその点は大目に見てやるとしよう」

「なるほど」ハドリーは暗い口調で賛成した。「だが、それで事件がなおややこしくなったように思えますね。ドリスコルはあなたが先ほど披露していたことにくわえて、伯父さんへしなければならない言い訳がもうひとつ増えることになる。〝伯父さん、またおじゃましてごめんなさい。ぼくのかっぱらったのは伯父さんの帽子と原稿と伯父さんの弟の奥さん。でも最初の帽子では飽き足らなかったので、ちょっと手を延ばしてもうひとつかっぱらったよ〟」

「その口を閉じてわしに話をさせてくれ。ふう、やれやれだ。ドリスコルはダルライ君に助けてもらうつもりでおったが、その前に、自分でなんとかできないか最後にやってみることにしたんだよ。いいか、どうも腑に落ちなかったことなんだが、ダルライ君も話していたように、朝のうちに楽々とロンドン塔に行けただろうに、なぜ約束の時間を午後一時とはっきり決めたのだろうか。それに、約束をしておきながら、一時十五分になるまで現れなかったとは！　なにをそんなに手間取っておった？　むしろ、約束より早く現れそうなものだ。ドリスコルがやろうとしたのは、伯父に知られんように原稿を返すことだったのだから。

実行するのは思ったよりもずっとむずかしかっただろう。ビットンの家で聞いたことから、伯父が原稿の盗難と帽子の盗難を結びつけていないとドリスコルは自信をもっていた。サー・ウィリアムは原稿が単独で盗まれたと思っておったんだ。となれば、単純に封筒に入れて伯父あてに郵送して返せばどうだ？　危険すぎる！　ドリスコルはアーバーがあの家に滞在していることを知っていたし、晩餐の席でアーバーの無遠慮な話を耳にしてもいた。だから伯父がアーバーを疑うだろうと見当をつけた。だが、アーバーがまず原稿を盗んで、それを郵送で返すなど伯父が信じないとわかっていた。それにアーバーが犯人の可能性がなくなると……わかるかな?」

ハドリーがあごをなでた。

「ええ。アーバーが犯人であるという可能性がなくなると、原稿を盗めた人物はビットンの家の者しかあり得なくなる」

「すると、どんなことになるかの? サー・ウィリアムは犯人が使用人ではないと思うはずだ。このわしたちに話をしたときに、そんな考えは一笑に付しておったからな。そうなると残るはレスター・ビットン、ローラ・ビットン、シーラ、ドリスコルだ。しかしレスターとローラ・ビットンは盗難の時間には数百マイル離れた場所にいたことがはっきりしておる。原稿のことを知っておったのはたったの四人で、そのうちふたりはコーンウォールにいた! 残るふたりのうち、シーラはとても犯人とは思えない。必然的にドリスコルが疑われることになり、良心の呵責《かしやく》に襲われて送り返したと思われてしまう——それはいかにもドリスコルのやりそうなことだ。これだけのことをドリスコルもまちがいなく把握しておって、原稿を郵送で返せば伯父に疑われることもわかっておった。だからといって、どうすればよかった? 同じ理由から家に忍びこんで目につく場所に原稿を置いてくることもできなかった。サー・ウィリアムがどこかに置き忘れてなどいないこともよくわかっておったからだ。あの家は徹底的に捜されたあとで、家にはないとはっきりしておった。郵便で送ると疑われるのと同じように、家で〝発見〟されても疑われる」

「ドリスコルのできたことなんか、想像もつきませんね」首席警部が打ち明けた。「ただ、静観して伯父にアーバーを疑わせておけばよかったんだ。それが道理にかなったことだったのに。だが、ドリスコルのように神経質なタイプは伯父がひょっとしたら、どうにかして自分が犯人だと気づきはしないかとつねにひどく怯えるんでしょうね。なによりも望むことは、自分の手元から手放すこと――それもできるだけ早く。見えないところ、忘れてしまえるところへ」

「まさしく！　それで」フェル博士は床を杖でコンコンと突いて言った。「一瞬だが、ドリスコルは完全に理性を失いおった。原稿を手元から手放したかった。文字通り、触れれば指先が燃えるように思えただろう。そこでなにをしたと思うね？　どうしたらいいか決められなかった彼は、外出した。霧が濃い通りをそぞろ歩いた。一歩ごとに伯父の家へと引き寄せられていく。考えられるシナリオが増えて、脳内でうずまいていき、ついに理性を失う。

ハドリー、今日の午後、サー・ウィリアムがわしたちとの待ち合わせでバーに到着したのは何時だったか覚えておるか？　二時近くになっておった。そして二度目の帽子盗難をわしたちに説明したときに、〝一時間半前のことだが、わしはまだ頭にきている〟と言っていた。ということは、ざっと十二時三十分頃に起こったんだよ。サー・ウィリアムは月に一度の訪問に出かける準備をしていたと話しておったな――予定が変わることはめったになかったらしい。ところで、その日はドリスコルへの毎月一度の訪問日でもあったと、あの人はそう話しておった。サー・ウィリアムの車は霧のなかで歩道に寄せてあった。運転手はタバコを買いに行っており、サー・ウィリアムはまだ家のなか。そこへドリスコルが街角にやってきて、様子を窺っていた」

「サー・ウィリアムが話したことをかなり思いだしてきましたよ」ハドリーが厳しい口調で答えた。「車の窓から、ドアのサイドポケットに手を突っこんでいた男を見たと話していましたね。あなたが言いたいのは――ドリスコルはもう耐えきれなくなったということですか？　それで車のサイドポケットに原稿を突っこみたかったと？　自分には見えない場所へ？」

「そうだよ。だが、サー・ウィリアムがすぐにその場にやってきてじゃまをした。サー・ウィリアムは甥をこそ泥だと思ったんだが追いかけるつもりはなかったからこう叫んだ。〝こら！〟そして駆け寄った。だからドリスコルは――おそらくとっさに――ただひとつ、すぐに思いつけたことをやった。サー・ウィリアムの帽子をひっつかみ、霧のなかへと全速力で逃げたんだ」

「つまり……」

「とっさの反応だったのだよ、きみ。伯父が追いかけてくるはずがないとわかっていたからだ。伯父は歩道に突っ立ったまま、毒づくだけだとわかっていた」

「見事だ」ハドリーは間を置いてから低い声で言った。「非常にうまい推理です。だが、あなたはひとつ忘れてますよ。ドリスコルは実際に原稿を車のサイドポケットに入れたかもしれない。となると原稿はそのまま残っているかもしれませんよ」

フェル博士は床から拾ったネズミにむかって悲しげにまばたきをした。

「すまんな、きみは九時間ほど遅かったようだ。午後にサー・ウィリアムの車で大急ぎでロンドン塔にむかうあいだ、わしはサイドポケットを調べずにはいられなくてな。なかったよ。ドリスコルは原稿を入れておらん。あまりにも慌てて去ったんだな」

ハドリーの顔にかすかな笑みが浮かんだ。ふたたびランポールはこの会話のあいだ、ハドリーはずっと本心を隠していたのだと感じた。フェル博士に正しい質問をして、自分の求めるパズルのピースを静かに選別していたのだ。

「では、わたしが事実をつなぎあわせてみましょう」ハドリーが提案した。「ドリスコルは今朝、比較的早い時間に出かけてもどってこなかったと言いましたね？」

「ああ」

「彼は原稿を携えていた。だが、盗んだシルクハットはこのフラットにあったんでしょうか？」

「おそらくは」

「それに……クロスボウの矢もここに？　やすりがけしていた矢は、目につきやすい場所にあったでしょうか？」

「ああ」

「すると」ハドリーが突然厳しい口調になって言った。「事件解決です。レスター・ビットンは今朝ドリスコルに会おうとここを訪れたが留守だった。レスターは兄から借りた鍵を使ってフラットに入り、午後に帰宅した。ミス・ビットンが帰ってきたレスターを見ていた。彼女はどう表現していたかな？〝興奮して〟そして〝声をあげて笑ってもいた〟でしたね。

ビットンの家からならば、誰でもクロスボウの矢を盗めただろう。だが、このフラットから盗めたのはレスターだけだ。また誰でもサー・ウィリアムのシルクハットは盗めただろうが、このフラットから盗んで、ロンドン塔で自分が刺した男の頭にかぶせ、ドリスコルの望みを叶えることができたのはレスターだけだ。こうしてドリスコルは本当にシルクハット姿で息絶え、少なくともひとりの女は墓の前で泣いてくれることになった」

フェル博士は黒いリボンを結んだ眼鏡を外し、力強く目頭を揉んだ。「ああ」博士は口を覆ったまま、くぐもった声で言った。「わしもそう思う。彼は言い逃れできんのではないかね。だからわしはミス・ビットンに、レスターが帰宅したさいになにかもっていなかったかと訊ねたのだよ」

のろのろと時間が流れるあいだに、ロンドンの夜の騒音がいつのまにか消えていたことに一同は気づいていなかった。いつも背景で聞こえているかすかなざわめきさえも絶えて、一同の声は不自然に大きく響くほどになっていたのだった。床板の軋《きし》む音も、夜更けの車が広場でブーンと立てる音も、鋭く響くタイヤの音にも一同は気づかなかった。だが、閉じたドア越しに鳴った電話のベルは聞こえてきた。

電話に出るシーラ・ビットンの声も聞こえた。そして次の瞬間に、やや汚れた顔のシーラがドアから顔を突きだした。フラットの品物を片づけながら、しばらく泣いていたらしい。「あなたによ、ハドリーさん」彼女は言った。「アーバーさんという人のことで。うちに泊まっていたアーバーさんのことかしら？　かわったほうがいいわ」

ハドリーは駆けださんばかりの勢いだった。

16　暖炉に残されていたもの

自分の横を集団で駆け抜ける者たちの表情を見ると、シーラ・ビットンは驚いて飛びあがった。品のない行動だとその表情は語っているようだった。シーラは帽子とコートを脱いでおり、綿毛のようなブロンドはもつれ、黒いドレスの袖は手首が見えるまでまくりあげられていた。鼻には埃《ほこり》の筋が横様になっている。腕を目元に押しつけたのだ。それでランポールはシーラがドリスコルの身のまわりの品を集めるうちに――これは保存しておくもの、こちらは棄てるものと――なにか思い出を甦《よみがえ》らせて、ふいに腰を降ろして涙にかきくれたところを想像した。

ランポールは、死というものにむきあった女性の心理状態などどうせ理解できないとつくづく思った。冷静で動じないかと思えば、急に取り乱す。そのうえそれを繰り返したり、いちどきに混ぜたりするのだ。

ハドリーが電話に出た。狭い書斎でフェル博士が身を乗りだすようにハドリーに近づいた。博士の表情はランポールが見たこともないものだった。緊張か、恐怖か、希望か、そのどれとも決められない表情だった。だが、少なくとも緊張していることはたしかだった。ランポールはこのときの不気味な光景を忘れることはないだろう――ハドリーは熱心にむこうの話し声に耳を傾けていた。静まり返った部屋では離れたところでも言葉が聞きとれそうなほどだった。

ハドリーはテーブルに肘をつき、ドアに背をむけていた。シーラが舞いあげた埃はいまでは緑のシェードのランプの周辺に落ち着きつつあった。フェル博士はずらりと並ぶ書棚に身体を傾けた。眼鏡の黒いリボンが垂れさがり、シャベル帽はうしろにずれている。口髭をつまんだ手には、まだ小さなゴムのネズミが握られていた。

静寂――ただかすかに聞こえる電話の口早の声が響くだけだ。床板が軋んだ。シーラ・ビットンが話しかけようとしたが、ダルライに止められた。ハドリーは一度か二度、ごく短い言葉をしゃべっただけだった。そして受話器を下ろさずに彼は振り返った。

「それで?」フェル博士が問いかけた。

「うまくいきました。アーバーは友人のスペングラー夫妻の家を夜早い時間にあとにした。スペングラーがアーバーの別荘まで歩いて送っていったのを、うちの私服警官が庭からふたりを見張っていた。すでに指示を受けて、言われたとおりに動いていたようですね。ちょっと待ってくれ、キャロル」ハドリーは電話にむかってそう言うと、椅子に座りこんだ。「まず、アーバーは別荘をすっかり改めました。すべての明かりをともしたが、その直後に鎧戸を閉めたそうです。だが、鎧戸の下の部分にダイアモンド形の穴が並んでいて、この警官は近づいて、その穴からなかを覗けたらしい。

アーバーと友人は表の部屋のひとつにいたそうです。家具の埃よけのカバーがかけられたままの部屋で、ふたりは暖炉の前に腰かけてチェスをやりながらウイスキーを酌み交わしていたといっています。アーバーは緊張している様子でした。これが、わたしの見立てでは二時間前のことです。それから私服警官は忙しく仕事を始めたんですね。大きな音を立てて砂利の上を歩きまわり、家の横手にさっと隠れた。次の瞬間にアーバーの友人のスペングラーが鎧戸を開け、外を窺ってから、また鎧戸を閉じた。この手の駆け引きがしばらく続きました。アーバーたちは警察に電話をかけ、駆けつけた警官が庭全体に目を光らせたが、もちろん、うちの部下は見つかりません。騒ぎがすっかり収まってから、うちの部下はまた窓辺にもどってきて、手早くけりをつけることにしました。ウイスキーはボトルの半分ほどになっていて、誰かがチェスボードをひっくり返していたそうですよ。アーバーはスペングラーをなにか説得している様子だったが、スペングラーは聞こうとしていなかった。そこで部下は窓辺を離れて勝手口のドアノブをガチャガチャと揺すってから、すかさずコンクリート敷きの駐車場の横手へまわった。これが正解でした。誰かが勝手口を開け、リヴォルヴァーを突きだして、庭のほうへやみくもに発砲し始めたんですよ。これで半マイル四方の警官たちがみな集まったわけです。ひと騒動あって、スペングラーは銃の許可証を見せないとならなくなった。騒動が鎮まると、アーバーは観念しました。一緒に警察署へ行き、〝ハドリー首席警部〟に連絡を取ると主張した。直接顔を合わせて話すと言ってきかないそうですよ」

フェル博士はこの状況ならば当然と思えるほどには喜んでいない様子だった。

「きみはどうするつもりかな?」

ハドリーは時計をちらりと見やり、顔をしかめた。「十二時十分過ぎですね。ふう。だが、朝まで待つのは心配だ。朝日とともにアーバーの気力が復活して、話さないことにするかもしれない。怖《お》じ気《け》づいているうちに、連絡を取りたいですね。だが、スコットランド・ヤードには連れて行きたくない――あの手の人間はあらたまった場所へやると、とことん寡黙になってしまうから――でも、こちらからゴールダーズ・グリーンへ出向くのは気が進みませんよ」

「ここに連れてきたらどうだ?」

「異論はないでしょうね?」ハドリーはシーラ・ビットンを見やった。「それが一番いい。ミス・ビットンはダルライ君が送る。パトカーでここに連れてこよう。それならば、アーバーも安心するだろう。よし、そうしよう。ここは捜査本部にはおあつらえむきでもあるし」

「電話では話そうとせんのか?」博士が訊ねた。

「ええ。なにか理由があって、アーバーは電話をとてつもなく怖がっているようなんです」ハドリーは電話の相手に短く指示を伝え、受話器を下ろした。「さてフェル博士、アーバーはなにを知っていると思いますか?」

「考えていることはあるが、きみに伝えるのはためらわれるな。本当にためらわれるよ。いいかね、ドリスコルがブラッディ・タワーのトンネルで刺されたのだと結論づけたときに、同じ質問をしたことを覚えておるかの? トンネルにビットン夫人とアーバーがいて……」博士はつぶやいていたが、シーラがいることを思いだしてはっと口をつぐんだ。彼女は廊下でダルライの背後にいて、どうやら必要のない質問を彼女から引きだすはずの言葉を聞かなかったようだ。博士は廊下を覗いて、口髭の端を嚙んだ。「気にせんでくれ。すぐにわかるだろうから」

ハドリーは書斎を調べていた。シーラ・ビットンがさらに室内を乱している。少し前にはそんなまねができるとは誰も信じなかっただろうことだ。床の中央に思い出の品が山積みにされていた――銀のペアのカップ、スポーツ仲間とのフレーム入りの写真、クリケットのバット、ユニフォーム、〝お誕生日おめでとう、シーラより〟と文字入れされた磁器のマグ、切手アルバム、壊れた釣り竿、ねじれたテニス・ラケットが二本。いまでは侘《わ》びしくなったこの部屋でランポールは考えた。思い出が集められ、強まっている。あらたな恐怖が襲ってきた。この男は本当に死んでしまったのだと。

「あなたたちには出ていってほしいわ！」シーラの声がいらいらと不満をぶつけた。シーラはけんか腰の人形のようにダルライを押しのけると、一同の前に立ってにらんだ。「全部がこんな有様なの！　フィリップはきちんと片づけたことがないのよ。衣類はどうしたらいいの。こんなにたくさんあって、散らかり放題。新品の上等な灰色のホンブルグ帽があるわ。お父様のものよ。いつものように内側にゴールドの文字が入れてあるからわかるの。でも、どうしてここにあるのかな」

「なんですって?」ハドリーが物思いから我に返って訊き、不審な目つきで博士を見やった。「ドリスコルがもどってきたと思いますか、今日の昼間に帽子をぬ――その、つまり、ロンドン塔へむかう直前に?」

「そうしたと自信をもって言えるね」フェル博士が答えた。「ここで言うのは差し控えるが、きみが考えておることをドリスコルが終えたあと、ロンドン塔での約束の時間まで二十分以上あったことは覚えておるだろう。だが、ドリスコルは約束に十五分遅れた。気にせんでください、ミス・ビットン。その帽子はほかの品と一緒に置いておけばいい」

「とにかく、あなたたちには出ていってほしいわ」シーラは事務的に言った。「ロバート、マークスを呼んでこの荷物を車に運ばせてね。わたし、どこもかしこも埃だらけよ。それにフィリップったら、タイプライターの載っていた机一面に油をこぼしているし、それにもう少しで尖った石で指を切るところだった」

ハドリーがゆっくりと振り返り、机を調べた。ランポールはドリスコルのイメージを思い描いた。この散らかった部屋で緑のシェードのランプの下に座り、忍耐強くクロスボウの矢を研いでいる。それは、最後に彼自身の心臓を貫くことになるのだ。

「砥石だ」ハドリーがつぶやいた。「それにタイプライター。ところで、博士、あなたは求めていた工具をたしかに見つけましたね。けれど、タイプライターに関連したなにかも捜すと言っていたようですが。それはなんだったのです？」

フェル博士はネズミのおもちゃをいじった。「ある記事の草稿を捜していたんだよ。これから発生する事件を伝える記事の冒頭を。つまり、首相官邸《ナンバー・テン》のちょっとした事件の話だよ。ドリスコルが書き始めていたかどうか心許なかったが、きみがわしの話を信じないときのために捜したほうがいいと思ってな。タイプライターには挟まっておらんで、机の上にあった。わしのポケットに入っておるよ。新聞業界をあっといわせるスクープをとるつもりだったならば、ほかの記者が耳にするより早く立派な記事を準備しておく時間がほしかったはずだからな。だが、原稿がこれだけ散らかっておったから危うく見逃すところだった。ドリスコルは創作にも少々手を出しておったようだな。ラーキン夫人の話を聞く直前に、そのあたりのドリスコルの性格にきみの注意をむけようとしておったろう。ここにあった物語にはぞっとするようなタイトルがついておる。どれも冒険と謎を扱ったジャンルのようだな。『ドーナウェイ家の呪い』とかそんな具合の。回廊と幽霊だらけの旧家の邸宅を舞台にした、まあそういったようなものだ。ドリスコルはいつも旧家の邸宅をほしがっておって、サー・ウィリアムの称号が一代かぎりで引き継がれないことを残念に思っとったんだろう」

シーラ・ビットンが足を鳴らした。「ねえ、どうかお願いだから、出ていってくれません？あなたたちってとってもひどいと思うわ。かわいそうなフィリップが亡くなったのに、本人の部屋でこんなふうに腰を落ち着けてただしゃべっているなんて。フィリップの書いたものでもそのへんの書類でも、ほしいものがあればわたしに言ってね。全部スーツケースに詰めてお父様のためにもちかえるつもりだから。お父様がきっと保管したがるはずよ。書類のなかには暖炉で燃やされたのがあるんだけど、それは没収できないわよ。わたし、なにが書いてあるのか覗いてみたのよ。タイプ打ちじゃなくて手書きで、手紙のように見えたけど——」シーラは口をつぐみ、突然顔を赤らめた。「とにかく、それはただの古い物語だったわ。どうせ、全部燃えちゃってたし——」

「いかん！」フェル博士が言った。

巨体が部屋を横切り、鮮やかな赤煉瓦が火床をかこむ小型の暖炉へ突進した。「懐中電灯を貸してくれ、ハドリー」そして膝をつくと、鉄の炉格子を押しやった。ハドリーもはっとした表情を浮かべて懐中電灯を引っ張りだした。

暖炉は焼け焦げて反り返った紙でいっぱいだった。まばゆい懐中電灯の明かりが躍る暖炉の中に、完全には焼けていない紙の端が見えた。もとは薄い藤色だが、煙のために黒くなっている。

「〝メ・アリー〟の手紙だ」ハドリーが言い、フェル博士はこの塊をそっともちあげようとした。

「残っているのはこれだけですね」

フェル博士はぜいぜいとうめいた。「そうだ。そしてこの下に――」

博士はそっと引っ張ろうとしたが、それはもろくて黒い燃え殻でしかなく、崩れて灰になった。残ったのは煙にすすけた上部の数インチだけだった。ごく薄い湿気のしみがある紙で、縦方向に三つ折りにされていたのだろうが、いまはひらいていた。フェル博士はひらいた手のひらの上でそっと開け、ハドリーの懐中電灯があたるように差しだした。タイトルが書いてあったが、煙で黄ばみ、判読できなくなっていた。同じように、隅にある文字も、流麗な〝E〟の字を除くとすべて判読できなかった。だが、茶色にこげ丸まった原稿のなかに、炎が破壊しなかったいくつかの行をかすかに見ることができた。


友である勲爵士C・オーギュスト・デュパンの風変わりな天賦の才についてはいつの日か語るとしよう。私のくちびるに彼は沈黙の印章を押したから、いくぶん過激な諧謔《かいぎゃく》の奇癖を持つ彼の不興をかわぬよう、いまは敢えて禁を破ることはしない。それ故、私にできることは記録のみである。一八——年の風の吹きすさぶある夜、とっぷりと陽が落ちてから、フォーブール・サンジェルマンの朽ちかけた薄暗い建物にある私の部屋の扉を叩く音が響き……

全員でゆっくりと読んだ。フェル博士は身体を動かさなかった。まるで、膝をついて暖炉の神に黒こげの紙片を捧げているようだった。

「これだよ」博士はその沈黙に続いて低い声でうなった。「第一段落の冒頭に、彼のすべてが現れておる。くちびるにあてる指。絶対的な秘密のさりげない示唆。夜、夜風、この遠方の街、後半を謎めかして空けたままの年、中心から離れた地区にある古く崩れかけた家……うむ。諸君、きみたちが見ているものこそ、エドガー・アラン・ポオによって書かれた最初の探偵物語の残された原稿のすべてだよ」

ランポールの脳裏は不気味な幻想で満たされた——ぎらぎらと光る陰気な瞳、細い肩に軍人の身のこなし、弱々しいあご、乱れた口髭の陰鬱な男。ろうそくの火、狭苦しい部屋、ドアにかけている擦り切れたシルクハット、悲しくまばらな書棚を見やる。生涯にわたってこの陰鬱な男には夢しかなく、ようやく得たのは永遠の名声という無情な代償だけだったのである。

ハドリーは我に返り、懐中電灯を消した。「なるほど」彼はどんよりとした口調で言った。「二万ポンドが失われたというわけですね。アーバーがフィラデルフィアの男に残りの契約金を払わずに済むのは結構なことだな」

「こんなことをサー・ウィリアムに伝えるのは耐えられないです」ダルライがつぶやいた。

「どうしましょう！　きっと手がつけられないほど怒りますよ。フィリップがせめて手元に置いておけなかったとは残念だ」

「なにを言う！」フェル博士が激しく言い放った。「きみたちには肝心な点が見えておらん。こっちが恥ずかしくなるほどだ。なにがあったと思う？」

「ドリスコルが燃やしたんですよ」再度ハドリーが口をひらいた。「原稿を返そうとして危うく捕まりそうになったことで極端に恐ろしくなり、帰宅して暖炉にくべたんですよ」

フェル博士は杖の助けを借りてどうにか立ちあがった。真剣そのものだった。

「やはり理解しておらんな。なにがあったと思う？　フォーブール・サンジェルマンのこの男の家の扉を叩いたのは誰だったと思う？　どんなにひどい事件が起こるところだった？　きみが考えるべきはそこだよ、ハドリー。いいかな、どこかの取り澄ました収集家が知ったかぶりをしてペラペラと自慢し、あたらしい金歯のように友人に見せびらかすために、この原稿が保存されるかどうかはどうだっていいのだ。一万ポンドの価値か、半ペニーの価値かもな。十九世紀に亡くなった男の精神鑑定を二十世紀の基準に照らしあわせてやろうとする愚か者どもに、もっと本を書かせるかどうかも。書かれておるのが、手書き原稿だろうが、初版だろうが、ベラム紙だろうが、モロッコ革だろうが、安物の紙だろうが。わしが関心をもつのは、この扉へのノックで、どれだけ壮大な血と暴力の夢が始まったかということだよ」

「いいですよ――そんなことはどうだっていいってことにしましょう」ハドリーは少し調子を

合わせた。「その話題にご執心ですね。わたしは気にしませんよ。それほど知りたくてたまらないならば、続きをサー・ウィリアムに訊ねたらいい。彼は読んでいますよ」

フェル博士は首を横に振った。「いや訊ねるつもりなどないな。最後の一行はわしにとって永遠の〝続きはまた次週〟にしよう。生涯わしはいくつもの答えを作りだしていくさ」

出口のない議論のあいだに、シーラ・ビットンは寝室へ消えていた。あれこれものを動かしていることが、仕切壁にゴンゴンとぶつかる音から伝わってきた。

「さあ、ここはおしまいにしましょう」ハドリーが提案した。「あなたがどんなことを夢に見たいとしても、あの暖炉は少なくともひとつのことは語ってくれましたね。原稿は燃やされた〝メアリー〟の手紙の下にありました。ドリスコルはロンドン塔へむかう前に原稿を燃やした。そしてビットン夫人が五時に侵入して、自分に不利な証拠を消したんですよ」

「それはわかっておる」博士がもどかしそうに言った。「だがな、よいかね。不謹慎なのも行儀が悪いのもわかっておる。だがな、一仕事だったし、酒の一杯も飲まずに数時間になる。そのあたりを探せば――」

「いいですね」ハドリーが答えた。「そこでわたしの推理のあらましを披露しますよ」

ハドリーが先頭に立って小さな書斎をあとにすると、侘びしいダイニングへむかい、テーブル上のモザイクガラスのシェードのランプをパチリとつけた。ランポールが思ったのは、まちがいなくこのドーム形の照明はフラットに備えつけのものだということだった。悪趣味なけばけばしさで、ゴールドと赤と青が交ざりあっている。この照明がどぎつく不気味な明かりを一同の顔に投げかけていて、興味深いことに、なんとなく死者の存在がほかのどの部屋よりも強く感じられる。その感覚が影のように恐ろしい現実味を帯びて強くなっていった。この埃っぽいダイニングのマントルピースでは、内部が金メッキされている大理石の置き時計の針が止まっていた。ガラス面が厚く埃で覆われているから、何日も前に止まっていたのだろう。それも、一時五十分で止まっていた。ランポールはその時間と、逆賊門の石段で血の気をなくして誰に見られることもなく横たわっているドリスコルの姿の鮮烈な記憶との一致に気づき、ふいに、この男のフラットにある酒など飲めないと感じた。

この瞬間にも、廊下を歩くドリスコルの足音が聞こえるかもしれない。彼は亡くなったというだけではない。斧を振り下ろすようにいきなりこの世から無の世界へと切り離されたのだ。食べかけのビスケットに齧《かじ》った跡が残っていて、彼の帰宅を待つ明かりはまだともっている。ランポールはしみのあるテーブルクロスに載ったオレンジの皮のかけらを見つめ、ぶるっと震えた。

「すみません」ランポールはびくりと身体を揺らし、思わず言った。「彼のウイスキーは飲めません。なんだか、正しいことには思えなくて」

「ぼくもです」ダルライが静かに言った。「あいつとはつき合いがあったのですから」

ダルライはテーブルにつくと、片手で目元を覆った。

サイドボードの奥を探っていたフェル博士が振り返った。清潔なグラスを何個か見つけていた。小さな目の周辺には皺が寄っている。

「きみも同じように感じるかね?」博士が問いただした。

「なにを感じるですって?」ハドリーは訊ねた。「ここに手つかずに近いウイスキーがある。わたしには濃いのを作ってください。ソーダはほんの少しで。なにを感じるですって?」

「彼がここにいるようにだよ」フェル博士が言った。「ドリスコルがな」

ハドリーはボトルを置いた。「バカなことを言わないでください」彼はいらだってそう答えた。「どうするつもりですか——わたしたちを怖がらせようとでも? なんだか、怪談話でも始めそうに見えますよ。そのグラスを寄こしてください。台所で洗ってこよう」

サイドボードにぐったりと身体を預け、博士は一瞬ぜいぜいしてからゆっくりと部屋を見まわした。

「いいか、ハドリー。わしが話そうとしているのは怪談ではないぞ。なにかが起きるという虫の知らせですらないからな。そうではなくて、夜の早い時間、レスター・ビットンと話をしておったときに思いついた途方もない当て推量について話そうとしておるんだ。そのなかには見込みのありそうな推理があってな、そのためにわしは怖くなったんだよ。いまではその臆病風が強くなっておる。これだけ遅い時間になっては、最高に頭がまわるとは言えんからな。やれやれ! この酒をもらって、何杯か飲まんとな。どうしても飲まなきゃならん。きみたちも同じようにすることを勧めるぞ」

ランポールはいたたまれなくなった。自分はバカか臆病者に見えると考えたからだ。今日一日の緊張で、頭の回転は少々鈍った程度ではなくなっていたのだ。

「わかりました」ランポールは言った。「たっぷり注いでください」ランポールがダルライをちらりと見ると、ダルライもしぶしぶうなずいた。

「あなたが話そうとしていることが、わかる気がしますよ。博士」ダルライが低い声で言った。

「ぼくはここにいなかったから自信はありませんが、それでも博士の言いたいことはわかる気がします」

「このわたしが関心があって話したい人物は」ハドリーが口を挟んだ。「当然ながらレスター・ビットンですよ。あなたもしっかりと気づいているだろう、博士。彼が殺人犯なんでしょう?」

博士は一同のグラスを並べた。ハドリーからボトルを受けとると、グラスを洗うべきだというハドリーの提案を手を振って遮り、酒を満たす。「レスター・ビットンにアリバイがあるとしたらどうする? きみはもう立件寸前、陪審員に審議してもらえそうだ——ただし、アリバイがなければの話だな。そこが気になるんだよ。教えてくれんか、ダルライ君。最後にサー・ウィリアム・ビットンを見たのはいつかね?」

「サー?」ダルライが顔をあげて、とまどった目つきで博士を見つめた。「サー・ウィリアムのほうですか?」彼は繰り返した。「ええと、今夜、あのかたの自宅でですね。メイスン将軍から、サー・ウィリアムがロンドン塔から帰るさいに付き添うように言われたので」

「将軍は原稿の所有権をもつのは誰か、サー・ウィリアムに教えていたかね? つまり、そもそも、きみは原稿の存在を知っておったかな?」

「知っていましたよ。サー・ウィリアムは誰にでも話すんです」ダルライが皮肉めかして答えた。「原稿のことは誰も知らないと言いながら、誰とでも秘密を分けあおうとしますから。打ち明けるのはあなたがたが初めてだとほのめかさなかったですか?」

「ああ」

「サー・ウィリアムは将軍にも、このぼくにも、同じことを言いました。ぼくたちは数週間前に聞きましたよ。でも、実物を見た者はひとりもいませんでした――今夜までは。ああ、そうですよ。あの呪われた品のことは知っていましたとも」

「将軍からアーバーに所有権があると聞かされて、サー・ウィリアムはどう答えておった?」

「それがおかしなところなんです。あっさりしたもので、〝そうか〟こう言っただけでした、と。そして黙りこくってしまいました。あの人もずっとそうではないかと思っていたことは、はっきりしていましたね。続いてこう言ったんですよ――」

ダルライはどんよりした目でドアのほうを見た。それは警告のようにやってきた。何度も繰り返されるうちに、ついには耐えきれないほどに大きく感じられた。電話のベルがふたたび鳴っているのだった。

電話のベルを聞いて背筋に寒気が走る者などいないはずだが、ランポールは凍える想いだった。騒がしく執拗な呼び出し音の合間の静寂にフェル博士が言った。「ミス・ビットンにあの電話をとらせるわけにはいかんよ、ハドリー」

ハドリーは書斎へ行こうとすぐに部屋を出てドアを閉めた。

誰も動かず、残された者たちにはシーラが廊下の突き当たりのキッチンで歩いている音が聞こえていた。ハドリーが電話で話していた時間はそれほど長くなかった。ほどなく書斎のドアが開けられ、一同は蝶番《ちょうつがい》がギーッと軋む音を聞いた。ハドリーはゆっくりと廊下を歩いてやってくると、ダイニングに入ってドアを閉めた。

「すべて終わりましたよ」ハドリーが言った。「コートを着てください」

「何事だね？」博士は訊ねた。ハドリーと同じく低い声だった。

ハドリーは目元を手で覆った。

「ようやく、あなたの言わんとすることがわかりましたよ。わたしたちと別れたときの彼がどんな気持ちでいたか、察するべきだった。せめて、ミス・ビットンの言ったことで警戒するべきだった。彼が死にたいと言った方法でした」

フェル博士はゆっくりとテーブルに手を置いた。「まさか――」

「そう」ハドリーが答えてうなずいた。「そのまさかです。レスター・ビットンが銃で自殺しました」

17　ビットン家の死

ハドリーの車でバークリー・スクエアへむかう途中かわされた言葉は、ハドリーがこの悲劇についてわずかながら知らされたことへの質問とその答えだけだった。

「電話がかかってくる十分ほど前に起こった。執事からの電話でした。家じゅうの者が深夜になっても寝ずにいて、執事もまだ起きていた。シーラ・ビットンの帰りを待つように命じられていたらしい。執事は食品庫にいるときに銃声を聞いて二階へ急いだ。レスター・ビットンの部屋のドアがひらいていて、煙の匂いがした。レスターが部屋のベッドに倒れて、銃を手にしていたそうですよ」

「それからなにがあった?」フェル博士が問いかけた。

「ホッブズ――つまりその執事はサー・ウィリアムを起こそうとした。だが、睡眠薬を飲んでいて、部屋のドアには鍵がかけられていたんですな。ホッブズは主人を起こすことができなかった。そこでミス・ビットンがわたしたちと電話で話していたことや、こちらの居場所を思いだし、わたしに連絡できないかと電話をかけてきた。ほかにどうしたらいいかわからずに」

「ビットン夫人はどうしておる?」

「訊ねませんでした」

「ふむ」フェル博士はつぶやいた。「ふむ、そうか。どうやら本当に自殺だったようだな」

ランポールは前の座席でふたりに挟まれていたが、ほとんど話を聞いていなかった。おかしなことに、レスター・ビットンで連想されるのはシーラのバカげた言葉、〝叔父様がチョコレートをもってきてくれたの〟だけだった。

開いたままの窓ガラスから湿気の多い冷気が吹きこんできた。車のタイヤが歌い、街並みの屋根の上では星が輝いている。電話を受けたハドリーは目立たぬように配慮した。シーラ・ビットンに叔父の死が告げられることはなく、一同はシーラをフラットに残して出発した。彼らが去ったあとでダルライが知らせることになっていた。

「彼女を自宅へもどさないほうがいいでしょう」ダルライはそう言ったのだった。「一緒に行っても妨げになるだけでしょうし、きっとヒステリーを起こします。シーラの大親友がパーク・レーンに暮らしています。シーラは叔父さんになついていましたからね。今夜はそのマーガレットのところにシーラを泊めてもらいますよ。それから、ぼくもあなたたちのもとへ合流します」

ランポールがただひとつ驚いたのは、博士がハドリーはアーバーに会うべきだと主張したことだった。

「あるいは、よくよく考えてみると」博士はからかうような表情でこうつけ加えたのだ。「わしを彼と会わせたほうがいいだろうな。アーバーはまだわしがハドリー首席警部だと思っておるからな。アーバーが心底怯えているこの段階になって種明かしを試みたら、なにもかもが罠じゃないかと疑うだろう」

「別に誰が会っても構いませんよ、アーバーがしゃべってくれるなら」首席警部はそっけなく答えた。「そのほうがよければ、あなたはここにいて彼を待っていてもいい。だが、一緒に来てくれたほうがずっといいですね。ランポール君を残しておいて、わたしたちがもどってくるまでアーバーの相手をしてもらえばいい」

「もっといい考えがあるぞ。アーバーをビットン家に連れてくるように言いなさい」

「ビットン家へ？　でも、そんなこと！　あなたもいざこざが起こるのはいやでは……」

「むしろ楽しみだな。アーバーがむこうでどんな行動をとるか。そのことをずっと考えていた。このフラットには哀れなマークスにいてもらって、警察が来たらビットン家へむかうよう伝えてもらおう」

かくして、そのように手配されたのだった。ハドリーのダイムラーは静まり返った通りを飛ぶように走り、ライトで照らされたダッシュボードの時計の針が一時近くを指したときに、バークリー・スクエアに到着した。

どっしりとした陰気な古い家並みが星空の下に連なっている。夜間に行き交う数少ない車の音が少し離れたピカデリーから漂ってきて、深夜の通行人の足音はぞっとするほど大きく響いた。タクシーの警笛がすぐ近くのチャールズ・ストリートから聞こえる。日中の名残《なごり》のかすかな霧は背の高い街灯の周囲と木々の細い枝先に集まったように見える。ビットン家の緩やかなステップをあがったところで、ハドリーが呼び鈴に手をあてた。

「引用句はふたつしか知らない」ハドリーは静かに言った。「だが、そのひとつをここで披露しますよ。どんな言葉かわかりますか？」

フェル博士が杖の尖端でステップをつつくと、鈍いトーンという音がこだました。博士は居並ぶ屋根に沿って南へ続く明かりを見つめた。

「〝罪は必ず自白される〟」博士は暗唱した。「〝罪はいつか自白される。自白からの逃げ道は自殺しかなく、自殺すなわち自白である〟（米政治家、ダニエル・ウェブスターの言葉）」

ハドリーは呼び鈴を押した。

重厚な扉がひらいたとき、室内に混乱の兆候はいっさいなかった。すべてのシェードがおろされてカーテンは閉められていたが、照明はみなともされていた。完全に静まり返っていて、それがかえって不吉だった。年老いたいかめしい顔の男が、一同をクリスタルのシャンデリアのある広々とした青いエントランス・ホールに招き入れた。扉を閉めると、チェーンを留めた。

「ハドリー首席警部でいらっしゃいますか？」老人が訊ねた。「お電話を差しあげましたホッブズでございます。二階へご案内してもよろしいでしょうか？」ハドリーはうなずいたが、ホッブズはためらっていた。「このような状況では、お医者様を呼ぶのが慣わしだと常々伺っております。けれども、レスター様はあきらかに亡くなられておりますので、そちら様がどうしてもと望まれなければ——」

「いま医者は必要ではないね。サー・ウィリアムはもう起きられたかね？」

「いまだにお起こしできませんで」

「ビットン夫人はどこだね？」

「ご自身のお部屋でございます。どうぞ、こちらです」

ランポールはホールの奥から囁《ささや》きが聞こえたように思った。下へ降りる階段の近くだ。だが、やはり静けさと秩序が保たれていた。執事は端から端まで絨毯を敷き詰めた階段へ一行を案内した。最上段まで続く壁龕《へきがん》にはブロンズ像があしらわれている。ここは空気が淀んでおり、ランポールはコルダイト火薬の薄れた臭気をはっきりと嗅いだ。

二階の廊下の暗がりに、まばゆい光が一条射していた。光の源であるドアまでやってくるとホッブズは道を空け、一同をなかへ入れた。

この部屋に入ると焦げた火薬の匂いが強まったが、乱れたものはなにも見あたらないようだった。天井の高い部屋で、コーニスの刳《くり》形と、またもや大きなシャンデリアがあり、くすんだ茶色と黄色の織物壁紙を背にしてふんだんに家具が備えてある。シェードを取り外した、まばゆいランプのついた読書机がベッドの足元につけて置かれ、抽斗《ひきだし》がわずかに開いていた。だが、乱れているのはそこだけだ。暖炉のなかに組みこまれた電気ヒーターが稼働していた。

レスター・ビットンはベッドに斜めに倒れていて、戸口から足が見えた。近づいてみると、きちんと衣類を身につけていることがわかる。弾丸が右のこめかみから入り、左耳の一インチほど上から出ていた。ハドリーの視線を追って、ランポールは弾が天井にめりこみ、木片がささくれだった場所を見わけることができた。死者の顔はふしぎなまでに安らかで、ほとんど血は流れていない。放りだした右手は手首の部分がねじれ、ウェブリー&スコット社の標準的なオートマチック四五口径の軍用モデルを握りしめていた。ただひとつ、本当にぞっとするのは焦げた髪の匂いだとランポールは思った。

ハドリーはすぐには遺体を改めず、低い声でホッブズに話しかけた。

「銃声を聞いたときに、食品庫にいたと言ったね。きみはすぐにここへ駆けあがってきて、このままの姿の彼を発見したわけだね。ほかに誰か銃声を聞いた人は？」

「ビットン夫人です。わたくしの直後にここにいらっしゃいました」

「ビットン夫人の部屋はどこだね？」

ホッブズは暖炉近くのドアを指さした。「あちらがドレッシング・ルームです。ビットン夫人のお部屋と通じております」

「ビットン夫人の反応は？」

執事はかなり身構えたが、同時に関心はないといった印象を押しだした。「なにもありませんでした。長いこと、立ちつくしたままご主人を見つめてらっしゃいました。そしてわたくしに、サー・ウィリアムを起こすように申しつけられました」

「それから？」

「自室におもどりになりました」

ハドリーは書き物机に近づき、隣の椅子を見てから振り返った。「レスター氏は今晩出かけていたね。ここへは十一時頃にもどったはずだ。きみは見かけたかね？」

「さようでございます。十一時になる直前におもどりになられ、まっすぐに読書室へむかわれました。ココアを所望されましたのでおもちいたしましたら、暖炉の前に腰かけてらっしゃいました。一時間半ほどしてからでしょうか、読書室のドアに差しかかったときに、室内に入ってほかになにかご用はないかとお訊ねしました。まだ同じ椅子に座ってらっしゃいまして、こうお答えになりました。〝いや、もうなにもいらない〟そこで立ちあがられると、わたくしの横を通って階段をあがっていかれました」ここで初めて、ホッブズは少し口ごもった。この男の意志の力はすばらしかった。「それが姿をお見かけした最後でございました。この……こうなる前に」

「それからどのくらい経って、銃声を聞いたのかね？」

「はっきりいたしません。五分は過ぎていたように思いますが、経っていなかったかもしれません」

「おかしな様子はあったかね？」

かすかなためらいがあってから、返事があった。「そう申しあげてよろしいかと存じます。レスター様はこのひと月ほど、人が変わったようになられまして。けれど、とりたてておかしいことは……そうでございますね、興奮してらっしゃったでしょうか。いつものレスター様ではないようでした。ほかにはなにも」

ハドリーは床を見おろした。絨毯はとても厚くなめらかな毛足で、足跡のように歩いた経路をたどれるほどだった。一行はドアの近くに立ったままだったが、ランポールがハドリーの視線をたどると、レスター・ビットンがおこなったにちがいないことが鮮明にわかった。レスター・ビットンは体重のある大柄な男だった。もっと体重の軽い人物のものならば足跡は消えていただろうが、彼のそれは残っていた。まず、暖炉へむかっていた。続いて暖炉にむかいあう読み物机へ。ひらいたままの抽斗が銃の収納してあった場所だと物語っている。そこからレスターは寝室用だんすへ歩いた。この鏡は傾けてあり、背の高い男がはっきりと顔を見ることができるようにしてあった。足跡は深く残っていた。ここでしばらく立っていたにちがいない。

最後にまっすぐベッドへ歩いている。背中を下に、ベッドへ倒れこむ恰好になるようにして、オートマチックの銃を構えたのだ。

「銃は本人のものかね?」ハドリーが訊ねた。

「さようでございます。以前に拝見したことがございます。あちらの机の抽斗にしまわれておりました」

ハドリーは拳《こぶし》を手のひらに打ちつけ、静かにそしてしっかりと、あたりを見まわした。

「本日のレスター氏の行動を、包み隠さず話してもらいたい。きみの知るかぎりでいいから」

ホッブズの手はズボンの両側を引っ張っていた。年老いて、いかめしく、骨張った顔はやはり関心をしめさなかった。

「かしこまりました。わたくしはレスター様に気を配っておりました。お加減が少々心配だったからでございます。お仕事であまりにも根を詰めておいででした。それがわかりましたのは」——視線がわずかに上をむいた——「レスター・ビットン少佐に長年お仕えしているからでございます。今朝は十時三十分頃にこちらをあとにされまして、正午におもどりでした。フィリップ様のフラットへ行かれたはずです」

「もどったときに、なにかもっていたかね?」

「なにかもっていたかですか? たしか」——ためらい——「たしか、包みのようなものをもってらっしゃったはずです。茶色の包装紙にくるんでいました。午後の早い時間にまた外出されました。昼食を召し上がってないことはわかっております。サー・ウィリアムが早めにお出かけできるよう、毎月この週の月曜日の昼食は午後一時ではなく正午だからです。おもどりになったときにレスター様にそのように念を押しますと、ココアを部屋に運んでくれたらそれだけでいいとおっしゃいました。ふたたび外出されたのは……サー・ウィリアムが車で不運な出来事に見舞われた直前です。泥棒があったのですよ」

「レスター氏はシティへ行かれたのかね？」

「その、そうは思いません。お出かけになるさいに、シティに行かれるおつもりでしたサー・ウィリアムが、車で送ろうとレスター様に申し出られたのです。ですが、レスター様はオフィスへ行くつもりはないとおっしゃいました。あのかたは……散歩してくると言われたのです」

「そのときの様子はどうだったね？　緊張していた、それとも怒っていた？」

「そうでございますね、落ち着かないご様子だったと申しあげられましょうか。新鮮な空気をほしがってでもいらっしゃるようでした」

「それから何時頃にもどってきたかね？」

「覚えておりません。奥様がフィリップ様のひどい知らせをもって帰られたので――」ホッブズは首を横に振った。下唇を噛《か》みしめ、冷静さを保とうとしていた。声の震えを抑え、いつしかベッドへ吸い寄せられてしまう視線を留めようとした。

「これで終わりだよ、ありがとう。下へ降りる前に、もう一度サー・ウィリアムを起こしてみてくれないかね」

ホッブズはお辞儀をしてドアを閉めて出ていった。

「思うに」ハドリーが仲間を振り返って言った。「あなたたちふたりは一階へ降りたほうがいいだろう。わたしは捜査しなければ……念のために。言っておくけれど、気持ちのいい捜査などではないですからね。あなたたちにできることはなにもない。ただアーバーが到着するときに、下で待っていてもらいたいんですよ。あの男の身柄なんか拘束するんじゃなかったな。さて？」

フェル博士はうめいた。ベッドに近づき、死体に身を乗りだして、眼鏡を支えてちらりと見た。それからランポールに合図をすると、なにも言わずに身体を揺すってドアへむかった。

無言でふたりは階段を降りた。ランポールは背後のどこかで掛け金を閉めるカチリという音を聞いたように思った。二階の廊下のどこかに人影を見た気もする。けれども、盗難と殺人事件でまともに考える力がすっかり歪《ゆが》んでいるところに、この古めかしい邸宅のいかにも幽霊の出そうな雰囲気に呑まれて、ほとんど注意をむけることができなかった。ロンドンの全地区のなかでも、このメイフェアほどこだまと影が満ちている場所はないと思った。ランポールは初めての街での夜の散歩が好きだ。そういえば一度、メイフェアを灰色の黄昏時《たそがれ》に探索したことがあった。空気中に雨の香りが感じられたあのとき、現実にこの地区に人が暮らしているとは信じられなかった。入り組んだ細い通りには空き地がいくつもあった。予想外のところに家があって、ふいに道がカーブして空に突きだす煙突が見えたり、鎧戸を下ろした大邸宅が並ぶただなかに、田舎町のように照明がまばゆく輝く店の居並ぶ横道が続いていたりするのだ。どこもかしこも、かつてサッカレーが『虚栄の市』で描いたベッキー・シャープが馬車に乗り、ウォータールーの戦いの第一報が告げられた当時は人々がにぎやかに暮らした地区だったが、現在では生活感がない。鈴懸の木がさわさわと揺れる。自転車で配達中の小僧が身体を倒して飛ばしながら、ピーッと口笛を吹いて通り過ぎていく。マウント・ストリートの先のひらけた場所に、この地区の西の境界線となるハイド・パークの柵が見え、バークリー・スクエアではタクシーがほんの数台、忍耐強くじっと明かりをつけて客を待っていた。そこでついに、雨が落ちてきた。

　メイフェアの東端、リージェント・ストリートで御影石の柱の前を赤いバスがびゅんびゅん行き交う様子は誰でも想像できることだろう。南端まで行くと、エロス像がその矢でネオンサインの輝く壁を狙っている。あらゆる脇道からルーレット台の中央にむかうようにピカデリー・サーカスへ人混みが吐きだされてくる。けれども、ランポールにはこのメイフェアが現実だとは思えなかった。サッカレーの物語の世界こそ現実である。サッカレーはそれをアディソンとスティール（共同でスペクテイター紙を創刊）から受け継いだのだ。

　ランポールは場札からカードを次々と引いていくように光景を思いだしながら、フェル博士に続いて一階の廊下を歩いていった。博士は本能からか読書室を見つけていた。奥まったところにある白い壁と、ここもやはり天井の高い部屋だった。三面の壁は窓の周辺でさえも、本のためだけに作られていた。白く塗られた棚は、黒っぽい古い書物と驚くほどくっきりと対比をなしている。クリーム色の板壁の四番目の壁には白い大理石の暖炉があり、その上にはサー・ウィリアム・ビットンの全身の肖像画がかけられていた。暖炉の両脇には庭に臨む細長い窓がふたつ。

フェル博士は薄暗い部屋の中央に立ち、興味深そうにあたりを眺めていた。暖炉の小さくなった炎が真鍮《しんちゅう》と鉄のなかで燃えている。暖炉周辺には詰め物をたっぷりとされた椅子にかこまれて、ピンクのシェードのランプがテーブルの上で赤々ともっていた。それを除けば読書室はとても暗く、青い窓越しに星と庭の枯れた植え込みが見えるほどだった。

「いまとなっては」博士が低い声で言った。「ありがたいと思うのはひとつだけだ。アーバーがまだわしをハドリーだと思っておることだよ。アーバーを最後までハドリーへ近づけずに済むかもしれん」

「そんなことに感謝なさるのですか？　どうしてです？」

「うしろを見てみなさい」博士はあごをしゃくって言った。

ランポールはさっと振り返った。ローラ・ビットンが厚い絨毯の上を歩いてきていた。一瞬、彼女だとわからなかった。

ずっと老け、そしてずっと物静かになったように見えた。しっかりした足取りと冷静な茶色の瞳で、今日の午後に自信満々で衛士詰め所にやってきた生命力あふれる若い女性と同一人物とは思えなかった。目は少し赤くなり、顔はひきつってどんよりとしており、顔色が悪くてそばかすが目立っている。

「あなたたちに続いて降りてきました」夫人は冷静に言った。「ほかの部屋で話している声が聞こえて」その声は夫が死んだことを理解できていないかのような奇妙な感じがした。ふいにこう言った。「この件は全部ご存じなのね？」

「どういうことですかな、ビットン夫人？」

夫人の身振りから、昼間の意志の力と尊大な態度を連想することはできた。落ち着きと軽い皮肉も。

「あら、ごまかさないで。フィリップとわたしのことよ。突き止めたんでしょう」

フェル博士はうなずいた。「夕方に彼のフラットに押し入るべきではありませんでしたな、ビットン夫人。姿を見られておりましたよ」

夫人が顔色を変えることはなかった。「そのようね。鍵はあったけれど、フラットで見つけたノミでドアの錠を壊しました。泥棒のように見せかけようとして。でも、うまくいきませんでした。それはどうでもいいの。言っておきたいことがひとつだけ……」だが、夫人は続きをしゃべることができなかった。ふたりの顔を交互に見やり、くちびるを閉じた。

沈黙が続いた。

「マダム」博士が杖に寄りかかって言った。「おっしゃろうとしたことは、わかっておりますよ。口にしたらどう思われるか気づいたんでしょう。あなたは、ドリスコルを愛したことなどないと言おうとしたんだ。マダム、いまさらそんなことを言うには遅すぎませんかな？」

博士の太い声にはなんの感情も込められていなかった。声を張りあげることも、声音を変えることもなく、博士はしげしげと夫人を見守った。

「主人が手にしていたものをご覧になった？」夫人が訊ねた。

「ええ」博士がそう答えると、夫人は目を閉じた。「マダム、見ましたよ」

「銃ではないの！　もう片方の手のこと。あの人、抽斗から取りだしたのよ。わたしの写真を」

夫人はしっかりした口調でしゃべった。茶色の瞳は感情に欠けどんよりしていて、あごはこわばっていた。「それを見てわたしは部屋へもどりました。窓辺に座って暗い外を見つめていたんですよ。言い訳をするつもりだと思っているのなら、あなたはなにもわかっていません。そうじゃないの。主人がベッドでことされているのを見てから、何千、何百万の面影が見えました。とても数えきれないぐらい。全部主人の姿でした。あの人と過ごした人生がすべて甦《よみがえ》った。いまは泣けません。昼は泣きましたよ、フィリップの死を想って。でも、いまは泣けないんです。わたしはたしかにレスターを愛していた。考えかたがあまりにもちがうから、あの人を傷つけることになっただけです。自分自身を裏切った女はわたしが初めてじゃありません。でも、レスターを愛していたのは本当のことです。あなたが信じてくれてもくれなくても、どうでもいいけれど、とにかく話しておきたかった。では、失礼します。今度はたぶん泣けるわ」

夫人は戸口で立ち止まり、震える手を乱れた茶色の髪にやった。

「もうひとつ、言いたいことがありました」夫人は静かな声で言った。「レスターがフィリップを殺したんですか？」

長いこと、博士は身じろぎしなかった。ランプを背にした巨体はシルエットとなって、杖に寄りかかる。それからうなずいた。

「その考えは胸にしまっておきなさい、マダム」博士は言った。

夫人が去り、ドアが閉まった。

「気づいておるか?」フェル博士はランポールに訊ねた。「それとも、気づいていないか? この家には悲劇があふれておる。もう悲劇を増やすことはない。レスター・ビットンは自殺して、ドリスコル事件の捜査は終了。ハドリーが満足するならば、公にする必要はない。〝未解決〟とすればいい。レスター・ビットンは金銭のトラブルが原因でみずから引き金を引いたんだよ、実際にそうであれ、想像であれ。それでも——」

博士がどこまでも続く本の壁の下でふさいだ表情のままで立ちつくしていると、ホッブズがドアをノックした。

「失礼いたします」ホッブズが言った。「なんとかサー・ウィリアムをお起こししました。鍵がドアの内側から差されたままでございましたので、勝手ながらプライヤーで外側からまわしたのです。旦那様はご立腹で、たいそうお加減がよくございません。フィリップ様が亡くなられてからお加減がずっとよろしくないのです。けれども、じきに降りてらっしゃいます。それから、別件がございまして」

「なにかね?」

「警察のかたが二名、玄関口にいらしております」——ホッブズはのろのろと話したが、声の調子をたしかに意識していた——「先だってまでわたくしどものもとに滞在しておられましたお客様とご一緒です。アーバー氏というおかたです。ハドリー様にこちらを訪れるように言われたとのことですが」

「うむ。少し内密の仕事をしてくれんか、ホッブズ。いいかの?」

「どのようなことでございましょう?」

「その警官たちをどこか見えないところへ連れて行ってくれ。ハドリー氏がこの読書室にいると話して、アーバー氏をここへ連れてきてくれんか。まだハドリー氏には到着を知らせる必要はない。わかったかな?」

「かしこまりました」

短い待ち時間のあいだ、フェル博士は重い足取りで絨毯敷きの床を歩きまわり、ひとりごとをつぶやいていた。ドアがふたたびひらくと、さっと振りむいた。ホッブズがジュリアス・アーバーを案内してきた。

18　アーバー氏、声を聞く

ランポールは炉端へ寄っていた。すべてが整頓された部屋で、暖炉の前のラグはいっさい乱れがなかった。クッションの効いた椅子が暖炉に近づけてあり、隣の小テーブルにはココアの焦げ茶色の跡が残るからっぽのカップが載せてある。ここでレスター・ビットンが静かに腰を降ろし、炎を見つめてココアを飲んでから二階の部屋へあがったのだ。ランポールの視線は、青い磁器のカップから部屋に入ってきたばかりの男へと移った。

アーバーはある程度、落ち着いていたが、気楽な様子ではなかった。視線はほの暗い部屋で白い鷲のように目立つサー・ウィリアムの肖像画に吸い寄せられ、不安をふくらませたように見えた。ホッブズに帽子やコートを預けてさえいなかった。自分の威厳にしがみつきたいのだ。浅黒い顔の口元には二本の皺《しわ》が刻まれている。絶えず指ですばやく眼鏡をいじり、大きな頭にぴたりとくしけずられた薄い黒髪をなでつけた。

「こんばんは、首席警部」アーバーが言った。帽子を左手にもちかえ、右手を大げさに伸ばしたが、フェル博士はこれに気づかなかった。「陳腐ですが、ここはおはようと言うべきでしょうね。その、ええと、正直に申しますと、首席警部、ここへ来るようにとの要請にいささか驚きましたよ。お断りするところでした。この好ましくない状況を理解していただきませんとねえ」

「そこに腰を降ろしなさい」博士が口を挟み、暖炉の近くへ案内した。「ここにいる同僚のことを覚えておいでかな?」

「ええ。その……はい、もちろんですよ。どうも」アーバーは曖昧にそう言うと、こうつけ足した。「サー・ウィリアムもここへ?」

「いや。心配しないでいいから、座んなさい」

「わたしが原稿を購入したことは、彼に伝わっているのでしょうね?」アーバーが問いかけた。

緊張した視線が肖像画へ漂っていった。

「伝わっておりますな。だが、いまとなっては問題ではありません。ふたりとも手に入れることは金輪際できませんから。原稿は燃やされました」

アーバーの手がすっと眼鏡に添えられてずり落ちないようにした。「つまり、あの男が――何者かが――そうですか」自信なげな身振りを見せた。「どうして燃やされてしまったのですか？ ひどいですよ。首席警部！ なんでしたら法に訴えて責任の所在を……」

博士は札入れを取りだした。残った原稿の一部分のみを注意しながら取りだし、思案するように眺めた。

「わたしに――わたしに見せてもらえますか、首席警部？」

アーバーはおぼつかない手つきで薄い紙を受けとり、ピンクのシェードのランプの下に近づけた。しばらく、裏返しながら調べていたが、ようやく顔をあげた。「まちがいない。ああ……まちがいない。首席警部、言語道断のおこないですよ、これは！ わたしのものなのに。このわたしの」

「その状態で価値はありますかな？」

「そうですね……」

「どうやら、多少は希望があるようですな。さて、わしの話をしっかり聞きなさい、アーバー」フェル博士はディケンズの『ピクウィック・クラブ』のウェラーが歳をとったところを連想させる理屈っぽい声で言った。「わしがあんたの立場ならば、この紙をポケットにしまったら、当面はすべて忘れますな。すでにどっぷりとトラブルにはまっておるから、これ以上のトラブルは望まれんでしょう」

「トラブルですって?」聞き返したアーバーの声は、あまりにも力が入っていた。原稿をつかんでいるその様子は、講演会の演台であがってしまいメモをつかんで棒立ちになっている男をランポールに想像させた。すべての点で冷静に見えるが、はためく紙で本心がさらされているのだ。

「わかっておるかね」博士はにこやかに続けた。「あんたを一日、二日ほど刑務所に入れて頭を冷やしてやろうとなかば思っておったことを? あんたは無実を証明できるかもしれんが、新聞で公になれば悲惨なことになるんじゃないかね、友よ。なぜ逃げたのかね?」

「逃げた? とんでもない!」

「このわしを騙そうとしても無駄だ」博士は不吉な声で言った。その声にはハムレットの父の亡霊がさりげなく復活していた。「スコットランド・ヤードにはすべてお見通しだ。あんたがなにをしたか、話してやろうか?」

博士はアーバーがロンドン塔をあとにしてからの行動を説明していった。細かなところまで正確だが、たくみに歪曲《わいきょく》したために罪のある男が法の手から逃げる話に聞こえた。

「あんたはこう言ったな」博士は締めくくった。「わしと直接会って伝えたい重要な情報があると。喜んで聞こうじゃないかね。だが、警告しておくぞ。あんたの立場は非常に悪い。真実をすべて話さなければ、なにか後ろ暗いことがあると想像するしかないからな、そうなれば……」

アーバーは椅子にもたれ、耳障りな呼吸をした。一日の緊張がたまっているうえ時間は朝に近くなっているし、殺人事件に始まるさまざまな経験のために、なにも言い返せない臆病な男になっていた。眼鏡の位置を直しつづけてサー・ウィリアムの肖像画を見つめ、ようやく気持ちを落ち着かせた。

「あの、そうですね」アーバーはつぶやいた。「ええ。それはわかります。首席警部、この状況はわたしに不利です。すべてをお話しします。もともとそのつもりだったのですが、いまとなってはそうするしかないようですし。あの、自分は二重に不運で危ない立場にあると感じていたのです。自分は警察だけではなく、犯罪者からの脅威にさらされているかもしれないと怯えていました」

飾り模様のシガレット・ケースを取りだすと、急いで一服して緊張を和らげてから、話を続けた。

「わたしは——本の虫です、首席警部。わたしの人生はゆったりしたものです。世間の煩《わずら》わしさとは無縁。そう、騒々しい世界とは交わりません。あなたのようにタフで、どうしようもない悪党と間近に出会うことに慣れている人は、犯罪の性質を帯びたこまりごとに直面して、わたしがどのように感じたか理解できないでしょうねえ。

始まりはこのいまいましい原稿でした。細かいことは繰り返しませんよ。昼間、詳しくお話ししましたからね。ここへやってきたのは、ビットンから原稿を受けとるためでした。不自然なことじゃないでしょう」アーバーはぐちっぽい口調で声を荒らげた。「自分の所有物を手に入れたかったのですから。でも、ためらいました。ビットンが予想の範囲を超えた変わり者だったせいで、こちらは悶々《もんもん》とすることになりまして」

「なるほど」フェル博士は言った。「あんたが言おうとしておるのは、ビットンを恐れていたということだな。そして原稿をちょろまかしてくれる者を雇うしかなかったと」

「まさか！」アーバーが必死になって肘掛けを握りしめてそう主張した。「それはわたしが言おうとしたこととは絶対にちがいます。あなたにそう思われるのがいやだったのですよ。今日の午後に同僚の人がほのめかしたように。それでみなさんには口を酸っぱくして言ったのですよ、法律に反するような手続きはとったはずがないと。とにかく首席警部、わたしはそんなことはやりませんでした。誓ってもいいです。そうした方法も思いついたことは認めますよ。ですが、そんな考えは捨て去りました。バカげてますし、正気じゃない。もしもばれたら――あり得ません！　泥棒なんか雇うつもりはなかった」アーバーは両腕を広げた。「原稿が盗まれたことには、ビットンに劣らぬほど、わたしも驚いたのですよ。最初に盗難のことを聞いたのは、いいですか、日曜の夜、ビットンが友人のスペングラー夫妻の家に電話をかけてきたときでした。その、わたしがどこにいるかたしかめるために。ところが、そこでですよ」

アーバーはフェル博士の冷たい視線をとらえ、口調にいままでにない熱を込めた。アーバーが真実を話しているのだとわかる。

「そこでですよ、同じ日の夜、かなり夜が更けてから、わたしはスペングラー家で別の電話を受けたのです」

「ほう！」博士はうめいた。「誰からの？」

「その男性は名乗ることを拒否しました。けれども、それは誰の声だったかわかったと断言していいかと。わたしは耳がよくてですね。たしかに知った声でした。もっとも聞いたことがあるのは一度きりですがね。その声はドリスコル青年の声だと思ったのですよ」

フェル博士は飛びあがった。アーバーをにらみつけたが、アーバーのほうも負けじとしっかりとにらみ返した。アーバーが先を続けた。

「頭のなかですべてを振り返って、確信しました。一週間前の晩餐であの青年には会っていましたからね。わたしがポオの原稿について調子にのりすぎた言及をして、あまりにもあからさまなほのめかしをしたときですよ。あの言葉を聞いていた可能性があるのは、ほかにはミス・ビットンとビットン本人です。青年のほかにテーブルについていたのはあのふたりだけでしたからね。したがって、電話の声を聞いてドリスコルだと確信したのです。彼はサー・ウィリアム・ビットンのものであるポオの原稿に関心はないかと訊ね、詳細を聞かせてきたのです。わたしがあの晩餐の席で語った言い回しが含まれていましてね、さらに確信を深めました。相手は原稿がわたしの手に渡されるとして、いくらならば払うかと訊ねました。払うか払わないかという質問はなしで。

わたしは、その、すばやい決断と迅速な行動に慣れていましてね、首席警部。ビットンの家族のひとりと交渉していることはたしかでした。あの声は、実際はどなり声でしたが、ごまかそうとしても難なく見抜けましたからね。家族との交渉は、雇った泥棒との交渉とはだいぶ異なります。厄介なことになっても、スキャンダルにはなりません。とにかく、わたしが起訴される事態になるはずもなかった。この人物は当然、わたしが原稿の本当の所有者だと知りませんでした。誰も知りませんでしたからね。ですから、相手が盗んだあとにこちらをゆすってやろうとひそかに思っていたとしても、わたしには笑いとばせる余裕があったのですよ。この相手だけが危険を背負うことになるのです。

一瞬、自分の立場を再考しましたよ、首席警部。そしてこの話が……そう……わたしの抱えるいくつもの困難をなによりも簡単に解決する方法だと認めたのです。原稿を手にできれば、いつでもビットンにわたしが所有権をもつと説明するメモを残し、わたしを信じずに訴えようとする場合に備えて弁護士を照会先として伝えれば済むのですから。あの男はそんなことはしないとわかっていましたがね。それに、その、はっきりしていましたよ」アーバーがためらってから言った。「この仕事の手数料の額も、ええと」

「電話の相手にはむこうの言い値で約束できたんですな」博士がそっけなく言った。「そして原稿を手に入れたら、五十ポンドを渡して残りは忘れろと言えばいい。原稿の所有権はあんたにあり、彼はたんなる泥棒だから。五十ポンドはあんたがビットンに払わねばならない額とほぼ同じだったでしょうな」

「かなり安あがりですよ。あなたはずいぶんと簡潔にあれこれ説明されますね。首席警部」アーバーはうなずき、タバコを何度か吸った。「この未知の人物が言ったことを承知して、原稿をすでにもっているのかと訊ねました。そうだと彼は答えましたよ。そしていくらならばわたしは払うのかとまた問いかけてきたのです。かなりの額を言いましたが、むこうはためらいました。わたしはもっと大きな額を口にしました。言うだけなら痛くも痒くもない。彼は了承して、翌日に待ち合わせ場所を知らせると言ったのです。スペングラー家に連絡が入ることになりましてね。むこうの要求は、彼の身元をけっして穿鑿しないことでした。絶対に伏せておける手段を見つけると話していましたね。思わずほほえんでしまいましたよ」

「それから?」博士は促した。

「当然、わたしはむこうが電話を切ったときに電話の発信元をたどろうとしましたが、不可能でした。小説では、あれほど簡単なのに。最大限に努力してみましたが実りませんでした。交換手にはそっけなく、できませんと言われてしまい」

「続けて」

アーバーは肩越しに振り返った。ふたたび落ち着きを失っていた。部屋の暗がりを見つめ、タバコの灰を自分に少し落としてしまったが、それにも気づかなかった。

「連絡を楽しみにしましたよ――そう、うきうきとして。一夜明けた今日、わたしはいつものように用事を済ませました。そして、先延ばしにしていたロンドン塔への訪問を実現させたのです。すでにお話ししたとおりの行動をとりましたよ。ロンドン塔から帰ろうとして殺人があったと聞かされて足止めされたとき、むやみに怒りはしませんでした。逆に――その、有名なスコットランド・ヤードの仕事ぶりを観察するのもおもしろいと思い、殺されたのは暗黒街の者だろうかと想像しました。なにか役立てるのならば、警察に話しかけられたときは、進んでいい証人になろうと決意したのですよ」

ふたたびアーバーは眼鏡をいじった。「首席警部、あなたは認めてくださるでしょうねえ、ポオの原稿についてわたしへの事情聴取が始まったとき、それはショックでしたよ。それでも、はばかりながら、わたしは冷静で……こう言っても許してくださると思いますが、あなたに勝ったと思いました。ええ、緊張はしていましたよ。あらゆる可能性を考えましたが、うまくあなたを騙せたつもりでした。それもあなたが被害者の名前を口にするまででしたが」アーバーはシルクのハンカチを取りだして、額の汗を押さえた。「わたしの心臓で自分の弱さが暴露されてしまうとは思わなかった。考えていたことが突然、危険で恐ろしいものに変わったわけでしてね。ドリスコルはわたしの要求どおり原稿を届けると約束していました。それなのに殺されてしまったのです。いまでも同じ想いですが、原稿のために殺害されたのだと考えるしかありません。憎むべき方法で、このわたしが一種の共犯になってしまったのですよ。殺人事件などというものの」アーバーはぶるぶると震えた。「繰り返しますが、わたしは本の虫なんですよ。このひどい事件を直接わたしと結びつける証拠はないようですが、危険はいくつもありました。それに原稿はどこへ？　あなたがたは、ドリスコルの死体からは見つけだせなかった。わたしは忘れたかったんですよ。あなたが気づかれたように、なにがあってもわたしは原稿を捜しだしてほしくはなかったのです。見つかれば、このわたしにつながる証拠があかるみになるかもしれなかったから」

「ここまでは」博士は言った。「納得できるな。それから？」

ランポールはとまどっていた。本来ならば博士はとっくに反論して、ドリスコルはアーバーに原稿を譲ろうなどとはしなかったと主張しているはずだ。けれども、いまの博士はぎこちなくうなずき、鋭い小さな目でこの収集家を見据えており、まるで一言一句を信じているかのようだ。そしてランポールもアーバーを信じたい衝動に駆られていた。納得できるただひとつの説明は、パニックに襲われたドリスコルがアーバーに危険な申し出をしたものの、翌日にはいくらか落ち着きを取りもどし、約束そのものを取り消そうと決めたというものだった。

「そこなのですよ」アーバーが咳払いをして言った。「そこが、首席警部、わたしの話でとにかく驚きの、信じられない部分ですよ。弱った心臓を抱えている状態で死ななかったのは幸運としか言えません。あなたには想像もできないでしょう」

「衛士詰め所でわしたちと別れたあと」博士はゆっくりと口を挟んだ。「あんたは命の危険を感じて、慌ててまともに考えられなくなり、ゴールダーズ・グリーンへ飛んでいきおった。それはどうしてだね？」

アーバーはコートにハンカチをしまった。話の山場に差しかかったようだった。話してしまう前にためらい、眼鏡をコツコツと叩いてじっと見つめてきた。

「首席警部」アーバーが言った。「あなたが絶対に信じられないと思う話をする前に、少し質問をさせてください よ。これは絶対に」――博士が身じろぎしたので、アーバーは必死に訴えようと片手をあげる仕草を見せた――「あなたの気をそらそうとしているのじゃありません。

事情聴取をしたあの部屋には誰が同席していましたか?」

　フェル博士はにらむようにアーバーを観察した。「わしたちが話をしておったあいだかな?」

「そうです!」

「うむ。ハドリー……いやその、わしの同僚。ここにいるランポール君。そしてメイスン将軍。それにサー・ウィリ……待てよ、ちがう! まちがった。ビットンはあの場にいなかった。メイスンの部屋に行ったあとだったよ、あんたへ質問しやすいよ——とにかく、サー・ウィリアムはメイソンの部屋にすでにむかっておった。そうだ。四人だけだった」

　アーバーが博士を見つめた。「ビットンはロンドン塔にいたのですか?」

「ああ、そうだ。だが、あのとき部屋にはいなかった。先を続けて」

「次に訊きたいのは」アーバーが言葉を選んで言った。「その、どういったらいいでしょうね え? 印象なのです、質問というより。電話で人と話をするのは、ある意味、機械の介入を別にすると、暗闇で人と話をするようなものですよ。おわかりですか、首席警部? 声の印象に影響を与える人柄や外見がない。電話で声だけを聞いた場合、そのあとに実際に話し手に会っても、その相手がわからなかったりします。外見や人柄が声の印象を消すからです。けれども、暗闇で話す声を聞けば……」

「言いたいことはわかるぞ」

「よかった! なんとかわかってもらいたかった微妙なこの点を、その、完全に、ええと、警察のかたに理解してもらえるか不安だったので」アーバーはあきらかにほっとして言った。

「相手にされなかったり、疑われさえするんじゃないかと怯えていましたよ」ごくりと喉を鳴らした。「あなたも覚えておいででしょうが、事情聴取が済んで帰っていいことになり、わたしは外に出ました。

あなたと話をしていたあの部屋のドアはきっちりとは閉まっていなかった。あのタワーのアーチの下はとても暗くてかなりの霧が出ていましてね。ドアの外に立って暗がりに目を慣らそうとしまして、スカーフをもう少しきつく首に巻きかけた。そうですよ、恐ろしくなったのです。それは認めます。なかなかあの場から立ち去れなかった。持ち場についた衛士がいましたが、わたしからは少し離れた場所に立っていましたね。立ち去るときに、いままでいた部屋のなかで話しているあなたのくぐもった声が聞こえました。

そのときですよ、首席警部」アーバーが拳を握りしめ、身を乗りだして言った。「人生であれほどショックを受けたことはなかったと思いますよ。部屋のなかでは気づかなかったのですが、それはおそらく、外見や人柄といったものが影響して耳から聞こえる音を妨害していたと思うのです。でも――あの暗闇で立っていると、部屋でしゃべる、ある声が聞こえてきました。囁きやつぶやきより少し大きな声でした。けれど、あの部屋から聞こえてきたのは、前日にわたしに電話をかけてきて、ポオの原稿を売ると申し出た声と同じだったのです」

19　ブラッディ・タワーの下で？

　この度肝を抜く情報はフェル博士にいささかも影響を与えたように見えなかった。身じろぎも、まばたきさえもせず、鋭く黒い目でアーバーをしっかりと見据えつづけていた。わずかに身を乗りだしたままで、杖に体重を預けていた。

「どうやら」博士はやがて言った。「声は本当にあの部屋から聞こえてきたようだな？」

「そう思いますよ。あの話しかたができるのは本人にちがいない。その言葉はわたしに話しかけられたものではなくて、会話の一部のようでした」

「その声はなんと話しておった？」

　ふたたびアーバーは緊張した。「首席警部、信じてもらえないですよね。ですが、お伝えできないのですよ。頭が痛くなるまで思いだそうとしたのですが、やっぱり思いだせなくて。それに、あの声を聞いたときのショックを理解していただかないとですねえ」彼は腕を振って、拳《こぶし》を途切れ途切れに握りしめた。「まずですね、死人の声を聞いたような気がしたのです。電話の声はビットンの甥のものだと誓ってもいいと思っていたんですからね。ところが、ビットンの甥は死んだ。そんなときに突然、あのぞっとするような囁きが。いいですか、首席警部。電話の声はごまかしているようだと言いましたね。どなり声だったと。それをわたしはドリスコルのものだと思った。けれども、取り調べの部屋の外で聞いたあれこそ電話の声だったのですよ。いまでは絶対の自信がある。あの声がどんなことを話していたかはわかりません。わたしはただ片手をロンドン塔の壁にあて、自分は頭がおかしくなったのだろうかと思うしかなかった。あの部屋で話をした人を思い描こうとしましたが、誰がいたかもたいして思いだせないと気づいたのです。誰が話をしていて、誰が黙ったままだったか思いだせなかった。あなたたちの誰が、そのときわたしの聞いた言葉を発したのか判断することは不可能でした。

自分の立場を考えてみようとしました。なにもかもが、ひっくり返ってしまった。電話でしゃべった相手はドリスコルだったと思っていましたのに、あの部屋に声の主がいた。あの部屋でわたしが話を聞かせていた相手は……確実に犯罪者で、しかも人殺しである可能性が高いのですよ。わたしは原稿の所有者であるという自分の立場を、完璧に説明し終えたところでした。そして誰だったか──誰だったか忘れてしまいました──念を押した人がいた。わたし自身の所有物を奪うために泥棒を雇えば、わたしは原稿のために払うと言った大金ではなくて、手間賃くらいを払うだけでよかっただろうと。わたしは……その、正直言いますと、頭で考えたことなどではなく、ただ感じただけなのですが。理由はわかりませんが、たしかに感じたのですよ、あの声の主がドリスコルを殺したのだと。なにもかもがおかしなことになってしまい、さらに悪いことに、自分の耳を信じるならば、その声はよりによって警察のひとりのものだったのです。

そんなことでなかったら、わたしはすぐに引き返してすべての話を打ち明けていましたよ。

でも、警察を味方につけることも、敵にすることも、どちらも不安だった。常軌を逸したふるまいだったと思います。でも、ほかになにも考えつけなかった。今夜遅い時間になって、何者かがわたしの別荘に侵入しようとしていると確信して初めて、どうなってもいいから、こんな宙ぶらりんの状態を終わらせようと決意したのですよ。お話は以上です、首席警部。わたしにはなにがなんだか、さっぱりわかりませんので、あとはあなたに期待するだけですよ」

アーバーは椅子にもたれた。途方に暮れて、すっかり元気をなくしており、またハンカチを取りだして額に押し当てた。

「それでも」フェル博士は物思いにふけって言った。「その声が取り調べの部屋から聞こえたと誓うことはできないんですな？」

「ええ。でも」

「さらに、その声が言ったことを一言も思いだせんと」

「残念ながら。わたしの話を信じていないようですね」

フェル博士はあごを引いて胸元に引き寄せ、瞑想する構えを見せた。いまにも講義を始めるかのようだ。

「さて、あんたの話は聞き終えたな、アーバー。こちらからも少し話がある。ここには三人しかいない。あんたの話はランポール部長刑事とわし以外の誰も聞いていない。忘れてしまってもいいのだよ。犯罪がおこなわれていなければ、わしたちはそれでいい。ただし、いまの話をほかの誰の前でも繰り返さないようにお勧めする。そんなことをすれば、刑務所か精神病院に拘束される大きな危険がありますぞ。自分の言ったことを自覚しておるかね？」博士は問いかけると、ゆっくりと杖をあげて指した。「あの部屋には四人がいた。それゆえに、その声は犯罪捜査部《CID》の首席警部のものか、彼の腕利きで信頼できる部下のどちらかひとりか、ロンドン塔の副長官かだと告発していることになる。だが、もしもあんたがこの供述を取り消して〝声〟は実際にドリスコルのものだったと言い張れば、殺人事件に関するゆゆしきトラブルに身をゆだねることになる。あんたの立場は頭を病んだ者か、犯罪の共犯者のどちらかになる。どちらかを選択したいかな？」

「でも、わたしが語っているのは真実なんですよ、誓ったじゃないですか」

「やれやれ」フェル博士は真剣な口調で言った。「自分は真実を語っているとあんたが固く信じていることはわかっておる。あんたは声を聞いた。問題は、誰の声なのか、どこから聞こえてきたのかだろう？」

「わかりましたよ」アーバーは落胆しきって言った。「でも、わたしにどうしろと？　これじゃ、八方ふさがりです。えい、くそ！　ポオやら原稿やらの話なんか聞かなければよかったですよ。それに命の危険にまでさらされてしまって。いったいなにを笑っているのですか、首席警部？」

「ほほえんでいただけだよ」フェル博士は答えた。「あんたが自分の命は危ないと怯えておることにね。そればかり心配しておるが、そんな心配はもういらない。殺人犯はこちらの手中にある。声があんたを傷つけることはできないと請けあおう。この件にはもう関わりたくないだろうね？」

「それはそうですよ！　いまのは犯人を捕まえたという――」

「アーバー、殺人事件はあんたの原稿になんの関係もなかった。忘れていい。それにあんたも、朝になれば心配事を忘れたい気分になるだろう。あんたは口の堅い男で、自分の得になるならば黙っておけるだろう。そこで、いまとなってはそうするように強くお勧めする。殺人犯は死んだよ。ドリスコルの検死審問は非公開で形式的なものになり、プレスは入れんだろう。取材させても、なんの役にも立たないから。だから、心配する必要はない。ホテルへ行って、眠んなさい。電話でもどこでも、例の声を聞いたことは忘れるんだ。あんたが口を閉ざしておくならば、わしも口を閉ざしておくと約束しよう」

「でも、今夜わたしを襲おうとした男がいて」

「その男は部下の警官で、あんたに知っていることをしゃべらせようと脅かしていただけだ。さあ、急いで帰んなさい！　あんたにちっとも危険など迫っていなかったのだから」

「でも」

「さあ、急いで帰んなさい！　ぼやぼやしているとここにサー・ウィリアムがやってきて、厄介なことになるが？」

　これほど効果的な説得はなかった。アーバーは殺人犯が誰か、詳しく問いただすことさえなかった。殺人犯が自分を狙っていないのであれば、悪趣味な殺人のぞっとするような詳細など徹底して避けたいという雰囲気に変わった。フェル博士とランポールが玄関まで送っていくと、ハドリーがいた。二名の刑事を玄関ホールで見送ったばかりだったのだ。

「どうやら」博士は言った。「これ以上アーバーさんを引き留めておく必要はないようだ。わしが話は聞いておいた。残念だが、わしたちの役には立たない。おやすみ、アーバーさん」

「わたしは歩いて――」アーバーは冷静に威厳を保って言った。「ホテルへむかいますよ。散歩すれば気が静まるでしょう。おやすみなさい、みなさん」

アーバーはすぐに去っていった。

「またあっという間に彼を帰してしまいましたね」ハドリーが不満を漏らしたが、たいして関心はないようだった。「あれだけ手こずらせてくれた相手を。だが、たいしたことじゃなかったとわかったんじゃないですか。アーバーはどんな話をしたんです？」

フェル博士は喉を鳴らして笑った。「ドリスコルが電話してきて、原稿を買わないかともちかけたそうだ。自分が共犯と思われるのではと不安になったらしい」

「でも、そんな！　あなたの話では……」

「ドリスコルはどうしようもないパニックに陥ったのだな。そんなことはしたはずもなかったろうに。それは確実だ。それにきみが指摘したように、原稿を燃やしたのもどうしようもないパニックにかられてのことだった。ところで、アーバーは死人の声に話しかけられたなどという、途方もない考えを抱いておったんだよ。なあ、ハドリー、わしがきみの立場であれば、あの男を検死審問の証言台には呼ばないな。あの男に話をさせれば、揃いも揃って頭がおかしいと思われるだけだ。アーバーは必要ないだろう？」

「ああ、そうですね。殺人に関する証拠でも見つけださないかぎり、あの男が呼ばれることはありません」ハドリーは疲れた様子で目元をこすった。「声とは！　やれやれ。あの男は老婦人のように神経過敏だな。わたしはそんなもののために部下の時間を無駄遣いさせて、挙句の果てに首席警部はまぬけだと思わせてしまったんですか。声などのために！　最初からずっと、ややこしい原稿は目くらましに過ぎなかったのか。それにしても、よかったですよ。アーバーが殺人犯の声が誰のものか確定しようとして事態を複雑にしないでくれて」

「同感だな」フェル博士が言った。

忍び寄るように、深夜の家の雑音が静寂のなかで軋《きし》んだ。シャンデリアのクリスタルが不気味にチリンと揺れ、どこかで足音が響いて通り過ぎた。

「さて、これで終わったな」ハドリーが疲れた声で言った。「一日ですべて解決ですよ、ありがたいことに。哀れな犯人は最適な方法で退場した。手続き上の質問をいくつかやったら、捜査終了だ。彼の妻と話をしましたよ」

「それで、この事件をどう処理するつもりだね？」

ハドリーが眉をひそめた。どんよりした目はどこを見るともなく廊下にむけられた。「そう、公式には〝未解決〟となるでしょうね。捜査を終わらせ、プレスアソシエーション（英国の通信社）にあっさりと扱うよう告示を出す。とにかく、公開の検死審問にしてあれこれ叩かれるのはごめんだな。この家にはもう悲劇が多すぎると思いませんか？」

「言い訳はせんでもよろしい、きみ。そうだな、悲劇は多すぎるさ。ところで、サー・ウィリアムはどこに？」

「自分の部屋です。ホッブズがドアを開けて起こした。その話は聞いていますか？」

「きみはサー・ウィリアムにこの顚末《てんまつ》を知らせたかの？」

ハドリーはいらいらして廊下を振り返った。「わたしはもうむかしのように若くはない」突然彼はそう言った。「深夜の二時ごときで、もう疲れきっている。彼とは少し話をしましたよ。だが、わかっていないようでしたね。睡眠薬の効果がまだ切れていなかったのかな。部屋の暖炉の前に座り、肩にガウンをかけていました。調子はずれの光景でしたよ。同じことばかり言いつづけていた。〝客人たちに軽食を出すように、客人たちに軽食を出すように〟自分が封建時代の領主だとでも思っているのか、夢と現実の考えをごっちゃにしているのか。彼は七十歳なんですよね。普通に話をしていると、年齢のことは感じさせないが」

「それで、これからどうするね？」

「監察医のドクター・ワトスンを呼びに行かせました。ドクターが到着したら、ビットンをしゃっきり目覚めさせるものをなにか処方してもらいますよ。それから」――ハドリーは暗い顔でうなずいた――「ビットンにすべてを話すという楽しい職務をふたりで共有しましょう」

夜風が煙突でつぶやいた。ランポールは読書室に飾られていた、あの白鷲のような顔で胸を張って立った肖像画を、そして孤独な家の孤独な男を思い起こした。いまでは老境の戦争推進派となり、自室の暖炉の細々とした炎の前でガウンをはおって背中を丸め、戦争の思い出を炎のなかに数えあげている。長く尖った鼻、ふさふさとした眉、演説家らしい口。あの男は、ウォータールーの戦いから帰還したウェリントン公爵を出迎える無数の旗が振られたときのメイフェアに住んでいて、幻のようにこだまする鼓笛隊の響きに合わせて首を振り、調子をとっているのだ。

ホッブズが廊下の奥から現れた。

「みなさん、サー・ウィリアムのお申しつけで、読書室にサンドイッチとコーヒーをご用意いたしました。それにウイスキーのデカンタもございます。そちらのほうがよろしければぜひ」

一同がゆっくりと廊下を歩いて読書室にもどると、まばゆい炎が火床の石炭をなめるように燃えあがっており、蓋つきのトレイがサイドテーブルに載っていた。

「サー・ウィリアムに付き添っていなさい、ホッブズ」ハドリーが指示した。「彼が――はっきりと目覚めたら、わたしに知らせにきてくれ。それに監察医が到着したら招き入れて、二階へ案内してくれ」

一同は疲労感をにじませて暖炉のまわりに腰を降ろした。

「最後の証拠を手に入れましたよ」博士がなかなか瓶が外れない酒瓶台をいじっていると、ハドリーがそう言った。「数分前にビットン夫人と話をしました。ここに降りてきて話をしたそうですね。夫がドリスコルを殺害したことは、あなたも納得していたという話だったが」

「夫人がそんなことを？――本人の意見はどうなのかね？」

「夫人はそこまで確信をもっていなかったですね。それも、わたしがすべての話を聞かせるまでの話だった。だから、これほど長く二階にいたんですよ。夫人からはたいして話は聞けませんでした。自殺前の夫と同じように憔悴《しょうすい》しきっているようだった。夫人の考えでは、レスターにそれだけのことはやれたと思うが、暗がりでクロスボウの矢を手にして待ち伏せするよりは、ドリスコルのフラットへ入って絞め殺すほうが夫らしいということでした。それにドリスコルの頭に帽子をかぶせるとは、どうしても思えないそうです。夫がその手のことを考えなかったことは誓ってもいいと。レスター・ビットンは想像力豊かなタイプではなかったから」ハドリーは顔をしかめて暖炉を眺め、椅子の肘掛けで指をトントンと鳴らした。「そこが気になりますよ、博士。その点、夫人はきわめて正しい。レスターに計り知れない奥深さがあったなら別ですが」

博士はハドリーに背をむけて飲み物を作っていたが、サイフォンに手をかけて動きを止めた。間を置いてから、振り返らずにしゃべった。

「きみは満足したと思っていたが？」

「そうですよ、たぶん。証拠から導きだされる人物はどう考えてもほかにいない。それに決定的なことがあって……レスター・ビットンに物まねの才能があったことを知っていましたか？夫人に話を聞くまでわたしは知らなかったですよ」

「そうなのか？」

「ええ。レスターのひとつきりの才能で、最近ではあまり披露していなかったそうですが。本人はそう——自分らしくないと思っていたんですな。だが、ビットン夫人の話では、兄のスピーチをおもしろおかしくそっくりに演じたことがあったとか。レスターならば嘘の電話ぐらい簡単にできたでしょう」

博士は好奇心に満ちた皮肉な表情を浮かべて立ちあがった。視線をサー・ウィリアムの肖像画へさまよわせ、くすくすと笑った。

「ハドリー」博士は言った。「それは予兆だよ。極端なまでの偶然だ。その話を捜査の初めに聞かんでいてよかった。わしには信じられんかったはずだ。混乱させられただけだったろう。いまとなっては遅すぎるが」

「なんの話です？」

「きみの推理したレスターの行動のあらましをすべて聞かせてくれんか」

ハドリーはチキン・サンドイッチとコーヒーを手に椅子に落ち着いた。

「ふむ、明白ですよ。レスターは旅行からもどったらドリスコルを殺すことにした。行動からすると、少しばかり頭がおかしくなっていたんです。そう考えれば、その後に起こったことの説明がつく。

最初は秘密にしようなどとは思っていなかったでしょう。レスターの計画は単純にドリスコルのフラットへ行き、絞殺することだった。そして今朝になって実行しようと決意した。ドリスコルに会いに行くことにしたんですからね。サー・ウィリアムの鍵を借りて、確実にフラットへ入れるようにした。それはふらりと立ち寄る者のすることじゃありませんね。

フラットへ到着したが、ドリスコルは留守だった。そこで部屋をあさったんですよ。妻と愛人の罪深い関係の証拠を探していたというところでしょう。ドリスコルの机にこぼれ落ちていた油と砥石を覚えていますか？　油はあたらしいものだった。おそらくはドリスコルがクロスボウの矢を研ぐ作業をしていて、机の上に隠しもせずに置いてあったんです。クロスボウの矢がレスターにとって重要だったことを思いだしてください。あれは妻と一緒に買い求めたものだった」

フェル博士は額をなでた。「その点は考えておらんかったよ」彼はつぶやいた。「予兆はまだ有効だ。続けてくれ、ハドリー」

「続いてレスターはシルクハットを見つけます。ドリスコルがいかれ帽子屋だとあたりをつけたにちがいないが、その件にはあまり興味をそそられなかったんですね。それよりも強く脳裏に甦《よみがえ》ったのは、シルクハットをかぶって死にたいというドリスコルの望みだった。レスターの心理状態がわかりますか、博士？　ドリスコル本人のシルクハットを見つけたぐらいであれば、暗示はそれほど強くなかったでしょう。だが、兄のものである帽子とくれば——舞台作りには完璧な品じゃないですか。

たちどころに、計画が頭に浮かぶ。ドリスコル殺害の罪を受け入れる理由などないと。自分とは関係のない場所でドリスコルを刺し殺し、盗んだ帽子を死体にかぶせれば、ふたつのことを成し遂げられるでしょう。まず、いかれ帽子屋が殺人犯だという印象をもたせることができる。だが、いかれ帽子屋はレスターが殺そうとしている当人なのです！　だから、警察はこの殺人の罪で無実の者をしばり首にすることもない。レスターはスポーツマンシップのある男で、そこを第一に考えたとわたしは信じますね。第二にこれならば、ドリスコルの仰々しい望みも叶えてやることができると思ったんです。
さらに、レスターからすると、あの矢を凶器に選ぶことが理想的だった。そもそも、意味のある品だったからです。それに、ドリスコルがひそかに矢をレスターの暮らす家から盗んだことを、レスターは知らなかったんですね。ドリスコルの机に載った矢を見て、当然こう想像した。ドリスコルはおおっぴらにそれをくれと頼んだのであり、レスター自身の家にいる誰かはこれがドリスコルの持ち物になっていたと知っているはずだと。だから、自分の家族から疑いはそれると思ったんです！　ドリスコルが安物の土産《みやげ》を盗んだことを苦心して隠そうとするなど、想像すらできなかった。くれと言えば手に入ったでしょうから。レスターは自分の妻が疑われていると知って、どれほどの恐怖に陥ったか想像できますか？」

　博士はウイスキーをあおった。

「思ったよりもいい推理じゃないか、きみ。絞首台の綱を引っ張る紳士はこの推理をおもしろがるにちがいない。続きを聞かせてくれ」

「おかしくなりかけた頭で、レスターはあたらしい計画を考えつく。ドリスコルがダルライに会うために、ロンドン塔へ一時に行くことはわかっていました。朝食の席で小耳に挟んだからですよ。妻も行くつもりだとはもちろん知らなかった。ドリスコルとふたりきりになりたかったが、ドリスコルがロンドン塔へ行くならば、ダルライと一緒に過ごすことはたしかだった。そうなると、殺人は極めてむずかしくなります。

　レスターのやったことはわかるはずです。帽子と矢を自宅にもちかえり、再度、早めに外出したんですよ。一時より前に。公衆電話からダルライに電話をかけ、ドリスコルの声をまねて、ダルライを外出させる。一時にロンドン塔へやってきたが、ドリスコルは現れなかった。ドリスコルは十五分遅れてきた」

ハドリーは焼けつくように熱いコーヒーを一口飲み、カップを置いた。拳を手のひらに軽く叩きつけた。「気づいていますか、そう、この事件の時系列を振り返ってみれば、ドリスコルがロンドン塔にやってきたのは、ローラ・ビットンが到着した数分あとだと？ドリスコルは遅れ、ローラは早く到着した。ドリスコルはメイスン将軍の部屋にやってくると、窓の外を見て逆賊門の近くにいるローラ・ビットンを目にした。つまり、レスター・ビットンはドリスコルをできるだけ早く殺害できる適切な機会を窺っていたから、ドリスコルとローラの到着を目撃した。まさか妻がやってくるとは予想していなかった。あきらかに待ち合わせだったから、見つかることを恐れて、待ち合わせが終わるまではドリスコルに手を出せなかったんです。レスターは待ちます。こう考えていたでしょう。ドリスコルのように好き勝手に行動する無鉄砲な性格の人間は、メイスン将軍の部屋でじっとしていられず、動きまわるはずだと。案の定ドリスコルはキングズ・ハウスから降りてきて、ローラとの待ち合わせにむかった。博士、ドリスコルが下に降りて柵の前でローラに会ったとき、レスターはブラッディ・タワーのアーチの下に潜んで、ふたりを見張っていたにちがいありません」

博士は深々と椅子に座っており、片手を目元にかざした。いまでは暖炉の炎がめらめらと燃えあがっていて、ランポールは眠気を覚えていた。

「レスターはふたりが話している光景を見た。どれだけ怒ったか、想像できますよね。怒りはふくらんでいき、姿を見せてふたりを殴り倒したいほどになったにちがいない。ローラ・ビットンが愛してると告げる声を聞いた——それに、思いがけない皮肉となって、我を忘れるほどレスターを駆り立てたにちがいないことが起こった。ドリスコルがまるで侮辱するように妻から急いで離れ、自分の隠れているブラッディ・タワーのアーチのほうへやってきたんですよ。レスターは考える。ドリスコルは自分の妻を愛しただけではなく、妻を侮辱したと。そのドリスコルが霧のなかで自分にむかって歩いてくる。そして、そのときレスターは手にクロスボウの矢を構えていた」

フェル博士は目元から手を放していなかった。指二本を放して隙間を空けると、きらきらと輝く目がふいに眼鏡の奥に現れた。

「なあ、ハドリー。ビットン夫人と話したときに、ドリスコルはブラッディ・タワーのアーチのほうへたしかにむかったと言ったのかな?」

「気づかなかったそうです。あまりにも動揺して、ドリスコルを見ていなかったそうで。振返って道なりに歩き始めたから——そうだ、覚えているでしょう、ラーキン夫人がビットン夫人を見ている。背をむけてブラッディ・タワーへむかう姿を見て、ラーキンも続いたんでしたね」

「ああ!」

「ビットン夫人はなにも隠そうとしなかった」ハドリーが物憂げに言った。「しゃべっていると、からくり人形か死人、そんなふうなものに話しかけている気分になりましたよ。ドリスコルはアーチの下へ行った。すべてが一瞬のうちに起こった。レスターの手がドリスコルの口に伸び、ねじふせて襲い、声も出さずにドリスコルは死ぬ。ビットン夫人は数秒後にアーチを通り抜けていく。愛人の死体を夫が壁に押しつけている横を。レスターは妻とラーキン夫人が去ったあとで、ドリスコルのハンチング帽を脱がせ、シルクハットをひらいた――あれは折りためるオペラハットでしたからね。コートの下に隠すのは簡単だ。これをドリスコルの目元まで覆うようにかぶせる。急いでアーチの下を出ると、柵越しに死体を放り投げた。そこで死体の後頭部が強打された。それからレスターはウォーター・レーン沿いの横手の門のひとつから、誰にも見られることなくロンドン塔をあとにすると、テムズ河にハンチング帽を捨てた――きっと、それからレストランに入って、仕事のあとの一杯のココアでなごんだんじゃないですか」

ハドリーは話を終えサンドイッチに手を伸ばしたが食べなかった。奇妙な目つきでサンドイッチを見つめ、トレイに置いた。三人とも口をひらかなかった。暖炉の炎は勢いよく燃え、石炭ははぜ、夜更けの静けさを際だたせる。頭上では、誰かがゆっくりとした歩調で行ったり来たり、行ったり来たりしていた。

窓のむこうでは、冷たい風が庭の枯れた植え込みをかきまわしていた。時計が節のある旋律を叩いた。そしてかすかに玄関ホールから声が響き、扉の閉まる大きな音がした。

そのこだまが家全体にうつろに響いた。頭上で歩きまわっていた者は立ち止まってから、ふたたびゆっくりと歩き始めた。

「監察医でしょう」ハドリーが言った。眠そうに目をこすり、こわばった筋肉を伸ばした。「もう少し手続き上の仕事をやったら、うちに帰って眠れますよ。この手の通常捜査を自分で指揮したのは何年ぶりかです。ほかの者にもう任せよう。疲れた――」

「失礼」戸口から話しかける者がいる。「少しいいですか?」

その口調はハドリーがはっと振りむく類《たぐい》のものだった。冷静な声で始まったが、途中でひどく口調が乱れた。まるで死人のような声だった。暗がりから現れたのは、ダルライだった。ネクタイは緩み、顔には汗が浮かんでいる。男たちをひとりずつ見つめていったその目は、うつろだった。

「なにも言うな!」フェル博士が突然、大声をあげた。「頼むからその口を閉じろ! 考え直したほうがいい――考え直すんだ……」

ダルライは手をあげて制した。「無駄です」そう言って、視線をハドリーに定めた。「すべてをお話ししたいと思います」ダルライがはっきりした声で言った。「ぼくがフィリップ・ドリスコルを殺しました」

20　殺人犯の告白

読書室は一同の驚愕のあまり物音ひとつせずに静まり返った。二階のあの足音でさえも、ここでの話が聞こえたがごとく、止まっていた。暖炉の炎が明るく静かに燃え、黄色の光がこの長く、青白く、ふさいだ顔を照らした。ダルライは無意識に襟《えり》を引っ張った。暖炉の炎を見つめて話を続けた。

「殺すつもりはありませんでした。事故でした。あとから隠そうとしてはいけなかったんです。それが失敗でしたよ。いまとなっては信じてもらえないでしょう。でも別に構いません。すべてをお話ししていれば、あなたがレスター・ビットン少佐を疑うことはなくて……少佐が自殺してしまうことも……あなたが少佐こそ犯人だと確信することもなかった。ぼくはこんなのに耐えられない。ビットン少佐は――真の友だったから。フィリップは自分のことしか考えない男でした。でも、ビットン少佐は……」ダルライは目元に手をやった。「眼鏡をなくしてしまって、よく見えなくて。腰を降ろしてもいいでしょうか？　もう立っていられません」

誰も動かなかった。ダルライはおぼつかない足取りで暖炉に近づき、腰を降ろし、手をかざしたところで、一同は彼が震えていることがわかった。

「このバカもんが」フェル博士はのろのろと言った。「なにもかも、台なしにしおって。今夜どれだけきみをかばおうと努力してきたことか。きみの恋人に会って以来な。自白してもどうにもならない。この家にもうひとつ悲劇を連れてきただけだ」

ハドリーが身体を起こした。まるで顔を殴られたのから立ち直ろうとしているようだった。依然としてダルライを見つめていたが、咳払いをすると言った。「まさか本当のはずがない。あり得ない。警察官として言っておくが、冗談ではなく……」

「ぼくは街を一時間歩いてきました」この若者は答えた。彼の肩は寒さでまだ震えていた。「友人の家でシーラにおやすみのキスをしたとき、これが最後で、次に彼女の姿を見ることができるのは被告人席からだと悟ったんです。とてもあなたにお話しできないと思っていた。でも、こんなふうに生きていくことができないことにも気づいたんですよ。ぼくは腐った男ですが、そこまで腐りきってもいない。自分を見つめ直そうとしばらく歩きました。でも、どう考えていいのかわからなかった。すべてが絡みあって」ダルライは両手で頭を抱えた。そこでなにかひらめいたように、あたりを見つめていった。「たしか、どなたかが言いませんでしたか──ひょっとして、どなたかもう知っていたと言われました？」

「知っておったとも」フェル博士が暗い口調でぴしゃりと言った。「きみに口を閉じておくだけの分別があれば……」

ハドリーは手帳を取りだした。指先が震えており、声はくぐもっていた。「ダルライ君」ハドリーは言った。「職務としてきみがここで話したことはすべて書き留めておくと警告しなければならない」

「結構です」ダルライが言った。「すぐにお話しします。いまは寒くて。ああ、そんなこと言ってる場合じゃないですね、でも寒いんですよ！　火のそばに座っているのに。ああ、それは――」ダルライはランポールが差しだした酒をまばたきして見つめ、奪うように手にした。「ありがとう、本当に。いただきます。そうなんです。事故だったと話しても仕方がないでしょうね？　本当を言うと、あれは自殺も同じですよ。そうなんです。あいつはぼくに飛びかかってきて、揉み合いになったんです。ああ、あいつを傷つけるつもりなんかなかったのに。憎めない奴だと思ってました。ぼくはただ――ただ、あのいまいましい原稿を盗もうとしただけで」

一瞬、息遣いが荒く乱れた。

「これは本当のことかもしれないが」ハドリーがそう言い、奇妙な目でダルライを見つめた。「だが、本当であってほしくない。どうやって一時四十五分にドリスコルのフラットで電話に出て、その数分後にロンドン塔でドリスコルを殺害できたのか聞かせてくれないか」

フェル博士がマントルピースの端を杖でコツコツと叩いた。「もう隠す必要もないな、ハドリー。もうどうしようもない。きみは核心を衝いたと言ってよかろう。その点から、きみの推理全体はまちがっておった。そう、ドリスコルはロンドン塔で殺されたんではない。自分のフラットで殺されたんだよ」

「自分の……そんな！」ハドリーは必死になって反論した。「そんな、まさか！」

「いえ、そうなんです」ダルライがそう言って、またウイスキーを飲んだ。酒の力で温まってきたようだ。「本当なんですって。フィリップがフラットにもどってきた理由は知りませんし、想像もできません。ぼくはフィリップがロンドン塔にいるように手段を講じたんですから。そのために自分あてに偽の電話をかけたんですよ。ぼくは――ぼくは原稿を盗めるようにあいつをフラットから追い払って、物取りの仕業《しわざ》に見せたかっただけなんです」

ダルライの身体の震えはここにきてほぼ収まった。だが反応は鈍く、疲れて眠くなっているように見えた。奇妙な、心ここにあらずといった口調は、まるで病人のようだった。

「だいぶ気分がよくなってきました」突然ダルライは言った。「気分がよくなりましたから、お話しします。ずっと黙っているなんてできませんでした。そんなふうには育てられていませんからね」

「最初から整理していこう」首席警部は言った。「ポオの原稿を盗みたかったと言ったね」

「どうしても」ダルライはそれだけで説明が事足りるかのように言った。「どうしてもですよ」

「どうしても？」

「ああ！」ダルライはつぶやいた。意識せずに手を目元にやって、眼鏡がないことに気づいた。

「ああ、そうです。お話ししていませんでした。とっさの思いつきだったんです。ひらめき、というのでしょうか。この屋敷から盗もうなどとは思わなかったでしょう。そんなことを考えつくはずも――ああ、でもどうでしょうね！　うまく説明できません。でも、あいつが日曜日の朝早くにロンドン塔へ電話をかけてきて、原稿の入った伯父さんの帽子を盗んでしまったと打ち明けたときは――」

「ドリスコルがいかれ帽子屋だと知っていたのかね？」

「なにをいまさら！」ダルライはかすかにいらだちをにじませて言った。「もちろん、知ってましたよ。もちろん、あいつはぼくを頼ってきたから手を貸してやりました。あいつは――あいつはいつも人の力を必要としていたんです。どちらにしてもぼくに打ち明けることになったんですが。あいつの選んだアイデアのひとつが、ロンドン塔から衛士の帽子を盗むというものだったから」

「こいつはしまった！」フェル博士はつぶやいた。「それは見落としていた。ああ、そうともな。卑《いや》しからぬ帽子泥棒であれば、それは必ず狙うだろう」

「黙ってくれませんか？」ハドリーが嚙《か》みつくように言った。「いいかね、ダルライ君。ドリスコルが衛士の帽子を盗むと言ったのだね？」

「そのとき、ぼくはひらめいたんです」ダルライは無気力にうなずいた。「ぼくは捨て鉢になっていたんですよ。借金取りに追われていて、一週間のうちにそれが表沙汰になるところだったから。それでフィリップとの電話で、その原稿はそのまま手元に置いておけ、うまい案を見つけだしてやるまで騒ぐなと言ったんです。そして日曜日の夜、またこの家に立ち寄って、行動を起こす前になにができるか探れと。その一方で……」ダルライは椅子にもたれた。「この週末のアーバーの居場所はわかっていました。ぼくは土曜日の夜にシーラと出かけたので、もちろんその話は知っていたんです。アーバーがこの家にいたら、大胆に電話なんかしなかったですよ」

「アーバーに電話したのは、きみなのか？」

「あれ。アーバーから聞かなかったのですか？　声でばれないかと心配でしたよ。だから今夜、この家にやってくると聞いてかなり動揺しました」

ハドリーは鋭い視線をフェル博士に投げかけた。「では、アーバーの話はどういうことだ？　あなたの話では、彼は電話の声の主がドリスコルだと確信していたということでしたが？」

「確信しておったぞ」博士は言った。「だが、きみは今夜ミス・ビットンの言ったことにじゅうぶんな注意を払っておらんかったようだな、ハドリー。覚えておらんのか、ドリスコルがどんなふうにあのお嬢さんを電話でからかったか。自分はダルライだと言って、お嬢さんがそれを信じたそうじゃないか？　きみはドリスコルによく似た声の持ち主だったんだろう、お若いの？」

「そうでなかったら」ダルライはつぶやいた。「こんなことは考えつかなかったです。ぼくは俳優じゃありませんよ。でも、あいつがぼくをまねることができるならば、ぼくにだってあいつのまねができるはずですよね。パーカーに電話して、約束の時間を変更するように言い、ぼくがあいつのフラットへ行くようにしたのです」

「ちょっと待て！」ハドリーがぴしゃりと言った。「わからない部分が出てきたぞ。まずアーバーに電話して原稿を買わないかともちかけたと言ったな。原稿はまだ手元になかったのにだ。それから……でも、なぜなんだね？　なぜ原稿を盗みたかったんだ？」

ダルライはグラスの酒を一気飲みした。「千二百ポンド必要だったんです」彼は抑揚のない口調で言った。

ダルライは椅子にもたれて、暖炉の炎を見つめた。目元に皺《しわ》が寄り、重い息遣いは落ち着いてきた。

「その話を少しさせてください」ダルライは話を続けた。「千二百ポンドは、ぼくの知っているたいていの人々には大金なんかじゃありません。でも、ぼくにとっては、一万二千ポンドと同じぐらいの額でした。

みなさんが、ぼくの生い立ちを少しでもご存じかどうかは知りません。父はイングランド北部の牧師で、ぼくは五人兄弟の末っ子です。語るほどの者ではありませんし、高望みもしてこなかったと思っています。教育は受けましたが、奨学金を得るためにかなり勉強しなければなりませんでした。ずば抜けて優秀な生徒ではなかったからです。自分になにか才能があるとしたら、それは想像力でした。ぼくはいつかなりたいと思うものがあって、滑稽《こっけい》かもしれませんが……いえ、自分の望みをお話しするのはやめておきます。とにかく書きたいものがあったのです。けれども、想像力は試験に合格する役には立ちません。トップに立ちつづけることはたやすくもありませんでしたが、たいして苦とも思いませんでした。そんなあるとき、ロンドン塔のリサーチをした関係でたまたまメイスン将軍に出会ったのです。むこうはぼくを気に入ってくれて、ぼくも将軍を気に入りました。それで秘書にならないかと声をかけてもらったのです。

そうした経緯でビットン家の人々に出会ったんです。おかしなことですが……その、ぼくはフィリップを尊敬していました。ぼくにないものをすべてもっていた。ぼくは背ばかり高く、臆病で、近視で、泥まみれの塀みたいに醜い。それにスポーツも得意じゃないし、女性たちはぼくに気持ちよく接してくれますが、どんなふうにほかの男に恋したかを語ってくれるばかりでした。

フィリップは——そう、あいつのことはご存じですよね。魅力のある男でした。あいつは光り輝く流星そのもので、ぼくみたいな、いわばとぼとぼ歩く荷馬車の馬があいつを窮地から助けてやるわけです。でもぼくは、自分の助言が受け入れられると感激したものですよ。でも、そんなときにシーラに出会ったのです。

シーラがぼくに目をむけたのは、どう考えても変でした。ほかの女性たちは、そんなことをしませんでしたから。すべてお話しすると決めましたから話しますが、ぼくはその、どれだけ彼女を崇拝しているか言いつくせないほどです。こんなことを話すのはおかしいでしょうが」

ダルライは周囲を見まわした。だが、どの顔にも表情はなかった。

「周囲もやはり変だと思ったようです。フィリップの友人たちですね。ここで使った変とは、滑稽という意味です。ある立派な若い伊達《だて》男は、〝老けた牧師《ぼくし》面《づら》とおつむの足りないビットン家の娘〟と表現しましたよ。牧師面と呼ばれることはまったく気になりませんでした。みんなそう言うから。でも、もうひとつの表現は……言われてすぐには、なにもできませんでした。ほかの機会を見つけてその男とある夜対決して、おまえの顔が気に入らないと言って、殴りつけましたよ。その男は家にこもって一週間外出しませんでした。ですが、あいつらはまた人を笑うようになったんですよ。〝ロバートおやじ、卑怯な奴〟と言って。そしてぼくがシーラの金目当てだと言ったんです。そんなひどいことがありますか。そうこうしているうちにシーラとぼくは愛しあい、そのように想いを伝えあったのですが、シーラのお父さんがこれを知るとさらにひどいことになったのです。

お父さんはぼくを呼んで話を聞くと、連中と同じようなことを言いました。自分がなんと言ったのかはっきり覚えていませんが、お父さんは汚れた金でも受けとれる人ですよねと言ってしまって……つい。これにはさすがのサー・ウィリアムも驚いていました。シーラとぼくはどうにかして結婚するつもりでした。でもなんだか、あのサー・ウィリアムはかなり考えあぐねてしまい、レスター氏があいだに入ってくれたんです。でもなんだか、あのサー・ウィリアムがぼくに言われたことを気に病んでいたとは思えませんね。そしてぼくのところへやってくると、あごを掻きながら切りだしました。〝とにかく、家族が分裂しないようにしよう〟と。あの人が言うには、シーラはまだ自分の面倒も見ることができないんだから、一年待ってまだ同じ気持ちだったら結婚しろと言われました。ぼくはわかりましたと返事をしましたよ。ただし、いっさいの援助なしに、あたらしい家族を養っていくつもりでした。

次の部分は飛ばしましょう。フィリップは楽に金を稼げる方法を教えてやると言いました。そうすればすべては丸く収まると。ぼくはどうしようもなく必死だったのです。サー・ウィリアムは〝一年〟と言いましたが——ぼくたちはどちらもよく知っていた——最後には、ぼくの将来は明るくなっていないと言われて終わることになるだけだと。それに、いい縁談がたくさんあるというのに、シーラがぼくを待ってくれるとも思いませんでした。そこが肝心なところでした。

〝金を稼ごう〟としてぼくは窮地に陥りました。けれども、気にしないでください。自分が悪いんです。フィリップときたら……」

ダルライはためらった。

「どちらが悪いわけでもなかった。ふたりで手を出したことですが、失敗したのはぼくで――とにかく、シーラのお父さんの耳に入ったらぼくは一巻の終わりでした。それで一週間のうちに千二百ポンドを手に入れなければならなくなったんです」

彼は椅子にもたれて目を閉じた。

「変だな。〝老けた牧師面〟のことしか考えられません。みんな、ぼくがカクテルを作るだけでも笑い物にしましたよ。とにかく、フィリップから原稿を盗んでアーバーに売ろうという、とんでもないアイデアが頭に浮かびました。正気じゃないアイデアだ。ぼくはまともじゃなかった。言い訳はできません。本当に進退きわまったとき、ぼくはフィリップと同じように子どもじみていました。

この企《くわだ》てのことはご存じですね。フィリップには日曜日の夜に、朝になったら電話しろと言いました。電話してきましたよ――必死になって。またあらたなトラブルに足を突っこんでいたんです。それはあの――あの夫人の件でしたが、電話がかかってきたとき、ぼくは知らなかった。フィリップにはすでに、原稿を隠さねばならないという印象を擦りこんでおきました。部屋に保管しておくようにと。それはぼくが原稿をフラットからもちだせるためにでした。

フィリップは言われたとおりにしましたよ。一度あいつはシーラのお父さんの車にもどそうとしました――それはご存じですね――ロンドン塔へぼくに会いにくる前に。けれど失敗すると、ぼくの指示の印象が鮮烈で、あいつはロンドン塔へむかう前に、フラットにもどって書斎の暖炉の火床の奥に原稿を隠したんですよ。

偽の電話をかけるのは簡単でした。最初の電話は本物です。二度目の電話のとき、ぼくは記録室にいました。たんにそこからパーカーにかけて、フィリップ・ドリスコルとしてしゃべっただけです。パーカーが、塔内に設置されたパイプの伝声管を使ってぼくに電話だと知らせることはわかっていました。それでぼくはふたたび電話に出て、〝もしもし、フィリップか！〟と自分の声でしゃべり、彼の声で自分に返事をすると、パーカーは電話を切ったのです。すべてが計画どおりでした」

ダルライはしばらく口を閉ざすと、両手で頭を抱えた。炎がはじけた。ハドリーはずっと同じポーズだった。

「でも、急がなければなりませんでしたね。計画は単純なものでした。ホルボーンの修理工場に将軍の車を置いて、フィリップのフラットに急ぎ、原稿を盗むのです。それから窓を開けてフラットを少し荒らして、物取りの仕業に見えるように適当な品をいくつか盗むつもりでした。原稿を盗むことに少しもためらいはありませんでしたよ。フィリップがサー・ウィリアムから原稿を盗んだと非難されるとは考えられませんから。サー・ウィリアムにばれるとは考えられなかった。フィリップが直面しそうなただひとつの危険は、原稿を返却しようと試みなければ生じない。それにですね！　あのサー・ウィリアムから盗むことをぼくがためらうとでも思いますか。背中からシャツだってはぎとってやりますよ。あの人のことは、そんなふうに思ってます。あのいまいましい……いえ、気にしないでください」

ダルライはテーブルのウイスキーを手にすると、タンブラーの半分近くも注いだ。だんだんけんか腰になっていく彼の頰は、鈍く紅潮していた。不安定な心を伝えるようにボトルの縁がグラスにあたってカチカチと鳴った。ダルライは生《き》のウイスキーをストレートでほぼ飲み干した。

「申し分のない計画だと思いましたね。フィリップがこのぼくを疑ったとは思いません。フラットに行くと予定通り彼は留守で、原稿を捜す時間はたっぷりありました。捜しているあいだに、ロンドン塔のパーカーから電話がかかってきました。うっかりその電話に出るというヘマをやらかしましたよ。動揺して。でも——あとになって」彼は少し咳きこんだ。「あとになってアリバイを提供してくれました。一時四十五分になるかというときでした。

いいですか！　しばらく書斎をひっくり返して捜していたんですよ。最初は暖炉の火床を見ようとは思いませんでした。ようやくそこを捜して原稿を見つけたんです。急ぎませんでした。フィリップは何事もなくロンドン塔にいて現れるはずがないと思ったからです。原稿を念入りに調べてポケットにしまいました。部屋をもう少し荒らそうとしたところで……。

物音のようなものがしたので振り返りました。そうしたら、戸口にフィリップがいてぼくを見ていたんです。しばらくそこに立っていて、すべてを見ていたことがわかりましたよ」

残ったウイスキーをダルライは喉に流しこんだ。ダルライの少しも動かないうつろな視線に恐怖があふれてきた。なにかを探るように、少し片手を差しだした。

「怒ったフィリップを見たことがないでしょう？　怒ると手がつけられない男になるんです。そいつが戸口に立って、険しい息遣いで、口をぎゅっと結んでいる。そんな彼を一度見かけたことがあります。あいつが男をペンナイフで殺そうとしたときです。その男に着ているものをからかわれたってだけで。いわゆる――凶暴《ベルセルク》になって、どうしようもなく危険になったんです。部屋は寒くて静かで、あいつの呼吸とぼくの時計がチクタクなる音がして……。あいつは絶叫し始めたんです。まさに鬨《とき》の声ですよ。あのときのフィリップのようなひどい罵《のの》りを聞いたのは初めての経験でした。とても暴力的な言葉遣いで……どう表現したらいいのか……ひどい悪態でした。あいつは茶色のハンチング帽をかぶっていたんですが、それを耳が隠れるまでぐっと引っ張りました。飛びかかってくるつもりだなとわかりましたよ。ふたりで何度か柔らかいグローブをつけてボクシングをやったことがあります。でも、あいつとスパーリングするのはやめました。ぼくのほうがボクシングはうまいんですが、あいつのガードのなかにうまく入りこむと、自制心を失ってナイフで戦いたいと言いだすんです。危険な山猫のような男でした。すぐにけってきたりと、卑怯なことでも平気でやるんです。とにかく、あいつは腰を低く落としました。ぼくは言いましたよ。〝フィリップ、頼むから、バカなまねはやめてくれ――〟あいつはなにかを捜してあたりを見まわして見つけました。クロスボウの矢でしたよ。ドアの横の低い書棚に置いてあったものです。

そしてあいつは飛びかかってきたんです。

あの狭い部屋では避ける場所がない。なんとか横手へずれてあいつの襟首をつかもうとしました。突進してきた犬に対処するように。押さえつけることができれば、静かにさせられるとわかっていました。でも、あいつは全力でぶつかってきたんです。ふたりで揉み合いになって……ぼ、ぼくはなにが起こったのかは正確にはわかりません。椅子が床にぶつかる音がしました。次の瞬間に気づくと、ぼくたちはつかみあっていて、ぼくがあいつの上に乗っていました。そして、鈍いドスッという音がした。その直後に……。

へ、変ですよね」ダルライがしどろもどろで言った。「子どもの頃にゴム製のおもちゃをもっていたんです。人形のようなもので、叩くとひきつった悲鳴のような音が出るんですが、あれを思いだしました。あいつが立てた音はあのおもちゃそっくりだったからです。百倍ほど大きくて恐ろしい声だっただけで。この世のものじゃなかった。わかりますか？　続いてもう一度、あのおもちゃが空気を取りこんでいるときのようなシューとかゴボゴボとかいう音がしました。それきり、あいつは動かなくなったんです。

ぼくは立ちあがりました。あいつは矢を自分に突き刺してしまったのか、あるいは、ぼくがぶつかったためにそうなったのか――矢の先が床にあたるほど深く。あいつの後頭部はぼくたちが倒れたときに鉄の炉格子に強打されていました。出血はたいしたことはなく、鉛筆程度の太さの筋の血が、口の端から少し流れているだけでした」

ダルライは椅子にもたれて、両手で目を覆った。

21　未解決

つかのま、ダルライは先を続けることができなかった。手探りでふたたびウイスキーに手を伸ばす。ランポールはためらったが、手を貸して少し注いでやった。ハドリーは腰を降ろしていて、ぼんやりと暖炉の炎を見つめていた。

「わからない」ダルライはうつろな声でつぶやいた。「あいつがどうしてもどってきたのか、わからない」

「おそらくは」フェル博士は言った。「わしから話してやれる。ちょっと静かに座っていなさい。身体を休めるといい。ハドリー、もうわかったかな？」

「つまり――」

「つまり、こうだ。きみはすぐに見抜くべきだったんだぞ。きみ自身がわしにヒントをくれたんだからな。ドリスコルは一時三十分にロンドン塔の逆賊門の前に立ってビットン夫人としゃべっていたときに、なにかを思いだした。思いだせば我を失うほど驚くようなことを。ドリスコルは行って用事を済ませなければと言った。彼はなにを思いだしたのかね？」

「なんでしょう？」ハドリーが訊ねた。

「頭を使うんだ！　ドリスコルはビットン夫人としゃべり、伯父のことを話題にした。それで思いだしたんだよ、慌てるようなことを。考えてみたまえ！　今日何度も聞いた話だぞ」

ハドリーが突然身体を起こした。「そうか！　今日の午後は伯父さんが月に一度、訪ねてくる日だったか！」

「まさしく。サー・ウィリアムは訪ねていくつもりはなかったが、ドリスコルはそれを知らんかった。この二日間の騒ぎで、伯父の訪問のことを忘れておったんだよ。そのうえ、サー・ウィリアムはフラットの鍵をもっておるから、部屋のなかに入るだろう……そこには、ドリスコルが出しっぱなしにしておいた、盗んだ帽子がふたつ置いてあった。それだけでもよろしくないが、サー・ウィリアムが疑いを募らせて捜しまわれば、原稿まで見つかってしまう」

ハドリーがうなずいた。「サー・ウィリアムが訪ねてくるより早く、フラットにもどらねばならなかった」

「それをローラ・ビットンに説明することはできんかった。たとえできたとしても、時間がなくなる。夫人は説明を要求し、事態を面倒にするだけだろうから。ドリスコルは一秒も無駄にできんかった。それで多くの男が女にすることをやった。体よく追い払い、すぐあとにまた会おうと言ったんだよ。もちろん、そんなことをするつもりもなくな。

それからドリスコルがどうしたか、わかるかな？　ロンドン塔の見取り図を思いだしてみるといい、ハドリー。メイスン将軍が話したことを思いだせるか？　ウォーター・レーンをメイン・ゲートへ歩いていくことはできん。そちらには出口しかないから用事があるふりもできず、密会相手に怪しまれる。そこで、ウォーター・レーンを逆方向へ歩き、テムズ河岸に通じる出口のひとつから去った。霧に紛れて見つかることもなく。これが一時三十分を少しまわった頃のことだった」

博士はダルライを見おろして首を横に振った。

「きみ自身がこう言ったぞ、ハドリー。地下鉄を使えば、ラッセル・スクエア駅まで十五分足らずで行けると。わしが思うに、ビットン夫人がそれを五時にやれたならば、ドリスコルが一時三十分にやれなかったはずがあるまい？　つまり、ドリスコルはタヴィストック・スクエアのフラットに一時五十分か少しあとには到着しただろう。監察医が話していた死亡推定時刻だ。だがいいかね、きみの推理がすべてまちがったのは、ドリスコルがロンドン塔を離れることはなかったと仮定したからなんだよ。この可能性は一度もきみの頭に浮かばんかった。ドリスコルが出ていく姿を見た横手の出口の歩哨は、捜しても見つかったとは思わんよ。だが、この考えは誰も思いつかんかったんだ。思いついておれば、ドリスコルが慌てたわけは、急ぎの電話を思いだしたなどという説明より、はるかに納得のいく理由になっただろうに」

「でも、ドリスコルは逆賊門で発見されたじゃないですか！　わたしは……まあいい」ハドリーが言った。「話を続けられるかね、ダルライ？」

「そういうことだったんですか」ダルライは無表情に言った。「そうですか。ようやくわかりました。フィリップに疑われていたかと思っていました。

ぼくのやったことをお話ししますよ。あいつが死んだことは、見てわかりました。しばらくは、焦って頭のなかが真っ白でしたね。まともに考えられませんでした。脚は動こうとしないし、目も見えなくなるにちがいないと思いましたよ。人を殺してしまったんです。盗みをする覚悟はすでにできていて泥沼にはまっていましたが、これは人殺しですよ。事故だったなんて、誰も信じないでしょう。ぼくのやった過ちはこれです。フィリップがロンドン塔のみんなに、フラットへもどると話しているものと思ったんですよ！　みんな知っているとしか考えられないでしょう！　そしてぼくは自分がフラットにいるとすでにはっきりと証明してしまっていた。電話でパーカーと話しましたから。フィリップが考え直してもどってきたと思ったんですよ――そのフラットでぼくは死体と一緒。誰もがぼくらはふたりともフラットにいることを知っていると」

　ダルライは震えた。

「そこで分別が瞬時にもどってきたんです。寒気がして身体はからっぽな気分でしたが、脳があれほどすばやく回転したことはありませんね。チャンスはただ一度でした。フィリップの死体をフラットからどうにかして運びだし、どこか目につく場所に捨てるんです。たとえばロンドン塔へむかう途中のどこか。そうすれば、フィリップはフラットにもどる途中で殺されたと思われるでしょう。

　そこではっとひらめいたんですよ。車があるじゃないかと。車がそう遠くない修理工場にある。とても霧の濃い日でした。車を受けとって、窓のカーテンを下ろして中庭に乗りいれればいい。フィリップの死体は子猫のように軽い。あの階にフラットは二部屋しかありません。中庭に面した窓は下半分が曇りガラスだ。霧が助けてくれて、目撃される危険はあまりなかったんです」

フェル博士はハドリーを見た。「大変結構。首席警部もその点は全面的に賛成だったよ。ビットン夫人がどうやってあのフラットをあとにしたか考えているときに。首席警部は、頭に羽根飾りをつけたインディアンでも、目撃されずに出ていくことができただろうと話しておったな。あれは示唆に富む言葉だった」

「とにかく……」ふたたびダルライがおぼつかない手つきで目をこすった。「時間がそれほどありませんでした。やるべきことは、時間節約のために地下鉄を一駅使って、ホルボーンの修理工場へ急ぐことです――これは運よく二分でいけました。歩けば十分はかかったはずです――車を受けとって死体をとりにフラットへもどってくるまでに。

自分がどうやったか覚えていません。修理工場の人たちに自分がどんな顔をむけていたかも覚えていません。ロンドン塔へ帰ると言って工場をあとにすると、急いでフラットへもどりました。あそこで逮捕されていたら……」ダルライは喉をごくりといわせた。「フィリップの死体をかついで運びだしました。不気味な時間でした。死体なんかを運んで。ああ！　ホールの小さなステップでは危うく転びそうになって、あいつの頭でガラス戸を突き破るところでしたよ。車の後部に載せて毛布をかぶせると、もうくたくたで、腕の感覚がなかった。でも、もう一度フラットのなかへもどり、なにか見落としがないかたしかめる必要がありました。そこで室内を見まわして、ひらめいたんです。あのシルクハットのことを。あれを一緒にもっていって、フィリップにかぶせれば……そうですよ、いかれ帽子屋が殺したと思われるだろうと！

誰もいかれ帽子屋の正体は知りません。他人を巻きこみたくなかったので、これは完璧に安全だと思ったんです」

「首席警部は」フェル博士が言った。「きみのことをたやすく理解してくれるさ。細かなことまで話すことはない。ちょうど首席警部も同じ推理のあらましを説明し終えたところだった。殺人犯の思考をたどってな。きみがやってくる直前のことだが。クロスボウの矢について聞かせてくれんか?」

「ぼ、ぼくは……矢はそのままにしておきました。ご存じの場所です。ああ、あんなものは初めて見ましたよ。ビットン家のものだとは知りませんでした。単純にフィリップのものだと思って、誰にも迷惑はかからないと思ったんですよ。カルカソンヌ土産《みやげ》という文字は見えませんでした。理由は——おわかりですよね。隠れていたからです」

ダルライの鼻孔《びこう》が緊張した。膝に置いた手を拳《こぶし》に握り、声が高くなった。「でも、フラットをあとにする前にひとつ思いだしたことがありました。ポケットに入れた原稿のことです。ぼくはフィリップを殺したかもしれません。地上最悪の人でなしかもしれません。たしかにそうなんです。でも、これは! その頃には原稿をアーバーに売って汚れた金をポケットに入れるつもりはなくなっていました。原稿は自分のポケットに収めた。でも、血塗られた原稿だ。フィリップのことよりも、原稿のことを考えていたように思います。しばり首を免れるためでも、こんな原稿を使うつもりはなかった。かなり気が動転していたので、よっぽどバラバラに引きちぎってビットンおやじの顔にひとつかみ叩きつけてやろうかと思いましたよ。でも、フラットで引きちぎれば、紙片が見つかるでしょう。たとえフィリップを殺してしまったとはいえ、フィリップの思いがけない盗難を隠そうとした努力が無駄になってしまう。おかしなことをと思われるでしょう、だって人殺しがこんなことを言うんですから。でも、仕方ありません。そんなふうに感じたんですから。自分が時間を無駄にしているのはわかっていましたが、原稿にマッチで火をつけて、火床に放りこんだんですよ。たたんだシルクハットはコートの下に隠して、すべてに対処できたと考えました。おかしなものですね。ぼくはあの書斎をずっと眺めたんですから。ホテルの部屋をあとにするときのように、洗面台に歯ブラシかなにかを忘れていないかと確かめるように」

「きみは炉格子をもとにもどしておくべきだった」フェル博士が言った。「フラットを物色しただけの者は、硬い鉄の炉格子をきみがドリスコルと争ったときのように押したりはせんからな。それで？」

「それから」ダルライは知らず知らずのうちに手をウイスキーに伸ばしながら言った。「ひどいショックが二回待っていたんです。最初のショックはフラットから外へ出ると、管理人に出くわしてしまったことですよ。もっと早くに、フィリップを運んでいるときに出くわしていたらと思うと！　どう言い訳したことやら。ぼくはあなたは親切な人だとかなんとか言って、半クラウン銀貨をやりました。それで管理人はぼくを車まで送ってくれました」

「お若いの」フェル博士がふいにうめいて言った。「今日は必要のない嘘をついたな。その車が失敗だった。昼間ロンドン塔で話を聞かせてくれたとき、あのフラットへ車で行ったことなどないと言ったな。あのフラットから帰るさいは、修理工場へ行って回収してから帰ったと話しておった。まあ、ほかに言いようはなかったと思うが。だが、ここにいるハドリー氏が、きみは車でフラットに寄ったと夜に説明しておったんだよ。管理人から話を聞いてな……まあよい。それから?」

「ぼくは車で去りました。頭が爆発しそうなくらい考えてましたが、もう安全だと信じていました。シルクハットをフィリップにかぶせ、ハンチング帽は自分のポケットに突っこんでいた。あとはロンドン塔の近くで脇道を見つけて、霧に紛れて死体を捨てるだけでよかったはずなんですよ。指紋のことは気にしませんでした。神が味方して、クロスボウの矢にはいっさい触れていなかったのです。そこで計画どおりに、ブルームズベリーを出発したのですが、なにが起こったかご存じですか?」

「ああ」ハドリーが言った。「きみはメイスン将軍に出会った」

「出会った? 出会ったですって? そんなときに将軍を見かけてぼくが車を停めるとでも思いますか? はっと気づくと、将軍は車のステップに飛び乗っていて、ぼくににっこりと笑いかけていました。これは天の恵みだと言い、フロントシートのぼくに詰めるように言って、自分が隣に乗りこめる余地を空けさせたんです。

ぼくは車をぴたりと停めましたよ。心臓が止まりそうになったなんて表現が本によく出てきますね。でも、ぼくはそっくり同じには思わなかった。車が丸ごと自分の下で崩れ始めたんじゃないかと思いました。身体がうまく動かせませんでした。動かそうとすると、足が思い切りアクセルを踏みしめてしまい、エンストしてしまいました。そこで顔をそむけて、タイヤを見ているふりをして運転席側の窓の外に毒づこうとしたのですが、舌はうまく動いてくれませんでした。

そうして、なんとか車をスタートさせることができました。将軍がおしゃべりしていましたが、なんの話だったか、さっぱり覚えていません。とても上機嫌でしたから、ますます相手をするのがつらくて。ぼくに考えられたのは、黒板に書いてある文字を読むように、〝がんばれ、牧師《ぼくし》面《づら》。しっかり、牧師面。気合いだ、牧師面〟とそれだけです。フィリップの友人たちがこのときの牧師面を見かけたら、目を丸くすると思いますね。大声をあげて、将軍の背中を叩いてこう言ってやりたかったですよ。〝後部座席の毛布の下を見てくださいよ、牧師面がびっくりするものを用意しましたよ、将軍！〟

でも、そんなことはしませんでした。乱暴な運転ですれちがう車があるたびに、罵《ののし》って動揺を隠そうとしたので、将軍はなにかがおかしいと思っていたはずです。ぼくは破滅へとむかっていました。それはよくわかりました。まっすぐにロンドン塔へもどるしかありません。この世にそれを変えられる力はありません。まっすぐにもどるしかなかったのです。ちょっと失礼……飲み物を。おかしなものですね、これだけ飲んでもちっとも酔わないようです。いつもならば数杯で酔ってくるんですが。

そのあいだ、ぼくは懸命に考えましたよ。フィリップがフラットで息絶えてから何時間も過ぎたにちがいないと思いましたね。だから、時計を見ても意味がわからなかった。まだ二時八分だったんです。脳を機械工場のように忙しく動かしながら、ずっと将軍に話しかけていました――なんの話だったか、覚えていません。チャンスは一度だとわかり始めていました。しかも、そのチャンスを生かすことができれば、本物のアリバイも手に入るのです。

わかりますか？　ロンドン塔の敷地に入って、どこか目につきにくい場所に死体を捨てることができれば、ぼくが隣にメイスン将軍、うしろには死体を乗せて街から車で帰ってきたなんて、まともな人なら信じるはずがありません。ぼくの危険は増しましたが、これは――ひょっとしたら救いの神になるかもしれないとわかってきました。きっと、フィリップがロンドン塔を一度も離れなかったと思われるはずだと、突然ぼくは悟ったんですよ。

最後にもう一度、度胸が必要でした。そして機嫌を悪くしてほかの車に悪態をついていたことに感謝しました。あれで、ぼくがフラットへ呼びだされた〝偽の〟電話を話題にできたんですから。そうしてどうしたことか、ふしぎがってみせたんです。

そして二時三十分ちょうどに、ロンドン塔の敷地へ入りました。もう考えをまとめていて、ここだという場所を思いついていました。ウォーター・レーンを通るさいにほかに誰もいなければ、やるべきことはわかっていました。博士、あなたはじつに正しかったんですよ。誰だって霧の日に死体を隠すならば逆賊門だと思いつくだろうと言われましたよね。ほかにもぴったりの理由がありました。あそこは疑いを抱かれずにぼくが車を停められる場所だったんですから！

わかりますか？」ダルライが問いかけ、熱心に身を乗りだした。「将軍を逆賊門のむかいのブラッディ・タワー前で降ろす必要がありました。将軍がアーチの先の坂をある程度登ってキングズ・ハウスへ近づくまで待ってから、ぼくは実行しました。後部のドアを開けて、死体を柵越しに放り投げ、すぐさま車にもどって、走り去ったのです。

なんとか、うまくやり遂げました！　将軍は途中でセント・トマス・タワーで用事があることを思いだして引き返し、それで死体を発見したんです。それで――それで話は終わりです。あと――あともうひとつだけあります。このひどい事件にかまけて、金のことを忘れていたんです。フィリップが話をもちかけてきた――ぼくの借金のことです……その、とにかく忘れていたんですよ。午後に将軍が医師やほかの人たちに続いてぼくを解放してくれると、自分の部屋にあがって、気持ちを強く保つためのものを引っかけたんです。ちょっと効果が出すぎましたね。テーブルの上に手紙があったのですが、いつ開封したのか覚えていませんでした。なんだって開封したかさえ、わかりません。気づくとブランデーのソーダ割りを手にして、目の前に手紙を掲げていました。その手紙にはこうありました」ふいにダルライは薬を飲みこんだときのように、喉を詰まらせた。「〝もう心配することはない。支払いは済んだ。この件は兄には秘密にしなさい。そしてもうドン・キホーテ気取りの愚かな若者にはならないように〟署名はレスター・ビットンでした」

ダルライは椅子から立ちあがり、一同とむかいあった。顔は紅潮し、目がらんらんと燃えていた。間が空いた。ダルライはふしぎな表情を浮かべていた。途方に暮れているようだ。

「酔っぱらいました！」ダルライは驚いたように言った。「酔っぱらいましたよ。ぼくは気づいてなかったんですよ、いまのいままで。老けた牧師面は酔っぱらいました。でも気にしないで。

レスター・ビットンはぼくの借金を肩代わりしてくれて、その件についてなにも話さなかったんです。だから今夜、その人をあなたが怪しいと言ったから――そして自殺されたから――ぼくが自白するしかなかった理由はおわかりでしょう」

ダルライは背筋を伸ばして立ちあがり、眉を少しひそめた。

「ぼくは人でなしだとお話ししましたね」抑揚のない声で彼は話を続けた。「でも、そこまで冷血漢ではありません。自分がやってることの意味はわかっています。絞首刑のロープが待っています。もちろん、自分の罪を取り繕うためにこれだけのことをやったあとでは、ぼくの話は信じてもらえないでしょう。でも、みんなを責められませんね。どうせ足元の扉がひらけばあっという間に宙づりになって、数秒で終わります。老けた牧師面のことは、気にしないで。どうしてこんなに酔っぱらってるのかわからないな。だいたい、たいして飲めないんですよ。なんの話でしたっけ？　ああ、そうだ。あなたがレスター氏を責めず、殺人犯が誰か見つけだせなかったと言ってくれたら、ぼくは黙っていたでしょう。なぜってですか？　シーラを愛しているから。いつかぼくは彼女と……気にしないで。自分を憐れんでいると思われたくありません。みんながぼくに親切でありがたいだけです。こんなに親切にしてもらったことはなかったから。みんなぼくを笑い物にしてきました。でも、ねえ！　さんざんからかわれてきた老けた牧師面が警察顔負けの計画を立てたじゃないですかね？」しばらくのあいだ、彼の顔に激情が爆発した。「さんざん――からかわれてきた――老けた牧師面が！」ロバート・ダルライはそう叫んだ。

暖炉の炎は弱まっていた。ダルライは手を握りしめ、ほの暗い部屋を見つめた。長いこと彼はしゃべりどおしだった。庭に面した窓の外はかすかに夜明けの気配があった。メイフェアは静まり返って横たわっている。

ハドリーは静かに椅子から立ちあがった。

「きみ」彼は言った。「きみに命じる。どこかほかの部屋へ行って、腰を降ろしているように。すぐに呼びもどすから。友人たちと話したい。もうひとつ。呼びもどすまで、誰とも一言もしゃべらないように。わかったね？」

「ああ、では」ダルライが言った。「ああ、では。どうぞ、電話で護送車でもなんでも車を呼んでください。ぼくは待っていますよ。ところで、まだ言っていないことがあるんです。あの哀れで最低なアーバーに発作を起こさせるほど驚かせたんじゃないかと思って。あんなつもりはなかったんです。ぼくは広いほうの衛士詰め所にいました。バイウォード・タワーの反対側、見学者たちが足止めされていた場所ですよ。ちょうどアーバーがあなたたちとの話を終えて狭いほうの詰め所から出てきたとき、ぼくはあなたの部下の部長刑事としゃべっていました。アーバーからほんの十フィートほどの場所で。以前はぼくの声が聞き分けられなかったようですが、あのときは、ばれたと思いました。あの男、急死しそうでしたよ。本当に！　なんだか、足がなくなったような気分です。千鳥足にならなければいいが。刑務所へそんな状態で行くなんて醜態だな。失礼します」

ダルライは意気消沈して、一歩一歩、注意しながらドアへむかった。

「さて?」フェル博士はダルライが行ってしまうとそうつぶやいた。

ハドリーは消えかけた暖炉の炎の前に立ち、白い大理石のマントルピースを背にして、堅苦しい軍人ふうに突っ立っていた。その手にはダルライの独白を書きとった手帳がある。ハドリーはためらっていた。やつれて目の下には斜めの皺《しわ》が現れており、目をつぶっていた。

「いいですか」ハドリーは穏やかに言った。「わたしももうけっこうな歳です。法律を守るとの誓いも立てています。だが——どう言ったらいいのか。わからない。歳をとればとるほど、ますますわからなくなる。十年前だったらこう言ったでしょうね。〝残念だが——〟と。わたしの考えていることはわかっているんじゃないですか、博士。あの若者の証言を信じる陪審員はいませんよ。わたしは信じますが」

「それにレスター・ビットンともう話はできんのだから」博士が言った。「事件は未解決のままでもいけるだろう。いいぞ、ハドリー!　わしの考えておることがわかるかね。これが裁判だとすれば、決をとるんじゃないかな?」

「助かった」ハドリーは言った。「そうしましょう。さて、博士?」堅苦しい態度を保っているが、好奇心と知恵と年季を感じさせる笑みが口元に忍び寄ってきた。「フェル博士、どちらに票をいれますか?」

「〝未解決〟だな」博士は言った。

「ランポール君?」

「〝未解決〟で」ランポールは即答した。

消えゆく赤い炎が、なかば振り返ったハドリーの顔を照らした。手をひっくり返すと、白いメモ紙が手からはためいて、炎のなかへと漂っていった。紙に火がうつり、さっと燃えあがった。ハドリーは手をそのままにして、あの好奇心と知恵と年季を感じさせる笑みを浮かべて言った。

「〝未解決〟で」

江戸川乱歩がカーのベスト1に挙げた名作

戸川安宣

いきなり個人的な思い出話で恐縮だが、本書『帽子収集狂事件』には、半世紀前の初読時以来、割り切れないもやもやとした思いがあった。それが、今回、新訳で読み直す機会を得て、漸《よう》く《や》永年の謎が氷解した。

ジョン・ディクスン・カーの『帽子収集狂事件』は、創元推理文庫には創刊翌年の一九六〇年九月に田中西二郎訳で収録された（東京創元社ではそれ以前の一九五六年六月に、世界推理小説全集の一冊として、宇野利泰訳『帽子蒐集狂事件』を刊行している）。ぼくは小学生のときに子供向けの翻案で『曲った蝶番《ちょうつがい》』（江戸川乱歩訳『動く人形のなぞ』）と『髑髏城《どくろ》』（氷川瓏訳『どくろ城』）を読み、ディクスン・カーという作家に強く惹かれていた。中学校に入って早々、学校行事で一泊のキャンプに赴くことになり、それに持参する本を探しに行った自宅近くの本屋で創元推理文庫の『幽霊屋敷』を見つけた。まだ、肌色の表紙に白い帯を巻き、グラシンで包んでいた頃だったから、必死に背表紙のタイトルと、その下にさらに小さく記された著者名を追っていたら、ディクスン・カーの本を何冊か見つけた。その中から『幽霊屋敷』を選んだのはタイトルに惹かれたのと、手頃な厚さだったからだと思う。これを皮切りにカーの作品を本格的に読破していったのだが、『帽子収集狂事件』は比較的早い段階で（おそらく創元推理文庫で刊行間もない頃に）読んだものと思われる。その時以来、ぼくにとって『帽子収集狂事件』は謎の一冊であった。その理由は――江戸川乱歩が本書をカーのベスト1に挙げていたからに他ならない。

乱歩はカーを高く評価し、評論・紹介文の随所で賞賛していたが、その謂《い》わば集大成と思われるのが一九五〇年八月の〈別冊宝石10号 世界探偵小説名作選第1集ディクソン・カア傑作特集〉に発表された「カア問答」である。これはその後、「カー問答」として評論集『続・幻影城』（早川書房 一九五四年六月刊）に収録された（なお創元推理文庫『カー短編全集5 黒い塔の恐怖』に再録させていただいた）。

その中で乱歩は、カーの既読作品をランク付けして紹介しているが、その第一位に挙げた六作品の、トップに掲げたのが本書『帽子収集狂事件』なのである。

因《ちな》みに、乱歩が第一位に推した作品を列挙してみると――

『帽子収集狂事件』（一九三三）
『黒死荘の殺人』（一九三四）
『皇帝のかぎ煙草入れ』（一九四二）

『死者はよみがえる』（一九三八）
『ユダの窓』（一九三八）
『赤後家の殺人』（一九三五）

そして一九五四年五月の追記で『火刑法廷』を読み、非常に面白かったので第一位の作品群に加えたい、と記している。したがって乱歩が選んだカーのA級作品は七作ということになる。

これに続く第二位として『三つの棺』『白い僧院の殺人』『読者よ欺かるるなかれ』『夜歩く』『曲った蝶番』『死時計』『アラビアンナイトの殺人』の七作を、第三位には『孔雀の羽根』『弓弦城殺人事件』『一角獣の殺人』『殺人者と恐喝者』『猫と鼠の殺人』『毒殺魔』『仮面荘の怪事件』『絞首台の謎』『蠟人形館の殺人』『盲目の理髪師』、第四位には『髑髏城』『毒のたわむれ』『剣の八』『パンチとジュディ』『青銅ランプの呪』『別れた妻たち』という具合（このほか乱歩は、短編集『不可能犯罪捜査課』を読んでいる）。

この評価は極めて妥当なものだと思う。第一、二位の作品群に、この時点で乱歩が未読であった『緑のカプセルの謎』や『爬虫類館の殺人』、あるいは『ビロードの悪魔』や『火よ燃えろ！』などの歴史ミステリから何作かを加えた十六、七作の作品であれば、これからカーを読もうという人に自信を持ってお薦めできる。

ただし残念なことに、乱歩はこの「カー問答」の中で、『帽子収集狂事件』について、『皇帝のかぎ煙草入れ』とともに「『密室』以上の不可能興味が創案されている」といった程度にしか語っておらず、これを最上位に推す理由が今一つ判然としない。「カー問答」に先立つ一九四七年に、乱歩は古典と黄金時代に分けてベストテンを発表している。その後一九五一年になって、一九三五年以後の十作を追加し、古典（第一次大戦前）、黄金時代（第一次大戦後）、一九三五年以後、の三種のベストテンを選んでいる。その黄金期ベストテンは以下の通りである（いずれも創元推理文庫に収められている）。

1『赤毛のレドメイン家』イーデン・フィルポッツ
2『黄色い部屋の謎』ガストン・ルルー
3『僧正殺人事件』S・S・ヴァン・ダイン
4『Yの悲劇』エラリー・クイーン
5『トレント最後の事件』E・C・ベントリー
6『アクロイド殺害事件』アガサ・クリスティ
7『帽子収集狂事件』ジョン・ディクスン・カー
8『赤い館の秘密』A・A・ミルン
9『樽』F・W・クロフツ
10『ナイン・テイラーズ』ドロシー・L・セイヤーズ

ここで乱歩は本書を堂々の七位に挙げているのである。

これが推理小説を、就中ディクスン・カーを読み出したばかりのぼくには、理解できなかった。『帽子収集狂事件』が、けっして面白くなかったわけではない。初読時にもカー作品中、Aクラスに推すことに吝《やぶさ》かではない、と思っていた。

しかし、である。密室をはじめとする不可能犯罪ものを得意とし、怪奇趣味の横溢する、作品によってはファースといってもいいほど諧謔《かいぎゃく》の要素が多分に含まれている、というのが、ディクスン・カーの作風だ、と言ったのは他ならぬ江戸川乱歩ではないか。そうであるなら、クイーンでもない、クリスティでもない、そしてクロフツでもないカーのベストと言ったら、『火刑法廷』とか『三つの棺』とかを挙げるのが筋というものではないですか、乱歩さん――と、こう、当時のぼくは言いたかったのである。

だから今回、半世紀ぶりにこの作品を再読するに際して、大いなる期待と、そして少なからぬ不安を胸に抱いて読み始めたのである。

その結果、なるほど、と思った。乱歩が本書をカーのベストに推したのも、そしてその理由を明確に述べなかった事情まで理解することができた。本書は、ミステリとしてこういうテーマだ、と言ってしまうと即ネタバレとなる、そういう作品なのである。乱歩が、「『密室』以上の不可能興味が創案されている」という以上のコメントを控えたのには、深い事情があったのだ。

本書は、一九三三年に、イギリスではヘイミッシ・ハミルトン、アメリカではハーパー&ブ

Dell Book 版

Collier Books 版

ラザーズから刊行されたディクスン・カー名義の長編第七作で、フェル博士の登場する作品としては、本書でフェルのお相手を務めているランポール青年も登場するスタバース事件こと『魔女の隠れ家』（一九三三）に続く第二作である。

タイトルの mad hatter というと、ルイス・キャロルの『不思議の国のアリス』に登場するいかれ帽子屋を連想するが、英語には古くから as mad as a hatter というイディオムがあり、それをキャロルが巧みに作品の中に取り入れたのである。この英語のイディオムの元はフランス語の慣用句だという。かつてフェルト帽を作るときに使用していた硝酸第一水銀が原因で帽子屋の多くが水銀中毒に罹ったところから fou comme un chapelier ――帽子屋のように狂っている、というイディオムが生まれ、それが英語の as mad as a hatter になったと言われている。

カーはこれを巧みに利用して、奇妙な帽子収集狂を創案した。巡査のヘルメットが盗まれ、スコットランドヤード前の街灯に飾られていたり、弁護士が法廷でかぶるかつらが馬車馬の頭に載せられていたり、あるいは証券取引所のメンバーのシルクハットがトラファルガー・スクエアのライオン像の頭上に鎮座していたり……という珍事が連続する中、その記事を書いていたフリーランスの記者の死体がロンドン塔の逆賊門で発見され、その頭には服装とはおよそちぐはぐなシルクハットが被せられていたのだ。

ディクスン・カーの作品には怪奇味の濃厚なおどろおどろしい設定ばかりでなく、こういう奇想天外な状況の中で物語の中核をなす事件が起こる作品もあり、その非現実的な設定にどのように合理的な説明が付くのかが、主題となる犯人捜しとともに興味の中心を形成するのだ。

もう一つ、本書ではエドガー・アラン・ポオの未発表原稿の発見——しかもそれは、「モルグ街の殺人」に先んずるオーギュスト・デュパンの初登場作——ということは世界初の推理小説——という大ニュースが絡んでくる。登場人物の一人、サー・ウィリアム・ビットンがフィラデルフィアのスプリング・ガーデンにあるポオが住んでいた家から偶然見つけた生原稿がそれで、さらにその盗難事件が発生し、事態はより複雑な様相を呈することになる。

フィラデルフィアにあったポオの家（1909年撮影。Arthur H. Quinn, *Edgar Allan Poe*, 1941より）

ポオに関しては、サー・ウィリアムが、詩集『アル・アーラーフ、タマレーン、および小詩集』の初版をもっている、といった話も出てくるが、たまたま創元推理文庫で昨年、気鋭の作家ルイス・ベイヤードの『陸軍士官学校の死』という長編が紹介された。ちょうどこの詩集を上梓した頃のポオが活躍するので、未読の方はぜひ手にとっていただきたいと思う。本書の読者であれば、堪能すること請け合いの傑作である。

そして、本書の主要な舞台はロンドン塔だ。おそらく、アメリカからイギリスにやってきて、新妻と共にロンドンをはじめイギリス各地の名所旧跡を歩いて廻ったろうカーの瑞々しい観察眼が、本書には存分に活かされている。この由緒ある建物を舞台にして、奇想天外ないかれ帽子屋が跳梁《ちょうりょう》し、ポオの未発表原稿が盗まれ、さらにはクロスボウの矢による殺人事件が勃発する。二年後に発表する『死時計』では時計の針が凶器に使われるが、凶器にも尋常一様な品を用いないところなど、カーの面目躍如《めんもくやくじょ》たるものがある。

カーはしばしば作中で、ミステリの歴史やテーマについて、探偵の口を借りて講釈をたれる。『三つの棺』における密室講義、『緑のカプセルの謎』における毒殺講義は有名だが、本書でも、sensational fiction ——扇情小説を引き合いに出して推理小説の特性を論じている箇所があり、またハドリーの皮肉に反撥するフェル博士の台詞《せりふ》を介して、推理小説上の名探偵についての持論を展開している。扇情的な小説に言及しているのも、カーが目指す推理小説のあり方を、きちんと説明しておこうという姿勢の表れであろう。

さて、乱歩が詳述を控えた本書の勘所について、やはり説明せずに済ますのは気が引けるので、敢えて書いておこうと思う。したがって、**この先は本文をお読みになってから目を通されるよう**（『女王国の城』に付された松浦正人氏の名解説に倣って）強くお勧めしたいと思う。

　本書はミステリのジャンルの中で、アリバイものに属する。凶行が行われたと目される時間、死体発見場所から遠く離れたところにいた人物――整理して読むと、関係者の中でもっともアリバイの確かな人物が犯人だった、という仕掛けが施されているのである。

　ふつうアリバイものというと、動機の点でもっとも疑わしい人物に、凶行時刻、確たるアリバイがあって、探偵役がその鉄壁のアリバイをいかに突きくずすかが、作品のテーマとなる。であるから、その性質上、犯人の意外性は二の次とならざるを得ない（そうしてみると、アリバイものを得意とする作家が、同時に倒叙ものに傾倒するのには、必然性のあったことが理解されると思う）。

　けれどもこの作品はそうは書かれていない。したがって、本書がアリバイものだ、と明らかにすると、推理小説を読み慣れた人ならその時点で犯人は分かってしまう。『死時計』の解説でも書いたが、ぼくはディクスン・カーという作家は whodunit《フーダニット》――犯人捜しが推理小説の王道と考える推理作家だと思うのだが、それが顕著に表れている代表例が、本書なのである。

　カーにはまた、こういうふうに従来の設定をひっくり返して作品を構成する例が少なくない。良い例が『ユダの窓』（一九三八）だろう。完全に密閉された部屋の中で人が殺され、その同じ室内に被害者以外にもう一人いたとすれば、その人物が犯人だと思うのは当然のこと。そこで、もし犯人は別人だということになると、密室の不可思議性は倍増する。乱歩がカーの密室ものは「ドアに仕掛けをするメカニズムを色々に変えるというようなのではなくて、もっとグッと違っている」と言っているように、カーは同じ密室をテーマにするにしても、一作毎に設定を変えて、作品を創り出しているのだ。あまり書いてしまうと、他の作品のネタばらしになってしまうが、一つだけ例を示すと、デビュー長編『夜歩く』と『皇帝のかぎ煙草入れ』は表裏をなす作品なのである。

もう一点、カーの小説作法、というか、伏線の張り方の特徴を披露しておく。たとえば本書冒頭でフェル、ハドリー、ランポールとの会談の席上、サー・ウィリアムが、「貴重な原稿を帽子に入れてもちあるく習慣がわしにあるとでも思っているのかね?」と言う場面がある――カーはこの台詞を書きながら、心中密かに北叟笑《ほくそえ》んでいたに違いない。

さらには、フィリップがロバートになりすまして電話してくる、というさりげない挿話(二五七ページ)を入れておいて、それならロバートがフィリップになりすまして電話することも可能だ、ということを暗示する、こういう手がかりの与え方――身長、体型、容貌、声の質……などが同じ、あるいは似ていることをさりげなく示しておいて、人の入れ替えなどのトリックの伏線として使用するのはカーの好んで行う伏線の張り方なので、他の作品を読まれるときに注意してみると面白い発見があるに違いない。

半世紀ぶりの再読、と冒頭で述べたが、『帽子収集狂事件』が英米で刊行されたのは前にも述べたように一九三三年――日本の暦で言うと昭和八年。小栗虫太郎が「聖アレキセイ寺院の惨劇」や「完全犯罪」を発表した年である。そして面白い偶然だが、カーがディクスン名義で発表した第二作『黒死荘の殺人』は、小栗の『黒死館殺人事件』と同じ一九三四年の作品なのだ。こうして考えるとほぼ八十年前の作品ということが実感されるが、読んでいると古びた感じはまったくない。もちろん、霧が深く垂れ込めている様子は、現代のロンドンと大きく異なるし、地下鉄の駅なども現在とは若干違っている。しかし、それを言うなら、本作と同年に発表された小栗虫太郎の「聖アレキセイ寺院の惨劇」で、池袋の駅から望むことのできると書かれている表題の寺院の場所が、現実の立教大学の辺りであると想定されることを考えれば、現在との違いは、本作におけるロンドンの変化の比ではない。ともあれ、そういう社会状況の変化を超越して、作品の面白さが少しも損なわれていないことに、驚嘆せずにはいられない。

本作がカー作品の中で最も好きか、と訊かれると俄《にわか》には首肯《しゅこう》しかねるが、江戸川乱歩がベスト1に推した理由は、よく理解することができた。表向きごくふつうのフーダニットと見せて、その実、密室以上の不可能興味に溢れた、これはジョン・ディクスン・カーの紛れもない傑作である。

訳者紹介　1965年福岡県生まれ。西南学院大学文学部外国語学科卒。英米文学翻訳家。訳書にカーリイ「百番目の男」「デス・コレクターズ」「毒蛇の園」，アーヴィング「ザ・ホークス」，ネイピア「聖なる暗号」などがある。

帽子収集狂事件

2011年3月25日　初版
2023年3月31日　6版

著者　ジョン・ディクスン・カー
訳者　三《み》角《すみ》和《かず》代《よ》

発行所　(株)東京創元社
代表者　渋谷健太郎

162-0814/東京都新宿区新小川町1-5
電話　03・3268・8231-営業部
　　　03・3268・8204-編集部
URL　http://www.tsogen.co.jp
振替　00160-9-1565
萩原印刷・本間製本

ISBN978-4-488-11830-3　C0197

不可解きわまりない謎に挑む、
フェル博士の名推理！

〈ギディオン・フェル博士〉シリーズ

ジョン・ディクスン・カー◇三角和代 訳

創元推理文庫

帽子収集狂事件
曲がった蝶番
テニスコートの殺人
緑のカプセルの謎
盲目の理髪師
死者はよみがえる
連続自殺事件

〈レーン四部作〉の開幕を飾る大傑作

THE TRAGEDY OF X◆Ellery Queen

Xの悲劇

エラリー・クイーン
中村有希 訳　創元推理文庫

◆

鋭敏な頭脳を持つ引退した名優ドルリー・レーンは、
ニューヨークで起きた奇怪な殺人事件への捜査協力を
ブルーノ地方検事とサム警視から依頼される。
毒針を植えつけたコルク球という前代未聞の凶器、
満員の路面電車の中での大胆不敵な犯行。
名探偵レーンは多数の容疑者がいる中から
ただひとりの犯人Xを特定できるのか。
巨匠クイーンがバーナビー・ロス名義で発表した、
『X』『Y』『Z』『最後の事件』からなる
不朽不滅の本格ミステリ〈レーン四部作〉、
その開幕を飾る大傑作！

オールタイムベストの『樽』と並び立つ傑作

THE 12.30 FROM CROYDON◆Freeman Wills Crofts

クロイドン発12時30分

F·W·クロフツ
霜島義明 訳 創元推理文庫

◆

チャールズ・スウィンバーンは切羽詰まっていた。
父から受け継いだ会社は大恐慌のあおりで左前、
恋しいユナは落ちぶれた男など相手にしてくれまい。
資産家の叔父アンドルーに援助を乞うも、
駄目な甥の烙印を押されるだけ。チャールズは考えた。
老い先短い叔父の命、または自分と従業員全員の命、
どちらを採るか……アンドルーは死なねばならない。
我が身の安全を図りつつ遺産を受け取るべく、
計画を練り殺害を実行に移すチャールズ。
検視審問で自殺の評決が下り快哉を叫んだのも束の間、
スコットランドヤードのフレンチ警部が捜査を始め、
チャールズは新たな試練にさらされる。
完璧だと思われた計画はどこから破綻したのか。

名探偵ファイロ・ヴァンス登場

THE BENSON MURDER CASE◆S. S. Van Dine

ベンスン殺人事件

新訳

S·S·ヴァン・ダイン

日暮雅通 訳　創元推理文庫

◆

証券会社の経営者ベンスンが、
ニューヨークの自宅で射殺された事件は、
疑わしい容疑者がいるため、
解決は容易かと思われた。
だが、捜査に尋常ならざる教養と頭脳を持った
ファイロ・ヴァンスが加わったことで、
事態はその様相を一変する。
友人の地方検事が提示する物的・状況証拠に
裏付けられた推理をことごとく粉砕するヴァンス。
彼が心理学的手法を用いて突き止める、
誰も予想もしない犯人とは？
巨匠Ｓ・Ｓ・ヴァン・ダインのデビュー作にして、
アメリカ本格派の黄金時代の幕開けを告げた記念作！

創元推理文庫

別れを告げるということは、ほんの少し死ぬことだ。

THE LONG GOOD-BYE◆Raymond Chandler

長い別れ

レイモンド・チャンドラー　田口俊樹 訳

◆

酔っぱらい男テリー・レノックスと友人になった私立探偵フィリップ・マーロウは、テリーに頼まれ彼をメキシコに送り届けて戻ると警察に拘留されてしまう。テリーに妻殺しの嫌疑がかかっていたのだ。その後自殺した彼から、ギムレットを飲んですべて忘れてほしいという手紙が届く……。男の友情を描くチャンドラー畢生の大作を名手渾身の翻訳で贈る新訳決定版。（解説・杉江松恋）